채만식소설의 언어미학

우한용 저

제이앤씨
Publishing Company

문학에 대한 믿음은 언어에 대한 믿음이다.
소설의 언어는 대화원칙을 바탕으로 하는 담론을
지향한다. 담론의 형태로 구체화되는 언어의 역동적
개방성은 기호론적 실천의 구도로 드러난다.
이 책에서는 채만식소설을 담론분석의 방법론으로
분석하고 소설시학의 가능성을 탐구하는 한편
해석의 새로운 차원을 열고자 하였다.

| 머리말 |

66 소설담론과 소설의 언어미학 99

소설을 공부하다 보면 소설의 이론이 과연 가능한가 하는 회의에 빠질 때가 있다. 소설이라는 용어의 규정이 어려운 것처럼 어디까지가 소설의 이론이고, 어디까지가 소설의 구조 분석인가 하는 의문이 도무지 해결이 되질 않는다. 소설의 비평과 연구 또한 그 경계가 분명하지 않다. 근원적으로 소설은 이론을 거부하는 장르다. 하물며 소설의 수사학이나 소설의 문체론이 가능하기나 한 것인지 당혹스러울 뿐이다.

그러나 소설의 언어가 일상의 언어와 가장 가깝다는 것만은 부정하기 어렵다. 화자의 성별, 지위, 취미, 성향 등에 따라 선택하는 어휘가 달라지고 말하는 어투가 달라진다. 작가의 말씨가 소설 문면에 침투하는 경우가 없는 것은 아니지만, 작중인물과 그들이 살고 있는 세계의 언어가 고스란히 소설의 텍스트를 이룬다. 이는 다른 장르의 언어와 다른 소설 언어의 변별성이다.

일상에서 운용되는 언어처럼 특정 맥락에 따라 주체의 의식이 투영되면서 다른 주체의 언어와 대결을 해 나가는, 구체성을 지닌 언어를 담론이라 한다. 일상 언어의 담론을 대상으로 분석하고 이론을 수립하고자하는 언어학의 한 분야가 화용론(話用論, pragmatics)이다. 그러나 소설의 언

어는 절반 정도밖에는 아니라고 하더라도 예술의 영역에 드는, 허구양식
이라는 점에서 형상화와 무관할 수 없다. 소설의 언어는 일상어이되 형상
화를 도모하는 언어인 것이다.

이렇게 소설양식 안에 구체화된 언어를 소설담론(小說談論, novelistic
discourse)이라 한다. 서술자와 작중인물로 구체화되는 존재들의 의식, 판
단, 지향 등이 구체화된 언어가 소설담론인 것이다. 그런데 '소설의 담론'
이라는 용어는 두 계열로 용법이 나뉜다. 하나는 소설 양식 내에서 문체
화된 '언어체'를 뜻하고 다른 하나는 '소설에 대한 논의' 일반을 뜻하는 용
법이다. 따라서 소설의 담론이라는 용어는 맥락을 가려 읽어야 뜻이 제대
로 드러난다. 그래서 처음에 출간될 때의 책 이름을 바꾸었다.

본문의 한자를 한글로 바꾸고 오탈자를 바로잡은 것 말고는 내용은 그
대로 두었다. 우선 처음 책이 나온 이후 소설담론의 이론이 크게 달라진
바가 없기 때문이다. 물론 미세한 국면에서는 언어의 결[文體, 文彩,
figure]이 달라진 것은 알 수 있다. 그러나 바흐찐에서 절정을 보인 이질
언어성과 대화성을 바탕으로 하는 다성적 소설을 지향하는 소설담론의 본
질은 달라지지 않았다고 보아야 한다. 소설담론에 대한 필자의 믿음이 달
라지지 않은 것도 책의 내용을 수정하지 않은 원인 가운데 하나이다.

문학이 그렇듯이, 소설은 가치 있는 체험의 언어적 형상화이다. 가치를
인정하기 어려운 이야기는 소설이 되지 못한다. 가치 있는 이야기라고 해
도 형상화의 어느 단계에 도달하지 못하면 마찬가지로 소설의 축에 들기
어렵다. 소설에 대한 최종적인 믿음은 소설언어에 대한 믿음이다. 다시 말
하자면 소설담론의 역동성과 창조성에 대한 신뢰이다. 이러한 신뢰를 바
탕으로 소설담론의 구체상을 분석하고 평가한 것이 이 책이다. 논리에 믿
음이 포함되는 영역을 미학이라 할 수 있으리라. 그래서 이 책은 소설의
언어미학을 추구하는 작업의 작은 결실이 되는 셈이다.

이 책을 다시 내게 된 데에는 제이앤씨의 윤석원 사장님의 정성스런 권
유가 있었기 때문이다. 이 책에서 다루고 있는 소설가 채만식이 아직도

연구의 가치가 충분한 작가이고, 독자들이 책을 구하지 못하는 상황이니 다시 발간하는 것이 어떤가 하는 이야기를 들었을 때, 진척된 연구를 보여주지 못하는 상황에서 책을 다시 찍는다는 것이 무슨 의미인가 생각하다가 지식의 유통과 보급에 필요하다면 그렇게 하자고 응락을 했다. 그동안 이 책을 읽어 준 독자들에게 고맙게 생각한다.

이 책을 만드는 과정에서 교정을 보고 색인을 작성하는 데에 대학원 친구들이 애를 썼다. 한태구, 우신영, 장동규, 남궁선, 김향연 등이 바쁜 중에 일을 나눠 맡아 처리해 주었다. 사제관계가 물질적 매개로 오도되는 현실에서 순정한 정리를 보여준 젊은이들에게 고마울 따름이다. 오탈자를 잡아내는 데 그치지 않고 소설담론을 공부하는 작은 계기가 되었으면 하는 바람이다.

2008년 동짓달 그믐께
관악 연구실에서 禹漢鎔

| 초판 머리말 |

" 채만식소설의 언어적 상상력 "

　소설의 연구에서 구조주의와 소설 사회학의 방법론이 만날 수 있는 영역은 소설의 담론 층위에서이다. 소설의 담론(談論·언어)은 소설의 내용을 형상화하는 도구나 매재(媒材)에 머무는 것이 아니라 그 자체가 소설의 본질적인 요건이다. 그리고 소설의 담론은 작가의 글쓰기 맥락에서 작가의 의식을 드러내고, 작중인물의 의식, 심리를 드러냄은 물론 작품의 세계관을 드러내는 구조이면서 동시에 내용이다. 소설의 언어는 주제 전달을 위한 무색투명한 도구가 아니라 그 언어를 사용하는 작가의 기호론적 실천이며, 그 언어가 사용되는 사회역사적인 의미맥락에서 수행되는 기호론적 실천(記號論的 實踐)의 양태인 것이다. 기왕의 연구에서는 소설언어의 실천적인 측면이 소홀히 다루어져 왔다.

　소설의 언어를 담론의 차원에서 보고자 하는 또 다른 이유는, 언어학적으로 규정되는 담론의 구조만을 문제 삼는 것으로는 문학현상(文學現象)의 본래적인 언어양상을 구명할 수 없기 때문이다. 이는 구조주의 일반의 경향인 구조의 결정론적인 추상주의를 넘어서려는 방법론적 추구라는 의미를 지닌다. 소설언어의 구조가 문제되는 것이 아니라 언어적인 실천의 과정과 실천양상이 문제이다. 언어를 통한 의미 전달의 작업이 아니라 언어적인 역동성 가운데 이루어지는 의미생성과 재조직화의 작업 그 자체를 문학의 본질로 보아야 한다는 입장이다. 각 장별로 논의되는 내용은 다음과 같다.

제1장은 서론에 해당한다. 채만식 소설 담론을 연구하는 위도와 목적, 가치 등이 언급되고 기왕의 연구 경향을 살핀 다음에 방법론에 대한 언급이 추가된다. 근간 활발하게 논의되고 있는 담론(談論)의 방법론은 소설의 시학(詩學)에 접근하는 통로 역할을 할 것으로 본다.

제2장에서는 채만식 소설 가운데 중편소설을 검토하였다. 채만식의 처녀작이라 할 수 있는 <過渡期-1923>를 출발점으로 검토하게 된다. 소설의 양식과 서술자의 담론 통제 방식이 논의의 핵심이다. 채만식 소설의 의미단위로서 회귀적인 성격을 띠는 '과도기의식'이 주제를 이루어 변주되는 양상을 볼 수 있는데, 그러한 주제 편향의 양식이 서술자의 담론 통제 방식에 따라 어떻게 드러나는가 하는 점이 밝혀질 것이다. <冷凍魚-1940>를 중심으로, 폭압적인 상황이 개인의 의식을 억압하는 구조를 담론과 연관 지어 검토하게 된다. 서술의 객관성이 주체의 담론 통제력을 어떻게 장애하는가, 담론 대상의 전환이 의식을 어떻게 드러내는가, 말놀이와 현실의 담론 층위의 혼란, 담론과 역사 전망 등이 검토 항목이다. 채만식의 마지막 작품인 <少年은 자란다-1949>는 처녀작 <과도기>와 정확히 맞물려 있다. 담론의 주체가 역사 서술과 소설의 서술에 각각 어떤 양상을 드러내는가 하는 점과 역사의 진보를 믿는 의식이 담론차원으로 전환되는 방식이 밝혀질 것이다.

제3장에서는 채만식 소설의 성과로 논의되는 두 편의 장편소설을 검토하기로 한다. <濁流-1937~38>를 대상으로 해서는 장편소설에 나타는 세계인식과 담론의 상관성을 밝혀 보고자 한다. 장편소설의 담론 특성을 보편성과 특수성의 측면에서 검토하고 주체의 약화가 담론상에 어떻게 반영되는가 하는 점과, 세계상이 담론에 반영되는 양상을 밝히는 작업이 된다. 장편소설에서 추구하는 담론의 다성성(多聲性)에 얼마나 접근하고 있

는가 하는 점도 밝혀질 것이다. <탁류>는 현실파악에 있어서 리얼리즘의 성취에 해당한다는 평을 받는 작품이어서 그 비중이 클 뿐만 아니라, 담론의 다양성도 기대된다. <太平天下-1938>는 작품 전체가 풍자양식으로 되어 있다는 점에서 소설담론의 특이한 양상을 볼 수 있을 것이다. 극적 담론과 소설적 담론의 상관관계, 이야기 전달의 방식과 담론 양상, 주체의 윤리성과 대세계적 자세의 담론적 표현 양상, 모방심리와 담론의 특성 등이 드러날 것이다. 또한 담론의 풍자성이 역사전망을 어떻게 제약하는가 하는 점도 검토의 한 항목이다.

제4장에서는 단편소설을 검토하기로 한다. 채만식의 단편소설은 현실에 대한 풍자적 시각을 드러낸다는 것과 언어적인 실험의식이 두드러진다는 점이 특징이다. 기법상의 실험의식이 두드러지는 <痴叔-1938>과 <少妄-1938>을 중심으로 해서는 담론 내적인 상황이 담론을 양식화하는 방식, 폐쇄적인 현실에 대응하는 주체의 담론 특성을 밝혀 보고자 한다. 개인의 사회에 대한 대응방식이 담론의 차원으로 어떻게 매개되는가 하는 점은 <레디 메이드 人生-1934>, <明日-1936> 등을 대상으로 살펴볼 것이다. 채만식은 자신의 친일행각에 대한 소설적 반성을 자각적으로 수행하고 있다는 점에서 윤리성이 평가되는 작가이다. 이러한 계열의 작품들 가운데, 대일협력에 대한 반성이 나타나는 <民族의 罪人-1946>과 해방이 되면서 풍자의 감각이 회복되는 양상을 보여주는 <孟巡査-1946>, <논 이야기-1946>, <歷路-1946> 등을 통해 자기반성의 소설적 담론 양상을 살피게 될 것이다.

제5장은 결론에 해당하는 내용인데, 논의의 결과를 요약하는 가운데 채만식 소설 담론의 소설사적 의의를 검토하려 한다. 이야기 전통의 소설적 형상화 방법, 다성적 담론의 시도와 그 실패의 의미 등이 짚어질 것이다. 채만식 소설의 기호론적 전망이나 구조를 통시적으로 검토하는 작업도 아울러 시도하고자 한다. 과도기의식에서 출발하여 풍자의 방법을 통한 리얼리즘 소설의 성취를 거쳐 역사의 전망을 주관적으로 드러내는 마지막

작품에 이르기까지, 담론을 통해 본 의식의 굴곡을 종합하여 의미부여를 해 보려 한다. 채만식은 현실에 대한 투철한 역사의식을 가지고 문학을 했다는 점이 인정되는 것은 사실이다. 그러나 언어적인 상상력으로 독자적인 소설세계를 구축함으로써 우리 소설사에서 독특한 담론의 맥을 이루고 있다는 점이 보다 부각되어야 할 것이다.

이 책은 저자의 학위논문 "蔡萬植小說의 談論 特性에 관한 硏究"를 집필하는 가운데 얻은 부산물을 보완하고 손질하여 다시 체계를 세워 본 것이다. 전체적인 서술 방법에 무리가 없지 않다. 그 무리함은 소설연구 방법론과 작품론을 함께 살리려는 의욕에서 비롯되는 것일 터이다. 기왕의 소설이론들 가운데는 이론의 정합성을 위해 작품을 해체하여 버리는 경우를 자주 보게 된다. 그런가 하면 작품론의 경우는 일관된 논리를 세우기가 어렵다는 점이 드러난다. 이 둘을 아우르다 보니 서술상 절충적인 방안이 모색되지 않을 수 없었다. 어느 서술 방법도 완벽한 것일 수 없다는 변명이 용납되지 않을 것이다. 이론의 논리성과 작품의 완결성 가운데 어느 편을 택할 것인가 하는 시각의 중요성을 되짚어보게 된다.

이 책에서는 작품 개개의 독자성을 살리는 방향을 택했다. 따라서 방법론이라든지 설명 내용에 다소 중복이 불가피하게 되었다. 채만식 소설의 작품을 양식별로 검토하면서 작품론의 장처(長處)를 살피고자 하였다.

개인적인 심정토로를 엄히 제한하는 논문에서는 학문적인 혹은 삶의 도움에 대한 고마움을 표할 기회가 없었다. 이 자리를 빌어 학문적인 은혜를 주신 선생님과 학위논문을 지도해 주시고 심사해 주신 선생님들의 고마움을 적어 두고자 한다.

모교의 은사 丘仁煥 선생께서는 학문의 길로 인도하여 주셨다. 뿐만 아니라 공부와 삶의 길목에서 지쳐 방황할 때마다 격려해 의욕을 북돋어 주셨고, 공부하는 즐거움과 삶의 보람을 실천을 보여주셨다. 金允植 선생께서는 논문 지도교수를 맡아 주셨다. 마음보다는 늘 행보가 굼뜬 제자를, 인내와 용서로 격려해 주셨고 학문의 논리성과 방법론의 중요함을 일깨워

주셨다. 朴東奎 선생께서는 일반화의 오류를 지적해 주셨고 섬세함의 정
신을 일러 주셨다. 宋河春 선생께서는 방법론의 측면에서 격려를 해 주셨
고 논리적인 오류를 다듬어 주셨다. 학문과 창작의 두 길이 어떻게 만나
는가 하는 데 대한 우의 깊은 대화의 시간도 허락해 주셨다. 權寧珉 선생
께서는 논문의 체제와 용어에서부터 전제와 결말 사이의 모순 등을 자세
히 지적해 주셨다. 曺南鉉 선생께서는 논문을 찬찬히 읽고 방법론의 무리
함을 지적해 주셨고, 학문과 창작의 길에서 어떤 자세를 취할 것인가 하
는 삶의 문제를 사색의 제목으로 제기해 주기도 했다. 각각 잊을 수 없는
학문적인 은의이다.

이 한 권의 책이 나오기까지 많은 분들의 고마움을 입었다. 외우(畏友)
朴寅基 교수는 논문을 쓰는 과정에서 난삽한 초고를 읽고 비판해 주었으
며 문장의 오류까지 바로잡아 주는 수고를 아끼지 않았다. 전북대의 金容
在, 宋俊鎬 박사는 출판에 넘기기 전에 원고를 전반적으로 검토하는 데
에 우정어린 수고를 마다하지 않았다. 출판문화의 질적인 향상을 위해 꾸
준히 노력하시는 高德煥 선생께서는 출판인의 감각으로 서술의 체재와
형식을 자세히 검토해 주셨다. 교정과 색인 작업은 석사 최명표, 김혜영,
이정애, 정선주, 김준선 들의 도움을 받았다.

형극이 벌판 저 너머 들꽃처럼 웃으시는 어머니, 청솔같이 어기차게 살
아가는 형제들, 여린 마음으로 세상살이에 고달파하면서도 남편의 우직한
공부를 너그럽게 도와주는 아내에게 고맙게 생각한다.

출판의 여건이 삭막한데도 불구하고 책을 출판해 주신 김교준 사장님
께 고마움을 표한다.

1992년 7월 20일
저자 禹漢鎔 씀

|차|례| 채만식소설의 언어미학

제 3 장
장편소설의 담론과 소설양식

제 4 장
단편소설의 담론과 언어의식

제 5 장
채만식소설 담론의 소설사적 의미

제 1 장
채만식소설의 담론연구 서설

백릉 채만식 유품 **향로** <출처 : 채만식 문학관>
선생께서 작품을 구상하고 집필할 때 항상 옆에 놓고 쓰
던 향로

채만식소설의
언어미학

I
문제의 소재와 논의의 방향

소설연구의 다양한 방법론은 구조주의와 소설사회학이라는 두 가닥으로 수렴된다. 그러나 이 두 가지 방법론은 상호보완적인 관계를 유지하지 못한 채 각각의 추구가 이루어져 왔다. 이 책에서는 구조주의적인 방법론의 한 계열인 소설기호론의 방향에서 蔡萬植 소설의 담론 특성을 밝혀 보고자 한다. 소설에서 의미와 형식의 통일을 이룰 수 있는 영역은 담론 차원이라고 본다. 소설연구에 담론을 문제 삼는 것은 형식론적인 추상성과 소설사회학적인 추상성을 극복해 보고자 하는 의도를 포괄한다.

채만식 소설이 우리 소설사에서 중요한 의미를 지닌다는 것은 1970년대 이후 많은 연구자들에 의해 밝혀졌다. 채만식 문학의 다양성만큼이나 다양한 접근방법에 의한 시도가 이루어졌다. 그 평가도 생산적 측면과 설명적 측면을 아울러 보여준다. 그러나 이왕의 연구가 채만식 문학의 전모를 드러낸 것은 아닐 뿐만 아니라 오히려 이데올로기적인 편향성마저 보여준다. 다만 채만식 소설이 거듭 해석해도 의미의 통로를 계속 열어주는 '잉여부분'을 갖고 있다는 점은 드러난 셈이다.

그 동안의 연구에서 채만식소설의 언어적인 특성으로 몇 가지가 지적되었지만 전반적인 연구 가운데 언어적인 연구가 차지하는 비중은 매우 작아서 연구 영역의 불균형을 보여준다. 연구사를 검토하는 데서 밝혀질 것이지만, 채만식 소설의 연구는 소설사회학의 방향으로 치우쳐 온 게 사실이다. 또한 개별적인 연구들 사이에 적절한 연관이 이루어지지 않은 상태라 할 수 있다. 채만식소설 연구의 편향성을 극복하기 위해서는 방법론을 달리할 필요가 있는 것이다. 담론 차원에서 연구를 수행하고자 하는 이유가 이것이다.

소설의 언어적 실천인 담론을 문제 삼는 경우, 담론의 주체(主體)가 중시되어야 한다. 그 언어를 수행하는 주체의 가치태도는 물론 의식일반과 세계관까지가 언어의 조건을 규율하기 때문이다. 주체의 가치나 태도는 서술자의 어조(語調)의 형태로 드러난다. 어조는 서술상에도 나타나지만 작중인물을 매개로 하여 작가의 '태도'가 간접적으로 표현된다는 점이 주목될 필요가 있다. 담론과 주체의 태도 사이에는 어떤 규칙성을 예측할 수 있다. 우리가 사용하는 언어는 감정가치와 이데올로기로 착색된 것이기 때문이다. 그러한 규칙은 몇 가지 차원에서 밝혀져야 할 것인데, 기왕의 연구는 주체의 문제를 떠나 객관적인 실체로서의 언어적 자질을 찾는 데에 치중했다. 이 연구에서는 소설의 담론특성과 작가의 의식 사이에 어떤 규칙, 즉 어떠한 상응관계가 나타나는가를 검토하게 될 것이다. 그리고 소설작품이 보여주는 의식이나 세계관과 담론특성 사이에 나타날 것으로 가정되는 규칙을 찾아보게 될 것이다. 소설의 담론과 의식의 상관성을 검토하는 작업은 소설의 언어일반에 대한 연구는 물론 심리학, 사회학 등의 도움을 필요로 하는 매우 광범위한 연구가 될 것이다. 그러나 이 연구에서는 蔡萬植의 문학적인 성과 가운데 소설(小說)로 범위를 한정하고자 한다. 이는 그 동안 다른 연구를 통해 드러난 채만식 소설의 다양성과 소설사적 의의를 일단 긍정하는 데서 출발하는 것임을 뜻한다.

채만식 소설의 담론특성을 밝히고 담론과 의식 또는 세계관의 상관성

을 검토하기에 앞서 채만식 소설의 소설사적인 의의를 우선 살펴 둘 필요
가 있다. 이는 방법론과 대상의 정합성을 확인하기 위해서이다. 채만식은
장편소설 9편, 중편소설 8편, 단편소설 60편 등 풍부한 작품을 남겼다.
중·단편의 양이 풍부하다는 것보다는 소설문학의 본령이라 할 수 있는
장편소설을 남겼다는 점이 주목된다. 그리고 기왕의 평가에 따르면 <濁
流>나 <太平天下>는 우리 근대소설사에서, 염상섭의 <三代>와 더불어
가장 빛나는 업적으로 인정된다. 연구자들의 관심이 그의 장편소설에 집
중된 것은 자연스러운 일이다.

　채만식은 소설뿐만 아니라 희곡(戲曲)에 대한 관심도 매우 컸던 터라 장
막·단막 희곡과 '대화소설'이라고 표시된 작품을 포함하여 28편에 달하
는 작품을 남겼다. 소설과 희곡을 동시에 썼을 뿐만 아니라 희곡의 속성이
소설의 담론을 성격 지우는가 하면, 극의식으로 규정되는 창작방법이 소
설의 담론에 영향을 미친다는 점에서 소설과 극의 상관성은 중요한 검토
의 항목이 될 것이다. 이는 또한 두 장르의 상호영향이라는 평면적인 관계
를 넘어 장르선택의 법칙성이라는 측면에서도 검토가 요청되는 사항이다.
또한 채만식은 평론가들과 맞서서 자신의 문학이론을 펼치기도 했고, 수
필도 여러 편 남겼다. 이러한 다양한 작품 활동 가운데 핵심은 역시 소설
이다. 작품의 양과 질의 측면에서 소설에 앞설 것이 없기 때문이다. 그러
한 점에서 연구의 대상을 소설로 한정하는 데에 무리가 없을 것으로 본다.

　채만식은, 우리 근대소설사에서 가장 활발한 논의가 전개되는 시기에,
높은 평가를 받을 수 있는 작품을 남겼다는 점에서도 연구의 대상으로 거
듭 논의될 것이다. 이는 한 작가의 작업이 단지 개인차원에서 논의될 수
없다는 점, 즉 문학사적인 맥락에 따라 의미부여가 이루어져야 한다는 점
을 정당화하는 것이다.

　소설 담론이 작가의 세계관과 연관된다는 전제를 승인하는 자리라면
작가의 의식이 중요한 검토항목으로 부각된다. 작품의 형태로 주어지는
담론체의 주체, 즉 작품을 생산하는 생산주체는 역시 작가이기 때문이다.

1920년대에 작품 활동을 시작하여 일제강점기와 해방공간을 거치는 동안 정신적인 굴절을 보이면서 작품 활동을 한 작가의 역정은 그 자체가 문제성을 띤다. 사회에 대한 강한 의식을 부각시킨 초기의 경향을 벗어나 장편소설론이 활발하게 전개되던 시대에는 자기 나름의 창작방법을 모색하면서 작품을 생산했다는 점이 짚어져야 한다. 일제강점기 말기에는 친일행각(親日行脚)을 하기도 했다는 전기적 사실이 드러나 있다. 이 친일행각에 대한 반성이 작품을 통해 이루어진 것은 정신사적인 과제의 하나로 여겨진다. 작가가 자신의 행동을 결정함에 있어서 자각적(自覺的)이지 않다면 작가적인 의미를 띠기 어렵다. 그렇기 때문에 작가로서 자신의 행위에 대해 자각적인 경우에만 그것이 소설로 될 수 있고 그러한 작품만이 소설의 본질로서 논의의 대상이 된다. 즉 작품을 통한 의미화가 이루어진 작가의 행동이라야만 문학적인 논의의 영역에 포함될 수 있는 것이다. 작품이라는 것이 개인의 취향이나 재능 같은 차원에서 논의될 성질의 것이 아니기 때문이다. 그런 점에서 채만식의 소설적인 자기반성은 검토의 대상으로 마땅히 부각되지 않을 수 없다.

또한 채만식은 소설의 내용과 함께 기법에 대해서도 깊은 관심을 보여주었다. 이는 채만식 소설을 연구함에 있어서 소설사회학적인 방식만을 문제 삼을 수 없다는 점의 방증이 될 수도 있다.[1] 채만식은 기교와 함께 "아름다운 말과 능란한 문장"을 "문학예술의 결정적인 한 몫"이라 강조하기도 했다. 여기서 말하는 아름다운 말이라든지 능란한 문장은 소설수업을 하는 이들을 겨냥한 발언이기 때문에 정확한 의미를 짚기 어려운 바 있다. 그러나 소설이 언어예술이라는 자각을 증거 하는 방증 자료가 되기는 충분하다. 채만식은 "누구든지 문학을 고려자기나 사군자(四君子)와 같이 치는 사람이면 몰라도 (미상불 그러한 문학이 없는 게 아니요, 따라서

---

1 『채만식전집』 제10권, 창작과비평사, 1987, pp. 198-99. 앞으로 인용 전거는 『전집』이라 줄여 쓰고, 인용 면수만 표시하기로 한다. 작품을 인용하는 경우는 전집의 권수와 면수를 인용문 뒤에 표시한다.

그네는 그걸로 자족할 것이지만) 문학이 적으나마 인류역사를 밀고 나가는 한 개의 힘일진대 한인(閑人)의 소장(消長)거리나 아녀자의 완롱물(玩弄物)에 그칠 수는 없을 것이라고 나는 목이 부러져도 주장을 하는 자" 라는 발언을 하기도 했다.[2] 이러한 작가의 발언은 채만식 소설 연구에 편향성을 조장한 원인이기도 하다. 그러나 채만식은 소설의 두 기본 요건인 기법과 의미를 함께 고려하는 태도를 견지한 것으로 보아야 한다. 작가의 이러한 창작태도를 고려하여 본다면 소설담론에서 출발하여 의식을 검토하는 방법론이 보다 타당할 것이라는 전제가 의미를 띠게 된다. 작가론적인 측면에서는 채만식문학에서 검토해야 할 문제로 ① 소설의 현실 반영 문제 ② 소설과 희곡과의 관계 ③ 친일행위와 그것에 대한 자각적 반성 등을 드는 것은 타당하다.[3] 그러나 이러한 논지는 다시 작품의 담론 차원에서 정밀한 검토를 바탕으로 해야 타당성이 보다 확실해질 것은 물론이다.

이 연구에서는 채만식의 초기에서 말기까지 소설을 하나의 체계로 보고 그러한 체계를 형성하는 내적인 규칙을 담론의 차원에서 드러내게 될 것이다. 담론의 양상이 어떻게 변이되는가 하는 점을 고찰하면, 담론의 구조가 곧 작가의 의식이나 세계관을 드러내는 방식으로 환원될 수 있을 것이다. 이러한 작업을 통하여 채만식이 소설에 드러나는 의식이나 세계관의 구조가 아울러 밝혀질 것이다. 소설에서 담론양태와 의식이 상관관계를 이루는 가운데 최종적으로 도달하는 지점은 규칙성 띠는 세계관일 터이다.

이러한 연구는 소설담론의 일반적 성격을 이해하는 방법을 제공할 수도 있을 것이다. 또한 한 작가의 담론체계와 의식이나 세계관이 어떻게 연관되는가 하는 점이 드러나면 문학연구의 두 가지 추상주의, 즉 형식론적인 추상주의와 이데올로기적인 추상주의를 극복하는 길을 열어 줄 수도 있을 것이다. 소설의 담론이 다른 장르의 담론과 어떤 연관관계를 드러내는가 하는 점의 검토에 하나의 준거를 마련해 주리라 생각한다. 이는 채

---

2 채만식, "자작안내", 『전집』 9, p. 520.
3 김윤식, "소설형식과 극형식", 『한국근대소설사연구』, 을유문화사, 1986, pp. 331-34.

만식 자신의 장르의식과도 연관되는 점인데 소설의 담론을 출발점으로 하여 희곡의 담론 특성이 대비적으로 밝혀질 수도 있을 것이다.

Ⅱ

채만식소설 언어에 대한 인식

소설이 언어에 대한 연구는 주로 문체론(文體論)이라는 명칭으로 이루어
져 왔다. 문체론은 언어학의 방법론을 바탕으로 추구하는 계열과, 작가의
개성과 언어적인 창조성을 중심으로 연구하는 계열로 대별된다. 문체론의
방법론을 구체화하는 데는 통계학, 심리학, 의미론, 화행론(話行論)이나 기
호론(記號論) 등이 원용되기도 하였다. 신화비평이론을 문체론에 적용한
예를 볼 수도 있다.[4] 구조주의적 연구의 한 방향인 미세구조주의자들의
방법론은 대부분 텍스트의 언어분석을 그 방법론의 기반으로 채택하고 있
다.[5] 이들 언어학을 바탕으로 하여 출발하는 연구 대부분은 바흐찐이 지

---

4 김상태, 『문체의 이론과 해석』, 새문사, 1982, pp. 88-133. 김정자, 『한국근대소설의
  문체론적 연구』, 삼지원, 1985. 이상신, "이효석 문체의 기호론적 연구", 이화여대 박
  사논문, 1989. 이동희, "한국근대소설의 문체론적연구", 단국대 박사논문, 1985.
5 Jonathan Culler, *Structuralist Poetics*, Conell U. P., 1978. Frederic Jameson,
  The Prison House of Language, Princeton U. P., 1972. 이승훈 편, 『한국문학과
  구조주의』, 문학비평사, 1988. 언어분석을 중심으로 하여 텍스트의 미세구조를 탐구하
  는 이들로는 프랑스의 A. J. Greimas, C. Bremond, Roland Barthes, Tzvetan
  Todorov, Gérard Genette 등과, 미국의 구조주의를 대표하는 Seymour Chatman,

적하듯이 형식론적인 추상주의라는 한계를 보여준다. 또는 분석과 해석 사이의 격차를 극복하지 못함으로써 이데올로기적인 추상주의에 기울게 된다.6 한마디로 소설의 언어를 대상적인 개념, 즉 객체로 보거나 정태적인 구조로 보는 관점의 한계가 있는 것이다. 그러한 한계를 극복하고 소설언어의 역동적인 실천의 측면을 열어 보인 방법론이 바흐찐이나 크리스테바 등이 시도하는 언어사회학(言語社會學) 혹은 초월언어학(超越言語學)의 관점이다.7 이 방법론은 근자에 주목을 받기 시작한 것이다.

이상에서 개괄적으로 살펴본 것처럼 소설언어 연구의 방법론이 진전을 보이고 있음에도 불구하고, 국내에서는 방법론의 새로운 시도나 실천적인 추구는 활발하지 않은 듯하다. 이 연구가 대상으로 하고 있는 채만식의 경우에는 오히려 방법론의 후퇴를 보이는 듯한 느낌마저 없지 않다. 이는 방법론을 살피는 데서 언급하기로 한다. 여기서는 채만식의 연구사 일반과 이 연구의 주제인 채만식 소설의 담론과 직접 연관되는 연구를 먼저 검토하기로 한다.

채만식 소설에 대한 언급은 작품을 발표할 당시부터 있어 왔다. 그러나 본격적인 연구가 이루어진 것은 70년대 이후의 일이다. 70년대 이후 채만식에 대한 관심이 고조된 것은 당시의 학문적 관심의 한 방향을 이루었던 리얼리즘 논의와 맥이 닿아 있다. 소설이 현실과는 어떤 대응관계를 가지는가, 역사적 전망과 소설의 관계는 어떠한 것인가 하는 문제를 둘러싼 논의 가운데에 채만식에 대한 논의가 자리 잡는다. 그러한 연구들은 대체

Robert Scholes, Gerald Prince 등을 들 수 있다. 이들의 방법론은 주로 텍스트의 정태적인 구조를 밝히는 데 치중한다는 점에서 기호론적인 실천을 문제 삼는 이 연구의 방법과 구별된다.

6 M. M. Bakhtin, *The Dialogic Imagination*, Texas U. P., 1981, p. 259.

7 M. M. Bakhtin, *The Dialogic Imagination*, 앞의 책, M. 바흐찐/V. N. 볼로시노프, 송기한 역, 『미르크스주의와 언어철학』, 한겨레, 1989. M. M. Bakhtin, *Problems of Dostoevsky's Poetics*, Minnesota U. P., 1984. Voloshinov/Medvedev, *Formal Method in the Literary Scholarship*, Oxford, 1982. Julia Kristeva, *Desire in Language*, Basil Blackwell, 1980. Julia Kristeva, *Revolution in Poetic Language*, Columbia U. P. 1984. Julia Kristeva, *Le texte du roman*, Mouton, 1981.

로 의식사적(意識史的)인 방법론을 원용한 것이다. 이는 명시적이거나 묵시적이거나 소설사회학의 방법론이 수용된 결과라 할 수 있다.

채만식 문학 일반에 대한 연구는 작가론, 작품론으로 크게 나눠볼 수 있다. 작가론에서는 현실인식이 투철한 리얼리스트라는 평가로 기울어져 있는 형편이다. 송하춘, 우명미, 민현기, 한형구, 이주형, 장성수[8] 등에서 그러한 예를 볼 수 있다.

현실인식의 문제는 주로 작품론을 통해서 드러난다. <탁류>에 집중된 논의인데 홍이섭에서 출발되어[9] 김윤식, 김치수, 정한숙, 이주형, 최원식, 정현기 등에 이르기까지 현실인식의 문제를 다루고 있는 것을 보게 된다.[10] 리얼리즘의 작가로서 식민지 현실을 잘 그려내고 있다는 평가가 있다. 이에 대해 부정적인 평가가 없는 것은 아니지만[11] 풍자의 방법론을 통해서든 정공법을 사용하였든지 리얼리즘의 일정 수준에 도달한 작가라는 평가는 사실에서 벗어나지 않는 듯하다.

채만식 소설 가운데 연구의 대상으로 자주 거론되는 작품으로는 <濁流>, <太平天下>를 비롯하여 <레디 메이드 人生>, <明日>, <冷凍魚>, <民族의 罪人>, <少年은 자란다> 등과 해방공간의 소설 등을 들 수 있다. <탁류>는 리얼리즘의 높은 수준을 보이고 있다는 것, <태평천하>는 풍자의 방법으로 시대상을 드러내었다는 것이 대체로 평가의 방향

---

8 송하춘, "채만식 연구", 고려대 석사논문, 1974. 이주형, "채만식 연구" 서울대 석사논문, 1977. 민현기, "채만식 연구", 서울대 석사논문, 1977. 장성수, "채만식소설 연구", 고대 석사논문, 1980. 한형구, "채만식의 세계관과 창작방법 연구", 서울대 석사논문, 1987.

9 홍이섭, "채만식의 탁류", 『창작과비평』, 1973, 봄.

10 김윤식, "소설의 세계와 희곡의 세계", 『한국현대소설비판』, 일지사, 1981. 김윤식, "민족의 죄인과 죄인의 민족", 『(속) 한국근대 작가론고』, 일지사, 1981. 김치수, "역사적 탁류의 인식", 『한국현대문학의 이론』, 민음사, 1972. 이주형, "1930년대 한국 장편소설연구>" 서울대 박사논문, 1984. 정한숙, "붕괴와 생성의 미학", 『민족문화연구』 제5집, 고려대, 1973. 정현기, "'탁류'와 '태평천하'의 인물", 『한국근대소설의 인물유형』, 이문당, 1984. 최원식, "채만식의 역사소설에 대하여", 『국어국문학』, 1976. 10.

11 구인환, 『한국현대장편소설연구』, 삼영사, 1977. 김우종, 『한국현대소설사』, 선명문화사, 1977 등이 그러한 예이다.

이다. 희곡과 평론에 대한 연구도 다소 진행되었다.[12] 그밖에 문학사적인 서술 가운데 언급된 것과 작품론의 형식으로 된 것을 포함하여 상당한 양의 연구가 이루어진 것을 볼 수 있다. 이들 연구업적은 참고서지에서 자세히 밝히기로 한다.[13]

이 연구의 목적은 채만식 소설의 담론을 검토하는 것이기 때문에 기왕의 연구결과 가운데 채만식 소설의 언어문제(言語問題)에 대한 논의를 중점적으로 살펴보는 것이 효과적이다. 소설의 담론을 연구하는 데는 언어 일반에 대한 연구가 기초 작업이 되기 때문에 언어에 대한 이전의 연구결과는 중요한 몫이다. 담론은 일상언어거나 문학언어가 그 언어를 사용하는 사용주체에 의해 역동화된 결과이지만 언어의 일반적인 구조를 바탕으로 한다는 점에서는, 이전의 정태적인 언어특성에 대한 연구는 이 연구에 필수적으로 선행되어야 하는 작업이다.

채만식 소설의 언어문제에 대한 초기의 언급은 '총평'형식의 글 속에 부분적으로 나오는 것이기는 하지만, 채만식 소설의 언어 전체적인 성격을 파악하는 데는 다소 도움이 되기도 한다. 박태원은 <레디 메이드 人生>을 평하는 자리에서 "묘사란 거의 없고 대부분이 설명인데다 그 설명이 또한 아모 신기성이 없는 것이 딱하다. 나는 이 작가에게서 진정한 예술작품을 기대하기를 단념하기로 한다."[14]고 언급하여 채만식 소설언어의 설명적 특성을 지적하고 있다. 이 작품에 묘사가 없다는 것은 사실이나 진정한 예술작품을 기대하지 않는다는 등의 발언은 과도한 혹평이라 생각된다.

김남천은 채만식에게 설화체 문장과 요설을 포기하는 데서 정신적인 구출을 시도해 보라는 권고를 하고 있다. 이는 단지 작가에 대한 권고라기보다는 언어에 대한 관심이라는 점에서 주목된다.

---

12 유민영, 한국현대희곡사』, 홍성사, 1982. 유인순, "채만식의 희곡과 최인훈의 희곡에 나타난 심청전의 변용", 『비교문학』 11집, 1990.
13 채만식문학의 연구 가운데 이 연구와 관련하여 중요성이 인정되는 것들만을 서지에 밝혀 둔다.
14 박태원, "1934년의 작단 총평", 『중앙』, 1934, 12.

채씨는 세태세계로부터 자신을 구해내는 정신적 작업이 니히리즘과 부디
쳐서, 금년 일년간은 그것을 극복하려는 고뇌로써 보내인 감이 없지 않다. 이
러한 과정을 거치면서 씨의 설화체(說話體)는 더욱이 용장해지려는 느낌을 주
고 있는데 한번 기술적인 모함을 각오하고 요설(饒舌)을 보려보면 어떨까? 오
히려 정신적 구출작업은 손쉽게 제 세계를 발견할는지도 알 수 없다.15

채만식 소설의 설화체 문장에 대한 관심이 컸던 것을 알 수 있고, 평자
들의 부정적인 평가도 채만식 소설의 언어특성을 드러내는 데에 의미있
는 항목이라 여겨진다. 임화는 채만식의 <濁流>를 세태소설로 설명하는
가운데 언어특성에 대하여 언급하고 있는데, '설화체' 서술방식에 주목하
고 있다.

인물 자체나 또는 인물이 자꾸만 체험하는 사건이나 또는 그러한 속에
맨들어지는 줄거리에 우리는 긴장한 적이 없다. 만일 있었다면 『탁류』에서
와 같이 통속소설의 수법을 끌어들인 덕택이거나 설화조(說話調)의 매력에
있었을 것이다.16

이들 언급 가운데 주목할 수 있는 항목은 채만식 문장의 특성으로 설화
성(說話性)의 지적이다. 백철은 채만식의 <젖>을 평하는 자리에서, 다른
평자들의 설화체적 특성이나 요설적인 문장을 지적하는 것과는 달리 묘사
의 정확함이 서술체와 연관된다는 점을 지적함으로써 유다른 관점을 보여
준다. "그 묘사가 치밀할 뿐 아니라 어구를 택하는데 있어 세밀한 주의를
일일이 가하고 있다. 작풍이 그처럼 순수한 사실성을 띠고 있기 때문에
그가 추상을 그리는 장면에 있어도 다른 작가와 같이 공상의 직접형식으
로 추상하는 것이 아니라 역시 서술적인 수법에 의하야 그 추상이 묘사된
다."는 것이다. 백철은 부사나 형용사의 과도한 사용도 아울러 지적하고

---

15 김남천, "소화14년도 개관-창작계", 『조선문예연감』, 인문사, 1940, pp. 8-9.
16 임화, "세태소설론", 『문학의 논리』, 학예사, 1940, p. 253.

있다. "나는 이 작가의 문장을 읽을 때 그 부사나 형용사의 선택에 있어서 불안을 느낀다. 생각건대 그 부사나 형용사가 너무 과도하고 신경질적이 아닌가 한다."[17] 이는 리얼리즘 작가들이 일상언어를 소설내적으로 문체화하는 작업과는 방향이 다르다는 데서 주목된다. 정한숙은 채만식의 언어적 특성으로 "방언과 비어의 빈번한 사용, 의성어나 의태어를 포함한 상징어를 구사한 사실적인 묘사, 상대자를 임의로 설정한 설화체의 문장 등"을 지적하고 각 항목에 걸쳐 자세히 언급하고 있다.[18] 이는 거의 자료 차원에서 제시하고 있음이 특징이다.

채만식 소설의 언어가 인습 파괴적 특성을 지니며 창조와 생성의 언어라는 지적은 천이두에 의해 이루어졌다.[19]

한국근대소설이 리얼리즘을 바탕으로 성장하였으며 그 방법이 묘사인데 채만식이 '서술가'라는 점은 이단적이라는 지적이다. 구어를 활용하는 가운데 자연발생적으로 생겨나는 리듬의 효과와, 구어가 토속세계에 밀착되어 있어 독자를 유인하는 유인력이 있다는 것이다. "서술문은 묘사가 아니라는 점에서 사물의 추상적 전달에 머무를 수밖에 없다는 약점"도 지닌다는 것을 밝히고 있으며, 문장이 판소리투라는 점도 밝혀 그 뒤를 잇는 많은 연구자들의 방향을 마련해 준다. 채만식 소설의 서술특성을 판소리의 연행 방식과 연관 지어 검토한 것으로는 나병철의 예를 들 수 있다.[20]

채만식 소설의 언어적인 특성이 풍자성을 논하는 가운데 지적되고 있는 경우도 있다.[21] 홍기삼은 채만식 소설의 방법이 간접화법적인 특성을 보여준다는 점을 든다. 여기서 간접화법이라는 것은 수사(修辭)상의 간접

---

17 백철, "신춘지창작개평", 『조광』, 1937. 2, p. 363.

18 정한숙, "붕괴와 생성의 미학", 『현대한국작가론』 고대출판부, 1983, p. 139.

19 천이두, "프로메테우스의 언어들", 『문학사상』 제15호, 1973. 12.

20 나병철, "1930년대 후반기 도시소설 연구", 연세대 박사논문, 1990.

21 홍기삼, "풍자와 간접화법", 『문학사상』 15호, 1973. 12. 김인환, "희극적 소설의 구조 원리", 고대 박사논문, 1982. 조건상, 『한국현대골계소설연구』, 문학예술사, 1985. 김 영택, "한국 근대소설의 풍자성 연구", 인하대 박사논문, 1989.

화법(間接話法)이 아니라 현실 비판의 방식이 풍자적으로 간접화되어 있다는 뜻이다. '서술적 문체의 산만성'을 지적한 논지도 있는데, 이는 감각적이고 간결한 문체를 근대소설의 이상적인 문체로 상정한 비판이라는 점을 고려해야 한다.22

이주형은 채만식이 판소리 사설의 풍자수법을 계승하고 있다고 하면서 "인물의 풍자에 있어 반어, 자기폭로, 비유, 과장, 희화화 등의 방법"23이 사용되고 있음을 밝히고 있다. 이러한 지적은 대체로 타당한 면이 있다. 그러나 수사적 차원에서 논의를 진행하고 있다는 점에서 이 연구에서 시도하는 담론차원의 연구와는 다른 방법론이다.

이래수는 채만식의 문체 특질로 "설화체와 구어를 활용하는 점, 방언, 비어, 외래어를 자주 구사하는 점, 부사 형용사 등 수식어를 많이 쓰는 점" 등을 지적하고 비교적 상세히 살피고 있다.

> 채만식의 문체는 설화체 문장이 그 근간을 이룬다. 설화체 문장은 그의 문학이 지닌 문제의식이 요구하는 것이었으며, 그의 문체의 유니크함을 보여주는 것으로서 주제와 조화되어 작품효과에 기여하는 바가 크다. 그것은 아이러니 등 풍자적 요소와 결합되어 작가의 상상력이 제약을 받던 경직된 상황에서도 그를 리얼리스트로 남을 수 있게 하는 하나의 방책이 되었으며, 이런 의미에서 그의 문체는 그의 문학이 지닌 문제의식과 조화를 이룬다. [……] 한편 그의 설화체 문장은 판소리와 접맥되는 것인데, 그것은 작가가 조선적인 문학을 모색하는 과정에서 취택한 의도적인 시도였으며, 그의 이런 시도는 전통 단절론을 극복할 수 있는 구체적인 사례를 보이고 있는 점에서 높은 가치와 의미를 지닌다.24

---

22 구인환, "역사의식과 풍자", 『한국근대소설연구』, 삼영사, 1977, p. 283.
23 이주형, "1930년대 한국 장편소설연구", 서울대 박사논문, 1984, p. 146, 145-46 면의 각주에는 "이 작품[<태평천하>-인용자]의 화자는 경어체를 사용함으로써", "것이었다", "하것다" 등의 평어체를 사용한 판소리 창자보다 독자(청중)와 더 정중하고 친밀한 관계를 가지게 된다. 경어체는 독자와 마주 대하여 말하는 자세를 보다 분명히 드러내기 위하여 사용되었다. 판소리 창자의 경우는 독자와 마주 대하여 말하는 입장에 있기보다는 사실을 서술해 주는 입장에 있다."고 서술상황의 특성을 밝힌 바 있다.

'설화체' 문장 특성과 주제의식, 그리고 설화체 문장과 양식 등의 관계, 판소리와의 연관성 등에 대한 비교적 세부적인 검토를 하고 있다는 점에서 이래수의 지적은 주목에 값한다. 그러나 소설의 언어를 담론의 차원에서 본 것이 아니라 텍스트적인 대상으로 본 점, 양식과 담론의 상관성, 담론과 의식의 구조적 상관성 등은 짚어지지 않았다는 데서 그 한계를 드러낸다.

채만식 소설의 언어양상을 담론차원(談論次元)의 기법으로 보아 주제의식의 변화와 담론 양상의 상관성을 검토한 논문도 있다. 그러나 채만식 소설 전반을 제한된 지면에서 살핀 작업이라서 논증의 구체성이 약하다는 점은 역시 한계로 남는다.25 언어의 역동적인 작요력이 충분히 고려되지 않았기 때문이다. "언어는 전적으로 <언설 discours>이다. 그러한 까닭은 기호들의 체계를 뛰어넘어 기호에 의해 지시된 대상 자체에로 향하는 이 독특한 힘 때문인 것이다."26 하는 푸코의 지적대로 언어의 기호론적 구조가 문제되는 것이 아니라 기호가 지향하는 대상을 향한 작용력이 문제되는 것이기 때문이다.

이상에서 살펴본 바와 마찬가지로, 채만식 소설의 언어 연구는 문체인상에서부터 양식의 측면에 이르기까지 다양한 추구가 이루어져 왔다. 그 가운데 문체론적인 방법에 연관되는 일련의 연구는 언어학에 바탕을 둔 것이다. 언어학(言語學)을 바탕으로 한 문체 연구는 텍스트의 정태적인 언어구조나 어휘적인 특성 등을 밝히는 데는 나름의 공헌을 했다. 그러나 소설언어의 근본 특성인 담론적 속성은 도외시 되었다는 데에 한계가 있다.

문체가 작가의 개성적 인격을 반영한다는 전제에서 출발하는 문체론은 작가들이 사용하는 언어의 창조성을 과도하게 높이 평가한 나머지 객관성

---

24 이래수, 위 책, pp. 166-67.
25 우한용, "채만식 소설의 언어적 기법", 『국어교육』, 제53,54 합집, 한국국어교육연구회, 1985.
26 Michel Foucault, *Les mots et les choses*, 이광래 역, 『말과 사물』, 민음사, 1987, p. 131.

을 띠기 어렵다. 여기서 문학언어와 일상언어를 양분하는 논법이 나오기도 한다. 소설의 언어를 정태적인 텍스트의 구조로 본다든지 작가의 개성의 발현으로 본다든지 하는 연구 경향은 채만식의 경우에도 거의 그대로 적용된 것으로 보인다. 여기서 채만식 소설의 언어를 새로운 방법론으로 연구할 필요성이 더욱 부각된다.

소설의 담론(談論)은 소설가의 존재조건이 되는 것은 물론 나아가 소설 자체의 존재조건에 해당하는 것이다. 소설의 담론은 작가의 개성이나 관습을 지시하는 지표 역할을 하는 데 그치는 것이 아니다. 작가는 언어로 작업을 하되 그것을 담론으로 구체화하는 것이다. 작가가 언어를 가지고 구체화하는 담론에는 작가의 모든 것이 걸려 있다고 하는 관점에서 출발할 필요가 있다. 거기서 담론주체(談論主體)로서 작가의 위치에 새로운 의미 부여가 가능할 것이다.

채만식소설의
언어미학

III
담론의 이론과 소설시학

소설 담론의 연구는 국어의 언어적인 조건과 소설문법이 바탕이 되어야
한다. 문학의 이론은 그 문학이 배태된 토양적 조건을 고려하면서 문학작
품 가운데서 도출되는 것이 가장 이상적일 터이다. 그리고 문학의 평가는
문학적인 기준으로 이루어져야 한다. 우리 소설을 연구하기 위한 방법론
도 우리 소설의 소설사적인 맥락에서 나와야 한다. 우리가 외국 이론을 참
조하는 것은 우리 문학의 보편성이 확보되지 않는다면 무의미할 수도 있
다. 한국 근대소설의 경우 전통을 계승하는 한편 외국문학의 영향을 받으
면서 성장해 왔다. 서구언어와 그들의 문학전통 가운데 도출된 방법론이
우리 문학연구에 적용될 때, 일면적임을 면키 어려운 이유가 여기 있다.

소설의 담론을 연구하기 위한 방법론도 우리 언어의 본질에 바탕을 두고,
그 언어로 이룩된 소설을 자료로 해서 만들어지는 것이 바람직함은 물론이
다. 이러한 전제를 다 충족시키려면 한국 근대소설사 전반에 걸쳐 의미 있
는 작품을 섭렵하고 거기서 근대 이전 소설과의 맥락을 고려하면서 이론의
틀을 만들어내야 할 것이다. 그러나 이는 문학연구의 최종목표에 해당하는

것이다. 한 작가의 경우에는 그 작가의 주요 작품을 검토하는 가운데 방법론을 발견할 수도 있을 것이다. 채만식 소설을 일괄해 볼 때, 언어(言語)에 대한 관심과 시대에 대한 의식(意識)이 밀착되어 있다는 점을 확인하게 된다. 이를 가설로 하여 작품으로 돌아가 가설을 다시 검증해 보는 그러한 순환과정을 거치는 가운데 채만식 소설의 담론 특성이 드러날 것이다.

작품의 독서, 가설의 수립, 작품 내에서의 검증이라는 일련의 과정에서 몇 가지 검토의 항목이 도출되었다. 첫째로는 작가가 자기 작품세계를 이루는 데에 어떤 의식을 가지고 살았는가 하는 점이다. 이는 작가론적(作家論的)인 관점인데, 작가는 담론체를 만들어내는 가장 구체적인 주체이기 때문에 중요한 의미를 지니는 것이다. 둘째는 당대 사람들이 가졌던 인식의 틀을 고려해야 할 것이다. 작가는 개인적인 존재이면서 동시에 어느 시대를 대변하는 예외적인 개인이기 때문에 이른바 초개인적 주체가 된다. 소설의 담론을 검토하는 데에 시대정신이라든지 세계관 등이 문제되는 것은 담론의 주체가 소설외적인 텍스트에 연관성을 지니기 때문이다. 셋째, 소설의 담론은 문학현상의 차원에서 검토해야 한다는 것이다. 우리가 연구하는 대상은 문학작품 자체이지만 문학이 존재하는 실상은 '문학현상(文學現象)'으로서 이다. 문학을 문학현상으로 본다는 것은 문학의 장르의식을 고려하는 관점이다. 작가와 독자는 작품을 사이에 두고 일종의 계약과 같은 관계를 이루기 때문에 이들은 밀접한 연관을 지니지 않을 수 없다. 작가와 독자 사이의 계약관계는 장르의식으로 환원된다.

장르의식은 작가에게 일정한 형식상의 요구를 하게 된다. 작가는 이 요구를 자신의 체험과 존재조건에 연관 지어 변형하여 작품에 수용하게 된다. 그러므로 창작과 독서는 장르의 규칙을 따르는 작업이 된다. 소설의 경우는 이런 장르적인 규칙을 위한 몇 가지 장치가 있다. 허구(虛構)의 개념이라든지, 서술방식에 동원되는 서술자(敍述者)와 서술방식으로서의 시점 등이 그것이다. 소설담론에 관여하는 이 인간적 요소는 작가의 분신이면서도 나름대로의 독자성을 유지하는 가운데, 장르의 규칙을 드러낸다.

작가가 작품체로서의 담론의 주체라면, 서술자나 작중인물 등은 텍스트차
원의 담론주체가 된다.

어느 작가의 작품들은 하나하나가 독립된 가치를 가지는 것은 물론 작
품 상호간에 서로 영향을 주고 받으면서 맥락을 형성하기 마련이다. 이러
한 내적연관을 고려하는 것은 한 작가의 모든 작품을 논의하는 경우에는
물론 작품의 중요성에 따라 몇몇 작품을 선택하여 논의하는 경우에도 마
찬가지로 중요하다. 작품들은 작품의 의의에 따라 어떤 맥락을 형성하게
됨은 물론, 소설내적인 텍스트에서도 요소들 사이에 의미적인 연관이 이
루어진다. 거대차원에서는 채만식 소설 전반의 문학사적인 맥락이 문제되
며, 개인사적인 차원의 변이와 굴절이 문제될 것이다. 미세차원에서는 담
론과 다른 담론 사이에 연관성을 드러낼 것이다. 이는 기호론적인 실천의
측면, 즉 의미생성의 과정을 중시하는 입장에서는 반드시 검토되어야 할
항목이다. 이러한 과정을 거치는 동안 채만식 소설의 담론 특성과 의식의
상관성이 드러날 것이다.

이러한 절차는 소설담론(小說談論)의 일반적인 성격에 바탕을 두는 것이
기 때문에 소설언어의 일반적 특성을 간단히 검토할 필요가 있다. 소설언
어의 가장 큰 특성은 그것이 담론의 양태를 띠고 있다는 점일 터이다. 담
론(談論)은 언어의 구조지향성이 아니라 과정과 실천지향의 언어수행을 뜻
한다. 이는 소설언어의 수행이 일종의 기호론적(記號論的)인 체계를 이루고
있다는 점의 승인이다. 물리적인 실체로서의 작품을 뜻하는 텍스트 차원
에서의 논의를 벗어나는 일이다. '작품자체'라는 용어는 흔히 물리적 실체
로서의 언어구조체를 가리킨다.

그러나 그러한 작품이 만들어지고 수용되는 과정을 고려한 문학현상의
관점, 즉 기호론적인 실천의 관점에서는 작가(作家)와 독자(讀者)가 작품(作
品)을 사이에 두고 언어적인 소통을 수행하는 구도로 본다. 작품외적인 세
계와 작품내적인 텍스트의 상호관계를 인정하는 관점이다. 그러니까 여기
서 말하는 기호론(記號論)은 의미 전달의 장치 내지는 약속의 체계로서의

대상적인 관점의 기호론이라기보다는 의미생성적이고 의미소통 자체의
역동성을 고려하는 그러한 기호론이다. 언어의 역동성을 고려하는 이러한
기호론은 사회기호론(社會記號論:social semiotics)의 성격을 띤다. "새롭게 지
향하는 연구의 목표는 텍스트의 의미 같은 그러한 것이 아니라, 현대 문
화에서 유사한 작용을 수행하는 문학텍스트와 다른 텍스트들을 둘러싸고
이루어지는 의미의 생산, 재조정, 순환의 과정인 것이다."[27] 텍스트의 의
미를 찾아내는 것이 목표가 아니라 의미의 생산과 새로운 의미 매김과 의
미의 재순환과정 등을 문제 삼아야 한다는 것이다. 그렇다고 독자의 독서
과정에서 일어나는 심리적인 변화와, 그 가운데서 이루어지는 현상학적
체험과 공감을 뜻하는 그러한 심리형상을 파악하려는 것은 아니다. 현실
을 괄호치고 텍스트 안에서 작업하는 현상학적(現象學的) 방식으로 잘 설
명될 수 있는 유형의 소설과 채만식의 소설은 거리가 있다고 보기 때문이
다. 여기서 담론의 주체와 외부의 관계를 고려하지 않을 수 없게 된다.

　채만식은 부단히 외부세계와 대응관계를 가지면서 작업을 해 왔다는
점에서 리얼리즘의 계열에 드는 작가라 할 수 있다. 그러한 점에서 채만
식 소설의 담론은 외부를 지향하는 지향성이 두드러질 것이라는 가설이
선다. 그러나 이는 가설의 한 부분일 뿐이다. 동일한 의식이 반드시 동일
한 창작방법을 보여주지는 않을 뿐만 아니라, 동일한 의식이 동일한 담론
구조의 작품을 구성한다고 하기는 어렵기 때문이다. 작가의 의식이 담론
으로 드러나는 과정에서는 매개개념이 중요한 역할을 한다. 소설은 주제
를 직접 전달하는 양식이 아니라 주제에 대해 독자와 더불어 함께 의문을
던지고 그 해결과정을 모색해 보는 '문제제기의 양식'[28]이다. 소설에서의
문제제기는 담론주체(談論主體)[29]의 매개를 통해 구체화된다. 그 매개양상

---

27 Robert Hodge, *Literature as Discourse*, Polity Press, 1990, pp. 17-18.
28 조남현, 『소설원론』, 고려원, 1982.
29 '담론의 주체'란 용어는 두 방향으로 쓰인다. 넓은 의미로는 작품을 생산하는 주체인
　　작가를 뜻한다. 좁은 의미로는 소설의 서술자라든지, 서술동사의 주어 역할을 하는
　　작중인물을 뜻한다. 이 주체는 다양한 층위에서 분화되고 상호견제를 하면서 의미작

이 담론의 형태로 드러난다.

인간이 외부를 향하여 행동(行動)을 보일 때는 그 배면에 의식(意識)이 존재하는 것이며, 주체로서의 인간(人間)이 문제된다. 담론의 주체를 문제 삼게 되는 것은 의미의 생산과 재조정과 순환 등의 과정을 함께 포괄하는 언어활동의 담지자가 담론의 주체이기 때문이다. 소설의 담론을 통하여 주체로서의 작가는 의미작용의 공간에 뛰어들어 유의미한 전체구조 속에 자신을 자리 잡게 한다. 즉 소설이라는 담론체를 생산하는 작가는 담론 생산의 주체가 되어 지식사회 안에 자리 잡음으로써 초개인적주체로 된다.

담론을 통한 의미의 교섭, 즉 의미의 재조정 과정에는 독자가 담론의 주체 역할을 맡는다. 독자는 작품을 읽음으로써 독자 자신에게 그리고 작가에게 어떤 의미회답을 보낸다. 이러한 구도를 염두에 두고 담론을 살필 경우 그것은 담론의 대화관계(對話關係)가 되는데, 바흐찐의 용어로는 다성적 소설(多聲的 小說)의 가능성이 거기서 마련된다. 담론과 담론의 대화관계 안에서 제삼의 시각으로 대상을 부조(浮彫)하는 것이다. 그리고 담론 주체의 상호전환이 일어나거나 상호의존성이 형성되는 것은 독자와 작가 사이에서이다. 이는 소설을 텍스트로 하여 주체들이 벌이는 거대구조적인 대화작용이다.

소설텍스트 내적으로는 서술자의 서술태도라든지 대상을 바라보는 시

용에 관여한다. (Julia Kristeva, *Le texte du roman*, Mouton, 1976. p. 83. 및 J. Kristeva, *Desire in Language*, ed., Leon S. Roudiez tr. Thomas Gora, Alice Jardine & Leon S. Roudiez, Basil Blackwell, 1980. p. 65 등을 참조) 또한 담론의 주체는 어느 작가나 지식인의 지적활동 일반의 주체를 뜻하기도 한다. (Diane Macdonell, *Theories of Discourse : An Introduction*, Basil Blackwell, 1986, pp. 36-42. 참조) 1960년대 말 알튀세, 라캉, 페쉬, 푸코 등으로 이어지는 비판이론 과 지식사회학의 한 유파를 형성하는 집단에서 그러한 역할을 한 주체들이 담론의 주체로 규정되기도 한다. 이는 구조주의 비판에서 시작되는 논리로 제도적 장치로서의 국가, 학교, 병원, 감옥 등을 위시한 담론 출현의 제반 주체를 모두 포괄하는 관점을 보여준다. 본 논문에서는 소설내적인 서술자나 작중인물을 가리키는 경우와, 소설 외적인 텍스트를 향해 의식을 발동하는 주체인 작가를 뜻하는 두 가지 의미로 사용될 것이다.

각(視角) 등을 통해 담론의 상호작용이 이루어진다. 그리고 서술자가 전달하는 작중인물의 '말'을 통해서 상호작용이 드러나기도 한다. 작가는 서술자를 통해 다양한 사회적인 언어를 소설텍스트 안으로 이끌어들여 그것을 '문체화'한다. 거기 이끌려 들어오는 언어의 층위는 일상언어의 전영역에 걸친다. 바흐찐은 그 소설작품 안에 문체화되어 들어오는 담론의 양상을 다음과 같이 정리해 보여준다.

> 1) 작가의 직접적인 문학적 예술적인 서술(그 모든 변형을 포함하여)
> 2) 일상 구두언어적인 서술의 다양한 형태를 문체화한 것(skaz)
> 3) 半문학적인 일상 서술형태(글로 쓴)의 문체화(편지, 일기 등)
> 4) 문학적이기는 하지만 예술외적인 작가의 말의 다양한 형태들(도덕적이거나 철학적인, 혹은 과학적인 언급, 연설, 민족지적 묘사, 기록물 기타)
> 5) 작중인물들의 문체론적으로 개별화된 말들[30]

소설 담론(小說 談論)의 특성이 "예술적으로 조직된 사회적인 말씨의 다양성과 개인적 목소리의 다양성"에 있다는 주장이 가능한 것은 소설언어의 이러한 다양성 때문이다. 이처럼 소설이 다양한 양식의 언어를 포용할 수 있는 특성은 여러 연구자들이 지적하고 있다.[31] 소설 담론의 층위는 내적인 대화관계와 조직양상에 따라 세 영역으로 정리할 수 있다. (1) 화자의 최종적 의미상의 판단의 표현으로서 직선적이고 직접적으로 자신의 대상을 향한 말 (2) 객체화된 말(묘사된 인물의 말) ㉠ 강한 사회적 전형 ㉡ 강한 개인적 전형 (3) 타인의 말을 지향하는 말(이중적인 목소리의 말) ㉠ 단일 방향의 이중적 목소리를 가진 말 ㉡ 여러 방향의 이중적 목소리를 가진 말 ㉢ 능동적 유형(반영된 타인의 말)[32] 등으로 정리될 수

---

30 M. M. Bakhtin, *The Dialogic Imagination*, 앞의 책, p. 262.
31 R. Bourneuf et R. Ouellet, 김화영 편역, 『소설이란 무엇인가』, 문학사상사, 1988. pp. 21-22. 및 M. M. Bakhtin, 앞의 책, pp. 320-21.
32 『마르크스주의와 언어철학』, 앞의 책, p. 17.

있다. 여기서 주목되는 것은 소설의 말이 다른 말을 부단히 지향한다는
점이다.

소설의 담론양상을 이렇게 정리하면서 바흐찐이 "장르로서의 소설의
특성은 인간의 고유한 이미지가 아니라 언어이미지로서의 인간이다."하는
주장을 펴는 데는(D. I. 336) 바흐찐 특유의 언어철학이 바탕에 깔려 있
다. 바흐찐은 소쉬르를 비판하면서 양분법적인 체계를 강조하는 구조언어
학적인 관점에서 벗어나, 언어를 이데올로기적인 실천의 양상으로 간주한
다. 바흐찐은 기호와 이데올로기의 관계를 다음과 같이 규정하고 있다.

> 하나의 기호는 단순히 현실의 일부로서 존재하는 것은 아니다. 그것은 자
> 신 이외의 다른 현실을 반영하고 굴절시킨다. 그러므로 기호는 현실을 왜곡
> 할 수도 있고, 현실에 충실하기도 하며, 더러는 현실을 특정한 시각으로 인
> 식할 수도 있다. 따라서 모든 기호는 이데올로기적인 가치평가의 기준을 적
> 용시킬 수 있는 것이다. 이데올로기의 영역과 기호의 영역은 일치한다. 따라
> 서 그것들은 서로가 등가관계이다. 기호가 나타나는 곳 어디에서나 역시 이
> 데올로기도 나타난다. 모든 이데올로기적인 것은 기호적인 가치를 갖는다.33

여기서 말하는 이데올로기는 지배 이데올로기라든지 정치 이데올로기
등을 뜻하기보다는 과학이나 미학 윤리 종교 등 어떠한 이데올로기적 기
능도 수행하는 것은 물론, 일상생활에서 개인의 태도나 의향 등을 통해
드러나는 일상적인 이데올로기 전반을 포함한다. 따라서 언어는 그 자체
가 이데올로기를 가지는 것이 아니라는 의미에서는 중립적이라는 것이다.
그렇기 때문에 이데올로기소(idéologème)는 이데올로기를 드러내주는 기
능과 같은 의미를 띤다고 보아야 할 것이다. 언어에 대한 이러한 관점에
서는 타자(他者)의 인식론(認識論), 대화원리를 통한 세계인식의 새로운 모
색, 공식문화에 대한 강한 반발 등 바흐찐 특유의 철학이 바탕에 깔려 있
다.34 이러한 이론의 집약이 대화이론(對話理論) 혹은 대화원리라는 형태로

---

33 『마르크스주의와 언어철학』, 앞의 책, p. 17.

나타난다.

소설담론에서 다른 무엇보다 중요한 것은 담론이 대화적(對話的)인 관계로 조직된다는 점이다. 이는 바흐찐이 도스토예프스키의 소설을 연구하는 가운데 도스토예프스키 소설의 언어특성이면서 동시에 그의 소설시학(小說詩學)을 규제하는 원리로 내세운 것이다. 바흐찐의 이러한 연구는 가치중립적인 연구라기보다는 가치평가적인 측면으로 경도되어 있는 것이 사실이다. 도스토예프스키의 소설이 서양 근대소설사의 가장 빛나는 업적이라는 평가인데, 이는 도스토예프스키의 소설이 서양 근대의 다른 소설들과는 차원을 달리한다는 루카치의 주장과 일치하는 점이다. 도스토예프스키 소설처럼 시각의 다중화와 담론의 대화관계가 유지되는 소설을 다성적소설(多聲的小說:polyphonic novel, polylogue)로 규정한다.35 다성적인 소설을 높이 평가는 이유는 그러한 담론 성격을 가진 소설이 근대의 속성을 잘 반영한다는 것, 즉 세계에 대한 언어적인 매개라고 보는 것이다.

그러나 다성적 소설이 모든 소설의 이상형이 될 수는 없을 것이다. 각 나라마다 소설의 토양이 다르기 때문이다. 채만식 소설의 경우도 그러하다. 뒤에 밝혀질 터이지만, 채만식의 경우는 다성적인 소설을 창작한 것이라기보다는 오히려 단일논리적(單一論理的)이고, 독백적(獨白的)36인 방식으로 담론을 조직하고 있는데 이는 우리 소설의 전통과 우리 언어전통에 연관되는 점이라 생각된다.

채만식 소설의 담론 특성을 검토하는 데 있어, 구체적인 작업은 다음과 같은 순서를 밟아 진행될 것이다.

---

34 Tzvetan Todorov, *Mihail Bakhtine : le principe dialogique*, 최무현 역,『바흐찐:문학사회학과 대화이론』, 까치, 1987. 김욱동, 『대화적 상상력』, 문학과지성사, 1988. 김욱동 편, 『바흐친과 대화주의』, 나남, 1990.

35 Roman Ingarden, *Das Literalischekunswerk*, 이동승 역,『문학예술작품』, 민음사, 1985. pp. 50-51. 문학작품의 다성악적인 구조를 현상학적인 관점에서 설명하고 있다는 점에서, 담론의 대화성을 중심으로 하는 바흐찐과는 규정방식이 다르다.

36 대화적(dialogic)에 대립되는 독백적(monologic)은 논리의 단일성이라는 측면과 언어수행의 일방성이라는 두 의미를 아울러 지닌다. (D.I., glossary, p. 426)

첫째, 소설의 양식과 담론의 성격 사이에 드러나는 관계를 검토하는 작업이 우선되어야 한다. 이는 연구의 대상으로 하고 있는 작품의 성격이 요구해 오는 방법론을 정당화하기 위한 것이다.

둘째, 소설의 담론을 검토함에 있어서 가장 표층에 속하는 서술자의 말을 살펴보고자 한다. 이는 묘사(描寫)와 서술(敍述)의 관계를 검토하는 것인데 여기서는 서술주체(敍述主體)의 서술태도가 논의될 것이다. 그리고 서술주체가 작가와 분리되지 않는 경우는 서술주체가 처한 외적인 환경에 대응하는 방식이 아울러 언급될 것이다.

셋째, 서술의 대상(對象)으로 드러나는 소설외적인 텍스트가 담론을 조직하는 데에 어떤 형상으로 드러나는가 하는 점을 검토하게 될 것이다. 이는 당대의 풍속이라든지 현실이미지를 드러내는 담론에 대한 검토가 된다.

넷째, 작중인물(作中人物)의 말을 살펴보기로 한다. 작중인물의 말은 작중인물간의 대화 형태를 띠는 것인데, 대화를 조직하는 원리를 찾아볼 것이다.

다섯째, 담론과 담론 사이의 상호관계(相互關係), 즉 대화적인 관계와 아울러 담론을 통해 드러나는 의식(意識)이 검토될 것이다. 이는 담론 내적인 부분과 부분의 관계, 소설담론과 소설외적인 담론의 관계 등의 의미화가 될 것이다.

이러한 절차는 순서가 고정된 것이 아니다. 논의 대상이 되는 작품의 성격에 따라 서술의 순서라든지 검토의 세부적인 방식을 달리하게 될 것이다. 앞에서 밝힌 바와 마찬가지로 작품의 성격과 담론의 특성이 상호보완적인 맥락에서 검토되어야 하기 때문이다. 그리고 각 양식에 따라 중요하게 논의되어야 할 사항을 적출하여 서술하려고 한다.

전체적인 서술 순서는 작품을 단위로 하되, 작품의 양식을 고려하기로 한다. 우선 중편소설, 장편소설, 단편소설로 유별하고 그 안에 다시 작품별로 언급하게 된다. 전체적인 체계를 고려하되 작품이 생산되어 나온 통시적 계기성이 유의미적이라는 전제이다. 또한 작품은 소설외적인 텍스트의 영향을 밀접하게 반영하기 때문이다.

이 연구는 채만식의 소설작품 가운데 담론 특성이 비교적 대표성을 띨 만한 소설과 의식이 선명하게 드러나는 소설을 대상으로 한다. 채만식은 소설, 희곡, 평론, 수필 등 다양한 장르에 걸쳐 많은 작품을 남기고 있느 니만큼 담론상 서로 연관관계를 가질 것은 물론이다. 그러나 모든 작품이 똑같은 비중으로 중요한 것은 아니다. 장르로 볼 때는 소설이 그의 본령 이라 해야 할 것이다. 다른 장르의 작품은 소설의 담론과 의식 상관성을 검토하는 데에 이차적인 자료로 활용될 것이다. 소설을 제외한 여타의 작 품은 소설이 이루는 큰 구조에 수렴되는 작은 구조를 이룬다고 보는 것이 다. 그러한 맥락을 고려하면서 연구 대상작품을 선정함에 있어서 시대구 분적인 측면을 일부 염두에 두었다.

중편소설의 담론과 주체의 의식

백릉 채만식 유품 **외투와 중절모자**

<출처 : 채만식 문학관>

불란서 백작이라는 놈을 들을만큼 부잣집 아들로 오해
하게 만들었던 외투와 중절모

채만식소설의
언어미학

I
서술자의 담론통제와 양식미달

이 절에서는 채만식의 초기 중편소설 <過渡期>[1]를 담론의 측면에서 검토하기로 한다. 이 소설은 강한 비판적 주제를 드러내는데, 그러한 서술 내용을 서술자가 어떻게 통제하고 있는가 하는 점을 드러내게 될 것이다. 그리고 서술자의 서술 통제 방식이 담론을 특성화하는 방식도 검토되어야 할 사항이다. 이 소설에 드러나는 서술특성은 채만식의 다른 소설에서도 일관되게 영향을 미치고 있는 것으로 보이는데, 회귀단위적인 의미를 확인해 둘 필요가 있기 때문이다.

채만식의 작가 역정을 보았을 때, 그는 중편소설에서 시작하여 중편소설로 작품 활동을 마무리한 작가이다. 중편소설은 장편소설이 쓰여질 수 있는 여건이 성숙되기 직전이나 장편소설의 여건이 무너지기 시작하는 시점에서 선택되는 전이적인 장르라는 루카치의 지적을 인정한다면, 중편소

---

1 <過渡期>는 1923년 작으로 추정되는데, 유고로 전해져오던 것이 『문학사상』 통권 11, 12호(1973. 8. 9)에 소개되었다. 작가 자신의 회고에 따르면 장편소설을 시도했다는 점과 이 작품에 대단한 자부심을 가졌던 것을 알 수 있다. (『전집』 5, p. 168.)

설로 시작하여 중편소설로 작가활동을 마감했다는 것은 장르선택의 조건
과 연관되는 논의를 가능하게 하는 점이라 할 수 있다. 이는 장르선택의
역사철학적인 조건을 암시할 뿐만 아니라 개인에게 있어서도 소설에 대한
의식의 성장과 쇠퇴를 볼 수 있기 때문이다. 더구나 처음 작품이 '過渡期
意識'으로 표상되는 시대비판적 성격을 띠고 있으며, 마지막 작품이 역사
전망을 할 수 없는 시대에 주관적인 역사전망을 보여 준다는 점에서 <과
도기>와 <소년은 자란다> 사이에는 어떤 일관성이 짚어질 수 있을 듯하
다. '과도기의식'이 채만식 소설에 있어서 일종의 회귀단위적인 성격을 띤
다는 해석의 가능성을 보여주는 단서라 할 수 있다.

▮1▮ 서술주체의 담론 규제 방식

<過渡期>의 담론 특성을 규정해 주는 일차적인 양상은 서술자의 강력
한 통제와 작가의 개입이다. 이는 현실의 사실적인 묘사를 지향하는 근대
사실주의 소설의 방식과는 다소 거리가 있는 것이다. 작가의 개입은 작가
의 미숙성이라든지 예술성의 미달상태라는 지적을 받는 것이기도 하다.
서술자의 통제는 전지적 시점을 이용하여 서술내용의 진실성을 전적으로
서술자가 책임지는 그러한 서술방식이다.[2] 그리고 작가의 개입은 소설을
쓰는 작가가 매개되지 않은 채 고유명사의 형태로 소설텍스트 안에 드러
나는 것을 뜻한다. 이는 흔히 소설의 리얼리티를 감소시키는 요인으로 지
적되기도 한다. 미적거리(美的距離)를 상실하게 되기 때문에 리얼리티가 감
소된다는 설명이다.

서술자의 통제는 일반적으로 다음 두 방식으로 드러난다. 서술내용의

2 Wayne C. Booth, *The Rhetoric of Fiction*, 최상규 역, 『소설의 수사학』, 새문사,
1985, 제1장, pp. 18-20.

객관적인 제시를 위해 서술자(敍述者)가 시점을 한정하고 자신을 통제하여 텍스트 안의 작중현실에 개입하지 않는 방식이 그 하나이다. 다른 하나는 앞에서 말한 바와 마찬가지로 서술자가 서술내용에 대해 전적인 책임을 떠맡으면서 이야기를 하는 방식이다. 후자의 통제방식은 있는 그대로의 사실을 재현하는 방식인 미메시스에 대해 디에제시스의 방식이다.3 이른바 '이야기하기' 방식에 해당하는 것이다. <과도기>의 경우는 묘사보다는 이야기하기 방식으로 서술자가 서술내용을 통제하고 있다. 그 결과 서술자(敍述者)와 작가(作家)의 거리가 소멸되어 서술자와 작가가 동일한 존재인 것처럼 드러난다. 서술자와 작가의 거리가 가까워지면 이른바 아이러니적 거리의 효과가 감쇄되고, 본질적으로 객관적임을 지향하는 근대소설 양식의 일반적인 서술 특징이 약화된다. 즉, 레벨이 다른 두 담론을 서술자의 통제 하에 동일한 차원에 병치시킴으로써 생겨나는 아이러니의 감각이 소멸되기 쉬운 것이다. 결과적으로 담론차원(談論次元)의 혼란을 가져오게 된다.

또한 작가의 이미지를 환기하는 서술자의 주장이나 비판이 강력해질 경우 그것은 허구적인 담론으로 읽히는 것이 아니라 작가가 자신의 주장을 펴는 양식이 되어 소설이 주제적(主題的)인 양식(樣式)으로 전환되는 특성을 나타낸다. 이러한 양상이 동시에 나타나는 예를 보기로 한다. 작중인물 봉우의 아내가 자살하게 된 데에 대한 서술은 다음과 같이 전지적인 방식으로 되어 있다.

　　불쌍하고 가엾은 그는－봉우의 안해는 그날 새벽에 먼동이 채 트기 전에 마지막으로 수천길이나 깊은 저 속에서 우러나오는 듯한 비수(悲愁)와 원한을 머금은 눈동자로 전별하는 듯이 봉우를 한 번 바라보고는 그만 이 세상－스물 네 해 이 세상에서 구천에라도 사무치고 오뉴월삼복 염천에라도 서리칠

---

3 Gérard Genette, *Narrative Discourse : An Essay in Method*, Cornell U. P., 1980. pp. 162-64.

무궁한 원한과 설움을 가슴에 품고 그만 자취도 없이 소리도 없이 다시 오지 못하는 소멸의 나라로 길을 떠나고 말았다. (5-182)

이러한 서술은 단순히 서술의 全知性이라는 측면의 설명으로는 미흡하다. 서술자가 스토리에 참여하고 있지 않으면서도⁴ 작중인물과의 거리가 소멸되어 있음을 볼 수 있다. '봉우를 한 번 바라보고는' 하는 한 구절 외에는 서술자의 위치가 작중인물의 의식내부로 들어가 일치되어 있다. 이러한 데서 감상성이 나타나게 된다. 작중인물을 독자가 바라볼 수 있는 시각적 거리가 차단된 것이다. 작중인물과의 거리 차단은 常套的인 語句를 끌어들이는 데서 강화된다. 원한이 '구천에 사무친다'든지 '오뉴월 삼복 염천에도 서리가 친다'든지 하는 상투어의 활용이 그 예이다. 이러한 상투어는 그 언어를 사용하는 언어대중의 공통된 의식 기반을 바탕으로 한다는 점에서 소설을 쓰는 작가나 서술자의 시각이 담론의 상황에 함께 들어와 있는 언중의 시각과 분리되기 어려운 것이다. 그렇게 될 경우 前景化의 효과가 살아나지 않는다.⁵ 그리고 대상의 속성에 대한 적절한 한정이 없이 '무궁한 원한과 설움'이라 한다든지 '자취도 없이 소리도 없이' 하는 감정가치가 높은 상투어를 반복적으로 사용함으로써 독자의 대상에 대한 거리를 소거해 버리는 것이다.

그리고 여기서 하나 더 살펴 두어야 할 것은 매 장에서 앞에 전개한 내용을 작가가(혹은 서술자가) 직접 개입하여 반복적인 설명을 하고 있다는 점이다. 18개 장 가운데 이러한 반복이 나타나는 것은 1, 2, 3, 9, 10, 12,

---

4 Gérard Genette, *Figures* III, Edition du Seuil, 1972, p. 252. 앞의 책, p. 228.
5 '前景化 foregrounding'는 프라그 언어학파들의 미학적 개념이다. 일상언어를 배경으로 하여 예술적인 의도를 가지고 언어를 왜곡시킴으로써 그 언어가 미적인 효과를 드러내는 방식을 말하는데 거기서 시적언어의 특성이 살아난다는 설명이다. (Jan Mukarovsky, "Standard Language and Poetic language", Donald C. Freemaned. *Linguistics and the Literary Style*, Holt, Rinehart, 1970, pp. 40-56. 및 (Jan Mukarovsky, *The World and Verbal Art*, ed. & tr. John Burbank and Peter Steiner, Yale U. P., 1977, pp. 6-9.)

14, 16, 17 등 9개 장에 해당한다. 이는 소설 기법의 미숙이라는 의미와 함께 작가의 지적인 우월감이 담론의 양식을 통해 드러난 예로 보아야 할 것이다.6 작가의 우월감이 서술대상을 전적으로 통제하는 방식을 구사하면, 서술내용이 서술재[작가]의 일상세계보다 열등한 세계일 경우 풍자양식을 취하게 된다.

위에서 본 것처럼 작가의 일방적인 언어전달 식의 담론양식의 특성은 단일성 혹은 독백적이라 할 수 있다. '단일성의 담론'이란 담론과 담론간에, 작중인물의 의식과 의식 사이에 對話化가 이루어지지 않은 담론을 뜻한다.7 그러한 단일성은 작가의 직접적인 개입으로 인하여 담론의 대화작용을 차단한다.8 이는 작가가 어떤 내용을 언급할 때 서술자를 대신해서 개입하는 경우와는 다른 양상으로서 그것이 기능적이지 못하다는 점에서 소설 서술방법의 미숙성을 드러낸다고 할 수 있다. 즉 소설담론의 일반적인 컨벤션에 합치되지 못하는 것이다.

> (작자는 여기서 잠간 말을 하려 한다. 디 다음에 나오는 말은 대개 일본말로 그들이 하였다. 문자와 말을 할 때는 말할 것도 없이 일본말로 하였지만 그네 조선사람들 끼리만이라도 우리 조선말로 말을 하면 그것을 알아듣지 못하는 문자에게 미안스럽다는 의식을 그네끼리 아무 약속이나 제정이 없을지라도 본능적으로 의식하게 된 것이다. 그러나 한마디 더 할 말은 이 작품은 어디까지나 우리나라 문학의 작품이요 조선말로 번역하여 놓은 것은 아니라는 것이다. 그것은 작자가 일본말을 우리말로 번역하여 쓴 것이 아니라 작품의 인물들이 '우리말'을 일본말로 번역하여 한 말을 다시 먼저의 그 '우리말'로 돌려본내 가지고 쓴 까닭이다.)
>
> [5-204-05, 인용문의 괄호( )나 부호는 원전대로임–인용자]

---

6 염무웅, "채만식평전"『채만식』, 지학사, 1985, p. 326.
7 M. M. Bakhtin, *Problems of Dostoevsky's Poetics*, 김근식 역, 『도스또예프스끼 시학』, 정음사, 1988, p. 295 이하 참조.
8 M. M. Bakhtin, *The Dialogic Imagination*, 앞의 책, p. 280 ff.

위 인용에서 확인되는 작가의 직접 개입은 일차적으로 기법의 미숙함
이라 해야 할 것이다. 이는 소설의 서술 방법으로는 거의 용인되지 않는
방법이다. 왜냐하면 서사문학(敍事文學)의 하위장르인 소설은 작가와 작중
인물의 거리 유지를 기본적인 속성으로 요구하기 때문이다. 다음과 같은
토마스 만의 발언이 참고 된다. "서사문학의 예술은 미학론적인 용어가
말하고 있듯이 아폴로적 예술입니다. 왜냐하면 먼 곳에 이르는 신 아폴로
는 원거리(遠距離)의 신이요, 간격의 신이며, 객관성의 신이고 아이러니의
신입니다. 객관성은 아이러니고 서사적 예술정신은 아이러니의 정신입니
다."9 작가가 자신이 소설을 쓰고 있다는 것을 객관화시키는 심리소설의
경우가 아니기 때문에, <과도기>에서 작가의 직접 개입을 내면이 고백으
로 볼 수 없는 것이다.

작가의 주관적인 개입이 소설담론에서 기능적인 역할을 하자면 지적인
통제가 철저히 이루어져야 한다. 소설은 작가가 자신의 이야기를 하는 것
이 아니라 서술자(敍述者) 즉 스토리텔러를 개입시킴으로써 의미의 다중성
을 발굴해내는 양식이다. 즉 시각과 시각의 엇갈림과 충돌을 통해 의미의
역동성을 드러내는 양식이 소설이다. 이러한 역동성은 다중적인 층위를
이루는 텍스트 양상으로 드러나고 텍스트의 다원논리(多元論理)를 추구하
는 것이 소설의 한 이상이라는 점은 서론에서 살편 바이다. 작가가 직접
개입하여 어떤 대상을 서술하는 경우, 작가의 시선이 놓이는 층위와 그
시선이 대상으로 하는 층위를 엄격히 구분하는 지적인 통제가 필요하다.
서술을 통해 드러나는 의미는 작가 자신의 의미가 아니라는 점을 독자가
알 수 있어야 한다. 작가가 그러한 지적통제를 수행함으로써 성공하고 있
는 경우를 <太平天下>에서 볼 수 있다. <태평천하>는 전체적으로 작가
의 단일한 시각으로 서술되어 있지만 그 시각이 작중현실의 의미를 통제
할 뿐이지, 인물들의 시각이 대립되도록 하여 의미의 다중성을 드러내는

---

9 Thomas Mann, "예술로서의 소설", 송동준 역, 『현대인의 사상』, 태극출판사, 1974,
　p. 256.

것 자체는 장애하지 않는다. 그러나 <과도기>의 경우는 그러한 지적인 통제를 유지하지 못하고 있다. 작가의 직접 개입으로 담론을 단일화하여 소설을 주제전달의 양식으로 격하시키는 것은 소설 본령을 벗어나는 것이다. 그러한 단점이 표면에 드러날 때, <과도기>의 양식이 주제적(主題的) 양식(樣式)으로 접근하게 한다. 소설로서는 양식 미달이라 할 수 있는 것이다. 이는 작중인물의 대화를 과도하게 연장시킴으로써 생겨나는 장면화(場面化)의 방법과도 연관이 있다.

▌2▐ 서술주체의 대상에 대한 태도

소설의 서술은 극에서처럼 화자와 청자 두 사람의 대화로만 이루어지지는 않는다. 서술자가 개입하고 작중인물의 대화내용 혹은 외적인 지시물이 있게 마련이다. 이는 소설 담론과 대립되는 '이야기'[10]의 영역에 해당하는 것인데 담론 논의에서 외적인 대상이나 현실은 서술자나 작중인물들의 태도가 지향하는 대상이 되기 때문에, 이야기 내용에 해당하지만 담론의 문제와 따로 분리되지 않는다. 이야기 내용은 담론의 특성을 결정지어 주는 요인이 된다는 점에서 담론과 연관지어 검토할 필요가 있다.

<過渡期>에 대해서는 '애정윤리, 허무주의 사회환경이 비판'을 내용으로 하고 있다는 지적[11] 반일감정이 극명한 점, 구도덕이나 조혼 및 이혼에 대한 인습이 비판, 휴머니티, 허무주의, 자유주의의 붕아[12] 등을 보여주는

---

10 '이야기'라는 용어는 엄격히 규정하고 사용해야 한다. 이야기(histoire)는 영미 소설론에서 플롯에 대립하는 스토리, 또는 러시아 형식주의자들의 개념으로는 주제(sujet)에 대립되는 우화(fable)와 동일한 의미이다. '이야기'라는 용어는 불어의 récit를 가리키는 용법으로도 쓰이나 추상성의 정도에 있어서 다르다. récit는 어떤 이야기를 플롯화하는 방식까지를 아울러 가리킨다는 점에서는 플롯에 접근하는 용어이다. (S. Chatman, *Story and Discourse*, Cornell U. P., 1978, pp. 19-20)
11 홍기삼, 앞의 글, p. 303.
12 우명미, "채만식론" 『한국연극』 제9호, pp. 32-33.

작품이라는 점 등의 지적이 있어 왔다. 그러나 이러한 내용이 담론의 양상과는 어떠한 관련을 갖는가 하는 점은 언급되지 않았다. 풍자의 싹을 보인다는 지적이나 기법의 미숙, 중편양식으로 미흡하다는 지적 등도 담론의 언어적인 분석을 입지 않고 있다. 이러한 점은 이 작품의 담론 특징을 살펴봄으로써 그 구체적인 양상이 밝혀질 것이다.

앞에서 살펴본 바와 마찬가지로 <과도기>의 담론상 주조(主調)는 작가와 동일시된 서술자의 직서법적(直敍法的)인 통제라 할 수 있다. 전체적으로 작가의 주관적인 개입과 작중인물들의 미분화(未分化)된 시각으로 인해 소설의 意味가 평면성에 머물러 있다. 직서법이 내용상 강력한 비판의식이 배어 있다거나 아프게 찌르는 풍자로 되어 있다거나 하는 데로 나가자면 몇 단계의 우회로를 거쳐야 한다. 담론의 미분화와 담론 주체로서 작가의 의식 미분화는 서로 상응관계를 나타낸다. 대상에 대한 양가감정(兩價感情)으로 인해 갈등이 생길 소지를 지니는 작중인물과 사건을 설정했음에도 불구하고 갈등을 구체화하는 과정에서 작가의 분화되지 않은 의식이 작용하여 일방적인 비판이 이루어지기 위해서는 다음과 같은 조건이 충족되어야 한다는 점에서 그러하다.

> 풍자문학은 작가가 현상 내부에서 인식한 질서를 그것이 발생한 현상과는 별개의 질서를 가진 현상 속에 둘 때, 독자로 하여금 그 주어진 앞의 현실을 인식케 함을 예정하고 그 현실을 비판하면서 씌어진 가탁의 작품인 것이다. 고쳐 말하면, 앞의 현상과 거기서 추출된 질서와 가탁된 별개의 이야기-이 세 작업이 동시에 이룩될 때 풍자적 작품이 성립되는 것이다.13

현상과 거기서 추출한 질서의 대비는 현실에 대한 비판의 의미를 띤다. 현실에 대한 비판을 가탁된 별개의 이야기로 할 경우 독자는 그것이 가탁이라는 것을 알 수 있어야 한다. 이러한 풍자는 다양한 언어형태를 나타

---

13 김윤식, "풍자와 그 소멸의 관계", 『한국현대문학사』, 일지사, 1976, pp. 91-92.

낸다.14 작가의 언어, 나레이터의 목소리, 작중인물의 대화 등 소설담론의
여러 차원들을 통해 드러난다. 작가의 직접적인 서술이나 작중인물의 대
화, 특히 인용부호를 이용하여 직접화법으로 전달하는 경우는 풍자적인
톤을 갖더라도 담론의 본질상 직설적인 비판이 될 수밖에 없다. 화법이
서술자를 통해 서법(敍法)과 태(態)를 가지고 분화됨으로써 언어적인 다층
성(多層性)을 가능하게 해준다. 검열에서 反日的 태도 때문에 삭제된 두
부분을 비교해 보기로 한다.

> (가) 영순이는 K의 소개로 그 화친회의 회원이 되어 그 육십원이라는 돈을
> 매삭 얻어서 이름 좋은 고학을 하여 나갔다. 그런데 화친회에서는 애초
> 에 사업을 가장 잘 하여 나갈 목적으로 어디서 주워왔는지 모르나 조선
> 사람 서태문이라는 검은 장막에 싸인 의심다운 인물에게 그 회의 모든
> 사업을 맡겨 처리하게 하였다. 그러므로 그 화친회는 서태문의 독점사
> 업이나 진배가 없었다. (5-192)

> (나) ① 그 놈의 본 이름은 서태문이가 아니라 서병욱이란 놈이에요. 인제
> 알구보니까……. ② 그놈이 동경서 아주 지독한 친일파놈이드랍니다.
> 그놈, 제 말이 제가 명치대학을 졸업했단대지요? ③ 아닌게 아니라 명
> 치대학 학모에 교복은 입고 다녔드랍니다. − 인삼장수 엿장수하느라고
> 요−그놈이 인삼장수 엿장술하다가 잘 팔리지 않으니까 보인회 회장
> 곡산초칠랑(谷山初七郎)이란 자의 궁둥이에 가 들어붙어서 제 말대로 '일
> 선융화에 큰 노력을 했다'나요……. ④ 그러다가 필경은 우리나라 유학
> 생들한테 들켜서 죽도록 얻어멎고 이 경도로 쫓겨왔드래요. (5-195)

위에 인용한 두 문단은 둘 다 서태문이란 인물에 대한 정보를 내용으로
하고 있다. 그리고 서술자의 인물에 대한 거리도 일정하게 조절되어 있다.
즉, 둘 다 담론의 대상이 되는 작중인물을 부정적으로 평가하고 있다. 그

---

14 S, Rimmon-Kenan, *Narrative Fiction : Contemporary Poetics*, Methuen,
1983, pp. 115-16. 다양한 목소리의 텍스트 내적 공존은 다성성을 만들어낸다. 한편
발화를 지향하는 화자의 언어적 지표의 보존은 텍스트간의 다성성을 만들어준다.

러나 그 부정적 시각(視角:거리)은 서로 같지 않다.

인용문(가)는 봉우와 한 동네 처녀 영순이가 일본에 유학을 가서 친일 단체에서 돈을 얻어 쓰는데, 그 단체를 움직이며 영순에게 '흉악한 야심'을 품는 인물에 대한 서술이다. 서술자는 단순히 서술대상에 대한 정보를 제공하는 것이 아니라 그 대상을 서술자 자신의 주관적인 태도로 해석하고 있다. 그것은 작중인물에 대한 평가적인 언어의 사용에서 드러난다. 담론의 대상이 되어 있는 서태문에 대한 평가는 '어디서 주워왔는지 모르나'하는 관형구와 '검은 장막에 싸인 의심다운 인물'이라고 되어 있다. 이는 서술자를 통한 서술대상(敍述對象)에 대한 평가(評價)이기 때문에 작중인물의 대사를 통해 상대방에 대해 태도를 표명하는 경우 보다 직접성이 더 강하다.

인용문(나)는 작중인물의 대사를 통해 전달되는 것이기 때문에 평가의 시각이 분화되어 나타난다. 봉우가 고향 처녀 영순의 앞에서 일종의 연적과 같은 위치에 있는 인물에 대해 평가하는 장면이다. 그리고 이 부분은 검열에 의해 삭제된 곳이기도 한데, 반일감정이 짙게 나타난 것이 검열에 문제가 되었던 것이다. ①은 본명을 알리는 정보 제공의 기능을 하는데 감정적 어조는 '그 놈'에만 들어 있다. ②에서는 전달의 객관성 – 화자가 익명으로 된 전달정보, ③은 대상 자신의 발언에 대한 반응 ④는 ③의 내용을 전복하면서 구체화되어 화자의 감정이 보다 짙게 배어 있다. '친일파'라든지 '谷山初七郎의 궁둥이', '일선융화' 등 직설적인 비판의 내용이 담겨 있지만 시각은 분화되어 있지 않고 단일시각(單一視角)이다. 이러한 차이는 서술자의 언어와 작중 인물의 언어(대화)의 차이로 소설의 언어에서 그 레벨이 다른 데에 연유한다.

아이러니적 상황을 설정했으면서도 직서적(直敍的)인 방식의 상황서술로 인하여 그 효과를 잃는 예를 다음과 같은 데서 볼 수 있다. 형식이라는 인물이 일본인 여자 문자와 같은 하숙집에서 동침을 하다가 하숙집 주인에게 발각된다. 하숙집을 찾아온 문자의 어머니와 형식이 만나는 장면에서 오고가는 대화와 서술은 아래와 같이 되어 있다.

> "네, 그저 무어라고 사죄를 해야 좋을지 모르겠습니다.……" 하고 머리를
> 숙였다. "아니에요. 난 지금 형식씨더러 잘못하셨다구 그러는 게 아니에요.
> 글쎄 문잔 계집애라구 사람이 아닌가요? 치우니까 남녀가 한 이불 속에 누
> 워서 달구경을 좀 했기로 무전이가 내달아서 그따위 난폭한 짓을 할 건 무어
> 야요? 몰상식한 관고니까 그러지……. 그리구 형식씬 사내답잖게 무얼 그리
> 근심하시우? 마땅히 갈 곳이 없거든 우리 집으로라두 갑시다그려……. 이애
> 문자야, 그리 못나게 굴지 말구 어서 짐이나 챙겨라." 하고 <u>천대부인의 하는
> 말은 주인 무전이를 업신여기는 빛이 숨어 있었다.</u> 천대부인은 이날 이 희극
> 의 여주인공이 되었었다. (5-226-27)

대화 다음에 이어지는 밑줄친 부분은 작가의 개입이다. 이러한 작가의
개입은 독자들로 하여금 대상에 대해 거리감을 가지고 웃음을 자아내게
하는 길을 차단하는 것이다. 대화 다음에 이어서 상황설명이 나오고 "만
일 천대부인이 좀더 냉정히 무전의 말을 해석하여 볼 기회가 있었더라면
사실의 전부를 알았을지도 모를 것"이라든지, "달구경이란 말은 결코 합
당한 말이 아니라 다른 말을 비유한 것"이란 직설적 설명을 가함으로써
독자가 아이러니적인 상황으로 인식할 수 있는 국면에 가서 평범한 서술
로 전환되고 마는 것이다. 결과적으로는 아이러니적인 상황의 설정이 서
술방식에 의해 그 효과를 발휘하지 못하는 것이다. 이는 작가의 과잉된
담론 지배의욕에서 기인하는 결과이다.

이렇게 보았을 때, <과도기>에 풍자성이 다소간 나타나는 것은 사실이
나, 풍자가 작중인물의 대화를 통하여 제시됨으로써 서사적(敍事的)인 양
식과 연관성을 갖지 못한다. 작중인물들 사이의 시각적 교차의 차원으로
가지 못하고 주제적인 주장으로 드러난다는 점에 유의할 필요가 있다. 이
는 극양식적인 소설구성의 특성과 담론이 관계되는 면이다. "극의 담론은
주어 없는 담론'이라는 점에서 극양식의 언어가 절대성을 띤다는 점을 고

려해야 할 것이다.15

> 글쎄? 그러질 말구 차라리 야소플 진실히 믿는 사람을 하나 천당으로 특파시켜서 하나님한테 원정을 좀 해보라지. '우리나라 젊은 사람 뱃속에서 연애성을 좀 빼버려 달라'구…… 우린 우리 양심에 거리끼지만 않으면 사회여론 같은 게야 모르는 체하는 게 좋아. 그렇지만 한편으로 보면 그 여론이 그다지 근거가 없는 것두 아니야. 왜그러냐 하면, 지금 우리나라 젊은애들 가운데 참말 비계나는 꼴이 있으니까. <u>시체 젊은애들이 걸핏하면 이혼을 한다지 그래, '왜 이혼을 하려느냐'구 물으면, 열이면 아홉은 '무식하구 얼굴이 미운 것'이 그 제일 큰 조건이라구 대답을 하지. 그러면 유식하구 얼굴 예쁜 색신 얻어 무엇하려냐구 물으면, '둘이서 같이 활동을 해서 벌어먹구 살려구' 그런대나.</u> 글쎄, 금시 제 여편네하구 막 좋아 지내던 게 그런단 말이야. 사실 정이 없어 그러는 것두 아니야. 그러니까 사회에선 그따위 것들을 눈감아 볼 수가 있겠다구? 만일 인류제조소란 게 있다면 그 쓰레기통에다나 모두 쓸어 담아서 서울 시구문 밖에다 쿵쿵 파묻어버릴 감들 그것들이 모두 과도기의 특산물 부스러기이야.' (5-239-240)

밑줄친 부분은 상황적(狀況的) 아이러니를 보여준다. 이혼하고자 하는 이들의 이혼 이유가 자기모순적임을 풍자(諷刺)한 것이다. 당시 이혼은 사회적인 윤리의 파탄을 보여주는 풍속의 한 국면인데, 그러한 훼손된 풍속이 비판의 대상이 되어야 함은 물론이다. 그런데 앞의 인용은 풍자가 되기에는 미흡한 면이 있다. 이는 담론이 대화화(對話化)되지 않고 작중인물의 개인적인 말로 단선적으로 전달되기 때문이다. 여기서 풍자 성립의 조건을 검토해 둘 필요가 있을 듯하다.

풍자(諷刺)가 성립되기 위해서는 작가의 의식이 가치가 있는 것에 맞닿아야 하고, 사회적인 문학양식으로서의 속성을 지녀야 하는 것이다. 여기서 풍자는 도덕성을 띠게 된다. 풍자적인 인물은 그 개성이 어떻든 간에

---

15 Anne Ubersfeld, *Lire le théâtre*, 신현숙 역, 『연극기호학』, 문학과지성사, 1989, p. 242.

그는 항상 작가의 풍자적 의도에 지배를 받는다. 풍자적 작품의 시초(始初)에서 풍자의 의도가 규정되고 그 인물이 그 의도를 실증하는 구실을 한다. 그러나 한편 풍자가는 "초연하고 공평하며 분별력이 있게 보여야 하며, 세상이 허락만 한다면 보기보다 선량한 성격을 가졌다고 느껴져야 한다."[16]는 점을 고려한다면 <과도기>의 경우, 그러한 거리유지를 하지 못함으로써 풍자에 도달하지 못한 작품이 되었다고 할 수 있다. 이는 작가가 풍자하려는 내용이 지나치게 작가의 통제(統制:control)하에 놓임으로써 시각의 단일화로 말미암아 비문학적인 것이 되어버린 형국이다.

여기에서 풍자는 아이러니의 감각, 즉 거리의식을 필요로 하게 된다는 것을 알 수 있다. 아이러니의 감각은 텍스트의 다중논리적 측면에 기여한다. 복합적 시각으로서의 아이러니는 "경험에 있어서, 그들 중 어느 한 가지라도 단순히 옳다고 할 수 없는, 여러 가지의 해석이 가능하며, 불일치의 공존이 생존구조의 한 부분이라는 것을 인정하는 인생관을 말한다."[17] 이러한 사상에서 나오는 아이러니는 풍자의 무기로 사용되기도 한다. 이 모순의 인식은 근본적으로 시선의 평정함(Heiterkeit)을 요한다. 그러나 화자와 작중인물의 거리가 단축되어 실제 작가의 의도가 직설적으로 노출되는 풍자는 객관성을 띠기 어렵게 된다.

일제강점하의 윤리적 문란을 '과도기의 특산물'로 보고 비꼬는 내용을 작중인물의 말을 통해 제시하고 있는 것이 <과도기>의 서술 특징 중의 하나이다. 이혼(離婚)에 대한 절실한 조건 없이, 즉 철학적(哲學的) 반성(反省) 없이 '무식하구 얼굴이 미운 것'을 내세워 이혼하는 풍속을 비판하는 것인데, '유식하고 얼굴 예쁜' 조건과 '함께 활동해서 벌어먹는 일' 사이에는 직접적인 관계가 있을 수 없다는 것을 보여줌으로써 이혼의 근거가 허위 하는 것을 폭로하고 있다. 이는 결합될 수 없는 두 극단적인 사항이 동일시되는 양가성의 심리구조를 드러내었다는 점에서 의미를 지닌다. 그

---

16 Arthur, Pollard, *Satire*, 송낙헌 역, 『풍자』, 서울대출판부, 1979, p. 94.
17 폴라드, 위 책, pp. 31-37.

러나 그 전달의 방식은 한 인물의 일방적인 자기발언으로 되어 있기 때문에 대화가 아니라 독백(獨白)이다. 화자의 비판이 개입되어 있기는 하다. 그러나 아이러니적 상황에 대한 비판의 의미는 상대방에 대한 고려가 없음으로 해서 의미를 확보하지 못하고 있다.

이처럼 '과도기의 특산물'로 비판되는 신여성과 기독교의 관계 또한 다음과 같이 대사 형태로 제시된다. 친구 사이면서 동시에 戀敵의 관계에 있는 두 인물이 영순이라는 여학생을 평가하는 방식은 다음과 같이 되어 있다.

> 얌전은 무엇이 얌전해? 그것이 모두 예술 잘못 믿은 여독이지. 그리구 얌전하면 정말 얌전해서 그러나? 남의 눈을 꺼려 그러지. 사실 말이지, 요새 그 신여자란 게 새롭 신자 신여잔지 초처럼 시다 신여잔지 모르겠더구나 이 애…… 눈꼴이 시어 볼 수가 있어야지. 성경자나 보구 찬미가개나 부르구 하면 제 소위 신성한 생활이나 하는 줄로…… 눈을 가룹뜨구 다니며 남을 낮추보구…… 그리구 그따위들이 방탕을 하기 시작해 봐요. 걷잡을 수가 없지. 저희가 무엇 난체혜…… 잘나고도 잘난체하는 것두 보기가 싫은데 못난 것들이 난체 하니 어쩌잔 말이야…… 저희가 무얼 좀 안단 건 모두 개대가리에 감투 씌운 셈이지. 정수 말 본으로 그것들이 모두 과도기 특산물 부스러기들이야…… (5-279-280)

이어서 교회가 '감정의 도수장'이어서 '젊은 남녀가 교제하는 걸 당비상 보담두 싫어하고' 하는 풍속변화를 작중인물의 대사를 빌어 통렬하게 비판한다. 여기에는 언어유희(言語遊戱:pun)를 사용한 비꼼이 들어 있다. 그러나 비꼼이나 일방적인 비판만으로는 풍자가 성립되지 않는다. 아이러니적 상황과 개인의 인간적 약점이 함께 제시되어야 하며, 사태를 바라보는 서술자 혹은 작가의 우월성을 인정할 수 있어야 한다. 또한 현상적으로 드러나는 사실자체가 전달하고자 하는 것이 아니라는, 그 이면에 숨은 의미를 드러내려 한다는 것을 알 수 있어야 한다. 그러한 점에서는 다음과 같은 정수의 공상 속에 나오는 풍자도 작중인물의 일방적인 대사로 제시됨으로써 단일성은 면치 못한다. 풍자에 이르지 못하고 비난이나 빈정거림에 머물 뿐이다.

> "개미(蟻)집만도 못한 사회, 어린애 장난 같은 과학, 구역질 나는 종교, 거짓부리 예술, 수박겉핥기 같은 철학, 같잖은 도덕, 십 년 묵은 대통(煙管) 같은 사상……. 그래가지고 저희끼리 자유니 평등이니 진보니 퇴보니……. 자연켈 정복하느니 진릴 찾느니 선악이 어쩌니 미추(美醜)가 어쩌니……. 국가니 전쟁이니, 혁명이니 개조니, 영이니 육이니 해가면서 저희끼리 잘 난 놈 못 난 놈 구별을 해 가지고는 색다른 놈은 다른 색다른 놈에게 텃셀 하고……. 그래서 서로 잡아먹질 못해서 으르릉거리고 아이구 구역난다."
>
> (5-283)

위에서 볼 수 있는 것은 풍자가 아니라 동일한 수사법의 반복을 통한 언어리듬이다. 반복어법(反復語法)은 판소리 사설의 서술방식과 접근하는 점이라 할 수 있다. 현실과 걸맞는 내용으로 되어 있는 어휘를 선택하는 것이 아니라 텍스트 안에서 이루어지는 말의 리듬에 바탕을 둔 수사이기 때문에 현실에 대해 거리를 두고 바라볼 수 없게 한다. 이러한 리듬은 산문에서 필요로 하는 시각의 분화를 저해한다. 작중인물의 단일한 시각만이 드러나 있지 다른 시각을 통한 대상의 다면성은 표현되지 않는다. 직서적(直敍的)으로 표현됨으로 인해 풍자의 본질에서 상당히 이탈되어 있음을 보게 된다.

> 그 숨소리, 그 살냄새, 그 머리털에서 우러나는 기름냄새 - 는 모두 봉우가 예전에 자기 안해에게서 육욕을 일으키던 꼭 그것이었으므로 봉우 자신은 그것을 설령 의식치 못한다 하더라도 제삼자의 눈으로는 그것이 역사적으로 인연이 깊어 그리운 감상을 머금은 듯한 것이었다.
> 봉우는 덥석 달려들어 자기 안해를 꺼안고, 밉고 싫기는 하나마 눈을 질끈 감고 춘정을 풀 생각이 간절하였다. 그러나 그는 그 욕망을 견뎌내느라고 몸

을 비비틀며 혼자 속으로 자기를 나무라고 이혼할 생각을 또 하기 시작하였다. (5-170)

부모들의 강요에 따라 결혼한 아내와 이혼하기로 작정하고 집에 돌아와 아내와 어쩔 수 없이 자게 되는 장면에서 일으키는 감정상의 혼란이다. 감각적인 대상을 접하는 서술주체는 셋으로 나누어져 있다. 예전의 봉우, 현재의 봉우, 그리고 제삼자의 눈이 그것이다. 주체의 이러한 분화는 시각의 다중성을 확보해 줄 것 같지만 그것이 '제 삼자의 눈'이라는 논리적으로 성립되지 않는 존재를 끌어들임으로써 무의미해진다. 그러한 시각의 분화가 불가능한 상태에서 그 뒤에 이어지는 것처럼 서술자를 통한 작가 개입으로 나가게 되고, 그것은 다시 반복법(反復法)을 동반한 요설(饒說)로 떨어진다.

<과도기>는 시각이 단일하게 조정됨으로써 담론의 단일성을 드러내게 되어 진정한 의미의 풍자성을 띠기는 어렵다. 오히려 강한 직설적(直說的) 비판(批判)이 드러날 뿐이다. 그러나 현실비판적인 직설적 발언을 하는 인물이 자기모순적인 행동을 한다는 점에서는 풍자 가능성의 단서는 드러난다고 할 수 있다. <과도기>의 단일논리적 직서성은 <레디 메이드 人生>에 가서부터는 객관적 거리감을 획득하여 풍자양식으로 접근한다.

▌3▌ 이질적 담론의 단일화(극의식)

앞에서는 <과도기>가 주제적 양식으로 접근하고 있음을 보았다. 여기서는 담론의 대화관계를 살펴보기로 한다. 소설에서 작중인물들의 말은 극에서와는 달리 서술자가 개입하는 작중인물 사이의 대화관계(對話關係)를 만들어 가는 장치이다. 극에서는 극중인물들의 이야기를 주고받아도 결국은 관객을 향한 독백의 방식으로 이루어진다. 거기 비해 소설의 작중인물들은 말을 통해 자신의 의지를 표현하고 남과 교섭하며 남과의 관계를 새롭게 하는 것이다. 그런데 <과도기>에서는 그러한 관계가 거의 드러나지 않는다. 이는 극적인 장면을 만드는 가운데 작중인물의 말이 일방성을 띠면서 그 길이가 과도히 길어지는 데서 오는 양식상의 특성이라 할 수 있다.

주제 전달의 의지와 함께 장면에 대한 의식이 대화관계를 약화시킨다는 점을 볼 수 있다. 작중인물이 자신이 처한 시대를 '과도기'로 진단하고 그 성격을 비판하는 부분을 편의상 다시 인용하면 다음과 같다.

> 시체 젊은애들이 걸핏하면 이혼을 한다지…… 그래, 왜 이혼을 하려느냐구 물으면, 열이면 아홉은 '무식하구 얼굴이 미운 것'이 그 제일 큰 조건이라구 대답을 하지. 그러면 유식하구 얼굴 예쁜 색신 얻어 무엇하려냐구 물으면, '둘이서 같이 활동을 해서 벌어먹구 살려구' 그런다나. 글쎄, 금시 제 여편네하구 막 좋아 지내던 게 그런단 말이야. 사실 정이 없어 그러는 것두 아니야. 그러니까 사회에선 그따위 것들을 눈감아 볼 수가 있겠다구? 만일 인류제조소란 게 있다면 그 쓰레기통에다나 모두 쓸어 담아서 서울 시구문 밖에다 쿵쿵 파묻어버릴 감들 그것들이 모두 과도기의 특산물 부스러기이야.
>
> (5-239-240)

소설에서 대화의 길이를 산술평균적으로 규정하는 것은 무의미한 일이다. 그러나 대화에서 한 인물의 말이 대화의 상황이라든지 상대방과의 의견 교섭이나 의미조정 없이 길어지는 경우는 소설의 양식 자체를 이완시킨다. 지나치게 긴 인물의 말은 극중의 한 장면을 만들어 내고 있다. 이러한 점은 다음과 같은 데서도 확인된다.

> 개미(蟻)집만도 못한 사회, 어린애 장난 같은 과학, 구역질 나는 종교, 거짓부리 예술, 수박겉핥기 같은 철학, 같잖은 도덕, 십 년 묵은 대통(煙管) 같은 사상. 그래가지고 저희끼리 자유니 평등이니 진보니 퇴보니……. 자연껠 정복하느니 진릴 찾느니 선악이 어쩌니 미추(美醜)가 어쩌니……. 국가니 전

쟁이니, 혁명이니 개조니, 영이니 육이니 해가면서 저희끼리 잘 난 놈 못 난
놈 구별을 해 가지고는 색다른 놈은 다른 색다른 놈에게 텃셀 하고……. 그
래서 서로 잡아먹질 못해서 으르릉거리고 아이구 구역난다. (5-283)

담론의 주제전달적 단일성은 비판의 대상이 됨직한 내용을 매우 긴 대
화로 처리하는 방식을 택하게 만든다. 정수의 인생관 피력이나, 연애론이
나, 친권적 강압으로 이루어지는 조혼(早婚)에 대한 비판 등이 나오는 데
서는 대화가 지루할 정도로 길어진다. 이는 대화라기보다는 한 인물의 독
백적(獨白的) 발언이다. 이러한 대화는 앞에서 말한 바와 마찬가지로 시각
(視角)의 분화(分化)를 요구하지 않는 것이고, 그만큼 주제 전달방식으로
전환하기 쉽다. 주제적인 전달을 긴 대화를 통해 드러내는 방식은 채만식
의 초기소설에 빈번히 나타난다. 아편중독과 감옥살이를 다룬 <불효자
식>, 지식인의 빈곤과 계급의식을 다룬 <생명의 유희>, <그 뒤로> 등에
서 그러한 방식을 볼 수 있다.

대사의 연장으로 극적인 장면을 만들어가는 방식과 주제전달의 조급성
을 드러내는 <과도기>는 양식의 측면에서도 과도기성을 보여준다.

<過渡期>는 작가의 장편이라는 주장과는 달리 200자 원고지 490여
장의 중편소설이다. 여기서 양식을 문제 삼는 이유는 소설형식 자체가 과
도기적인 성격을 띠는 양식이라는 점, 소설의 양식과 담론의 양상 사이에
는 일정한 상관성이 드러난다는 가정 때문이다. 이러한 검토를 위해서는
중편소설이 쓰여진 것이 제재상의 이유라든지 작가의 역량 때문만이 아니
라 그러한 양식 출현의 역사적 필연성이 드러나야 한다. 간단히 말하자면
중편은 역사적인 현실파악이 장편소설이나 극 등의 '대서사양식'을 통해
이루어지는 현실성 획득의 시기 앞이나 뒤에 나타난다는 것이다.

중편소설은 자주 대서사양식이나 극형식으로 현실이 정복되는 전위부대로
서 나타나거나 그 시대를 정리하는 후위로 나타난다는 사실을 생각하게 된다.

다시 말하자면 소여의 사회적인 현실의 예술적인 보편적 파악이 이루어지기
직전의 시기나 그것이 더 이상 불가능하게 된 그러한 시기에 나타난다.[18]

이는 루카치가 솔제니친의 <이반데니소비치의 하루>를 검토하기 위한
전제로 내세운 주장이다. 이러한 논지는 물론 소설장르의 역사철학적인
조건에 대한 검토와 연관되는 것이다. 그러나 이는 어느 작가의 현실 파
악 능력의 달성과 연관되는 개인사적으로도 적용이 가능하다고 본다. 채
만식의 경우 <濁流>와 <太平天下>를 정점으로 하여 그 앞뒤에 단편
혹은 중편이 놓인다는 점이 그 논거가 될 수 있다. 이상의 논지가 승인될
수 있다면 <過渡期>를 중편양식으로 검토하는 작업이 가능해진다.

<過渡期>는 18개 장으로 구분되어 있다. 장의 구분 사이에 사건의 발
전 또는 성격의 전개 등 필연적인 이유가 뚜렷이 나타나지는 않는다. 일
본에 유학하고 있는 한국 남학생 셋이 벌이는 연애와, 부모들의 억압에
의한 조혼 때문에 겪는 심리적인 갈등과 일본에 대한 적개심의 노출, 기
성 종교에 대한 비판 등이 분편적으로 드러나 있다. 텍스트 문면에 집중
적으로 나타나는 것은 이혼 문제를 중심으로 한 작중인물들의 의견교환과
연애행각이다. 이는 중요한 작중인물인 봉우, 형식, 정수 세 사람 모두에
게 공통으로 해당되는 주제이다. 봉우는 조혼했던 처가 간질병을 일으켜
자신의 질병에 대해 비관한 나머지 자살함으로써 자유로와진 인물이다.
다음은 봉우가 이혼을 하기 위해 집에 왔다가 그의 아내에 대해 느끼는
양가감정(兩價感情)이다.

숨소리, 그 살냄새, 그 머리털에서 우러나는 기름냄새 – 는 모두 봉우가 예
전에 자기 안해에게서 육욕을 일으키던 꼭 그것이었으므로 봉우 자신은 그
것을 설령 의식치 못한다 하더라도 제삼자의 눈으로는 그것이 역사적으로
인연이 깊어 그리운 감상을 머금은 듯한 것이었다.

18 G. Kukács,, *Solzhenitsyn*, tr. William David Graf, MIT Press, 1971, p. 7.

봉우는 덥석 달려들어 자기 안해를 껴안고, 밉고 싫기는 하나마 눈을 질끈 감고 춘정을 풀 생각이 간절하였다. 그러나 그는 그 욕망을 견뎌내느라고 몸을 비비틀며 혼자 속으로 자기를 나무라고 이혼할 생각을 또 하기 시작하였다. (5-170)

이러한 양가감정은 의식의 과도기성이라 할 수 있는 것이다. '절대자유'를 누리기 위해 이혼은 하되 재혼은 않겠다는 정수의 주장과는 대립된다. 형식은 애인은 있지만 본처와 이혼하기 어려워 고민하는 중으로 현실에 대한 의식이 선명치 못한 상태이다. 이들이 벌이는 애정 행각을 중심으로 소설은 전개된다. 이처럼 작중인물의 의식상 미결정 상태와 담론의 미정 형성은 구조상 동질성을 보여준다.

<과도기>는 인물성격(人物性格)의 발전이라든지 행동의 인과적인 전개 등이 두드러지지 않는다. 이는 소설의 서술에 있어서 장면화를 시도하는 방식으로 연결되는 한편, 작가가 대상의 전체성을 포착하기 어려운 단계라는 점을 방증하는 면이다. 대상의 전체성을 그리는 문제는 작가 개인에게 있어서는 그의 세계인식과 관계되는 것이다. 즉 이 무렵의 채만식에게 있어서 현실이라는 것은 조혼으로 인한 젊은이들의 방황정도가 문제성을 띠는 것으로 부각되었던 것이다. 이러한 단계에서는 현실의 통어(統禦: mastery)가 불가능한 상태라고 보아야 할 것이다. 즉 작가는 현실과 객관적인 거리를 유지하지 못한 상태에 머물러 있는 것이다. 이러한 의식에서 장편소설로 현실을 파악한다는 것은 거의 불가능하다. 중편소설에 머물게 되는 것은 이러한 제약 때문이다.

<과도기>의 양식적 특성은 일본 유학생을 작중인물로 다루고 있다는 점과도 연관된다. 유학생을 작중인물로 다룬 것은 당시 한국과 일본이라는 식민지 본국과 식민국 사이의 관계를 어떻게 인식하고 있는가 하는 점을 검토함으로써 현실인식이나 세계관 차원의 논의에 접근해 갈 수 있을 것이다. 이들 작중인물들은 표면적으로는 식민통치에 대해 비판적인 듯하

지만 실제로는 의식이 미분화상태에 있다. 작중인물들의 대화를 통해 드러나는 담론의 일차적인 의미는 식민지본국에 대한 강한 비판이라 할 수 있다. 그러나 이들 작중인물들이 일녀(日女)와 벌이는 애정행각에서는 그들의 담론이 행동과 일치되지 않음으로 해서 의미가 스스로 부정되는 그러한 점을 엿볼 수 있기 때문이다. 다른 하나는 이들이 학생임으로 해서 신분상 과도기성을 띤다는 점이 주목된다. 또한 주인공들의 신분이 학생임으로 해서, 직업을 갖지 않고 따라서 작중인물의 세계관이 드러나는 일의 영역과는 거리가 있는 작품이 되었다고 할 수 있다. 현대소설에서 '일'은 계급의식과 심리구조까지를 드러낸다. 따라서 신분상으로 이들은 정확한 현실인식을 보여주기 어렵다. 염상섭의 <萬歲前>의 이인화의 경우와는 형편이 좀 다르다. 일본유학생이라는 것과 자신의 아내에 대한 의도적인 무관심 등이 공통으로 드러나기도 하고, 일본여자와 맺는 관계도 공통되는 점이지만 이들 작중인물들은 애정과 생활 사이의 갈등이 드러나지 않는다. 거기 비해 이인화는 자아가 생활과 이상(理想) 사이에 괴리가 생김으로써 빚어지는 갈등이 의미화된 모습을 나타낸다. <과도기>에서는 현실성 획득의 문제를 검토할 만한 단계에 이르지 못한 인물들이 설정된 것이다. 이들 작중인물의 담론이 자신의 계층이라든지 신분과 밀착되지 못하고 추상성을 보이는 것은 이 때문이다.

　<과도기>에 나타나는 인물들의 특성은 작가 자신이 아직 세계상을 파악할 수 있는 능력이나 안목이 성장하지 못했음을 드러내는 것이라 해석해 볼 수도 있다.[19] 세계와의 대응관계가 논리의 차원에서 포착되지 않는 상태에서 이루어지는 세계에 대한 의식이 작품으로 전이될 때는 매개작용(媒介作用)을 배제한 채 직설성을 보여주게 된다. 형상화의 차원에 이르지 못하고 무매개적으로 주장적 담론이 되는 것은 소설 담론의 한 규칙성이라 해야 한다.

---

19 채만식의 초기작품을 '자전적 요소의 소설화'라는 측면에서 검토한 논지도 있다. (이래수, 『채만식소설연구』, 이우출판사, 1986, p. 64.)

이는 양식상의 미달상태와 관련이 있는 것인데, 이 소설의 경우 다음과 같은 세 차원에서 미달현상이 복합적으로 얽혀 있음을 보게 된다. 첫째는 작가의식의 미달이다. 이는 시대 파악의 미달현상인 바 현실감 획득이 이루어지지 않은 모양을 보여준다. 둘째는 작품의 양식상 미달현상이다. 단편소설적인 결구(結構)의 완벽성을 기하지도 못하고 그렇다고 이른바 대상의 전체성을 목표로 하는 장편소설에 이르지도 못한 것이다. 각 장마다 말미에 작가적 논평을 달고 있는 것은 양식의 미달을 증거하는 예이다. 셋째는 담론의 시각 미분화(視角 未分化) 현상인데 이는 그 시대상을 비판하되 소설적인 형상화를 거치지 못하고 작가의 자기 언어가 주조를 이루는 점이다. 이처럼 3개 층위에서 과도기성을 드러내는 <과도기>는 담론의 차원에서도 층위마다 직설성을 띠게 되어 단일논리적인 담론으로 되어 있어 구조상의 연관성을 보여준다.

<과도기>의 양식과 관련하여 또 하나 지적할 수 있는 것은 극적(劇的) 양식(樣式)과 소설적인 양식이 혼재되어 있다는 점이다. 극적인 양식이란 작중인물들의 일방적인 대화를 통해 주제를 드러낸다든지 어느 장면을 독립성이 두드러지게 부각시키는 방식을 뜻한다. 사건을 시간의 흐름 가운데 진행시킴으로써 개인과 환경 사이의 상호작용을 다루는 가운데 사회의 전체성을 그린다는 리얼리즘 소설의 지향점과는 달리 장면화를 중심으로 한 에피소드식의 구성으로 되어 있다. 이는 작중인물들이 만나서 이야기를 나누는 가운데 사건이 진행되는 방식으로 전환된다. 과거를 회상하는 장면도 현재 작중인물들 사이의 대화를 중심으로 제시함으로써 담론의 시간을 현재로 전환시켜 극적인 현재의 특성을 띠게 된다.

이처럼 극작술(劇作術)을 소설에 적용한 것은 채만식의 초기 작품들의 방향과 관계된다. 우선 채만식이 극과 소설을 함께 썼다는 점이 지적되어야 한다. <과도기>가 쓰여진 시기에서 <레디 메이드 人生>이 쓰여지는 1934년까지 희곡이라는 이름이 붙은 작품과 소설은 그 수가 비슷한 비중을 차지한다. 그 동안에 쓰여진 소설로는 <人形의 집을 나와서>(1933),

<艶魔>(1934) 등 장편이 두 편이고, 중편은 <과도기>(1923)와 <병조와 영복이>(1930) 두 편이 있다. 단편은 10편을 썼다. 거기 비하면 희곡은 <가죽버선>(1927)을 비롯하여 <인텔리와 빈대떡>(1934), <英雄募集>(1934)에 이르기까지 17편을 헤아린다. 물론 이 희곡들이 단편적인 것이고 어떤 경우에는 희곡이라기보다는 소설의 대사 한 부분을 떼놓은 것 같은 단편적인 것도 있다. 이런 양상에 대한 평가는 다시 이루어져야 할 것이다. 그리고 채만식의 첫 장편소설인 <人形의 집을 나와서>는 입센의 <人形의 집>에 대한 일종의 패러디라 할 수 있다. 이상의 이유들로 하여 채만식의 소설과 극은 밀접한 관계를 가진다는 점이 쉽게 드러난다. 그러나 그 상관성이라는 것 자체가 논의의 핵심은 아니다. 여기서는 채만식 소설의 담론 특성과 의식의 상관성이 주제이다. 물론 그러한 담론특성이 극의식에서 어떠한 영향을 받았는가 하는 점에 주목해야 한다.

<과도기>를 비롯한 초기 소설에서 극양식이 간섭작용을 함으로써 소설의 특성을 극적으로 조정하는 예를 찾을 수 있다. 소설에서 극작술을 이용한 것인데, 두 양식이 혼재되어 독자적인 양식 특성을 드러내지 못한다는 것으로 설명될 수 있다. 이러한 지적은 채만식의 초기소설이 실험성을 띤다는 의미가 되기도 한다. 초기 소설 가운데 비교적 성공한 것으로 보이는 <화물자동차>의 서사성이 두드러지는 이유는 그것이 사건을 한 장면으로 처리하지 않고 시간의 흐름에 따라 진전되는 형태를 취한 데 있다. 달리 말하자면 극의식이 보다 덜 작용한 작품이 소설로서 성공적이라는 뜻이다. 극의식이나 극적인 방법이 소설에 적용될 경우, 그 소설의 특성이 장애를 받는다는 점이 증명된다.

극의 언어는 주로 대화형태를 띠지만 사실은 단일성의 언어라 할 수 있다. 그것은 극중인물들이 자신에게 주어진 역할을 수행하는 가운데 자신의 주관성을 드러내는 형식으로 되기 때문이다. "등장인물의 담화는 단일한 주관성보다는 일종의 상호주관성을 고려의 대상으로 삼는다. 등장인물의 담화는 자신의 주관성을 말하고 있는 것으로 랑그 속의 인물로 확인된

다. 연극은 방브니스트의 "언어를 자기 소유화하는 개인적인 행위라는 견해를 실행하는 가장 합당한 영역"이라는 것이다.[20] 극적언어의 이러한 특성은 소설에 활용될 경우 한계를 드러내게 된다. 담론 레벨의 분화를 차단한 상태에서 작중인물의 주관만을 드러내게 된다. 그 주관은 다시 독자로 하여금 주제를 고려하는 그러한 양상으로 작용함으로써 주제의 단일성을 초래하는 결과를 빚게 된다. 거기에서 작중인물과 작가 사이의 거리가 소멸되고 소설을 주제양식으로 전환시키는 결과에 이르는 것이다.

소설에서 극적인 언어를 활용한다는 것은 담론의 주체가 지향하는 지향성(指向性)을 고려할 경우, 지향의 대상이 한정된다는 의미를 띠게 된다. 즉 소설의 담론은 그 지향 대상이 상대방이나 사물 차원의 어떤 구체적 대상, 그리고 다른 담론까지를 포함한다.[21] 그러나 극의 경우, 상대방의 담론에 대한 언급이 무대에서 이루어질 경우 일종의 말장난과 같은 형태를 나타내게 된다. 그러니까 극적인 언어를 소설에서 쓸 경우 작가는 서술자의 강력한 의미통제를 강요하게 한다. 이렇게 될 경우 소설의 언어가 필요로 하는 의미의 다양성을 장애하게 되는 것은 물론이다.

초기소설에서 볼 수 있는 극의식 내지는 극작술의 방법은 지속적인 전개를 보이는데 <痴叔>, <少妄>, <이런 處地> 등에서는 극작술이 소설의 창작방법으로 전환된다. 그러한 극의식이 본격적으로 나타나는 것은 <태평천하>이다. 그것은 다시 판소리의 서술양식을 도입함으로써 전통적인 문학양식의 계승이란 의미를 띠게 된다. 소설이 극의식과 극적인 서술방식을 원용할 경우, 어떤 대상에 대한 논리적인 분석이라든지 사물의 본질에 대한 명상 등은 텍스트에 수용되기 어렵다. 그러니까 의식의 내면을 추구하는 그러한 형식의 소설이 되지 못하는 것이다. 이는 <태평천하>를 논하는 자리에서 다시 언급하기로 한다.

<過渡期>에서는 이질적 레벨의 담론을 혼합시킨 소설형식의 실험이

---

20 Anne Ubersfeld, *Lire le théâtre*, 신현숙 역, 『연극기호학』, 앞의 책, p. 252.
21 M. M. Bakhtin, 김근식 역, 『도스또예프스키 詩學』, 정음사, 1988, p. 270.

엿보이기도 한다. 소설은 장르적인 특성이 매우 포괄적이고 종합성을 지향하는 것이라서 소설텍스트 안에 레벨이 다른 담론이 수용되어 들어온다는 것은 자연스런 일이다. 소설 안에 시가 수용될 수도 있고, 소설 속에 극이 들어갈 수도 있으며 법정의 심리와 논고가 들어가기도 한다. 그런데 <과도기>에서는 시와 동화가 소설 속에 수용된 양상을 볼 수 있다. 정수에게 詩를 보여달라는 문자의 청을 어기지 못하고, 정수가 한국어로 쓴 시를 일본어로 번역해 보여준다든지, '파랑새'란 동화(童話)를 읽어주는 것 등이 그러한 예이다. 다양한 양식을 실험해 보겠다는 작가의 의도와는 달리 그 동화 자체를 '피상적인 이야기'라고 부호를 달아 강조함으로써 작중인물의 의식이 소설적으로 구체화되지 못하고 작가의 실험의식만 드러난다. 레벨이 다른 담론을 적절히 문체화하지 못하고 수용한 결과 전체에 통합되지 못하는 결과를 빚은 것이라 할 수 있다.

이처럼 <과도기>는 양식 자체가 확립되어 있지 않은 상태의 작품이면서 '문제성'은 문제성대로 드러나는 것이 특징이라 할 수 있다. 이러한 과도기성이 곧 그 작품의 처녀작으로서의 의미에 해당하는 것이라 할 수도 있다. 여기서는 작품의 가치를 논하기보다는 이후에 전개되는 채만식 소설의 원형을 이루는 담론 양상을 볼 수 있다.

작중인물의 대사를 통해 주제 전달의 직재성을 보여주는 방식은 채만식 초기 소설들의 일반적인 경향이다. 예컨대 <不孝子息>, <生命의 遊戱> 등에서도 작중인물의 대사를 통해 주제의식을 직설적으로 드러낸다. 이러한 경향은 <貨物自動車>, <農民의 회계보고> 등으로 이어지는 담론의 직서법(直敍法)이다.

그리고 풍자 또한 직서법적인 방법으로 인해 풍자의 본질을 보여주지 못하는 형편이다. 풍자적인 방법은 <레디 메이드 인생>에서 제 자리를 잡기 시작하여 <太平天下>에 가서 절정을 보여주고 그 이후로는 약화되는 변모를 보여준다. 자기 고백적인 작품 혹은 자기성찰적인 작품에서는 시각이 내부로 향하기 때문에 풍자가 사라지게 된다. 서술자의 시각이 자기 내적으로 일원화된 예는 최후작인 <少年은 자란다>에서 두드러진다. 이는 풍자작가로서의 특징과 또 다른 한 방향이라고 할 수 있는 것이어서 회귀적인 의미를 갖는다.

<과도기>는 담론의 특성, 그리고 작품의 양식과 거기에 드러나는 의식, 그리고 작가의 태도 등에서 과도기성이 복합적으로 드러나는 작품이다. 담론의 특성으로는 단일시각과 레벨의 혼란이 나타난다는 점에서 담론의 양상과 의식의 일치를 보여주는 것이라 할 수 있다.

▌4▌ 양식적 불균형과 '과도기의식'

앞에서 살펴본 것처럼 다양한 차원에서 과도기적인 성격을 띠는 <과도기>는 채만식 소설의 회귀단위적인 성격을 보여준다는 점에서 '과도기의식'의 근원을 짚어 둘 필요가 있을 것으로 판단된다. 이는 담론의 특성이 결정된 원인에 대한 규명으로 담론의 차원에서 살핀 논지를 확충하기 위한 방법이지 담론을 떠난 소설사회학적인 방법론으로 돌아가려는 것은 아니다.

<過渡期>라는 작품이 공개되기 전까지는 <세길로>가 채만식의 등단 작품으로 논의되어 왔다. 그러나 <세길로>는 몇 가지 점에서 처녀작으로서의 의미가 약하다. 콩트형식으로 되어 있어서 소설형식으로는 미달상태이다. 이 작품이 채만식문학 전반의 경향을 보여주는 사회와 소설의 대응관계를 드러내 주기에도 미흡하다. 이는 소위 '처녀작'이라는 작품을 다시 검토하게 하는 사항이다. 형식과 기타 여건을 고려하여 <과도기>를 보다 철저히 검토하는 것이 채만식 소설의 초기 양상을 살피는 데에 타당할 것으로 보인다.

채만식이 등단이라는 절차를 거치는 계기가 되는 작품이 <세길로>라

는 것은 사실이다. 1924년 12월, 『朝鮮文壇』 제 3호에 이광수의 추천으로 발표된 작품이 <세길로>이다. 추천의 '선후평' 내용은 다음과 같다.

> 이번에 뽑힌 것 중에 채만식 군의 <세길로>는 기차속의 광경을 그린 것인데, 재료의 취사며 심리의 묘사가 심히 익숙하게 되었다. 이렇게 평범한 재료를 취해 가지고 그만큼 재미있게 그만큼 깊게 사람의 부끄러운 약점을 그려낸 것은 칭찬할 솜씨라고 아니할 수 없다. <u>다만 주인공을 가끔 억지로 변호하는 태도가 보이는 것이 불만이다. 말하자면 작자가 객관화한 정도가 좀 부족한 것을 불만히 여긴다.</u> 또 한 가지 불만은 작자가 한 번 더 이 소설을 고쳤더라면 좀 더 간결하게 따라서 힘 있게 되었을 것을 함이다. 사분지 일쯤 분량을 줄였던들 더욱 힘 있게 되지 않았을까 한다. (p. 78)

여기서 심리가 익숙하게 묘사되었다는 점은 정확한 지적이다 '부끄러운 사람의 약점'이라는 것이 작중인물들이 남을 의식하는 시선을 뜻하는 것이라면, 그것도 타당한 지적이다. "'여학생'하면 웬일인지 시선과 귀가 이상하여지는 오늘날 우리사회"(6-411)라는 사회분위기에 대한 언급이 작품 가운데 나오기는 하지만 사회의 전체적인 면모를 파악하려는 작품의도보다는 주로 심리의 묘사에 기울어져 있다. 심리적인 기미(機微)를 제시하는 방법은 객관적인 제시로 되어 있어서 내적인 분석이나 심리적인 등가물을 내세우는 심리소설의 본령에 접근하는 것도 아니다. 그러나 이광수의 지적대로 '주인공의 억지 변호'라든지 '작가가 객관화한 정도가 좀 부족한 것' 등은 채만식의 초기작품부터 주관적 서술방법에 기울어져 있다는 점을 알 수 있게 해 준다.[22]

<세길로>가 처녀작인가 하는 사실확인 자체가 중요한 뜻을 지니지는 않는다. 공식적인 추천이 이루어지기 전에 스스로 '장편소설'이라고 생각했던 작품을 썼다는 점이 보다 중시되어야 한다. 문단에 추천을

---

22 <세길로>는 200자 원고지 40장 분량의 단편으로 콩트에 가깝다. 분량을 더 줄였으면 한다는 평자의 언급은 별 의미가 없는 듯하다.

받아 처음 활자화된 작품, 소위 처녀작이라는 점보다 그에 앞서 장편소설
을 썼다는 채만식의 장르의식은 그의 소설 전개상 의미있는 검토의 항목
이 된다. 작가 스스로 대단한 비중을 두었던 작품의 경우, 그 이후 작품에
도 되풀이되는 의미단위를 포함할 수 있기 때문이다. 그런 뜻에서 채만식
소설의 회귀단위23로서의 의식을 <과도기>에서 찾아볼 필요가 있다. 채
만식 자신은 <過渡期>와 관련하여 다음과 같은 기록을 남기고 있다.

> 동경서 공부를 하다가 방학에 돌아와서 그대로 중(中)판을 메고, 그러면
> 할 수 없으니 이제는 혼자라도 문학에 전심을 해야겠다고 그 성능 시험으로
> 장편소설을 하나 써보았다. 결과 만족했다. 만족했다는 것은 좋은 작품을 쓴
> 줄 알고서 만족한 것이 아니라, 아무려나 장편소설을 하나 썼다는 단지 그것
> 에 만족했던 것이다.
> 내용은 다 잊었고 타이틀은 『과도기』라는 어마어마한 것이었었다. 지금으
> 로부터 15, 6년 전이니까 한창 과도기라는 신숙어가 유행할 때요, 그래 그때
> 의 사상(事象)을 캐치해서 그러한 제호로 택했던 모양이다. (5-511)

채만식은 자신의 장편소설 『과도기』를 가지고 "문학에 입과를 할 겸,
또 직업도 얻을 겸"해서 서울로 올라가 모 선배에게 작품에 대한 평을 부
탁하여 '출판하라는 대답'을 얻어낼 정도로 호의적인 평가를 받는다. 그
호의적인 반응이 채만식에게는 '황구소년(黃口少年)이 심중에 비상천(飛上
天)이나 할 듯이 기운'을 나게 한다. 자신의 '재능에 대하여 교(驕)가 나지
않았을 이치가 없게 만든다. 당당한 '문사'가 된 줄로 의기양양하여, 한도
(漢圖:한성도서주식회사)에 중학 선배를 찾아가 출판해 달라고 맡긴다. 한성도
서 측에서는 출판을 사절한다. "그 뒤 얼마만에 한도가 출판을 사절하는
대답을 했을 때에는 나는 낙심 같은 것은 하지도 않았고 그런 선배가 좋
다고 출판하라고 권고한 작품을 몰라보니 한도를 해괴타하여 크게 분개했

---

23 "회귀단위"란 어느 작가의 중요한 모티프 가운데 초기에서 후기까지 일관되게 변형을
   보이면서 나타나는 것을 뜻한다. 그 회귀단위의 의미자장 가운데 다른 작품이 모두
   들어간다. 채만식의 경우는 '과도기의식'이 분명한 회귀단위를 이룬다.

었다."24는 내용이 술회되어 있는데 몇 가지 점에서 주목된다.

첫째는 선배문인의 심사를 거쳤고 출판을 약속해 주었다는 점이다. 작품이 잡지에 발표되지 않았을 따름이지 추천을 거쳐 지면에 발표된 것과 유사한 과정을 거쳤다는 점에서는 비형식적이지만 문단에 나가는 절차의 일부를 통과한 것이라 보아도 좋을 것이다. 여기서 <과도기>는 공적인 의미를 띠는 작품으로 된다.

둘째는 당시의 검열제도(檢閱制度)의 성격과 그 역할을 고려해 보아야 한다. 선배가 호언장담한 약속이 지켜지지 않는 것은 선배의 무성의나 출판사의 '해괴함' 때문이라고 보기 어렵다. 검열제도 자체에 대한 검토는 다시 이루어져야 할 것이지만, 검열의 내용을 통해 채만식이 <과도기>에서 어떠한 작가의식이나 성향을 보여주었는가 하는 점의 방증자료를 삼을 수 있을 것이다. 검열에서 문제된 내용은 주로 선정적인 성묘사라든지 일제에 대한 비판으로 드러나는 민족의식 등이다. 검열에서 문제된 부분 가운데 반일감정은 다음과 같이 나타난다.

(가) 저놈들, 저 인(人)백장놈들은 사람 죽일 공불하고…… 계집은 사내, 사
    낸 계집…… 장자(長者)사람은 돈…… 어, 참 우스운 것은 사람이지……
    (5-184)

(나) 그놈의 담보가 좀더 크구 조선이란 땅덩이가 하나 더 있었드라면 마저
    팔아먹을 놈이 아니에요? (5-196)

(다) 그 놈의 본 이름은 서태문이가 아니라 서병욱이란 놈이에요. 인제 알구
    보니까…… 그놈이 동경서 아주 지독한 친일파놈이드랍니다. 그놈, 제
    말이 제가 명치대학을 졸업했단대지요? 아닌게 아니라 명치대학 학모
    에 교복은 입고 다녔드랍니다. ─인삼장수 엿장수하느라고요─ 그놈이
    인삼장수 엿장술하다가 잘 팔리지 않으니까 보인회 회장 곡산초칠랑(谷
    山初七郎)이란 자의 궁둥이에 가 들어붙어서 제 말대로 '일선융화에 큰
    노력을 했다' 나요……. 그러다가 필경은 우리나라 유학생들한테 들켜
    서 죽도록 얻어먹고 이 경도로 쫓겨왔드래요. (5-195)

---

24 『전집』 9, pp. 511-12.

전반적인 맥락에서는 (가)~(다)가 모두 반일감정이 드러나지만 특히 고딕으로 되어 있는 부분에는 그 감정이 노골화되어 있다. 반일감정이 그처럼 노출된 작품이 당시 검열에서 문제되었을 것은 쉽게 짐작할 수 있다. 문제는 채만식이 그러한 반일감정을 드러내는 가운데 방법에 미숙성을 보였다는 점이다. 방법의 미숙성은 주제의식의 생경한 노출(露出)로 인해 검열에 걸려들기 쉬운 허점을 드러내는 것이 된다.

> 형식은 한참 동안이나 털끝 하나 꼼짝 못하고 간을 녹이다가 겨우 문자의 자는 것을 한 번 흘끔 보더니 그대로 엎드려 저 역시 잠이 들었다.
> 그러나 이 두 사람이 참으로 잠을 잤는가? 아니다 결코 잠을 잔 것이 아니다. 다만 잠을 자는 체한 것이다. 그러한 경우에서 잠이 올 리가 만무한 것이다.
> 한참만에 형식은 잠덧을 하는 것처럼 팔을 들어 문자의 가는 허리를 그러안고 다리를 들어 문자에게로 들어 얹었다. 문자도 기다리고 있은 듯이 − 하나 잠덧을 하는듯이 − 고개를 들어 형식의 팔을 베고 너그러운 그 품에 바싹 들이안겼다. (5-213)

이 부분은 내용의 선정성 때문에 검열에서 삭제된 부분인데, 선정적(煽情的)인 내용 때문이라기보다는 기법의 측면에서 미숙함이 검열의 편의를 제공한 것이라 해야 한다. 작가의 개입이 기능적으로 활용되지 못한 결과이다. 이러한 기법의 미숙성은 작품의 가치 전반을 하락시킴으로써 비판이나 야유, 비난, 조소 등을 노출시키는 결과를 가져온다. 그것이 검열에 자기를 드러내고 마는 소설내적인 원인이다.

셋째는 채만식 자신의 작품에 대한 장르의식이다. 오래 지난 다음의 기억을 더듬는 것이기 때문에 정확한 원고 매수라든지 내용은 사실과 약간 다를 수도 있을 것이다. 그러나 채만식은 그 작품을 장편소설이라고 기억하고 있다. 이는 그 작품에 대해 갖는 애정이나 가치부여의 정도가 매우 높다는 것을 짐작하게 해 준다. 이는 자기 작품에 대해 갖는 패기의 일종이며 거기서 작가적 욕구의 한 면을 볼 수도 있을 것이다.

이상에서 본 바와 마찬가지로 <과도기>는 실제로 문단에 등단하는 계기가 된 <세길로>보다 이른바 '처녀작'[25]이라는 것의 의미에 가깝다는 판단이 선다. 이후에 전개되는 채만식 소설의 기법이라든지 세계상(世界相)에 대한 의식은 변화가 있지만 작품의 주조(主調)에는 변화가 없다. 이는 작가의 현실대응방식에 연관되는 것인데, 현실을 '과도기'로 보고 거기 대한 비판을 일관성 있게 해 왔다는 점에서 채만식은 성향 불변(性向 不變)의 작가라 할 수 있는데, 채만식의 불변하는 성향의 몇 국면을 <과도기>는 뚜렷이 보여준다.

채만식의 <과도기>는 "노골적인 반일감정과 외설적인 표현 때문에 일제 총독부의 과도한 검열 삭제로 발표되지 못했던 작품"이라는 설명과 함께 그 작품의 기조가 "봉건적인 모랄과 신세대의 진보적 모랄이 충돌을 일으키는 과도기적 청년들의 애정윤리"임을 지적한 논지가 있다.[26] <과도기>에서 주로 문제되고 있는 내용항목을 ① 애정윤리, ② 허무주의, ③ 사회환경의 비판 등으로 지적하면서, 이는 "이 작가가 일생동안 가장 크게 추구해온 문제들을 부분적이나마 다루고 있다는 점에서 주목할 만하다."는 지적을 하고 있다. 그러면서 "풍자라 부를 만한 것은 찾아볼 수 없다"고 하여 <과도기>를 비롯한 초기작에서는 풍자적이기보다는 직설적인 사회비판을 하고 있다는 주장이다. 여기서 지적하고 있는 것이 채만식 문학의 모든 의미단위가 되지는 않지만, 반복 변형되는 중요한 의미단위임에는 틀림이 없다.

<과도기>는 애정윤리의 타락상에 초점이 맞추어져 있다. 이는 곧 세계상의 타락과 등가의 것이다. 애정윤리의 타락은 결혼이라는 제도로 드러나는 가족윤리의 파탄을 가져오고, 그것은 다시 사회구조상의 불안정을

---

25 '처녀작'이 어느 작가의 모든 특성을 다 드러내 주지는 않는다. 그러나 한 작가의 작품 전체에서 중요한 의미단위를 이룬다는 점에서는 검토를 요한다.
26 홍기삼, "풍자와 간접화법", 『문학사상』 제15호, 1973. 12, p. 303.

드러낸다. 이러한 사회적 성향을 이른바 '과도기성'이라 할 있다. 이는 채만식의 대표작이라 할 수 있는 <탁류>나 <태평천하>에서도 반복적으로 비판되는 현상이다. 현재의 역사를 '과도기성'으로 파악하는 시각은 신구세대의 갈등양상으로 나타나기도 하는데,27 <과도기>에서는 부모들의 강제에 의해 이루어진 결혼으로 인한 갈등에서 애정윤리의 타락으로 유도하고 있다. 애정윤리의 타락상을 제시하는 데서 끝나는 것이 아니라 그의 비판이 <과도기>의 중심 내용을 이룬다는 데에 중요성이 있다.

애정윤리의 타락을 통해 비판하고 있는 '구질서'는 채만식의 개인적인 체험과도 관계가 있는 것으로 보인다. 그리고 그것을 단지 개인사적인 차원에서 다루지 않고 사회 전반의 분위기와 윤리로 환원한 데 채만식의 작가적인 안목이 평가될 수 있다. "한창 과도기라는 신숙어가 유행할 때요 그 때의 사상(事象)을 캐치해서" 쓴 작품이라는 데서 작가의 사회풍속에 대한 의욕을 읽을 수 있다. 이는 다음과 같은 지적과도 상통하는 바이다. "구질서의 질곡에 대한 채만식의 비판은 그의 개인적인 체험과 결코 무관하지 않다. 그러나 그는 그것을 개인적인 체험과 결코 무관하지 않다. 그러나 그는 그것을 개인적인 체험의 한계 내에서 이해하지 않고, 사회적인 맥락에서 파악하여 소설로 수용하고 있다. 그렇기 때문에 그의 개인적 체험은 소설로 허구화되면서, 하나의 사회문제로 나타난다."28는 것이다.

또한 초기작의 작품성향을 그의 계층적 조건과 연관지어 고찰한 것으로 다음과 같은 언급이 있다. 이는 담론을 만들어내는 주체로서의 작가의 의식을 검토하는 데에 중요한 의미를 띤다.

소년기의 채만식 집안은 양반 선비도 아니고 하층 빈민도 아니며 친일도 아니고 항일도 아닌 어중간한 위치에 있었던 것 같다. 그의 문학 세계에 있

---

27 조남현, "채만식문학의 주요 모티프", 『한국현대소설연구』, 민음사, 1987, pp. 207-209.
28 이래수, 『채만식소설연구』, 앞의 책, p. 46.

어서 그러하듯이 출신 배경에 있어서도 채만식은 굳게 지켜야 할 자신의 고유한 계급적 관점을 가지지 못하였다. 20년이 넘는 작가 생활의 거의 전기간에 걸쳐 그는 자기 시대의 사회 현실에 대해 그지없이 날카로운 비판적 내지 부정적 의식을 견지하고 있었으나, 그러한 의식에 마땅히 뒷받침되어야 할 현실적 근거 즉 실천적 토대로부터 절연되어 있었기 때문에 그것은 민족사의 미래에 대한 어떤 종류의 낙관적 전망으로도 발전되지 못하고 말았다.[29]

채만식 소설의 허무주의적(虛無主義的) 경향은 작가 자신이 자신의 정신적 상황으로 제시하기도 했던 것이다.[30] 이는 채만식의 여러 작품에 반복적으로 나타나는 요소이며 그에 대한 평가도 몇 국면에서 이루어진 바 있다. 니힐리즘은 단지 허무주의적인 삶의 포기라든지 하는 것이 아니라 역사적 상황에 대한 대응방식을 이끌어낼 수 있다는 점에서 중요한 의미를 지니는 것이라 보아야 한다. 허무주의가 작가의 삶의 방향과 연관되는 경우, "그 하나는 허무주의를 개인의 내면세계로 확대해 가는 것이요, 다른 한 가지는 허무주의를 역사와 결부시키는 한 방향이다." 이 두 방향은 일단 허무주의의 극복이라는 문제에 당면하게 된다.

채만식의 경우 인생은 일장춘몽이며 화무십일홍이라는 식의 소박한 허무주의에 머물지 않는다. 그는 또한 <敗北者의 무덤>의 주인공처럼 극단적인 염세주의자를 보여주면서도 생명력과 창조를 신뢰하는 경순의 인간상 쪽에 더 큰 비중을 두기도 한다. 극복의 의지를 상실한 사이비 허무주의와, 혼자서나 잘 살다 죽으면 그만이라는 식의 자각 없는 허무주의를 지나서 <少年은 자란다>와 같은 후기작에 이르면 그 자신을 역사의 끈에 단단히 연결시키는 태도를 볼 수 있게 한다. 개인이 역사와 무관할 수 없다는 소극적 인식이 아니라 역사적 현실에 깊이깊이 뛰어드는 태도가 오히려 자신의 삶을 필연적으로 형성해 주는 조건이라 믿는 것이다. 그러므로 채만식의 허무주의는 사회적 현실에 대한 비판정신으로 연결된다. 일종의 허무주의적 건강성을 그의 문학이 이루고 있다면 아마도 이와 같은 이유에서라고 말할 수 있

---

29 염무웅, "채만식 평전", 염무웅 편, 『채만식』, 지학사, 1985, p. 316.
30 채만식, "자작안내", 『전집』 9, p. 516.

을 것이다.[31]

채만식의 허무주의에 대해서 조남현은 <少妾>, <敗北者의 무덤>, <摸索>, <懷>, <冷凍魚> 등을 통해 검증하면서 그것이 "세태소설로 빠지는 것을 구출한 힘"으로 해석하고 있다.[32] 이러한 허무주의의 경향이 <과도기>에는 작중인물의 성격과 연관되어 뚜렷이 나타난다는 점에서 <과도기>의 회귀단위적 성격이 중요하게 부각된다.

<과도기>를 통하여 작가가 비판하고 있는 사회환경은 일제 식민지통치이다. 채만식이 <과도기>를 통하여, "친일파와 일본제국주의자들을 직접 간접으로 통렬하게 비판"[33]하였다는 점은 <과도기>의 문면에 직설적으로 드러난다. 해수욕장에 갔다가 일인들과 만나 싸움을 했다는 보고를 하는 가운데 "그놈들 코에 조선 사람 냄새가 물씬물씬 나게 두들겼다"는 것과 모욕하길래 젊은 혈기로 싸운 이야기를 하면서 "난 왜놈들 두들겨주는 게 맘에 제일 상쾌해"(5-278) 할 정도로 노골적인 감정이 단일논리적인 담론으로 드러난다. 이러한 일본에 대한 적대감은 간접적인 담론으로 나타나기도 한다. 그 방식에 대한 다음과 같은 지적이 참고가 된다.

> 역사와 절연하고 사회적 현실을 개인의 문제로서만 수용하는 태도를 주인공은 증오한다. 여기서 주목되는 바는 개인과 집단의 관계, 사회와 개인의 관계를 이 작가는 말하고자 기도했다는 점이다. 개인이 무기질적인 힘의 압제 앞에서 무력하게 굴복하는 경우와 굴복을 거부하는 (매우 소극적이기는 하지만)자세의 문제를 보여주기 시작한 것이다.[34]

---

31 홍기삼, 앞의 글, 같은 책, pp. 304-305
32 조남현, 앞의 글, 같은 책, pp. 212-218.
33 홍기삼, 앞의 글, 같은 책, p. 305.
34 홍기삼, 앞의 글, 같은 곳.

이상에서 살펴본 대로 <과도기>에 나타난 작가의식의 면모들이 채만식 문학의 회귀단위(回歸單位)가 되는 것인데 그것은 일단 '과도기의식'이라 할 수 있다. 과도기의식이 의미장(意味場)을 어떻게 확대해 갈 수 있는가 하는 점을 아울러 살필 필요가 있다. 그것은 소설적 의미단위로서의 과도기의식이 담론으로 매개되는 방식의 검토이다. 소설에서 문제 삼는 의식이나 사상 혹은 세계관 등의 항목은 어느 개인의 사명감이나 지향성과는 차원을 달리하는 것이기 때문이고, 또한 앞에서 본 바와 마찬가지로 무의식적으로 살아가는 인물에 대한 작가의 시각을 통해 그들을 비판하는 것이라면 그 근원에 대한 검토가 반드시 있어야 한다. 아울러 담론의 변이 양상으로 확인되어야 한다.

채만식 소설에서 '과도기의식'은 작가의 현재 입각점에서 세계를 바라보는 방식과 관련된다. 세계가 완성된 것이 아니고 하나의 과도기로 보는 의식이 과도기의식인데 이는 현실에 대한 비판을 동반하는 것이다. 현실에 대한 비판과 아울러 현실을 초월하여 미래세계에 대한 지향성이 바탕에 깔려 있는 것이다. 이는 칼 만하임이 말하는 부정의식으로서의 유토피아의식과 상통하는 것이기도 하다. "어떤 억압받는 사회의 기존 상태를 파괴하고 변용시키는 데 대하여 지성적으로 대단한 관심을 보여 그 사회를 부정하는 경향의 상황적 요소만을 저도 모르게 보고 있다는 것"이 부정으로서 유토피아관념이라 한다.[35]

더구나 "문학이 적으나마 인류역사를 밀고 나가는 한 개인의 힘일진대, 閑人의 消長꺼리나 아녀자의 玩弄物에 근칠 수는 없을 것이라고 나는 목이 부러져도 주장하는 자"[36]라고 본인의 작가적 태도를 밝힌 것을 고려해 본다면, 이 '과도기의식'은 채만식문학을 일관하는 의미단위(意味單位)가

---

35 Karl Mannheim, *Ideologie und Utopie*, 배성동 역, 『이데올로기와 유토피아』, 휘문출판사, 1976, pp. 76-77.

36 채만식, "자작안내", 『전집』 9, p. 520. 작가의 이러한 주장은 자신의 태도를 드러내는 정도이지 그것이 작품에 그대로 실천되는 것은 아니라는 점, 작가의 의욕과 창작상의 실천 사이에는 일정한 낙차가 생긴다는 점이 고려되어야 한다.

될 수 있을 뿐만 아니라, 그 뒤에 이어지는 일련의 의식적인 작업을 통어하는 하나의 사상적(思想的)인 원형질(原形質)이 되는 것이라 할 수도 있다. 과도기의식에서 현실비판은 물론 역사의 진보를 믿는 진보주의적인 사고까지 배태되어 나올 수 있는 태반이 마련되기 때문이다. 또한 채만식의 작가적 역정의 의미있는 국면에 나타나는 풍자의 방법 또한 '과도기의식'과 연관되는 것이다. 풍자는 비판적 지성을 바탕에 깔고 현실을 과도기로 간주하는 데서 비로소 가능해진다.

채만식 문학이 과도기의식을 바탕에 깔고 있다는 것은 채만식 소설의 여러 군데에서 그 확증을 잡을 수 있다. 이 장에서 논의의 대상으로 하고 있는 <過渡期>를 비롯하여 근대화의 과정에서 빚어지는 모순을 드러낸 <貨物自動車>, 풍자를 통해 과도기 인간의 왜곡된 보수성을 비판한 <태평천하>, 역사의 탁류를 리얼리즘의 방법으로 그린 <탁류>, 친일행각에 대한 반성을 다룬 <민족의 죄인> 등을 거쳐 최후 작품인 <少年은 자란다>에까지 이어지는 의식이다. 채만식의 사상적인 성향을 공상적 미래주의자(fouriériste)[37]로 규정하는 이유도 이러한 과도기의식에서 빚어져 나오는 진보에의 신념에 연관되는 것이다. 그러한 뜻에서 처녀작 <과도기>에 드러나는 '과도기의식(過渡期意識)'은 채만식문학의 한 회귀적 단위로서 중요성을 가진다고 할 수 있다. 그 이후의 작품들에 드러나는 담론의 특성은, 명시적이거나 암시적이거나, 이 과도기의식과 연관되면서 변주된다.

---

37 김윤식 · 김현, 『한국문학사』, 민음사, 1973, p. 189.

II
소설외적 현실의 담론적 간섭

채만식의 중편소설 가운데 작가의 의식변화를 보여주는 두 번째 작품은 <冷凍魚>이다. 소설내적인 텍스트의 양상이 소설외적인 텍스트에 의해 어떻게 규제되는가 하는 점을 살펴볼 수 있는 작품이다. 초기작품 <과도기>가 작가의 시각이 강력히 표출되는 특성을 보여준다면, 이 작품에서는 소설외적인 텍스트의 구조적인 불균형이 작품에 제약을 가하는 양상을 보여준다. 즉 역사의 방향성을 담론주체가 감당할 수 없어서 의식이 행동으로 외현될 수 없는 '의식의 냉동상태'를 보여주는 작품이다.

이 작품의 구성도 전반부에는 객관적인 서술을 하고 있으나 중후반에 가면 담론 대상이 전환된다든지, 말놀이의 담론을 통해 현실과 담론의 층위에 혼란이 온다든지 하는 불균형을 이루고 있다. 또한 나름대로 역사전망을 하고 있기는 하지만 그것이 개인적인 제약 내지는 의식의 미발상태(未發狀態)라서 소설텍스트 내적으로 확산되고 마는 것을 볼 수 있다. 이는 이 시기에 왜 장편소설이 씌어지기 어려운 것인지 하는 장르선택의 규칙성을 설명할 수 있는 단서가 된다는 점에서 음미를 요하는 바이다.

이 절에서는 <냉동어>를 서술의 객관성과 작가의 서술 통제력 상실, 담론 상대의 전환 양상, 말놀이로 대응하는 현실의 구도, 담론으로 드러나는 역사전망의 양상 등을 검토하고자 한다.

1 서술의 객관성과 통제력 상실

<冷凍魚>는 작품의 전반부가 객관적인 시각으로 서술되어 있다는 점이 담론의 일차적인 특징이다. 이는 작가가 작중현실의 서술에 대해 압도적인 톤으로 하면서 고도의 풍자를 이룩했던 <태평천하>와는 현격히 대조된다. 소설 서술의 일반원칙에 따른다면 서술의 객관성을 유지한다는 것은 리얼리즘의 수준에 이른 것이라는 가정을 해 볼 수도 있다. 그러나 채만식의 경우는 오히려 그와 반대의 방향으로 나아간다는 것이 <냉동어>의 담론에 드러난다. 채만식은 다른 작품에서 볼 수 있듯이 서술자(敍述者)가 서술내용을 강력히 통제(統制)하면서 단일시각적인 담론구성을 창작방법으로 하고 있다. 거기 비한다면 <냉동어>에 와서 객관적인 서술을 지향하는 것은 유별한 의미가 있을 것으로 보인다. 우선 서술의 객관성이 유지된 경우를 보기로 한다.

> (가) x x 빌딩 맨 위층 한편 구석으로 네 평 남짓한 장방형짜리 한 방을 조붓이 자리 잡고 들어앉은 잡지 춘추사(春秋社)의 마침 신년호 교정에 골몰한 오후다.
> 사각, 사각……
> 사그락, 삭삭……
> 단속적으로 갱지에 끓히는 펜 소리 사이사이 장을 넘길 때마다 종이만 유난히 바스락거릴 뿐, 식구라야 사원 셋에 사동 하나 해서 단출하기도 하거니와, 잠착하여 아무도 깜박 말을 잊는다.
> 종로 한복판에 가 있는 빌딩이라, 저 아래 바깥거리를 사납게 우짖으며 끊

이지 않고 달리는 무쇠의 포효와 확성기의 아우성과 싸이렌과 기타 <u>도시의
온갖 시끄런 소음이, 그러나 이 방 안에선 그리하여 잠깐 딴 세상의 음향인
듯 마치 스크린의 녹음처럼 바투 가까이서 아득하니 귀에 멀다.</u> (5-367)

(나) 맞은쪽으로 방 드나드는 한편에 놓인 응접 소용의 원탁 앞 소파에서
는 스미꼬가 이내 고즈너기 아까 올 때 끼고온 『성좌(星座)의 이야기』를 펴들
고 앉아 잠심해 읽고 있다.

빼뚜름한 베레 아래로 굵다랗게 웨이브져 내려온 머리와 더불어, 윤이 치
르르 까만 외투 넓은 깃에 정통은 거진 다 덮이고서 조금만 벌어진 귀 뒤의
하얀 목덜미, 거기에 무심코 대영은 주의가 끌려 조용히 시선이 가서 멎는다.
(5-368)

(가)는 배경에 대한 묘사이고 (나)는 작중인물에 대한 묘사이다. 둘다
객관적인 시각으로 묘사되어 문체의 안정감을 얻고 있다. 특히 (가)의 밑
줄친 부분은 건물의 내부와 외부의 대조, 거리의 이동과 조절 등을 통하
여 묘사(描寫)의 구체성(具體性)을 얻고 있다. <태평천하>에서 볼 수 있는
압도적인 주관적 통제는 드러나지 않는다. (나)의 인물묘사는 객관적인
시각을 유지하면서 동시에 대상을 관찰하는 다른 시선을 결부지어 묘사
시각의 다변성을 확보하고 있다. 이는 채만식 소설에 흔히 나타나지 않는
서술방식이다. 그러나 이러한 서술방식이 <냉동어> 전체의 서술 방식으
로 일관성을 유지하는 것은 아니다. 이러한 점에서 서술의 객관성이 창작
방법의 단계에까지 이른 것이라 하기는 어렵다. 다른 작중인물의 경우에
는 객관적인 묘사의 안정감이 곧 깨지기 때문이다. 행동의 과장적인 표현
이 드러남으로 해서 객관적인 서술의 일관성이 깨지는 것이다. 문체의 이
러한 층위 변조는 인물의 측면에서도 확인된다.

잡지 '春秋社' 편집을 맡고 있는 주인공 문대영이 대단한 인물로 부각되
는 것은 그를 소개하는 김종호라는 인물의 과장법으로 인한 것이다. 여기
서 담론을 담당하는 두 주체 문대영과 김종호는 현격한 대립을 이루면서
소설구조의 기본 요건으로 지적되는 구성적 대립성(構成的 對立性)[38]이 약화

된다. 작중인물 문대영과 김종호 사이에는 적절한 공통성이 없기 때문이다. <冷凍魚>에서 소설양식이 이른바 전체성을 드러내지 못하는 이유도 인물의 대립에서 유도되는 담론의 대립성에 기인하는 것이라 할 수 있다.

이러한 괴리의 담론 양상은 다음과 같이 나타난다.

> 김종호는 대영을, 현재 조선문단의 혁혁한 '중견대가'요, 방금 조선 안에서 십만 독자를 거느리고 가장 '인기'가 높은 이곳 문학 잡지{춘추(春秋)}의 주간이요, 그 밖에 무언 어떻고 무언 어떻다면서 마치 거리의 약장수가 만병수를 놓고 풍을 치듯이 갖은 최고급의 형용사를 종작없이 씨월데월, 소개랍시고 손에게 설명을 하는 것이었다. (5-369)

여기서 주목되는 것은 작중인물의 말이 그 어조(語調)가 과장적(誇張的)이라는 점이다. 과장적 표현은 담론의 객관성을 주관적인 것으로 전환시키는 역할을 한다. 즉 서술자의 서술태도와 작중인물의 말 사이에 어조상의 불일치가 드러나게 된다. 김종호의 다른 인물에 대한 誇張은 다시 자신에 대한 과장으로 전이된다. 그리고 그것은 다시 자신이 소개하는 인물에 대한 과장으로 연결된다. 이러한 과장이 원인이 되어 상대방에 대한 정당한 시각이 은폐된다. 이러한 과장이 서술자의 시각을 통해 이루어질 경우에는 서술자(敍述者)가 서술내용에 대해 우위(優位)를 점하게 되고 그 위치를 고수하는 한에서만 풍자가 이루어질 수 있다. 그러나 인물들이 서로 상대방과 자신을 포함하여 과장하는 데서는 풍자가 성립되지 않는다. 풍자는 <치숙>에서 볼 수 있는 바와 마찬가지로 그럴 만한 자격이 없는 인물이 자격을 갖춘 인물을 비판하는 것을 작가가 우위에 서서 바라보는 데서 드러나는 것이다. 이러한 방법이 원용되어 풍자가 가능해진 것이 <태평천하>의 경우이다. 김종호가 스미꼬를 과장하는 내용은 다음과 같이 서술되어 있다.

---

38 Lucien Goldmann, tr. by A. Sheridan, *Towards a Sociology of the Novel*, Tavistock Pub., 1975, p. 2.

　　스미꼬는 가리켜 조선의 각반 예술, 그중에도 특히 영화에 대해선 이해와
관심과 동정이 깊은 분으로, 거기 관한 연구와 조력을 하기 위하여 멀리 이
렇게 조선을 찾아왔는데, 그래 아마 어쩌면 영주를 할듯 한다고 더욱 기쁘고
경사스럽기는 그 첫 선물로, 이번에 제가 원작 각색 감독을 하는 「청춘아 왜
우느냐!」에 찬조 출연을 하기로 이미 내락가지 했느니라고, 그러니 부디 잡
지를 통해 많은 원조를 아끼지 말아달라고, 대영에게 소개인지 선전인지를
한바탕 떠들어 놓는 것이고…… (5-369)

　　위와 같은 과장은 소설 모두(冒頭)의 안정감이 획득된 묘사와 대조됨으
로써 담론의 차원에 혼란을 초래한다. 풍자의 성격을 지니기 위해서는 시
각이 통일되어 있어야 한다. 시각의 통일을 위해서는 독자가 풍자 대상으
로 되어 있는 인물에 대해 우월한 위치에서 잘 알고 있어야 한다. 그러나
이 단계에서 텍스트상에서 독자에게 주어진 스미꼬에 대한 정보는 김종호
에 의해 왜곡된 것일 뿐이다.

　　이러한 과장적이고 겉으로 호탕해 보이는 성격에 비하면 작중인물 문
대영의 성격은 우유부단하고 실천력이 없는 인물로 되어 있어서 양자 사
이의 괴리를 느끼게 한다. 인물 성격의 이러한 극단적인 대립은 소설의
구성을 이완시켜 주제적(主題的)인 양식(樣式)으로 기울게 한다.39 <과도
기>에서 작중인물의 대사가 길어지고 그것이 극의식과 연관되면서 주제
적인 양식으로 기울어지던 것과는 다른 방식이다. 인물의 대립을 통해 작
가가 소설을 통해 전달하고자 하는 의도를 독자는 너무 손쉽게 알아내는
것이다. 이러한 대조를 통해 주제가 쉽게 드러나는 소설이 삼류소설의 특
징이라는 점은 일찍이 골드만의 지적이 있었던 터이다.

　　객관적인 서술이 곧 주관적인 성격을 띠게 된다는 것을 앞에서 지적하
였는데, 서술이 다음처럼 주관성으로 기울어지는 것은 주체(主體)가 환경
(環境)과 상호작용(相互作用)을 할 수 없는 경우라고 할 수 있다.

---

39 Paul Hernadi, *Beyond Genre*, Cornell U. P., 1972, pp. 156-70.

ⓐ 대영은 그 자신이 소위 세대의 룸펜으로 제 코가 석 자나 빠져가지고는 ⓑ '비뚤어진 빈집(廢屋)에서 거주를 하고 있는' 터이매, ⓒ 모든 사물에 대하여 좀처럼 흥미와 관심이 일지도 않는 형편이었지만, ⓓ 우환 중 ⓔ 선입지감이 없지 못한 김종호가 웬 여자를 데리고 와서는 또 횡성수설한다는 게 여전히 부황한 소리요 한 데에 고만 그는 (일종의 자기암시랄 것에 걸려) 우선 초면한 객의 행색이나 상모 같은 것이라도 일단 차근차근 음미를 해 볼 나위도 없이 덮어놓고 긴찮은 생각과 멸시부터가 앞을 서 '부질없는 짓을!……' '오죽할 여자라구!……' 이쯤 인물까지도 통틀어 치지도외를 해버리고 만 것이었다. (5-370)

위 인용을 통해서는 채만식 특유의 요설적(饒舌的)인 문체를 확인할 수 있다. 한 패러그라프가 한 문장으로 되어 있고, 이질적인 언어가 소설담론으로 성층화(成層化)되는 가운데 주관성이 두드러진다. ⓑ에서 '세대의 룸펜'이니 '제코가 석 자나 빠'진다든지 하는 것은 문대영의 시각을 인정하면서도 객관성을 띠는 서술이다. 스스로를 '세대의 룸펜'으로 규정하고 있기 때문이다. ⓑ는 문대영 자신의 말인데, 숨겨진 대화관계를 가지는 말의 서술이다. ⓒ는 ⓐ의 결과라 할 수 있는 내용으로 되어 있다. 세대의 룸펜이기 때문에 모든 사물에 대해 아무런 '흥미와 관심'이 일지 않는 것이다. 그러니까 ⓐ와 담론의 레벨이 동일하다. ⓓ는 서술자의 객관적 판단이기도 하고 한편으로는 담론의 주체를 문대영으로 보았을 때 문대영의 주관적인 시각에 의한 판단일 수도 있다. ⓔ의 선입감은 문대영이 김종호에 대한 선입감이므로 일종의 고백적(告白的)인 성격을 띠는 담론이다. 이러한 이종언어(異種言語)[40]의 구사를 통해 다양한 시각을 담론층위에 개입시키는 점에서는 대화화된 언어를 보여줄 가능성이 없지 않다. 그러나 작중인물의 의식이 미정형인 채로 있어서 담론의 대화적 성격과 작중인물의 성격 사이의 통일이 이루어지지 않는다. 결과적으로는 대화적인 관계가 제약된다.

---

40 M. M. Bakhtin, *The Dialogic Imagination*, 앞의 책, p. 263.

작중인물 문대영의 주관적인 대상파악의 방식과 담론의 특성 사이에는 대응관계가 나타난다. 주관적인 대상 파악의 방식을 서술하는 서술은 객관성을 띤다. 이는 서술자가 서술내용을 강력한 통제 하에 두지 않음을 뜻한다. 이렇게 될 경우 채만식이 특유의 방법론으로 구사해온 풍자가 성립되지 않는다. 또한 철저하지 못한 세계인식으로 인하여 리얼리즘의 수준에 도달하기도 어렵게 된다. 이는 이 소설이 장편소설로 나아가지 못하고 中篇樣式을 택하고 있는 것에서도 하나의 방증을 구할 수 있는 점이다.

▌2▌ 담론상대의 전환과 의식의 방향

소설의 담론은 담론을 담당하는 주체들이 언어적인 자기 실현과 의미구현이기 때문에 원칙적으로 주체들이 상호전환(相互轉換)이 가능하다. 대화의 본래적인 의미가 그러한 것인데 화자에게서 청자로 말이 건너가는 일방통행적인 언어수행이 아니라 청자가 화자의 말을 받아 다시 의미화하고 조정하는 과정에서 제3의 의미를 지향하게 된다. 그러니까 담론의 화자와 청자가 동시에 담론의 주체가 되는 것이다. 묻고 대답하는 가운데 이루어지는 대화상황에서 화자와 청자의 역할은 언제든지 교환될 수 있는 것이다. 그리고 그러한 상호전환은 경직된 사회체제에 대한 하나의 소통작용을 하는 것이기도 하다. 공식문화(公式文化)에 대한 카니발적인 문화의 양상으로 드러나는 축제에서 그러한 언어수행이 표본적으로 이루어진다는 것이 바흐찐의 설명이다.[41] 소설의 이러한 요소는 가면극이나 판소리 같은 민중적인 양식에 근원을 두고 현대문학에까지 그 영향을 미쳐온다.[42]

---

41 M. M. Bakhtin, *Rabelais and His World*, MIT Press, 1968, 참조.
42 이래수, 『채만식소설연구』, 앞의 책, p. 158. 특히 가면극의 연행 방식에서 드러나는 연희자와 관중 사이의 '말건넴'은 검토를 요하는 항목이다. 서양식의 무대극이 아니라 마당극의 형식에서는 관중과 배우 사이에 일정한 역할교환이 자연스럽게 이루어지는

담론의 주체를 주인공의 개념과 결부시켜 본다면 주인공이 드러내는 언어
의식이나 언어활동의 상대방이 있어야 한다. 이는 일반적인 담화상황에서
화자에 대한 청자(聽者)의 위치를 점하는 인물을 의미한다. 담론의 주체와
대상은 외적인 시각, 한 단계 높은 차원의 어느 시각에서 보면 '말을 주고
받으면서 하나의 상황을 이루는 주체들'이다. 우리들의 언어활동을 일방
적인 의미의 전달로 규정할 수 없는 이유가 이것이다. 언어활동, 즉 대화
작용의 주체는 상호주체적이다.

담론의 주체가 서로 자리를 바꿀 수 있는가 없는가 하는 문제는 담론상
황의 성격을 규정해 준다. 이는 공식문화(公式文化)와 민중문화(民衆文化)의
대립구조에 연결되는 것이다.43 채만식 소설의 경우는 이른바 "유쾌한 상
상력"이나 "민중해학적 문화"로서의 "즐거움의 정신"에서는 거리가 멀다
는 점에 유의할 필요가 있다. 대화작용을 하는 가운데 두 담론주체는 교
섭작용과 유의할 필요가 있다. 대화작용을 하는 가운데 두 담론주체는 교
섭작용과 의미의 새로운 정립과 역할의 교환을 수행한다. 화자에 대한 청
자의 자리에 있는 쪽을 담론의 상대역이라 규정하면, 문대영에 대해 스미
꼬가 상대역할을 맡게 된다. 상대역의 성격에 따라 기호론적인 구조는 달
라진다. 간단히 말하자면 식민지조선인과 식민지본국 일본인의 관계 속에
서 이루어지는 담론이다. 조선인들 사이의 담론과, 일본인과 조선인 사이
에 이루어지는 담론은 그 양상이 다를 수밖에 없는 것은 둘 사이에 의식
이 조정될 수 있는가 여부에 달려 있다.

<냉동어>는 그 제목이 상징적으로 드러내듯이 일제강점하에서 식민지
인의 의식이 외부를 향해 작요할 수 없는 '의식의 냉동상태'를 그리고 있
다. 식민지인(植民地人)의 의식의 냉동상태를 은폐시키지 않고 드러내는 방
식은 식민지본국의 인물과 식민지인을 대비시키는 것인데, 이러한 구도
속에서 담론의 주체가 상대를 향해 의식이 발동하는 양상을 검토할 필요

것을 볼 수 있다.
43 김욱동, 『대화적 상상력』, 문학과지성사, 1988, p. 241.

가 있다. 이는 소설을 기호론적(記號論的) 구조로 보는 관점을 뜻하는데, 인물과 인물의 의식이 상호작용을 함에 있어서 각각의 인물이 맡은 역할이 어떻게 수행되는가 하는 점은 곧 작가의 의식과 작품을 통해 드러나는 세계관의 문제에 연관되는 것이고 담론과 연관성을 지닌다.

1940년대 이후 해방기까지 채만식의 소설은 일상성을 표출하는 방향으로 전개된다. 일상성(日常性)이라는 것은 소재가 일상적인 소재라는 점을 뜻하기도 하고, 다른 한 편으로는 '생활'과 '정세' 사이에서 어정쩡히 머물러 있는 인물들을 다루고 있다는 뜻이기도 하다. 이러한 인물들은 세태를 정확히 파악하지도 못하고 그렇다고 생활에 전념하는 그러한 인물도 되지 못한다. 그들의 의식은 미결된 상태이거나 겉으로 분명히 드러나지 못한다. 따라서 의식의 미발현태(未發現態)를 보여주는 것이 된다. 스미꼬와 문대영의 관계가 그러한 관계의 대표격이 된다.

채만식 소설에서 이전에 보이지 않던 일본인(日本人)이 <냉동어>에 비로소 등장한다는 것은 의미심장한 일이다. <냉동어> 이전에는 일본인이 등장한다고 해도 그들은 타매의 대상이 되었거나 유학생들의 활동 배경을 이루는 역할을 하는 데에 그친다. 또한 <냉동어> 이후의 소설에서는 크게 부각되는 경우가 발견되지 않는다. <냉동어>에 등장하는 일본인의 의미가 특기할 만한 것은 이러한 때문이다. 현실에 대한 정확한 안목을 가지지 못하여 스스로를 '묵은 책력'으로 비유하면서 '신념과 생활의 병행'을 이루지 못하고 갈등하는 문대영에게 일본여자 스미꼬는 압도적인 이미지로 다가온다. 그것은 대영의 의식이 "대영은 저 스스로를 돌아볼진대, 만약 그들이 근검하고 착실한 소상인이라 치더라도, 대영 저 자신은 '삐뚤어진 빈 집에서 홀로 거주하는' 몰락된 귀족의 신세에 지나지 못한다. 세대의 룸펜 즉 거지……"에 불과하다는 것과는 현격히 다른 것이다. 그 대비는 스미꼬가 자기의 내력을 고백하는 것과 스스로 행동을 결정하고 실행하는 데서 보다 분명해진다. 담론의 차원에서의 검토는 고백형식(告白形式)의 의미를 검토하는 데서 출발할 수 있을 것이다.[44] 여기서 말하는 고백은 도스토예프스키류의 내면의 고백이라든지 염상섭의 초기소설에서 볼 수 있는 내면의 고백이라는 것보다는 고백적담론의 실현양태라는 점에 주목해야 하는 것이다.

스미꼬가 고백을 하는 일은 두 가지이다. 하나는 대영과 같은 핏줄인 조선인(朝鮮人)과 애정관계를 맺는 가운데 자신이 아편중독자가 되어 인생을 망쳤다는 것, 마약환자로서의 오명을 씻고 생의 활기를 찾기 위한 방편으로 조선에 나왔다는 것이다. 그리고 자기를 이해해 줄 수 있는 인물 대영을 만나게 되었으니 함께 동경으로 가서 새로운 생활을 꾸리자는 내용이다. 텍스트상으로는 고백(告白)이라기보다는 대화(對話)의 형태를 띠고 있다. 그러나 한 인물의 의식이 다른 인물의 의식으로 일방적인 전이를 보여준다는 점에서는 독백적(獨白的)인 성격을 띠는 담론이다.

> 어디를 대구 보던지 하나두 부족하거나 꿀릴 것이 없는 환경이요 컨디션이니, 아 그러니 다만 한 가지 병증, 아편 그것만 선뜻 버리구 나믄…… 가뜩이나 시대와 세상허구 양립할 수두 없는, 그래서 진작 현실을 떠난 전설이요 아무짝에두 소용이 닿지 않는 한갓 우상…… 전 그런 걸 우상이라고 생각해요! 우상이지 별거에요? 그러니깐 제발 그 우상만 그 아편만 내다가 버리는 날인다믄 말씀예요…… 전 이내 그 좋은 환경 가운데서 기를 펴구 맘대루 질겁게 자알 이 청춘을, 인생을 갖다가 누려갈 수가 있을 게 아니겠다구요? (5-425)

위 내용은 일본에 간 조선인이 주입한 아편중독증을 버릴 수 있는 길을 찾아 조선에 왔고, 조선에서 만난 자신의 이해 동조자에게 달려 드는 것인데, 이에 대한 상대방 즉 식민지 조선인의 대응은 동정과 망설임이 함께 어우러진 것이다. 의식(意識)이 미분화(未分化)된 상태에 있는 것이다. 그리고 작중인물들이 자신의 이미지가 상대방에게 어떻게 비치는가하는데 대한 주의가 없다. '눈치보기'를 하는 것이 아니라 자신의 세계내적인

---

44 M. M.Bakhtin, 『도스또예프스키 시학』, 앞의 책, p. 311.

조건만을 절대의 기준으로 사고하는 것이다. 이러한 면은 다음과 같은 데 잘 드러난다.

> 대영은, 아까 석양 때 거리에서 일껏 제 입으로도 그러한 말을 했던 터요, 시방 이 자리에서는 더구나 그것이 당자 자신의 아주 절절한 부르짖음이라는 것을, 동시에 지당한 의욕이라는 것을 동감을 하기는 하면서도, 그러나 한편으론 그렇듯 파닥이는 이 여자에게 뉘엿이 서운한 거리감을 느끼지 않질 못하여, 그래 선뜻 무어라고 대답을 해 줄 시름조차 없이 우두커니 등신처럼 앞만 바라보고 앉았을 뿐이었다. (5-425)

이처럼 방향이 잡히지 않은 문대영의 意識은 일본인 스미꼬의 의식과의 대결에서 참패를 당하는 것으로 되어 있다. 이는 현실적인 내용의 차원에서 그러한 것이라기보다는 담론의 차원에서 그러한 양상을 드러낸다는 점에 의미가 있다. 독백(獨白)과 서술(敍述)의 대립에서 드러나는 의식의 차이이다. 스미꼬의 이야기는 담론의 상황으로 본다면 상대방의 의지를 승인하고 수용하지 않는 독백적인 톤으로 되어 있다. 그리고 담론의 시제(時制)와 시상(時相:modality)은 과거회상의 형태로 되어 있다. 이는 "어떤 사람이 이야기를 함에 있어서 자신의 이야기 이상을 말할 수도 있고 이하를 말할 수도 있으며, 또한 하나의 시점에서 또는 다른 시점에서 말할 수 있는 그러한 능력"[45]으로 규정되는 서사무드와는 다른 의미이다. 오히려 시제(tense) 개념에 가깝고, 주네트의 용어로는 '순서(order)'에 접근하는 개념으로서의 시상이다.

독백적인 양상과 회상의 형식은 그 담론 자체가 절대성을 띠는 것이라서 상대방의 지향성이나 어떤 의지가 그 담론 속에 들어와 의미가 조정되는 것을 용납지 않는다. 따라서 폐쇄성을 띤 담론이 된다. 스미꼬가 보여주는 그러한 담론의 폐쇄성을 문대영의 미정형적 담론이 뚫고 들어갈 수

---

45 Gérard Genette, *Narrative Discourse*, pp. 161-62.

없는 것이다. 이러한 담론상황은 담론(談論)의 주체 한 편에서 상대방(相對方)을 절대화(絶對化) 하는 방식으로 된다. 말하자면 상대방의 일방적인 말을 수용하도록 되어 있는 것이다. 채만식이 초기소설부터 풍자와 비판의 대상으로 상정했던 일본이, 주체의 시각이 전환된 결과 풍자와 비판의 대상에서 벗어난 것이다.

시각의 전환은 지향성으로 드러난다. 주체의 담론 레벨을 상대방 담론의 레벨에 맞춤으로써 담론의 역동상(力動相)을 포기하고 일방적인 전달의 기호론적 구조로 전환되는 것을 승인하는 것이다. 이러한 지향성은 다음과 같은 대립적인 담론의 양상으로 표현된다. 문대영이 행동을 결정하지 못하고 망설이는 가운데 스미꼬가 대륙행(大陸行)을 결정하고 그러한 행동을 결행하면서 문대영에게 보낸 편지의 일부이다.

요전날 밤, 분상도 이야기를 하신대로, 일청(日淸) 일로(日露) 전역 때부터, 더는 풍시수길, 또 더 그 이전부터 전해내려오던 일본민족의 유구한 민족적 사명이요, 그래서 한 거대한 역사적 행동인 중원 대륙의 경륜……이는 누가 무어라고 하거나 현 세대를 전제로 한 인간정열의 커다란 폭발인 것 같아요.

스미꼬, 이길로 거기엘 가서 보고 대하고 접하고 하겠어요.

새로운 전설을 앞둔 무서운 파괴가 중원의 천지에 요란히 전개되고 있는 그 어마어마한 무대와 행동을……

스미꼬와 혈통을 더불어 했고 동시에 한 사람 한 사람의 인간인 그네 씩씩한 장정들이, 그렇듯 세기적인 사실의 행동자로써 늠름히 등장을 했다가 끊임없이 시뻘건 피를 흘리고 넘어지는 그 핍절하고도 엄숙한 사실을…… 스미꼬가 직접 목도를 하고 접하고 할 때에, 진정으로 한 조각의 붕대를 동여주고 싶은 마음이 우러날 것 같아요. 반드시 어떤 흥분과 감격을 느끼고라야 말 것 같고, 아편의 독을 잊어버리고 말 것 같아요. (5-463)

위 인용에서 볼 수 있는 바와 마찬가지로 일본제국주의의 '대륙 경륜'을 현실로 인정하고 거기에서 삶의 의미와 정열을 얻고자 하는 스미꼬의 행동은 식민지인 문대영으로서는 감당하기 어려운 단호함을 보인다. 행동의 그러한 단호함은 편지형식의 담론을 통해 표현되어 있다는 점에서 또 다른 의미를 가진다. 편지(便紙)는 그것을 읽을 상대방이 결정되어 있어서 타인을 지향하는 속성을 지닌다. "편지는 원래 상대방 수신자의 입장에 민감하다. 편지는 대화의 응답과 마찬가지로 특정인을 향해 있고 그 사람이 취할 수 있는 반응이나 대답을 고려에 넣고 있다."[46]

그러나 편지를 담화상황으로 전환시켜 볼 경우, 상대방이 드러나지 않기 때문에 담론주체의 언술은 독백적(獨白的)인 것이 된다. 자신의 의식을 걸거침 없이 드러낼 수 있다. 그러니까 수취인을 고려하지 않은 편지는 독백의 양식으로 전환된 담론이 된다. 답장이 오가는 그러한 형식의 편지가 아니라 자신의 결단을 알리는 것으로 끝나는 편지인 경우, 그것은 일종의 宣言과 같은 의미를 띤다. 이러한 선언 앞에 망설임을 동반했던 문대영의 의식이 얼마나 허잘것 없는가 하는 점은 설명이 필요치 않다. 이는 담론의 양상이 의미를 규제하는 구체적인 예가 된다.

문대영에 대해 결별을 선언하고 자신의 역사적 임무(歷史的 任務)가 무엇인지 깨닫는 작중인물 스미꼬에 대해 풍자가 동원되지 않는다는 것은 의미있는 일이다. 그것은 스미꼬의 담론 방향으로 문대영의 의지가 통합되어가는 방향을 암시하는 것이기 때문이다.

현실에 대해 어떤 결론을 내리지 못하는 망설임은 작중인물 문대영의 성격특성이기도 하고 다른 한 편으로는 시대적인 양상이기 때문에 소설양식에도 영향을 미친다. 작중인물의 그러한 성격은 소설의 구성이 이완되어 긴장력을 상실하는 것인데, 구성적 대립성과 공동된 충족성이 성립되지 않기 때문이다.[47] 서사문학의 본령인 자아와 세계 사이의 대결이 무화되는 데서 플롯은 이완된다. 자아와 세계의 대결이 무의미해짐으로써 플롯의 이완을 보여주는 예는 <摸索>, <敗北者의 무덤> 등에서도 볼 수 있다. 소설의 전반부에서 작중인물들이 세계를 향해 어떤 의식을 발동

---

46 M. M. Bakhtin, 『도스또예프스키 詩學』, 앞의 책, p. 296.
47 Lucien Goldmann, *Towards a Sociology of the Novel*, 앞의 책, p. 2.

하는 모습이 제시되나 후반부에 가서는 플롯이 이완되어 구성적 성격을 상실한다. <패배자의 무덤> 같은 경우 지식인의 현실적인 고민은 앞부분에 한정되고 뒤에 가서는 허무의식의 감상적 표현이 두드러진다.48 전반부에 약간 드러나는 의식이라든지 긴장이 후반부에 약화된다. 그리고 후반부에 가서는 통속성이 노출됨으로써 더욱 소설구성상의 견고성을 잃는다. 이는 작가의식(作家意識)이 약화된 결과라 할 수 있다.

작가의식의 약화는 작가의 세계를 둘러싸고 있는 현실의 열악성으로 인해 현실(現實)과의 대응관계(對應關係)를 수립할 수 없다는 것이다. 달리 말하자면 시간의 변화 가운데 발전하는 인물을 그리는 것, 또는 대상의 전체성을 그리는 소설의 본령과는 거리가 있는 세계이기 때문이다.

> 소설은 '대상의 전체성'을 움직이는 전체적 과정에서 파악하는 장르이다. 소설에 있어서는 일정한 시대의 특정한 사회적 현실을 시대의 전체적 색조 특수한 분위기와 함께 묘사함이 목적이고, 그 이외의 다른 모든 것, 가령 거기서 드러나는 갈등도, 세계사적 개인도 이 목적을 이루기 위한 수단에 지나지 않는다.49

소설이 쓰여질 수 있는 그러한 시대가 아닌 상태에서, 즉 대상의 전체성이 포착되지 않는 상태에서 소설을 쓸 경우 그것은 작가의 주관적(主觀的)인 展望이 드러나거나 전체에 통합되지 못한 채 분편화된 현실이 드러나 에피소드적인 구성으로 떨어지게 된다. 이는 소설의 양식이 역사철학적인 의미를 머금는다는 점의 방증이 된다.

<냉동어>와 비슷한 시기에 쓰여진, 자전적인 성격이 강하게 드러나는 <懷> 같은 작품은 소설(小說)과 동화(童話)가 뒤섞인 이완된 구조를 보여준다. 이 무렵의 작품 가운데 당대 사회와 개인이 맺을 수 있는 관계의 방향이 서지 않는다는 세계파악이 소설적인 구도로 드러나는 것은 <냉동

---

48 이래수, 『채만식소설연구』, 앞의 책, pp. 131-32.
49 김윤식, "소설의 이론과 창작방법논의", 『한국현대소설비판』, 일지사, 1981, pp. 308-9.

어>가 대표적이라 할 수 있다. 담론상대(談論相對)가 전환(轉換)을 보이는 것, 다시 말하자면 식민지의 모순을 비판하고 풍자하던 그 대상이 흡인력을 갖게 된 것이다. 즉 주체의 적이 선망의 대상으로 전환된 것이다. 이는 작가의식의 약화된 결과인데, 담론의 차원에서는 독백적(獨白的)인 선언(宣言)의 형태를 띤 담론이 된다는 점에서 구조적 상관성이 드러난다.

▌3▐ 말놀이 - 현실과 담론층의 혼란

<냉동어>의 담론특성 가운데 하나는 언어의 층위와 현실의 층위가 서로의 층위를 뛰어넘어 얽혀 있다는 점이다. 이는 의식과 현실이 상호작용을 하지 못하고 괴리되는 데서 필연적으로 연유되는 것인데, 그것이 드러나는 방식은 일종의 말놀이[50] 형태이다. 말놀이는 주체들이 주고받는 담론이 현실적인 레퍼런스를 가진 그러한 것이 아니라 다른 말을 끌어들여 관념을 만드는 그러한 파행적인 언어행위를 뜻한다. 말놀이는 여러 가지 방식이 있을 수 있다. 동음이의어를 활용하는 언어유희(言語遊戲)라든지 속담(俗談)을 끌어들여 현실을 비판 희롱하는 것이라든지 하는 것이 그 예이다.

<냉동어>의 경우는 말을 하고 있는 주체들의 상황을 전적(典籍)을 통해 전해오는 에피소드를 이용하여 하나의 다른 텍스트를 만들어 대비함으로써 이중적인 허구의 상황을 만드는 방식이 두드러진다. 이는 현실을 이미 기호화된 다른 기호로 번역하는 작업과 같은 것이다. 그렇게 되면 허구적 텍스트는 이중으로 허구화(虛構化)됨으로써 현실과는 거리가 더욱 멀

---

50 '말놀이'는 Wittgenstein의 'language game' 개념을 창조한 것이다. 그는 언어의 의미가 삶의 형식이라고 하는 일상생활의 관습, 목계, 문화 속에서 이해되는 것이지 기호와 지시대상을 연결시키는 정신행위가 아니라고 설명한다. 무한정한 '사고와 생활의 흐름' 속에서만 언어의 의미는 존재한다는 것인데 그러한 '언어놀이'속에서만 언어의 의미가 결정된다는 설명이다. (서광선, 정태현 편역, 『비트겐슈타인』, 이대출판부, 1984, pp. 135-56.)

어진다. 이는 작중인물의 의식이 현실적인 실천에서 패배하는 것을 보상하기 위한 보상작용이라 할 수 있다.

말놀이가 인물의 행동으로 드러날 때, 그것은 사실에 입각한 현실주의적인 결단이 아니라 말을 가지고 말을 만들어내는 그러한 '말놀이'를 하는 데로 나간다. 이는 현실을 떠난 기호론적인 조작의 차원이다. 말놀이는 유추적인 방식으로 진행되는데, 현실 해석(現實 解釋)의 전거(典據)를 현실과 동일한 차원의 대상들의 구조에서 차용해 오는 것이 아니라 그 전거를 차원이 다른 담론에서 차용해 오는 그러한 방식이다.

> 일반으로 모든 남자란 것은 언제든지 아무 여자한테고 반드시 그 은근한 흥미를 가지는 법이라고 한다면, 그야 데마에 많이 가깝고 피상적인 공식이라 할 수도 있을 것이다.
> 그러나 한편, 저 유명하게 강심한 서화담으로도 단 한 꺼풀만 입은 여름 속옷이 물에 찰싹 젖은 몸둥이를 해가지고 코앞에서 나풀나풀 춤을 추는 황진이만은 멀끔히 바라다보다 못해 필경 슬며시 돌아앉았다는 일사라든지, 또는 속계(俗界)엘 내려왔다가 마을 앞 개천에서 빨래를 빨고 있는 젊은 여인네의 부우연 너벅다리를 한번 보고는 고만 마음이 현혹하여 몇 십 년 닦은 도가 하루 아침에 도로아미타불이 되어 버렸다는 옛 스님의 이야기라든지를 두루 미루어 생각할진대, 그 데마가 다분히 요망스럽기는 하다지만, 역시 한 귀퉁이 반쪽의 진실성이 머금겨 있음을 또한 승인하지 않을 수가 없을 것이다. (5-380)

위 인용은 자신에게 접근해 오는 스미꼬에 대해 "여성적인 독특한 매력이 눈에 띈다거나 하는 줄을 통히 몰랐던" 문대영이 본능적으로 매력을 느끼게 되는 과정을 언급하는 전지적 서술의 담론이다. "모든 남자라는 것은……, 단지 여자의 순전히 성적인 매력에 대해서까지 나무토막처럼 무감각하진 못한 것이 거진 생물학적인 운명"이라는 서술이 되어 상호대조를 통한 시각의 다양성을 잃고 있다. 이는 대상에 대한 묘사라든지 아니면 대상을 직접적으로 드러내는 방식이 아니다. 일반화(一般化)의 한 방식을 활용함으로써 현실(現實)을 은폐(隱蔽)하는 방식이다. 작가의 현실에 대한 대결의지가 약화된 결과라 할 수 있다.[51]

다음도 말놀이의 한 종류인데, 그 수행방식은 앞의 것과 약간 다르다. 작중인물들이 대화를 하는 것인데 이루어지는 '이야기 만들기 놀이'이다. 이는 서술자의 전지적인 서술 가운데 드러나는 간접화된 양상과는 또다른 면모이다. 그러한 말놀이를 통해 작중인물들의 의식이 드러난다. 스미꼬 가 조선인(朝鮮人)과 인연이 있었다는 것, 그리고 그것이 자신의 삶을 망치 는 계기가 되었다는 것 등에 대해 말하는 데 대한 문대영의 답변에 해당 하는 말이다. 문대영이 스미꼬에게 "좌우간 조선이란 곳하구는 이상한 인 연이 있으란 팔자로군?" 하는 데에 대한 응답과 거기 이어지는 대화를 통 해 이야기 만들기 놀이가 행해진다.

> "그런 게 아니라, 아마 스미꼬상네 선조 누가 말이지 저어……임진란, 일 본 역사룬 문록역……문록역 알죠? 풍신수길의 조선정벌……."
> "교과서에서두 배우구, 장혁주씨 「가등청정」두 읽었어요."
> "그래…… 그런데 그때 말이지…… 그 때 스미꼬상네 선대 할아버지가 누구 한 분, 역시 조선으루 출정을 왔다가 와서 싸움을 하다가, 응? …… 잘 못 고만, 어떤 원통한 비전투원을 혹시 살상을 한 일이 있나보군그래? 전시 엔 부득이 그런 수가 간혹 있는 법이니깐……"
> "글세 그런 이야기 못 들은 걸? 그런데 건 왜?"
> "정녕 그랬나봐! 그래서 그 원한이 후손 스미꼬상한테 시방 액이 와 단 거야!" (5-422)

이러한 말놀이는 담론의 대상인 현실(現實)이 담론 자체가 되어 현실과 언어(言語)가 동일한 레벨로 조정된 국면이다. 이질적인 차원의 두 세계를

---

51 채만식이 新小說이나 古小說 등을 패러디화하여 자신의 창작방법으로 원용한 사실 은 <태평천하> <탁류> 등에도 보인다. <냉동어>에서는 야담이 패러디화된다는 점 이 특징이다. 이는 작가의 의식과 연관지어 보다 치밀하게 검토할 필요가 있을 것이 다. 서화담과 황진이의 일화는 유몽인의 「於于野談」에 기록되어 있다. (유몽인, 『어 우야담』, 이민수 역, 정음사, 1975, p. 61.)

동일차원으로 환원하는 것은 기호론적인 구조(構造)의 전도현상(顚倒現象)을 초래한다. 이러한 담론은 단지 상상을 통해 현실의 의미를 규정하는 그러한 데에 머무는 것이라 하기 어렵다. 현실의 차원과 과거 역사적 사실의 차원을 동일시하는 이러한 이야기 만들기 놀이는 일상적인 이야기 방식을 뛰어넘는 것이다. 이처럼 차원이 다른 두 의미체계를 하나의 의미체계로 轉換하는 데는 그 배후에 강력한 제도적 장치로서의 '기호론적인 틀'이 있어야 한다. 즉 그러한 이야기를 만드는 담론의 주체들이 의식적인 공통기반을 가지지 않은 경우, 그러한 이야기는 한갓 말장난에 지나지 않는 것으로 된다. "밉지 않게 구는 여자를 데리고 앉아, 생각잖은 일로 우연한 말 끝에 딴청을 하여 짐짓 한 번 놀려주는 것도, 요외의 심심치 않은 흥이었었다." (5-422)하는 데로 빠지고 만다. 그러한 이야기 만들기 놀이가 허위적이라는 게 금방 드러난다. 두 인물 사이에 의식상의 공통적인 바탕이 없기 때문이다. 이는 담론의 주체가 현실을 처리하는 방식을 암시한다. 즉 현실을 현실로 처리하는 것이 아니라 현실을 허구화(虛構化)하는 가운데 그 허구 속에서 현실에서는 감당하기 어려운 의식을 마멸시키는 방식이다.

그러나 독자 편에서는 허구 가운데 또 하나의 허구를 삽입시켜 허구를 허구로 해석하는 통로를 만드는 작업이라고도 할 수 있다. 허구 가운데 또 하나의 허구의 의미가 새롭게 규정된다. 본래 허구는 현실에서 출발하여 허구적 장치를 만들고 그 장치를 통해 현실을 반성하는 것이다. 즉 "허구는 '사실 이상의 사실'과 '진실'을 보다 효과있게 전달하려는 가공의 장치를 말한다."[52] 그런데 여기서는 담론 차원의 단일화로 인해 현실을 반성할 수 있는 장치 역할을 하는 것이 아니라 현실을 무의미한 것으로 만드는 허구가 된다. 이는 작중인물의 의식유형가 관계되는 것이다. 현실과의 대응을 포기하고 의식상의 폐쇄공간으로 자아를 끌어들임으로써 담론의 차원

---

52 조남현, 『소설원론』, 고려원, 1989, p. 92.

을 단일화하는 것이다. <냉동어>의 결말에서 그러한 면모는 확실해진다.

스미꼬와 동경으로 탈출할 것을 결정하지 못하고 상황(狀況)[문대영이 마련한 회사의 송년회]에 스스로를 맡겨 버려 결국은 탈출을 포기한 문대영이 집에 돌아와 스미꼬의 편지를 받아 읽고 딸의 이름을 붙이는 데서 그러한 예는 다시 나타난다. 스미꼬는 의식을 행동으로 실천(實踐)하는 데비해 작중인물 문대영은 끊임없이 말놀이를 하고 있을 뿐이다. 언어 즉 기호로 실체를 대신하는 것이다. 여기서 작중인물 문대영의 담론 차원의 의미전도를 읽을 수 있다. '대륙의 경륜'에 일익을 해야 한다는 스미꼬의 결단은 현실이다. 그러나 문대영의 기억에 남은 스미꼬라는 이름―언어는 기호의 하나일 따름이다. 문대영에게 딸을 길러야 하고 아내를 건사해야 한다는 것은 하나의 현실이다. 딸의 이름을 붙이는 것은 기호(記號)를 부여하는 작업이다. 사실과 기호, 사실차원과 언어차원이(res/verba) 담론 주체의 의식 내부에서 동일하게 되어 버린다. 정신병의 일차적 징후가 사실과 기호로 구분하지 못하는 것이라면, 이는 주체의 약화된 의식을 드러내는 데에 중요한 단서가 된다.

> "냉동어(冷凍魚)의 향수는 바다에 있을테지!……"
> 대영은 이번에는 제가 한숨을 후르르 길게 내쉬면서 혼자 하는 말로
> "……잘들한다! ……푸달진 계집애자식 하나를 낳아놓구서……그나마 첫 이레두 미처 안 간 핏뎅일 놓구서…… 에미는 에미대루, 애비는 애비대루, 제마다 제 원념을 그것한테다가 살려보자고 들구!…… 에잇, 구차스러……"
> 혀를 글끌 차면서 돌아눕는데, 그러자 마침 안방으로부터 빼액하고 어린 애 우는 소리가 들려온다. 부부는 다같이 소리가 새삼스럽게 반가우면서도, 그러는 한편으로는 또 어쩐지 더럭 더 한심스러워 못했다. 그들은 그 끝에 제각기 제 몫의 고달픈 수심에 잠겨드느라, 산모조차도 깜박 어린애의 자지러진 울음소리를 잠시 잊어버린다. (5-468)

작중인물 문대영이 스미꼬를 떠나보낸 다음 딸아이의 이름을 붙이고 나

서의 감회가 드러나는 작품의 결말이다. 딸아이의 이름을 스미꼬[澄子]를 연상시키는 징상(澄祥)으로 붙인 데서 연유되는 의미를 반추하는 것이다. 여기서 현실과 기호 혹은 언어의 레벨이 뒤섞이어 혼란을 빚는 국면을 보게 된다. 문대영이 실제적인 삶을 영위하는 현실과 스미꼬가 향해 간 대륙경륜이라는 현실 사이에서 문대영의 의식(意識)은 분열(分裂)되어 있다. 일제강점의 식민지 현실이 하나의 현실인 것처럼 대륙경륜의 현실도 하나의 현실이다. 문대영으로서는 양편 어디를 택할 수도 있는 현실이다. 이러한 현실은 시간적으로 현재의 문제이다. 그러나 문대영이 스미꼬에 대해 다하지 못한 염원으로 이름을 붙인 딸아이는 미래에 속한다. 시간적으로 현재와 미래가 동일 차원에 혼재되어 있는 것이다. 이처럼 기호론적인 구조와 담론이 작중인물의 의식 양상과 긴밀하게 연관되어 있는 것이다.

스미꼬와 연관되는 상징성을 띠는 문대영의 딸 이름은 하나의 기호이다. 그 기호를 기호로 인식하지 않고 현실로 연결지으려는 데서 주인공의 의식이 분열을 겪게 된다. 그러한 분열의 결과가 행동으로 환원되지 못하는 경우, 그것은 자기비하나 자조로 드러난다. 이는 현실을 기호와 동일시(同一視)하여 그 기호를 가지고 현실을 속이는 말놀이의 구조 속에 작중인물의 의식이 드러나는 양상이다. 작중인물 문대영의 의식은 이렇게 말놀이의 기호론적인 구조에 묶여 있는 것이다.

▌4▌ 혼효된 담론양상의 시대적 의미

<냉동어>에서 작중인물 문대영의 성격특성은 망설임과 결단의 보류라 할 수 있는데, 이는 개인적인 성격이면서도 동시에 시대적(時代的)인 성격(性格)이기도 하다. 작중인물 문대영이 잡지사 편집장이며 소설가로 설정되어 있다는 점에서 지식인이 역사(歷史)의 방향성(方向性) 감지를 문제 삼을

수 있게 한다.53 결론부터 말하자면 역사적인 전망이 서는 그러한 시대가
아닌 상황을 살아가는 작중인물의 의식을 알레고리적으로 드러낸다는 것
이다. 작중인물이 행동을 보류하는 것은 역사의 전망이 서지 않는다는 판
단 때문이다. 스미꼬와 동경으로 탈출하기로 작정한 것은 일종의 역사적
전망을 드러내는 행위인데, 그 행동은 결행되지 못한다. 다음과 같은 독백
형식(獨白 形式)의 반추(反芻)로 되어 있는 담론이 더불어 있기 때문이다.

> 아무리 생각해야, 내일 저 여자를 데리고 구태여 동경으루 꼭 가잘 필요와
> 이유를 발견할 수가 없었다.
> '그러면, 고만두나?'
> '쯧, 고만둬도 좋지만, 또 고만두면 무얼 하나?'
> '그러면 가는 거지!'
> '고만둬도 고만이고……'
> '안 고만둬도 또 고만이고……' 꼭같았다.
> 가지 말 조건과 내력이 없으니 가는 것이었다.
> 마찬가지로, 갈 필요와 이유가 없으니 안 가는 것이었다.
> 그러므로 결국은, 가면 가는 것이 선(善)이요, 안가면 안 가는 것이 선이었
> 다. (5-457)

담론의 주체(主體)인 문대영이 이러한 망설임으로 인해 행동을 결정짓
지 못하는 데 비하면 그 상대방(相對方) 스미꼬의 행동은 단호하다. 동경으
로 가는 대신 대륙을 향한다. 대륙이라는 것은 스미꼬 편에서 보았을 때
역사가 진전되는 방향이다. 그러나 문대영 편에서는 자신의 현실이 이미
훼손된 것이어서 대륙의 상황이 단지 역사의 방향이라는 결단을 내리지
못하는 것이다. 이처럼 두 인물의 행동이 대조적인 것은 두 인물이 인식
하는 현실의 의미가 다르기 때문이다.
'대륙의 경륜'은 일제가 내세우던 이른바 '대동아공영권'의 실현을 역사

---

53 1940년대 역사적 전망에 관한 역사적 고찰이 별도로 필요할 것이다.

의 방향성으로 보는 그러한 역사의 전망이다. 그것이 객관성을 띨 수 있는 가 하는 점은 달리 검토가 필요할 것이다. 그러나 소설의 맥락에서는 그러 한 역사의 방향성이 두 인물에게 서로 역방향에서 부각된다는 점은 두 인물의 기호론적인 체계가 다르다는 의미가 된다. 이는 역사(歷史) 담당의 주체(主體)로 자신을 설정하는가 여부와 관련된다. 스미꼬는 자신이 역사 담당의 주체로 나서는 반면에 문대영은 그러지를 못한다. 이는 시민지인의 의식이 드러나는 한 방식일 것이다. 그러나 역사의 방향은 스미꼬의 방향, 즉 대동아공영권의 실현으로 기울고 있음을 작가는 감지한 것으로 보인다. 앞 절에서 본 딸의 이름을 스미꼬를 연상케 하는 징상(澄祥)으로 지은 것에서 그러한 지향성은 담론차원에서 암시된다. 그 결과를 두고 자기 자신을 조롱하는 데서는 작중인물이 설정한 역사 방향성이 어떠한 것인지를 알 수 있게 한다. 이는 다시 다음과 같은 데서도 반복적으로 드러난다.

> 마음은 부지할 수 없이, 고달픈 어떤 고독감(孤獨感)이 이윽고 어디선지 모르게 조이듯 사면으로부터 몸에 스며들었다.
> 그것은 애정을 놓친 그 가슴의 다만 허전함과도 일변 다른 것이어서……
> 어렸을 적, 밤에 늦도록 동무들과 더불어 밖에서 잠착하여 놀다가, 그러는 동안 아이들은 하나씩 둘씩 스실스실 헤져 가고, 마지막……
> 마지막 단둘이만 남았던 맨 친한 동무 하나마저 어느덧 온다간다 소리도 없이 사라져 불러도 대답이 없고 찾아도 나오지 않고…….
> 필경 그리하여, 혼자 으슥한 고샅에 가 호출하니 남아섰던 그때의 그 외롭고 고만 울고 싶게 그지없던 마음……
> 대영의 시방의 고독감은 마치 그렇듯 동무들을 깜박 어느결에 죄다 잃고서 홀로 처진, 버림을 받은 그러한 소년 적의 이슥한 밤처럼 안타까이 지향할 바를 모를 막막함이었었다. (5-465)

스미꼬가 대륙으로 떠난 것을 확인한 다음 문대영의 심정을 서술한 부분이다. '사면으로부터 스며드는 고독감'은 '지향할 바를 모를 막막함'인데 역사의 방향을 감지하는 것과 그것을 실행으로 옮기지 못한 의식인의 자기패배(自己敗北)의 심리(心理)라 해야 할 것이다. 이는 "현실과 일치되는, 신념과 생활의 병행…… 이것이야 말로 가난하나마 젊음의 패기요, 산 정열인 것"이라는 삶의 전제와 역방향을 향하는 것이기 때문이다. 그러할 때 자아의 모습은 거지로 비친다. "대영 저 자신은 '삐뚤어진 빈집에서 홀로 거주하는' 몰락된 귀족의 신세에 지나지 못했었다. 세대의 룸펜 즉 거지……" 현실에 발을 붙이지 못하고 의식상으로만 역사의 방향을 감지하는 그러한 결과라 할 수 있는, 현실감(現實感)을 획득하지 못한 의식의 양상이 감성(感性)의 차원으로 전이(轉移)된 것이다. 이러한 의식은 "인간세상에선 용납지 못할 유령(否定)"(5-389)으로 규정되는 것인데, 여기서 울이는 작가의식의 분열을 확인하게 된다. 소설이 '인류역사를 밀고 나가는 하나의 힘일진대 부녀자의 완롱물이나 소장거리가 될 수 없다고 목이 부러져도 주장하는 자'[54]를 자처하는 채만식이 도달한 현실인식은 여기에 머물러 있다.

> "……당금 이, 지긋뎅이가 사뭇 터지기라도 할 만침, 사실이 핍절하게 긴장이 돼가지구, 용케를 시속 육백킬로짜리 전투기 같이 응응 다리 전진을 하구 있는 이판국에, 뭣이냐 쇠달구지 만도 못한 문학 체껏이, 어딜 괜히!…… 어마어마한 그 현실을 제법 갖다가 한 귀텡이나마 감각을 하며, 정통을 캐취할 근력이 있어야 말이지!……" (5-399)

문학으로 현실을 포착한다든지 이끌어갈 수 있는 힘을 상실한 작가의 면모가 드러나는 부분이다. 이는 작가 자신의 역량이라든지 하는 것과는 직결되지 않는다. 시대의 압력이 문학적인 구조화를 용납지 않는 것이다. 현실(現實)과 기호(記號) 사이에 괴리가 생겨 현실은 현실의 논리를 강화하고 기호는 기호대로 내면화되어 현실에서 분리되는 그러한 역사의 형국을 드러내는 것이다. 초고속으로 전진하는 현실(現實)과 그 뒤를 따라간다거

---

54 채만식, "자작안내", 『전집』 9, p. 516.

나 앞질러 갈 수 없는 문학(文學), 즉 역사의 진전과는 전혀 괴리된 문학에 대한 자기혐오감이 내비치는 것이다. 이러할 때 문학을 포기하지 않는다면 역사의 방향을 따라가는 것밖에 다른 길이 없을 것이다. 세계의 진보를 믿고 자연과학을 신봉하는 그러한 작가에게 역사적 전망이 보이지 않을 때 택할 수 있는 길은 현실의 논리를 우선해서 따라갈 수밖에 없을 것이다.

문학보다 현실이 앞서는 시대, 급변하는 시대의 요청을 수용할 수 있는 양식은 소설보다는 극이 보다 가까울 것이다. 이 무렵에 불과 몇 개월을 사이하여 희곡 <螳螂의 傳說>이 씌어졌다는 것은 문학의 장르가 역사철학적인 성격과 밀착되어 있다는 것의 근거가 된다.55 <냉동어>가 장편으로 되지 못하고 중편의 형식을 취하는 것도 현실인식의 방향, 즉 역사적 전망이 서지 않는 시대성을 양식으로 반영하는 것이라 할 수 있다.

> "규각(圭角)이라고 않나? 각(角)에다가 원(圓)을 씌우자고 드는건, 저 스스로는 어리석은 짓이요, 세상에 대해선 오히려 해를 끼치게 되는 거야……그 세댈랑 그 세대의 담당자한테 마기구서 가만히 그대루 죽은 듯기 않았으면 구차스럽지 않구, 세상에 사폐 끼치지 않구, 두루 좋잖어? 그런 걸 왜? 무슨 망령으루?" (5-436)

각에다 원을 씌우는 것이 무리라는 이러한 의식이 곧 현실을 현실로 인정해야 한다는 논리이다. 이는 당시 '사실수실설'로 논의되던 비평사적인 맥락과도 연관되는 일이다.56 역사(歷史)가 진보(進步)한다는 그러한 신념이 이론을 바탕으로 한 지식인의 자기 성장에 관련되지 않고 신념(信念)의 차원에서 미분화상태에 있을 때 결국은 지적인 균형감각을 상실하게 된다. 일본제국주의노선이 역사를 밀어가는 현실적인 힘이라는 것을 인정하는

---

55 김윤식, "소설의 세계와 희곡의 세계", 『한국현대소설비판』, 일지사, 1981, pp. 214 -39.
56 김윤식, 『한국근대문예비평사연구』, 일지사, 1976, pp. 396-401.

그러한 선에서라면 문대영이 자신은 '냉동어'에 불과하다는 것을 깨달으면 깨달을수록 절절한 염원은 현실에 있는 것이 아니라 '바다'에 있을 것은 당연한 논리의 귀결이다. 그 바다의 정체가 무엇인가 하는 것은 그다지 문제가 되질 않는다. 다만 역사가 진보한다는 그러한 신념만이 지켜져야 한다는 억압에 이끌리는 의식의 방향이 문제인 것이다. 이러한 정신상태는 의식이 발동되기 이전의 상태이다.

이러한 정신상태가 당대를 지배하던 핵심적인 세계상이라면 그것을 사실로 그린 것은 작가의 솔직함일 수 있다. 다만 작가의 윤리가 문제되지 않는 한에서 그러할 뿐이다. 그러나 소설은 작가의 '내측의 윤리'[57]가 가장 중요한 항목으로 설정되는 것이라서 그러한 논리는 자승자박의 오류에 빠지게 된다.

작가의 내적인 윤리가 정당성을 가질 수도 없고 외적인 상황을 따를 수도 없는 이 딜레마를 벗어나는 방식이 시선(視線)을 대조시키는 것이다. 작중인물 문대영과 스미꼬가 만나는 계기를 마련해 주는 김종호, 그리고 문대영이 함께 만나는 장면은 다음과 같이 묘사되어 있다.

> 여자는 한 번 웃을 뿐 다시 더는 아무 소리도 없고 한 것을 김종호가 부득부득, 아 우리네 '문화인' 서로들끼리 무얼 다 그런 체면과 절차를 차리고 한단 말이냐고, 자 어서 같이 나가자고 졸라 쌓는 것이나 종내 불응을 했고, 하다 못해 그러면 이왕 말을 낸 초면 나그네의 낯을 보아 잠깐 차라도 한잔씩 마시자고 하여, 그것마저 물리치기는 차마 박절한 것 같아서 부득이 근처의 대방으로 자리를 옮겨 앉았었다.
> 다방으로 가서도 (미리서 각오해야 했던 것이지만) 역시 김종호의, 이번에는 저만 빼놓고 죄다 아무 것도 아닌 조선의 영화감독 '올 바보론'을 지지리 들으면서 무의미한 부역(賦役)을 하는 것밖에는 아무 것도 없었다.
> 스미꼬는 여전히 거기서도 침묵을 하고 있었고. (5-376)

---

57 김윤식, "민족의 죄인과 죄인의 민족", 『한국현대문학사』, 일지사, 1983, p. 215.

이 인용에는 세 사람의 시각(視角)이 교차(交叉)한다. 사실은 문대영과 김종호가 이야기하는 것을 스미꼬가 듣고 있는 담론의 상황이다. 두 사람이 벌이고 있는 연희적 상황(演戲的 狀況)을 스미꼬가 바라보는 그러한 기호론적인 소통 구조인 것이다. 그러니까 두 사람의 의견이나 사고의 내용을 스미꼬에게 공개하는 것인데, 그에 대한 스미꼬의 판단은 숨어 있다. 대신 문대영의 시각이 판단의 어떤 틀로 작용하는 것을 볼 수 있다. 김종호의 경박한 말씨와 문대영의 비판적인 시각이 대조적으로 함께 드러난다. 김종호가 문화인이라고 하는 것이 허위의식이라는 것은 금방 드러난다. 그리고 조선의 영화감독을 모두 바보라고 취급하는 논리는 사실은 자기비하에 다름이 아니다. 그러나 이야기를 듣고 있는 것을 부역(賦役)으로 생각하는 문대영의 시각은 침묵을 하고 있는 스미꼬에게 들키는, 따라서 비판을 받는 내용으로 되어 있다. 그러니까 "문화동지를 맞아설랑 이야길 나누구 친절히 상황을 소개하구 하는 건 말하자면, 우리 같은 문화인의 생활 가운데 당연한 한 조목이지요, 또 의무"(5-377~78)라고 하는 데에 민족의식이라든지 상대방에 대한 비판의 시각은 설 수 없는 것이다. 레벨이 다른 담론이 혼효되어 있는 결과이다.

그것은 다시 "낡은 시대가 새로운 현대와 동거를 하는 궁상스럽구 초라한 꼬락서니"로 "공기만 먹구 생명을 지탱하면서 봄을 기다리는 양서로의 동면처럼"(5-400) 자신을 느끼는 것이다. 이러한 감정의 혼란과 무방향성(無方向性)이 <냉동어>를 지배하는 의식의 내용이고, 그것이 담론의 혼란을 가져오는 내적인 이유이다.

<냉동어>는 작품 자체로서는 소설적인 성취를 이룩한 것이라 보기 어렵다. 담론의 양상을 통해 보았을 때, 객관적인 서술태도를 유지하려는 점은 특징적이다. 이는 소설 일반의 서술에서라면 근대 리얼리즘 소설의 목표인 대상의 묘사에 접근하는 것이라 할 수 있다. 그러나 채만식은 이야기 전통을 바탕으로 하는, 서술에 대한 강력한 통제를 수단으로 해서 소설의 한 경지를 개척한 작가이기 때문에 객관적 서술이 제한적(制限的)인

의미밖에 지니지 못한다.

채만식 소설에서 일본인(日本人)이 작중인물로 직접 등장하는 것은 흔치 않은 일인데 <냉동어>에서는 그러한 예를 보여준다. 이는 식민지인이 어떤 한 의식을 가지고 세계상을 파악하는가 하는 문제에 연관되는 것이며 동시에 기호론적인 구조 안에서 주체(主體)의 의식을 드러내는 담론의 상대방이 전환(轉換)되었다는 의미를 지니는 것이다. <냉동어>에 와서 체제에 대한 지향성이 드러나기 시작하는 것은 담론주체의 성격이 전환된 데에 있다. 이는 작가의식의 해이와 작가가 훼절의 경로를 밟기 시작한다는 암시라기보다는 세계관(世界觀)의 선택(選擇)을 문제 삼을 수 있는 계기에 처한 지식인이 어떤 태도를 보이는가 하는 양상을 드러내었다는 점에서 의미를 지니는 항목이다.

이 작품에서 외부와 상호교섭이 차단된 상황에서 행동을 결정하는 의식이 발로되지 못하는 양상은 현실과 담론의 층위가 혼란을 빚고 있는 것으로 나타난다. 이는 말놀이를 수행하는 데서 그러한 면을 확인하게 되는데 현실(現實)을 긍정적으로 수용하지 못하면서 막연한 방향성(方向性)을 감지하는 데서 현실과 언어의 층위에 혼란이 초래된 것이라 할 수 있다.

소설 양식상으로는 중편소설(中篇小說)로 되어 있다는 점이 <냉동어>에서 의미를 띤다. 중편소설은 장편소설과 달리 현실의 전체적인 구조를 드러내기는 어렵지만 현실과 개인의 대응관계를 보다 폭넓게 그릴 수 있는 가능성이 단편소설보다 큰 것은 사실이다. 그렇기 때문에 단편으로서는 어려운 세계상의 묘사가 기대되는데, 그 세계상은 현실이 대동아공영권을 사실로 인정하게 하는 쪽으로 기울고 있음으로 해서 장편소설로 나아가지 못하는 것이다.

채만식소설의
언어미학

Ⅲ
역사전망의 주관성과 담론의 단일성

　채만식의 중편소설 가운데 <少年은 자란다>는 최후의 작품이다. 제목
이 암시하고 있는 바와 마찬가지로 역사의 진보를 믿는 작가의 신념이 두
드러지게 부각된다. <過渡期>에서 비롯되는 과도기의식이 의식의 미발
상태에 머물고 마는 <冷凍魚>를 거쳐 다다른 곳이 <소년은 자란다>의
세계이다. 소설은 시간과 더불어 그 형태가 잡히고 의미가 드러나는 것이
원칙이다. 그러한 일상성 용납되지 않는 세계에서 작가가 주관적인 역사
전망을 '제시'하는 데에 머문다면, 소설은 현실과의 대응관계에서 법칙성
을 띠기 어렵다. 이른바 외적인 전체성의 불가능성이 소설구를 특징지운
다는 점을 논의할 수 있는 것이 이 작품이다.

　<소년은 자란다>는 해방공간에 쓰여진 풍자성을 띠는 단편들, 예컨대
<孟巡査>, <논 이야기>, <歷路> 등과는 현격히 다른 성격의 작품이라
는 점은 음미될 만하다. 해방이 되었어도 일제강점기에 생활을 이끌어가
던 이들이 당한 고통이나 혼란과 별로 달라진 것이 없이 일상은 일상으로

진행된다는 그러한 시각과는 정반대 방향으로 소설이 진행되는 것이다. 일상이나 생활이라는 것을 모르는 어린이의 시각으로 역사의 전망이니 전체성의 회복이니 하는 것은 감당하기 어려운 주제이기도 하다.

　이 절에서는 <소년은 자란다>를 역사소설적인 성격을 띤 작품으로 보고, 담론주체의 사실성과 허구성, 소년의 시각이 갖는 소설적인 한계, 담론과 역사전망의 상호관계 등을 검토하게 될 것이다.

▌1▌　담론주체의 사실성과 허구성

　<소년은 자란다>는 해방공간의 역사전망을 드러낸 중편소설이다. 이 소설은 역사소설(歷史小說)의 범주에 드는 작품이라 할 수 있다. 일제강점의 수탈을 견디지 못하고 만주로 이주한 오윤서 일가의 만주체험과 그들이 해방을 맞아 돌아오는 귀향체험이 동시에 드러나 있으며, 해방이라는 역사적 사건을 다루고 있기 때문이다.[58] 해방공간을 다룬 <孟巡査>, <논 이야기>, <歷路> 등과 대일협력에 대한 반성을 소설로 다룬 <民族의 罪人> 등과는, 그 시각은 각각 다르지만, 역사적 현실을 다루고 있다는 점에서 담론의 사실성과 허구성을 검토해 볼 수 있는 소지가 주어진다.[59]

　해방공간이 설정되어 있다는 소재 선택의 문제만이 의미 있는 것이 아니라 역사소설에서 중요한 의미단위가 되는 역사의 전망이 어떠한 양태로 드러나고 그것이 담론과는 어떻게 연관되는가 하는 점이 검토되어야 할 것이다.[60] 역사전망이 소설 속에 제대로 설정되어 있다는 의미는 아니다.

58　송백헌, 『한국근대역사소설연구』, 삼영사, 1985. 이정숙, 『실향소설연구』, 한샘, 1990. 이상신, 『문학과 역사』, 민음사, 1986. 등 참조
59　해방공간의 채만식 소설은 '풍자의 회복'이라는 방법론적 복귀를 보여주는 일련의 작품과 역사의 전망을 다룬 계열로 나눠볼 수 있다. 여기서는 역사적 전망을 다룬 작품으로 논의의 범위를 한정한다. (김윤식, "해방공간의 문학", 『해방전후사의 인식』 2, 한길사, 1985, pp. 486-89.)

역사로서의 현실을 다루는 소설담론의 방식이 문제된다. 즉 필요한 시간 착오의 방식이 어떻게 드러나는가 하는 점을 검토할 수 있을 것이다.[61] 이는 단지 역사 철학적인 문제가 아니라 담론의 차원에서도 검토할 필요가 있다. 담론주체가 대상을 사실적으로 인식 하는가 허구적으로 인식하는가 하는 점이 연관적으로 문제되는 것이다.

역사와 쌍생아적인 관계에 있는 소설(小說)은 그 서술방식에서 역사(歷史)와 대비적인 측면이 있다. 서술의 주체가 서술 대상을 취급하는 태도가 문제된다. 전체로서의 세계상을 서술대상으로 삼는 것이 역사라면, 소설은 시대의 연대기이며 개인의 역사라는 특성으로 인하여 감성적인 차원까지가 서술의 대상이 된다. 역사가 추상적이라면 소설은 구체성을 띤다는 것은 이러한 서술의 속성에서 연유한다. 여기서 문제되는 것은 역사의 서술과 소설의 서술에서 담론(談論)의 주체(主體)가 어떠한 자리에 서는가 하는 점의 검토이다. '개인과 전체'라는 이중성이 소설에서 어떻게 통합될 수 있는가 하는 점이 문제의 핵심이다.

> 조선의 가난한 농민의 자작하는 땅이 마치 무엇이 요술을 부리는 것처럼 동양척식회사(東洋拓植會社)니, 일본사람 농장이니, 조선지주에게로 연방 넘어가 버리는(兼倂되는) 그 요술을 오서방네도 면할 수가 있었던 것이 아니어서 선대로부터 물려받은 열다섯 마지가 논과 몇 천평 짜리 멧갓은 오서방의 아버지의 말년에 벌써 일본사람의 것이 되고 오서방은 송곳하나 꽂을 땅이 없는 알짜 소작인이었다. (6-312)

위 인용에는 오윤서의 신분과 불행의 원인이 연대기적으로 서술되어 있다. 그러나 그것을 개인의 전기적 사실(傳記的 事實)이라 할 수는 없다. 시간적인 계기 속에서 이루어지는 행동이 아니기 때문이다. 작중인물 오윤서 개인의 전기적인 사실은 스토리 차원에서 요약되어야 한다. 오윤서의

---

60 장성수, "진보에의 신념과 미래의 전망", 『한국근대작가연구』, 삼지원, 1986, p. 178.
61 Georg Lukács, *The Historical Novel*, Penguin Books, 1976, p. 178.

개인적인 불행은 그의 아내가 '이발소 하이칼라 서방'과 배가 맞아 출분(出奔)하는 것과, 앞에 인용한 시대의 여건이 함께 작용하여 이루어진 것이다. 아내가 출분한 데 대한 수치감과 견딜 수 없는 가난이 고향을 떠나 간도로 가게 하는 원인이다. 오윤서가 고향을 떠나 서울에서 재취를 하고 거기서 실패한 개인적인 부끄러움이 간도행을 촉구한 것이라 할 수 있다.

이러한 스토리는 개인의 전기적 요소이다. 개인의 전기적 요소의 앞의 인용에서 볼 수 있는 歷史 變化의 서술이 소설의 담론을 이룬다. 사회와 개인의 두 측면을 동시에 그리는 것은 현실을 소재로 하는 역사소설 일반의 원칙이기 때문에, 이러한 두 차원의 스토리는 크게 의미를 띠지 못할 수도 있다. 그러나 다음과 같은 담론과는 상반되는 톤으로 되어 있어서 사실과 허구의 양측면이 동시적으로 드러나 대비적인 의미를 띤다.

> "조선이 우리 조선이 얘들아 독립이 됐단다. 독립이! 우리 조선이 독립이 됐어요! 일본이, 일본 천황이 항복을 했어 전쟁에 겼어. 그리구 우리 조선이 독립이 됐어. 독립이, 우리 조선이!"
> 벌겋게 상기된 시꺼먼 얼굴에 종작할 수 없는 흥분의 표정을 띠우고 여승 미친 사람 날뛰듯이 소리소리 지르면서 그러다가 두 팔을 기 얼러 번쩍 쳐들고 "만세에! 조선 독립 만세에!" 하고 들이 목청이 터지라고 외치는 것이 있었다. (6-280)

담론의 주체는 개인의 차원이지만 담론의 내용이 역사적인 것이라는 점에 주목할 필요가 있다. 오선생의 개인적인 외침과는 달리 전달되는 담론은 안정감을 얻고 있다. 이는 주체가 환경과 상호작용을 하는 가운데 시간적인 경과를 서술하는 일종의 서사성(敍事性)이 개재되어 있기 때문이다.

해방이라는 역사적인 사건을 수용하는 개인적인 열광이 무방향성을 드러낸 것이라 할 수 있다. 이러한 열광은 해방공간을 소설로 다루기 어렵게 하는 요인이다. 소설의 시간구속성(時間拘束性)은 현실에 대한 냉정한 시각과 사선의 역사성을 포착함은 물론 미래에 대한 전망이 서야 하는 것인데, 위 인용에서는 그러한 요소를 발견할 수 없다. 시간적인 흐름을 포착할 수 있는 요건이 갖추어져 있지 않다. 열광의 흥분은 시간성을 띠지 않는다. 이러한 무시간적 흥분은 장르의 속성으로 보았을 때는 서정적(抒情的)인 것에 속한다.[62] 이 서정성을 바탕으로 해서는 역사 기술이 되지 않는다. 따라서 이는 이질언어로서 소설의 담론(談論)으로는 수용될 수 있지만 역사(歷史)의 담론(談論)으로는 수용되기 어려운 것이다. 이는 소설의 원칙적인 측면에서 그럴 뿐이고 담론의 주체라는 면에서는 달리 설명이 될 것이다.

예컨대 앞의 인용에서, 농민들의 토지(土地)가 일제강점의 경제구조에 의해 수탈(收奪)되는 과정을 "마치 무엇이 요술을 부리는 것처럼" 파악한다는 것은 역사의식(歷史意識)의 미달을 증거하는 점이다. 역사의 진전과 그 기록이나 서술은 있는 현상만을 기록하는 것이 아니라 그러한 현상의 원인(原因)이 함께 포착되어야 한다. 이는 역사를 기술하는 사가의 역사해석이 작용하는 부분이다. 그러나 소설의 경우는 그러한 안목에까지 이르지 못하는 경우가 대부분이다. 논리보다는 감수성이 우선하기 때문이다. <少年은 자란다>에서 객관적인 현실파악이 안 되는 이유는 역사진행의 동인(動因)이 파악되지 않기 때문이다. 즉 역사 진전의 원동력으로서의 시간개념이 개입되지 않음으로서 현상의 단편을 평면적으로 서술하는 데에 그치고 있는 것이다.

현실이 빚어지는 발생적인 구조를 탐구하지 않을 때, 그것은 풍속(風俗)의 단편을 기록하는 것이 되고, 따라서 소설은 세태묘사의 차원으로 물러서게 된다. 다음과 같은 데에서 그러한 예를 볼 수 있다.

이런, 요술 방망이 같은 것이 민주주의요, 그렇기 때문에 가령, 연설을 한마디 하는 자리에서도 민주주의란 소리는 백번도 더 찾는, 훌륭하단는 양반

---

62 Emil Staiger, *Grundbegriffe der Poetik*, 이유영 · 오현일 역, 『시학의 근본개념』, 삼중당, 1978, p. 31, p. 76 등 참조.

네=지도자들이 백성들에게 시치미를 뚝 따고 서서 거짓말을 하여도 사관이 없는 모양이었다. 당장 그 자리에서만 좋으면 그만이니까.
　또 민주주의이기 때문에 적산관리인은 원료와 기계를 떼어 뒤줄로 팔아 먹어도 상관이 없고, 군정청관리는 부로커에게 잇권을 주고서, 뇌물을 받아 먹어도 배탈이 나지 않는상 싶었다. (6-80)

여기서 해방이 왜 "값비싼 해방"으로 풍자적인 의미를 띠는 것으로 규정되는지를 알 수 있다. 이러한 현실비판의 시각은 서술이 풍자성을 띠는 방향으로 지향된다. 풍자성을 띠자면 "풍자소설의 최종적인 목적이 악화된 상황의 개선이 있기 때문에 부정된 세계 곧 작중현실에 독자들로 하여금 정서적 안주(安住)를 하지 못하도록 상황을 왜곡시키는 다양한 장치물을 통해 표현한다."[63]는 점에서 풍자가 역사 소설의 방법으로 동원될 수는 없다. 역사의 전개가 풍자의 대상이 될 수 있을 뿐이지 그것 자체를 풍자적으로 비꼬고 아이러닉하게 표현하고 하는 것은 결국 역사를 소설로 환원하는 것이 된다. 중요한 것은 역사를 어떠한 관점에서 파악하는가 하는 현실 파악(現實 把握)의 방식(方式)일 것이다. <소년은 자란다>에서 그것은 한마디로 주관적인 현실파악이다. 따라서 채만식이 제시하는 역사적인 전망(展望)이라는 것도 주관성(主觀性)을 면키 어려운 것인데, 이러한 점은 <소년은 자란다>에 나오는 인물의 의식특성과도 관계된다.

▌2▌ '소년'의 시각과 의식의 한계

<少年은 자란다> 전반부는 주로 오윤서의 시각으로 서술되어 있다. 그러나 후반부는 오윤서의 아들, 13살짜리 소년을 서술주체(敍述主體)로 하여 진행된다. 소설적인 의미에서 환경과 상호작용을 하기 어려운 인물

---

63 김영택, "한국 근대소설의 풍자성 연구", 인하대 박사논문, 1989, p. 24.

로 설정되어 있는 것이다. 이러한 인물의 성격에 따라 감상성이 드러나기도 하고 작가의 주관적(主觀的)인 현실파악(現實把握) 방식이 작중인물로 전이되어 나타나기도 한다.

해방을 맞아 귀향하기 위해 만주를 떠나는 과정에서 만인(滿人)들에게 희생된 어머니를 장례지내는 장면에서 오윤서와 그의 아들 영호의 행동은 다음과 같이 묘사된다.

> 별빛조차 없는 어두운 밤이었다. 20년, 이 삭막한 호지에서 더불어 고생을 하다가 해방된 조국에서 기다리는 호강을 꿈꾸며 길 떠나려던 길에 뜻도 아니한 변사를 한 마누라를 마포 한필 쓰지도 못하고, 헌 누더기 입힌 채 거적으로 싸 끝끝내 이 호지에다 묻고 있는 윤서 오서방의 눈물은, 말 그대로 창자가 녹는 눈물이었다.
>
> 한 삽 두 삽, 흙을 덮을 때 세 부자는 얼마든지 눈물을 뿌렸고, 참으로 눈물 한 켜 흙 한 켜의 장사였다.
>
> 영호는 울면서도 돌을 하나 안아다 어머니의 발치에 함께 묻으면서 내 자라거든 반듯이 여기를 와서 어머니의 백골을 파 안고 고국으로 돌아가리라 맹세를 하였다. (6-336)

두 인물이 얼마나 단순화되어 있는가를 금방 알 수 있다. 이처럼 인물의 성격을 단순하게 설정한 것은 작가의 역사에 대한 염결성(廉潔性)과 연관된다고 할 수 있다. 작가 스스로가 설정한 작중인물을 훼손된 가치와 연관 짓지 않으려는 의욕이다. 그러한 인물이기 때문에 인용문에 보이는 것 같은 감상성이 용납되고 단순성이 수용될 소지가 있다. 그러나 대상의 전체성과 함께 드러나는 역사의 전망을 지향하는 리얼리즘 소설방법으로서는, 주관성에 매몰되는 결과를 빚음으로서 한계를 드러낸다.

해방을 맞아 귀국하여 일자리를 찾아 가는 도중 아버지를 잃은 영호 남매가 살아가는 길이 곧 역사(歷史)의 모든 희망(希望)을 대신한다는 점에서 작가의 역사에 대한 '희망'을 드러내는 장치로 볼 수 있다. 이러한 작가의 주관적인 요구 때문에 작중인물은 세속화되지 않은 13세 소년으로 설정된다. 혼란의 와중에도 정결하게 살아야 하며 역사의 미래를 담지하는 힘의 주체로 부각된다. 그러나 작가의 그러한 의욕은 작중인물의 소설적 자유를 잃게 하고 대신 작가(作家)의 의욕(意慾)만 남게 된다. 이는 역사에 대한 거리취하기 방식이 와해된 면모로 해석된다. 역사를 기록하는 자세가 아니라, 개인적인 정서의 차원에 머무는 양식이다. 작가의 역사에 대한 주관적인 전망은 작중인물로 하여금 작가에게 편들도록 함으로써 일원화된다. 작중인물에 대한 편들기는 작가와 서술자의 거리를 소거하는 방향으로 실현된다.

> 어떻게 하여서든, 정거장은 떠나지 말고 아버지를 기다려야 하는 것이었었다.
> 정거장을 떠나지 않고서, 할 수 있는 것으로, 첫째, 다른 아이들처럼, 손쉬운 담배장사가 있었다. 그러나, 영호는 담배장사나 할 만한 밑천이 있지도 않았고, 또 담배장사나 하여가지고는, 영자를 배고프지 않게 하는 수 없어보였다.
> 둘째로, 차표 야미 장사가 있었다.
> 정가장엣 사람더러 하루 한 장이고 두 장이고, 서울 차표같은 것을 달라고 하면, 괄시를 않고 줄 상 부르기도 하였다.
> 그것을, 차표를 사지 못해하는 차 소님에게, 이 한 갑절이고 붙여서 팔면, 이문도 쏠쏠하여 해 봄직한 것이었다.
> 이 소위 야미 차표 장사는 그러나 영호가 보기에는, 대단히 떳떳치 못한 짓인 것 같았다. 본다치면 연방 남의 눈을 그여쌌고 그러다가 종종 순사랄지, 혹은 그런 것을 밝히는 정거장엣 사람이랄지에서 들키어, 뺨을 맞고 붙들려 가고 하였다.
> 영호는, 그런 일을 당하는 사람이 되거나 속 검은 짓을 하는 사람이 되고 싶지 않았다. (6-105)

작가와 서술자 사이의 거리가 유지되지 않고 작가 곧 서술자로 동일시된 것을 알 수 있는 부분이다. 이는 소설의 허구개념이 약화된 결과 소설외적인 텍스트와 소설내적인 텍스트가 동일한 평면에 놓이는 결과를 가져온 예이다. 현실로 드러나는 법칙성 안에서 모색되고 해결되어야 하는 과업을 한 작중인물에게 의탁하는 이러한 양상은 작가의식의 이완이라고 해야 할 것이다. 이는 담론 주체의 주관적인 현실파악이 작중인물로 하여금 작가의 대리체험자로 전환되게 한 결과이다.

3 담론과 역사전망의 상호관계

채만식 문학의 전 역정에서 <少年은 자란다>의 위치는 회귀단위를 확인하게 하는 그러한 자리에 있는 것으로 보인다. 이는 <과도기>에서 현재를 일과적인 과도기성을 지니는 시대로 파악하는 방식의 변주이다. 작가 이력의 처음과 끝이 맞물려 있는 셈이다. 당대(當代)의 역사를 과도기(過渡期)로 보는 그러한 시각이 역사전망의 단순성으로 변용된 것이다. 여기서 과도기의 결말은 곧 새로운 역사의 시작이고, 그 역사를 담당하는 주체는 전혀 새로운 세대, '자라나는 소년'의 세대라는 공식이 만들어진다. 여기서 현실에 대한 거리유지가 약화된다. 대상에 대한 거리유지가 이루어지지 않는 경우 "길이 시작되자 여행은 끝났다."[64]는 루카치식의 아이러니적인 소설구조는 성립되지 않는다. 다만 작가의 미래에 대한 전망을 주관적으로 매우 강하게 드러냈을 뿐이지 장편에서 추구하는 전체성을 바탕으로 한 작품이 아니기 때문이다.

소설에서 미래(未來)의 전망(展望)은 역사의 전망이 소설의 구조 속으로 형상화되어 들어오는 경우라야 의미를 띤다. 역사의 전망이 소설 속에 드러난다는 것은 시대의 분위기와 함께 그 시대 사람들의 열망이 세계관차원에서 반영되어야 한다는 것을 뜻한다. 그것은 명시적으로 또는 작가 개

---

64 G. Lukács, 『소설의 이론』, 앞의 책, p. 94.

인의 주관 차원에서 제시되는 것이 아니다. 매개개념이 필요한 이유가 그것이다. 그러한 매개개념으로 드러나는 세계관은 작중인물들 사이의 대립관계 속에서, 그리고 계층적인 실천 가운데 형상화되는 것이 일반적이다. 작중인물의 세계관적 실천이 담론의 차원으로 드러나는 경우, 그 담론은 내적인 규칙성(規則性)을 띠는 것이라야 한다.

<少年은 자란다>에서 대립관계를 지니면서 매개적(媒介的)인 역할(役割)을 하는 인물로 오선생을 들 수 있다. 오선생은 간도에서 교육사업을 하는가 하면 당시 시대의 방향을 나름대로 간파한 인물로 그려져 있다. 간도에 이주해 있으면서 그 곳에서 민족적인 삶을 어떻게 영위할 것인가 하는 의식의 지표 역할을 하는 것은 물론, 해방이 되었을 때 해방의 감격을 전달하는 인물로 되어 있다. 해방공간에서는 사회주의자(社會主義者)가 되어 감옥에 감으로써 오윤서네 집안의 인물들과 대립적이거나 매개적인 역할을 하지 못하는 인물로 된다.

"독립이나 독립운동보다 더 절박한 일과 소원이 어떻게 하면 굶어 죽지 않고 살아가느냐"(6-292-93) 하는 문제인 간도에서, 오선생이 독립을 알려도 "태반이 덤덤"인 상황이다. 여기서 오선생의 존재는 문제적(問題的)인 인물(人物)의 성격을 띨 수 있다는 점에 중요성이 부각된다. 그렇지만 "오선생은 카이로회담이나 포츠담선언의 내용은 그만두고 그런 것이 있었더란 것도 몰랐었다. 그러다가 어제 오후에야 비로소 그 사람 역시 남들에게서 들은 것을 가지고 이야기하여 주는 공동성명[일본의 항복 조인-인용자]의 설명을 물려들었을 따름이었다."(301)는 점으로 보아서는 문제적인 인물이 되기 어렵다는 것을 알게 된다. 역사 인식의 미달상태인 것이다. 이러한 인물이 문제적일 수 있으려면 다음과 같은 세계 파악은 보다 객관성(客觀性)을 띠어야 한다.

사람들은 다뿍 걱정스러웠다. 독립은 되었다.
꿈같은 이야기로밖에 여겨지지 않던 독립이 또한 꿈같이 시방 이루어진 것이다.

　독립……아뭏든 반갑고 해롭잖은 노릇이었다. 독립에 그치고 만다고 하더라도 망한 나라를 도로 찾았다는, 단지 그것만이라도 반갑지 아니할 며리는 없었다.

　만세. 독립만세.

　진심으로 유쾌하게 만세는 불러졌었다.

　독립된 고국은 살기 좋은 낙토(樂土)로서 외지로 흘러나갔던 사람들이 돌아오기를 기다리고 있었다. (6-305)

　이처럼 미분화된 세계파악을 보여주는 인물이 다른 작중인물에 대해서는 또다른 시각을 드러내 준다는 점에서 이중적 성격을 지닌다. 여기서 오선생을 통해 세계상(世界相)의 총체적인 모습의 일단을 드러낼 수 있게 된다. 오선생은 엄격한 의미의 문제적 인물이라 하는 데는 의문의 여지가 있지만, 오윤서의 의식을 깨워주면서 사상적으로 대립적(對立的)인 위치에 있는 매개적인 인물로 자리 잡는다.

　독립의 환호 가운데 "어떻게 하면 굶어죽지 않고 살아가느냐"하는 문제를 제기함으로써 집단의 가치(價値)를 인정하는 것이다. 세계관이 어느 개인의 주관적인 의욕일 수만은 없다는 점은 재론의 여지가 없다. 그것은 어느 시대 어느 집단의 사고체계, 의식양태, 감정의 형식 등이 일관성을 유지하는 것으로 규정된다.[65] 또한 몇 가지로 유형화할 수 있는 세계관은 유형화의 기능성이라는 점에서는 초개인적(超個人的) 성격을 띤다. 그런 뜻에서 오선생과 같은 인물은 문제적인 인물의 특성을 지닌다고 할 수 있는데, 그러한 문제성이 담론의 양태로 나타나는 것은 대상에 대한 시각의 분화를 통해서이다. 오선생은 소년과 대립되는 의미에서 세계상을 올바로 파악할 수 있는 인물로 설정된 것이다. 소년에게는 막연하고 추상적인 양상으로 인식되는 '역사체험'이 오선생에게는 구체적인 체험으로 되어 있는 것이다.

---

65 뵐하우어, 『문헌사회학 방법론』, 앞의 책, pp. 91-92.

"공산주의는 공산주의라도, 독립 운동하던 패 아녜요? 왜 사람을 쫓을 염으루 싸우던 패 아녜요? 그런 사람네 패니깐 독립이 되는 그날루, 소리치면서 고국으루 들어갈 게 아녜요? [……]"

오선생은 신이 나서, 그야말로 개선장군처럼, 술잔을 처억 들어 커다랗게 마신다. 그러고는 다시

"우리 조선 독립에 논공행상(論功行賞)을 하자면 1등공을 상 받을 사람이 누구누구이겟는지 아시오 조선 안엣 사람으루는 비밀운동(秘密運動)하던 공산당 사람들이요……밖에 나온 사람들루는 상해 임시정부 사람들과 중국군대에 가담한 조선독립군(朝鮮八路軍)이요, 이 만주서는 영만이가 따라간 그 패엣 사람들이요. 그렇습니다. 1등공은 그 사람들이 상을 받을 참예요, 두구보시우마는……" (6-325)

오선생이 이러한 정도의 세계파악을 할 수 있는 인물로 설정되어 있으니까 <소년은 자란다>는 오선생의 존재 여부에 따라 작품이 양분된다. 이는 역사(歷史)에 대한 전망이 객관성(客觀性)을 띨 수 있는가 여부와 연관되는 점에서는 큰 의미를 지닌다. 이 매개적인 인물이 사라진 다음은 소년 영호를 통해 주관적이고 공식적인 미래적 전망을 보여주게 된다. 이는 작중인물 영호의 시각 미분화와 거기 따른 담론의 단일성과 관련된다. 해방공간의 비리와 모순과 아이러니를 13세 소년인 작중인물이 감지하지 못하는 것은 아니다. 그러나 그러한 인식이 주관성을 면치 못하는 것은 다른 주체들과 대등한 입장에서 세계를 살아갈 능력이 아직은 덜 성숙된 인물로 설정되어 있기 때문이다. 기차를 타고 전라도로 내려오는 도중 아버지를 잃고 열차 안에 있는 손님들로부터 호의적인 도움을 입은 영호가 사람들을 바라보는 시각은 주관성과 감상성이 노출되는 단일시각(單一視角)이다.

서울서, 삼청동으로 오선생을 찾아 가던 맨 첫날, 좋은 양복에 좋은 옷으로 차리고, 좋은 구두 신고, 금반지 보석반지 끼고, 어린 아이를 털로 싸고 하여 손목 잡고 나오던, 그런 휜치르하고 훌륭하여 보이는 사람, 그래서 이

상히도 조선사람으로 여겨지지를 않던 사람, 그리고 그 뒤로서 서울 거리에
서 얼마든지 많이 보았고, 볼적마다 종시 조선사람으로 여겨지지를 않던 사
람, 그런 사람들은 이 찻간에는 한 사람도 있지 않았다. 앉지도 서지도 못하
게스리 비좁고 냄새 나고 더럽고 한 이 곳 찻간에 그런 사람들이 타고 있으
리라는 것은, 생각조차도 못한 일이었다.

　부자나 **훌륭**한 사람이 아니고서, 다같이 가난하고 보잘 것 없고 한 사람
들이면서, 마음들은 그와 같이 연하고도 따뜻한 것이, 영호는 더욱 가슴이
저리었다. (6-91)

대상을 파악하는 방식이 양극적인 대립상을 드러내는 것이 이 담론의
특징이다. 두 번이나 반복되는 "조선사람으로 여겨지지 않던 사람"이 "다
같이 가난하고 보잘 것 없고 한 사람들"과 직설적으로 대립되어 있다. 그
러면서 그 보잘 것 없고 가난한 사람들의 "연하고 따뜻한 마음"이 작중인
물의 가슴을 저리게 한다는 표현을 얻음으로써 극단적인 대조가 결국은
시각의 분화를 차단한다. 대상을 감정적인 차원에서 수용하고 있는 것이다.

담론이 이렇게 양극성을 띨 경우라면 작가가 정확한 안목의 관찰자(觀察
者)를 설정하기가 어려운 것이다. 이는 대상에 대한 서술자의 개입이라는
점에서 설화성의 한 양상이라 할 수도 있다. 거기서 다음과 같은 서술이
가능하다. "아무도 영호남매를 괄시하거나, 거치적거려 하는 사람은 없었
다.(6-93)"는 것인데, 이러한 의식과 극단적인 대립을 이루면서 단일시각
을 강화하는 인물들이 작중인물 영호를 둘러싸고 있다. 그들은 영호가 일
하는 여관을 무대로 암약하는 사기꾼들이다.

작중인물 영호를 현실적인 부조리와 비리의 핵심에 해당하는 '여관'에
서 일을 하도록 하는 구도는 '통과제의적 구성'66이라는 점에 의미가 있다.
염결성(廉潔性)을 표상하는 소년을 악의 핵심에 놓음으로써 선명한 대조를
통해 현실의 실상을 드러내도록 하는 방식이다. 작가의 이러한 의식이 오

---

66 Norman Friedman, *Form and Meaning in Fiction*, Georgia U. P., 1975, pp.
　89-90.

히려 현실에 대한 거리유지를 장애함으로써 소설의 구조를 이완시킨다는 점은 현실에 대한 시각이 구조를 규제한다는 점에서 음미될 만하다. 작중 인물에 대한 작가의 지향이 너무 강한 나머지 엄정한 의미의 통과제의적(通過祭儀的)인 소설이 되지 못한다. 이는 소년이 충분한 성장을 하기 이전에, 즉 세계의 한 면을 보여주는 데서 그치고는 소년을 소설공간에서 현실공간으로 직접 자리를 옮겨놓기 때문이다.

> 영호는 이 여관에 와서 있으면서, 그 훌륭하다는 사람들이 살고 있는 세상이 어떤 세상인지를 비로소 저의 눈으로 보고 알고 할 수가 있었다.
> 이 여관에 드는 손님들은, 열이면 열 백이면 백 다가 그 훌륭하다는 사람들이었다. 영호가 막연하게 '훌륭한 사람'으로 치던, 가령 언제든가 정거장의 나오는 목에서 짐을 들어다 주마고 하는 영호더러, 짐이 개떡이나 김밥 한 개보다는 무겁다고 재담을 하고는 스스로 재미있어 하던, 그 양복신사와 마찬가지로 훌륭한 사람들이었다. (6-398-99)

이 '딴세상 사람들'이 하는 일이라는 것은 다음과 같은 것이다. "일본정치 때에, 조선사람에게 공출로 걷어들인 놋그릇을 불하를 맡으면, 돈이나한 백만원 남겨 먹기"인데 "술을 먹이고, 선사를 하고 색시를 떠안기고 돈을 쥐어 주고 하며 적공을 들여" 일을 성사시키는 그러한 사기행각이다. 이 딴세상 사람들이 세계를 지배하는 세력으로 부각된 현실을 나이어린 소년 영호가 정확히 깨닫는 것은 쉬운 일이 아니다. 시각의 단일성을 벗어나지 못한 인물로 설정되어 있기 때문이다. 그렇기 때문에 "따뜻하고 흉허물 없고, 임의롭고 구수한 맛이 나는 대신, 차갑고 붙임성 없고, 데데하고 남의 곤경을 알아줄 줄을 모르고 하는 사람들"이고 그들은 의미론적인 모순을 공유하는 담론양상을 드러낸다. 즉 "어덴지 딴 세상 사람들인 것만 같은 사람들이었다."는 파악이 되는 것이다. 공식적인 상투어를 반복함으로써 의식의 진전이 차단된 양상을 드러낸다.

헤방을 맞아 고국으로 돌아온 이들이 아직 일자리를 얻지 못하고 대합

실 바닥에 굴러 지내는 이들은 영호의 시각에 '거지'로 비친다. 이는 영호 자신의 의식이 그만큼 성장한 결과라기보다는 작가(作家)의 현실에 대한 비판(批判)이 작중인물의 기능을 통해 잘못 수행된 양상이다.

영호의 현실인식은 그가 여관에서 일을 하는 동안 접하는 타자(他者)를 통해 이루어진다. 현실의 혼란과 모순, 부조리 속에서 그러한 여건을 역이 용하여 돈을 모으는 데에 수단과 방법을 안 가리는 인물들을 통해 현실을 바라보는 안목이 길러진다. 이질적인 타자를 통해 자각이 촉구되는데, 매 개적 인물의 부도덕성이 역으로 교육작용을 수행하는 구조이다.

> 영호는 그 동안 넉달 이 여관에서 있으면서, 많은 것이 늘고 배워지고, 깨 쳐지고 하였다.
>
> 학교는 다니지 못하나마, 그래도 공부는 해야 하겠어서, 조그마한 틈만 있 어도 놀지를 않고, 여관에서 받는 몇 가지 신문을 다 읽었다. 손님이 사서 보 다가 버리는 잡지도 얻어서 읽었다.
>
> 영호에게는 태반이, 글짜가 어렵고, 뜻은 더구나 어렵고 하였다. 그래도 영 호는 열심히 읽었다. 한가한 손님이 있으면, 묻기도 하였다. 영 아쉔 때면 안 주인더러 물었다. 안 주인은 그러나, 묻는 다치면, 잘 아는 듯이 척척 대답은 하던 것이지만, 모르는 영호가 듣기에도 하나도 바른 대답이 아닌 것 같았다.
>
> 어느 글이든지, 민주주의라는 말이 안 나오는 데가 없이 많이 나왔다.
>
> 이 민주주의라는 말이 무슨 뜻인지를 영호는 도무지 알 수가 없었다.
>
> 몇 손님더러 연해 물어 보았다.
>
> 어떤 손님은 여러 사람이 하자는 대로 하는 것이 민주주의라고 대답을 하 였다.
>
> 어떤 손님은, 상하와 귀천이 없이 평등하게 지내자는 것이 민주주의니라 고 대답을 하였다.
>
> 어떤 손님은, 공산주의를 반대하는 것이 민주주의니라고 대답하였다.
>
> 6호실 눈딱부리더러 물었더니,
>
> "아, 이 녀석아, 그것두 여태 몰라? 남의 시비나 참견 안 받고 제 자유, 저 하구싶은대로 하는 것이 민주주의지 무어여?"
>
> 하고 고함을 질렀다.

개개 그럴 듯도 하였으나, 어쩐지, 달리 무슨 뜻이 있어야 할 것 같이 영호는 생각되었었다. (6-115)

채만식 소설 전반을 통해 통렬한 비판과 풍자의 대상이었던 식민지교육(植民地教育)이 여기서는 풍자의 대상이 되지 않는다. 도저한 풍자와 통매의 대상이었던 인물들이라든지 현실에 대한 풍자가 이러한 선에서 머물게 되는 이유는 무엇일까. 담론의 주체로서의 작중인물이 갖는 염결성에 그 원인이 있는 것으로 보인다. 소년을 주인공으로 설정한 경우 그 소년이 살아갈 세계의 황폐함을 그려 간다고 해도 그 소년이 역사의 희망으로 설정되어 있는 한은 어떤 희망을 갖도록 해야 하는 작가(作家)의 윤리(倫理), 소설에서 내재적인 형태를 띠는 작가의 윤리가 겉으로 드러난 것이다. 이는 작가 자신이 양가성의 모순에 빠져 있다는 것을 증거한다.

여자를 데려다 달라는 딱부리를 향해, 소년이 끝내 거절을 한다든지 훼손된 공간인 여관을 떠나려는 소년의 의지를 통해 드러나는 것은 작가의 역사에 대한 주관적인 희망이다. 이는 소설외적인 요소가 소설내적인 작중인물의 의식을 지배하는 예가 된다는 점에서 현실관여적인 채만식소설의 한 규칙성이라 할 수도 있다.

달리 말하자면 해방이라는 정신사적으로 성스러운 공간에 대해 작가가 맨몸으로 자신의 주관적인 희망을 던지는 예라 할 수 있다. 식민지 시대에 군수물자로 징발해 놓은 놋쇠를 불하맡아 팔아먹는 현실을 두고 작가는 "학교를 세운다든지 길을 고친다든지 찻간의 유리창을 해박는다든지" 하는 데에 써야 한다는 이야기를 한다. "그런 것을, 눈딱부리와 빈대머리 두 사람이, 군정청의 관리네 미군의 통역이네를 끼고, 미국 사람에게 술과 선사와 색시와 돈을 처안기고는 은밀히 불하를 받아, 백만원이면 백만원을 이익을 따먹고 있으니, 그들에게 조선 사람 전체가 낸 놋그릇에 대하여 무슨 권리가 있어서 그러는 것이냔 말이었다. 그것은 멀쩡한 도적질이 아니냔 말이었다."(6-399) 이러한 발상은 3·8선을 넘어 장사를 하는 잠상(潛商)이 3·8선이 트이지 않았으면 좋겠다는 현실적인 이야기를 했을 때, 거기에 대한 반응에서도 나타난다. 그러한 인물들이 생겨난 현실에 대한 분개가 매개작용을 거치지 않고 직설적으로 드러나는 것은 담론의 단일논리성이 곧 작가의식의 단일논리성과 구조적으로 동질적이라는 점을 보여주는 예가 되는 것이다.

단일논리적인 시각은 풍자에 대한 의욕이 약간 드러날 뿐이지 본격적인 풍자로는 나아가지 못한다. 이는 담론의 주체에 대한 작가의 심리적인 同一視에서 비롯되는 세계파악의 주관성이다. 소설을 통한 현실의 비판이 설교로 떨어지는 것을 어느 정도 막아주는 것은 주인공이 소년으로 설정되어 있어서 타락된 의미의 영역을 벗어나기 때문이다. 그러나 역사의 전망이라든지 하는 것은 드러날 여지가 거의 없다. 단지 주관적인 의욕만이 문면에 드러난다.

주인공 영호는 '정말로 훌륭한 것'이 무엇인지는 아직 모르지만 공부를 하는 가운데 알아질 것이라 하면서 "우선 훌륭하지 못한 것에 대하여는 삼감이 있어야" 한다는 것을 깨닫는다.(6-401) 훼손된 세계로 상정되는 여관을 나갈 결심을 하는 것은 이 어름이다. 여관은 영호가 현실을 알게 되는 인식의 공간인데, 그러한 인식은 오선생이라는 인물을 매개(媒介)로 해서 이루어진다.

> 그러나마, 고국 사람들이 죄다 고루 이런 곤란[전재민 구호소의 곤란-인용자]을 받고 있는 것이라면 혹은 몰랐다. 영호가 있는 여관의 단골손님이라는 그 훌륭하다는 사람들은 얼마든지 해방을 울궈먹고 있는 것이 아닌가. 영호는 오선생이 언젠가,
> "이거, 해방 잘못했어! 또 한번 곤처 해야겠어!"
> 하던 말이 생각나고, 아마도 그 말이 옳았던가보다 싶었다. (6-404)

"해방이 잘못 되었으니 고쳐해야 한다"는 풍자는 해방공간의 소설에 자주 등장하는 지수(指數)의 하나이기도 하다. 왜곡된 민주주의(民主主義)에

대한 관념이 혼란을 야기하고, 그것은 질서와 진보를 신념으로 가지고 있는 작가에게는 비판(批判)의 대상이 될 수 있고 풍자가 회복될 수 있는 힘이 되기도 한다. 그러나 작가는 이미 작중인물과의 거리를 상실하고 있다. 현실의 혼란상과 의미의 전도현상을 일방적으로 매도하는 데에 그치는 것은 거리감(距離感)의 상실(喪失)에 기인한다.

> 조선사람과는 불공대천지 원수라고까지는 일컫는 친일파가, 얼마든지 군정청의 높은 벼슬과 경찰의 요직에 앉아 세도를 부리고 재물을 모으고 하는 것도 민주주의의 덕분.
> 그리고, 불 안나는 성냥을 만들어 팔아먹는 것도, 당장 나만 좋으면 그만이니까 민주주의요, 서울 전체를 변소를 만드는 것도, 당장 나만 좋으면 그만이어서 한 노릇이니 민주주의인 모양이었다. (6-81)

이렇게 어설피 시도되는 풍자는, 풍자하는 대상에 대해 담론의 주체가 윤리적으로 우월한 자리에 있을 때라야 가능하다는 점에서, 주체의 윤리적 우월성이 보장되지 않은 결과라 할 수 있다. 여기서는 소년 영호가 그러한 자리에 있어야 한다. 그러나 아직은 사회에 대한 인식이 자라지 못한 단계이다. 세계상을 비판하려는 의도로 설정한 인물이 세계상을 바라보는 의식이 자라나지 못한 상태라면 시각의 미분화로 소설적 의미가 드러나기 어렵다. 인물의 의식(意識)과 세계상(世界相)에 괴리(乖離)가 생기는 경우, 리얼리티를 성립시키기 어려운 것이다. 그러한 점에서 <소년은 자란다>는 <논 이야기>라든지 <맹순사> 등에 드러나는 풍자의 시각에서는 후퇴한 것으로 볼 수 있다.

현실에 대한 시각을 분명히 하기 위해서는 작중인물의 자리에 작가가 설 수도 있을 것이다. 그렇게 되면 소설이 주제적인 양식으로 전환될 것이기는 하지만, 풍자는 어느 정도 가능해진다.[67] 그러나 다시 작가자신의

---

67 Paul Hernadi, *Beyond Genre*, Cornell U. P., 1972, pp. 165-67.

윤리성이 문제된다. 작가가 자신의 담론을 완벽히 통제하는 일은 단지 수사기법을 동원하는 그러한 위치에 한정되지 않는다. 작가의 실천(實踐), 즉 창작방법(創作方法)과 세계관(世界觀)의 결합(結合)이 문제된다. 작중인물과 작가가 분리되지 않는 그러한 자리에서라면 작가는 태도뿐만이 아니라 실천의 측면에서도 작중현실의 우위에 설 수 있어야 한다. 그러나 앞에서 보았듯이 자기반성(自己反省)을 행하기는 하지만 그것이 어정쩡히 '생활'이라는 것에 머물러 있는 한은 풍자를 되살릴 수 있는 바탕은 마련되지 않는다. 그것은 작가의 윤리적 우월성이 아니라 타협이기 때문이다. 여기서 작가는 매개적인 인물을 개입시키지 않을 수 없게 된다. 그러나 매개적인 인물은 작품의 중간에 이미 상실되었다. 여기서 작가(作家)의 기호론적(記號論的) 실천양상(實踐樣相)으로서 담론과 현실 사이의 관계가 비정상적으로 와해되는 것을 보게 된다. 양자 사이의 레벨 혼란을 결국 의식의 혼란으로 이어진다. 작가의 의식이 주관성을 띨 때 소설의 형식이 어떻게 이완되며, 담론은 대화성을 어떻게 상실하는가 하는 점을 확인하게 된다.

완전히 고아가 되었다는 의식과 혼자서 세상을 살아갈 수밖에 없다는 의식이 싹트는 데서, 작중인물 영호는 자신의 독립적인 생활을 설계한다. 그러한 설계를 통하여 작가의 주관적인 전망은 드러날 수 있을지 몰라도 그것은 정당한 의미의 객관성을 띤 전망(展望)이라 할 수 없다. 소설이 작가의 주관으로만 꾸며지는 것은 아니라는 점을 고려해야 한다. 소설은 역사(歷史)의 추이(推移)를 뒤따라가거나 전망이 드러나는 데서 멈추는 것이 원칙이다. 루카치가 말하는 이른바 아이러니적인 형식의 의미가 이것이다. 이러한 원칙을 어기는 데서 작품의 구조는 이완되는데, 그것이 담론으로 드러나는 양상은 다음과 같은 데서 볼 수 있다.

아버지는 아무리 생각하여도, 이제는 세상을 떠난 것으로 여길 수밖에는 별수가 없었다.
아바지는 세상을 떠났고

> 영호, 저 홀로이, 세상에 있었다. 영호 저 자신에 대하여서나 영자에 대하
> 여서나, 이 세상에는 오직 영호 저 하나만 있을 따름이었다.
> 부모도 없고, 영자를 데리고서 저 혼자인 영호는, 그러므로 영자를 데리고
> 저 혼자서 이 세상을 살아가야 하는 것이었었다.
> 내일 정거장에 나간 길에 방을 하나 얻고, 조그맣게 하꼬방 장사를 내자면
> 얼마나 들겠는지 부디 알아보아야 하겠다고 영호는 생각을 하였다. (6-408)

과거완료적인 시상(時相)을 이용한 시각(視角)의 단일성(單一性)은 곧 작
가가 세계상에 대해 거리를 유지할 수 없음을 뜻한다. 여기서 감상성이
배어나온다. 주관적인 전망밖에는 세울 수 없는 현실이 해방공간의 어느
면일 수는 있을 것이다. 그러나 그것이 해방공간의 전반적인 성격이고 또
한 세계관상의 전망일 수는 없다는 것은 자명한 사실이다. 그렇다면 작가
의 소설적인 실패는 개인적인 의식의 미달만은 아닌 것이다. 그런 뜻에서
<소년은 자란다>에 대한 다음과 같은 평가는 양면적이라 할 수 있다.

> 새로운 세력의 개입으로 야기된 민족의 주체적 역량의 분열, 이에 따른 사
> 회현실의 혼란 등 해방 직후의 현실이 안고 있는 문제점을 기성세대에 물들
> 지 않는 소년의 사회화과정을 통해 극복케 함으로써 작가의 미래지향적 신
> 념을 보여준 작품임을 알 수 있다. 따라서 이 작품은 蔡萬植이 그 동안의 문
> 학작품에서 성취한 현실인식과 역사의식을 모두 집약하고 더 나아가 미래에
> 의 전망까지도 보여준 작품으로 평가할 수 있다.[68]

'미래지향적인 신념'을 보여주었다는 점은 올바른 지적이다. 그러나 '미래
에의 전망'을 보여준 것은 아니라고 생각된다. 그 전망이라는 것이 단지 개
인의 주관이라면 그것은 법칙성(法則性)을 띨 수 없는 것이기 때문이다. 신
념과 전망이 등치되는 것은 소설외적인 텍스트와 소설내적인 텍스트의 차
원이 다른 두 세계를 동일시한 결과이다. 여기서 담론의 이원적인 대립구
조가 배태되어 나오는 것인데, 이러한 매개작용이 고려되지 않은 평가이다.

---

68 장성수, 앞의 책, p. 258.

이상의 논의를 통해, <소년은 자란다>에 나타난 작가의 주관적인 전망은 그것이 역사적인 전망일 수 없다는 것이 확인되었다. 그러한 역사에 대한 전망을 단지 현실맥락에서 논의하지 않고 그것이 담론상의 특성과 연관되는 관점에서 검토해 본 것이다. 주관적(主觀的)인 역사 전망(展望)은 단일논리적인 세계파악 방식과 연관되고 아울러 담론(談論)의 단일성(單一性)을 초래하게 된다는 점이 드러난 셈이다.

채만식은 중편소설을 통해 세계에 대응해 가는 양상의 변이를 정확하게 드러내고 있다. 출발기에 <과도기>에서 설정된 '과도기의식'은 현실의 전망이 불투명한 시대에는 <냉동어>에서 확인되는 바와 마찬가지로 과도기성을 그대로 긍정하면서 행동적 결단을 보여주지 못하고 담론의 차원에서도 서술과 말놀이 등 이질적인 담론이 통합되지 못한 형태를 드러낸다. 그런가 하면 말기 작품인 <소년은 자란다>에서는 현실의 변화를 주도할 수 없는 상태에서 주관적인 전망을 드러내는 데에 머물고 있다는 점이 특징이다. 이는 역사의 진보를 믿는 작가의 역사에 대한 주관적 전망이 담론의 양상으로 드러난 점이라 할 수 있다.

채만식 소설에서 중편소설은 소설의 가치 여부를 떠나 의식의 추이와 소설의 양식 그리고 소설의 담론 사이에 정합적인 규칙성을 보여준다는 점에서 중요한 의미를 지닌다.

채만식소설의 언어미학

장편소설의 담론과 소설양식

백릉 채만식 유품 **육필원고** <출처 : 채만식 문학관>

1943년에 쓴 '배비장전' 육필원고

채만식소설의
언어미학

I
총체적 세계인식과 담론의 상관관계

채만식의 소설 가운데 <濁流>와 <太平天下>가 소설장르의 본령에 해당된다는 점은 두루 알려진 바이다. 이 두 작품은 '장편소설'이라는 조건을 충족시키는 것이기는 하지만 작품의 창작 방법이라든지 바탕에 깔려 있는 의식의 양상은 판이하게 다르다는 점에서 각각 별도의 검토가 필요한 것으로 보인다.

장편소설 <濁流>[1]는 비판적 사실주의 경향을 보여주는 작품이다. 식민지 사회의 세계상을 대상의 전체성의 측면에서 드러내고 있으며, 인간성의 훼손이 경제적인 구조와 어떠한 상동관계를 드러내는가 하는 점을 소설로 형상화한 것이다. 그러나 비극적인 세계인식은 있었으나 그것이 비극적 세계관으로까지 이어지지는 않는다는 점에 유의할 필요가 있다. 세계관의 문제는 담론의 구체적인 분석을 통해 그 양상이 밝혀지지 않으

---

1 <濁流>는 1937년 10월 12일부터 1938년 5월 17일까지 『조선일보』에 연재된 장편소설이다. 1939년 박문서관에서 단행본으로 퇴고되어 발행되었다. 여기서 사용하는 텍스트는 창작과비평사에서 1937년에 간행한 『蔡萬植全集』 제 2권이다.

면 연구의 추상성을 면키 어렵다. 소설에 반영되는 소설외적인 텍스트의 구조는 소설내적인 텍스트와의 상관성을 고려한 매개작용이 드러나야 정당한 의미가 밝혀지는 것이다.

<탁류>에서 그러한 매개의 구체상은 서술의 설화성을 통해서, 담론의 중개현상을 통해서, 교육의 문제를 통해서, 텍스트연관성을 통해서 드러나는 것으로 보인다. 일러한 전제는 담론의 다양한 층위의 대화관계를 예상하게 하는 점이기도 하다. 그러나 담론의 구체상에서는 대화성이 두드러지지는 않는 듯하다. 이는 <탁류>가 우리 소설전통의 맥락에 연결되어 있다는 점을 검토할 수 있게 하는 점이다. 작품에서 다루는 대상, 즉 소설외적인 텍스트의 구조가 담론의 어떠한 양상으로 반영한 것인가 하는 점이 검토될 수 있을 것이다.

이 절에서는 장편소설 담론의 보편성과 특수성을 검토하고, 서술방식, 담론주체의 역할, 대화적 담론의 이중적인 성격, 세계상이 담론으로 매개되는 양상, 담론의 텍스트연관성 등을 살펴보기로 한다.

▌1▌ 장편소설 담론의 보편성과 특수성

채만식의 소설적 성과 가운데 가장 중요한 업적으로 평가되는 <濁流>는 발표 당시부터 평자들의 언급의 대상이 되어 왔다.[2] 그 평가는 세태소설 논의에 포함되기도 했고, 식민지 현실을 가장 잘 그린 리얼리즘의 승리라는 데에 이르기까지 다양한 양상을 보인다.[3] <탁류>에 대한 평가는

---

2 김우철, "채만식론", 『풍림』, 1937, 3. 최재서, "성격에의 의욕", 『최재서 평론집』, 청운출판사, 1961. pp. 230-231. 임 화, "세태소설론", 『문학의 논리』, 학예사, 1940, pp. 341-64.

3 김윤식, 김현, 『한국문학사』, 민음사, 1973, p. 189. 이재선, 『한국현대소설사』, 홍성사, 1972. 김현, 『문학사회학』, 민음사, 1983, p. 169. 김치수, "역사적 탁류의 인식", 『한국현대문학의 이론』, 민음사, 1976, pp. 331-38. 이주형, "1930년대 한국 장편소설연

주로 리얼리즘과 연관된 것이며 따라서 현실과 소설의 관련성이 강조되고 있다. 작품의 성격으로 보아 타당성 있는 방향이다. 그러나 이는 연구의 편파성을 보여주는 근거이기도 하다.

그 많은 평가나 연구 가운데 소설의 언어적 조건이라든지 담론 차원에 주목한 것은 다른 방법의 연구에 비하면 그리 많지 않다.4 이처럼 <탁류>의 소설 언어에 대한 연구가 적은 것은 작품의 종합적인 성격과 소설 사적인 의의라든지, 언어의 다양성에 비하면 방법론의 편향성을 드러내는 것이라 하지 않을 수 없다.

장편소설 <탁류>의 담론구조를 살피는 데는 다음 몇 가지 사항이 먼저 고려되어야 할 것이다.

첫째, 장편소설이라는 장르상의 특성이 고려되어야 한다. 장편소설이기 때문에 소설장르의 언어적인 다양성을 드러낼 수 있을 것이 예상된다. 그러한 점에서 <탁류>는 채만식 소설담론을 검토하는 거점이 될 수 있을 것이다. 이는 장편소설의 창작방법과 담론이 연관되는 양상이다. 장편소설에서 목표로 하는 리얼리즘의 소설 창작방법론과 담론의 관계양상이 함께 문제될 수 있을 것이다. 리얼리즘의 창작방법이란 전형적인 상황에서 전형적인 인물의 성격적인 발전을 그리는 방법을 말하는데, 대상의 전체성을 그린다는 요구와 담론이 어떠한 양상으로 연관되는가 하는 점이 검토될 수 있을 것이다.

둘째, 소설에서 의식이나 세계관을 문제 삼음에 있어 대표성을 띨 수 있는 작품이라는 점이 주목된다. 단편소설의 경우 장르 본질로 본다면 사건의 충분한 발전을 보일 수 없다. 주인공이 외부 현실과 대응해 나가면서 이루어지는 성격의 충분한 전개가 불가능해서 의식의 시간적인 발전이

구", 서울대 박사논문, 1984, pp. 150-51.

4 천이두, "프로메테우스의 언어들", 『종합에의 의지』, 일지사, pp. 186-204. 정한숙, "붕괴와 생성의 미학", 『한국현대작가론』, 고대출판부, 1976, pp. 115-51. 구인환, "역사의식과 풍자", 『한국근대소설연구』, 삼영사, 1977, p283. 이래수, "상황과 미학의 조화", 『채만식소설연구』, 이우출판사, 1986, pp. 154-167.

나 통합성이 나타나기 어렵고, 따라서 작중인물의 의식이 세계관의 차원까지 확대되기 어렵다. <탁류>는 성격의 발전이란 측면에서 검토를 가능하게 해 준다. 따라서 채만식 소설 가운데 담론과 세계관의 양상을 검토할 수 있는 가능성이 이 작품에 주어진다는 것은 의미 있는 일이다. 이는 세계관의 성취와는 또 다른 차원의 논의이다.

셋째, 소설의 다른 요소와 담론의 관련이 검토될 수 있을 것이다. 이는 방법론 전반과 관계되는 것이기도 하지만, 소설의 담론은 그 자체가 하나의 구조를 이루는 것은 물론 소설의 다른 요소와 연관되면서 소설외적인 언어요소를 소설적으로 문체화하는 원동력이다. 소설의 구조는 일차적으로 사건 전개의 구조이다. 사건이 진전되는 가운데 인물의 행동이 드러나고 그 행동을 구체화하는 데는 시간·공간적 배경이 중요한 역할을 한다. 이러한 관계 속에서 소설의 다른 국면과 연관되는 담론의 양상이 검토될 수 있다. 이는 소설의 양식적 특성과도 관계되는 것인데, <탁류>의 사건 구조는 '비극성'과 연관되는 논의를 가능하게 해 줄 것이다.

넷째, 소설을 인물의 이야기라고 하는 전제는 별반 이의가 없는 것이다. 인물을 파악하는 방식은 두 방향으로 나아갈 수 있다. 하나는 성격화의 방법을 기술적인 차원에서 논의한다든지 기능론적으로 환원하는 구조주의 방식이다. 다른 하나는 소설의 인물을 의식의 차원에서 검토하는 것이다.5 여기서는 인물의 현실대응을 문제 삼게 되는데 현실대응이란 삶의 방식과 관련되므로 인물의 의식과 지향성(志向性)이 문제된다. 이는 넓은 의미의 성격과 관계되는 것이고, 소설의 인물을 현실의 인물로 유추하는 방식이라 할 수 있다.

작중인물은 자신의 談論[대화]을 통해 다른 인물과 담론을 이어나감은 물론 자신의 존재를 증명한다. 작가는 작중인물에 대한 담론을 진행하는 가운데 작가의 시각을 세워나가면서 작중인물을 형상화한다. 결국 담론은

---

5 박동규, 『한국현대소설의 성격 연구』, 문학예술사, 1981, pp. 30-35.

작중인물의 운명(運命), 즉 삶의 방식과 관계되며 세계관에 연결된다.

텍스트의 표면구조로 드러나는 담론 주체가 서술을 통제하는 방식인 서술의 설화성, 담론의 양식적 특성과 연관되는 양상, 작중인물들의 말로 드러나는 인물의 성격, 다른 작품과의 텍스트연관성 등을 담론의 특성과 연관지어 살필 수 있을 것이다. 이것이 장편소설 담론의 보편성에 해당하는 것이다. 그러나 소설은 이론적인 보편성을 드러내는 것이기는 하지만, 구체적인 작품이 소설의 이론적 보편성에서 연역되는 것은 아니라는 점에 유의할 필요가 있다. 소설을 쓴 작가의 계층이라든지 의식이 작품에 반영되는 것은 물론 작품이 쓰여진 시대나 지역의 특수성이 담론의 양상으로 드러나게 되어 있다. 이러한 사항들이 장편소설이 장르로 성립되기 위한 기본조건이기 때문이다.

이러한 시공간적인 특수성이라는 변인이 해당 작품의 담론에 어떻게 드러나는가 하는 점이 바로 장편소설 담론의 특수성이다. 이 특수성의 넓은 영역은 시대문체나 장르문체 등의 측면이 고려될 수 있을 것이지만, 개개 작품마다 그것이 하나의 독립장르라는 작품의 독자성에 주목하는 시각도 필요하다. 작품의 독자성을 인정하는 관점에서라면, 그것이 긍정적이든 부정적이든 작품 자체를 규제하는 일관된 원리가 작용하기 때문이다. 장편소설 담론의 보편성에 대비되는 특수성의 국면이 검토되어야 하는 소이가 이것이다.

2 서술의 설화성과 작가의 통제력

(1) 작가의 개입

작가의 강력한 전지적 통제하에 서술이 진행된다는 점이 <濁流>의 서술특징이다. 이는 채만식 소설의 일반적인 서술특징이기도 하다. 작가의 전지적 통제는 작가가 작중에 개입하는 것을 뜻한다. 작가의 작품내적 개

입은 작가와 서술자, 서술자와 작중인물 등의 거리를 소거하거나 최소화
하는 방식으로 나타난다. 작중현실을 묘사하여 보여주는 방식이 아니라
작중세계를 작가가 간접화법으로 해석하고 의미를 부여하면서 작가 자신
의 목소리를 담아서 전달하는 방식이다. 이를 설화성(說話性:narrativity)이
라 한다.6 이는 현대소설의 기법론에서는 한 차원 뒤지는 수법으로 평가
되기도 한다. 웨인 부스는 객관적인 서술이 소설미학으로 자리 잡은 사정
을 다음과 같이 지적한다.

> 플로베르 이래로 많은 작가와 비평가들은 '객관적', '비개인적' 또는 '극적'
> 서술양식이 작자나 신빙성 있는 대변자의 직접 출현을 용납하는 어떤 양식
> 보다도 당연히 우위에 선다는 것을 알고 있다. [……] 때로는 이 전환에 포
> 함되어 있는 복잡한 문제가 '제시'(showing, 이것은 예술적이다)와 '설명'
> (telling, 이것은 비예술적이다)이라는 편리한 구분으로 낙착되기도 한다.7

미메시스가 디에제시스보다 소설의 예술성을 드러내는 데에 기능이 약
하다는 일반화는 성급한 것일 수도 있다. 작가의 개성적인 시각으로 대상
을 구체적으로 형상화하는 것이 기법의 일차적인 요구이기는 하지만 설화
성 자체가 소설적인 기법으로 활용되어 성과를 거두는 경우를 볼 수도 있
기 때문이다. 소설 서술의 근원적인 방법은 설화성에서 출발하는 것이고,
그 변형이 다양할 따름이지 그것이 소설의 가치를 일방적으로 저하시키는
것은 아니다.

---

6 '설화성'이란 용어는 미메시스에 대립되는 디에제시스의 의미로 쓴다. W. Booth의 용
  어의 보여주기와 이야기하기(showing/telling)에서 후자에 해당하는 개념이다. 그러
  나 우리 고전문학에서 논의되는 '설화'를 연상시키는 점에서 '소설성'에 대립되는 의미
  를 지닐 수 있다는 점에서 주의를 요한다. '서술성'이라는 용어는 '글쓰는 행위 자체'를
  가리키게 되어 혼란이 온다. 여기서 사용하는 '설화성'이란 설화적인 속성을 뜻하는 것
  이 아니라, 작가가 자기중심적으로 이야기를 전달하는 방식을 뜻한다. (Gérard
  Genette, *Narrative Discourse*, Cornell U. P., 1980, p. 27.)
7 Wayne C. Booth, *The Rhetoric of Fiction*, Chicago U. P., 1961, 최상규 역, 『소
  설의 수사학』, 새문사, 1985, p. 13.

작가가 작품에 개입하는 현상은 작가의 직접적인 목소리의 노출로 나타나기도 하고, 서술 가운데 다른 시각의 담론을 개입시키는 방식으로 나타나기도 한다. 작가의 개입으로 이루어지는 설화성의 양상을 살핀 다음에 그 의미를 추적해 보기로 한다.

우선 작가의 직접적인 개입을 <탁류>에서 보기로 한다. 장형보가 박제호의 첩이 되어 살고 있는 초봉을 찾아가, 초봉이 낳은 자식이 자기 자식이니 그 아이를 자기에게 돌려주어야 한다는 이야기를 하는 장면이다.

> ①형보의 그 다음 이야기는 이러했다.
> ②박제호 너도 저 어린 것이 네 혈육이라고 생각하지는 않을 것이다. [……] 하즉 고태수의 자식도 아니다. ③그렇다면 묻지 않아도 내 자식일 것이 분명하다. ④보아한즉 어린 것이 제 어미를 고대로 닮았더라. ⑤하니, 모습을 가지고는 아비를 찾을 수야 없겠지만, 자세히 뜯어놓고 볼 양이면, 이목구비나 손발 어느 구석이고 한 곳은 나를 탁한 데가 있을 것이다.
> ⑥(이렇게까지 군색스럽게 꾸며대는 형보는, 그러나 동인(東仁)의 「발가락이 닮았다」의 독자는 아니리라.) (2-326)[8]

위와 같은 서술방식의 의미가 분명히 드러나기 위해서는 담론 상황을 고려할 필요가 있다. 박제호와 장형보가 마주앉아 있고, 그들이 주고받은 이야기를 초봉이 아이를 안고 앉아서 말없이 듣고 있는 장면이다. 작중인물들의 대화를 인용하면서 직접화법으로 서술하던 서술방식이, 사태에 대한 주관적인 해석으로 바뀐 뒤 끝에 이어지는 내용이다. 그러니까 ①은 서술자의 목소리로 읽혀진다. 서술자의 전달화법으로 되어 있을 뿐이지 작가의 직접 개입이라는 근거는 없다. ②는 대화를 간접화법으로 바꾼 것이다. 단지 간접화법이라고 하기보다는 발화내용을 서술자가 전달하는 방식이다. 대명사 '너'는 서술자의 개입 없이 직접 사용할 수 없는 맥락이다. ③도 같은 방식의 서술이다. ④에서 어미(語尾)가 '-더라'로 된 것은, 언급

---

8 인용문의 번호는 설명의 편의를 위해 붙인 것이고 괄호( )는 원전대로임.

대상(어린아이)을 바라본 시간이 경과됨으로 인해 과거 회상형으로 조정된 것이다. ②~④를 근거로 해서 ⑤와 같은 결론에 이른다. 여기까지는 자연스럽게 서술자의 서술로 되어 있다. 문제는 ⑤의 상황을 채만식이라는 이름을 단 구체적인 작가가 소설을 쓰면서 서술자의 역할을 작가 자신이 떠맡아 전달한다는 데에 있다. 이 장면에서 서술자가 김동인의 작품을 알고 있다고 상정하는 것은 무리가 된다. 그러나 작가 자신은 소설외적(小說外的)인 텍스트9로서 김동인이 발표한 작품과 그 내용, 그리고 문제가 되었던 사정 등을 잘 알고 있다. 김동인의 소설 <발가락이 닮았다>를 연상할 수 있는 것은 작가가 서술자를 대신할 때라야 가능하다. 김동인 작품의 주인공 M이 이전의 문란했던 성편력으로 인해 자신의 아들이 진짜 자기 아들인지를 확인하려고 친구인 의사에게 찾아가는 내용은 작가가 알고 있는 사실이지 서술자가 알고 있는 보편화된 사실은 아니다. 또한 그것은 독자가 알고 있는 사실일 수도 있다. 작가는 독자(讀者)의 그러한 독서체험에 기대어 독자에게 어떤 의미를 연상하도록 텍스트를 조직한다. 이는 소설 일반에 통용되는 기호론적인 전달체계는 아니다. 이야기와 이야기를 전달하는 서술자의 개입을 원칙으로 하는 서사문학의 서술방식과는 달리, 작가와 독자가 직접 이야기를 나누는 방식이 된다. 그러니까 ⑤의 내용을 ⑥과 같은 서술을 통해 다시 확인하는 셈이다. 작가가 괄호를 치고 내용을 서술해 두었기 때문에 작가의 개입은 오히려 더 드러난다.

이처럼 작가가 개입하는 식의 주관적 '설화성'이 <탁류>의 담론체계를 형성하는 주조임에는 틀림이 없다. 이러한 사실을 밝히는 일은 그다지 중요하지 않을 수도 있다. 문제가 되는 것은 소설에서 작가가 직접 개입하

---

9 의미전달이나 의미표시를 위한 일체의 규칙성을 가진 체계를 넓은 의미의 텍스트라고 할 수 있다. 의미전달과 형성이 이루어지는 소설은 담론체로 되어 있고, 그것을 소설 내적인 텍스트(intranovelistic text)라 하고 소설의 이야기 차원으로 포함되어 들어올 수 있는 소설 바깥의 의미있는 인간행동으로 이루어지는 제도, 행동, 문화적인 장치 등을 소설외적인 텍스트(extranovelistic text)라는 용어로 지칭한다(Julia Kristeva, *Desire in Language*, Basil Blackwell, 1980, p. 7 등 참조).

는 경우의 미학적인 근거가 무엇인가 하는 데 있기 때문이다. 이는 소설의 전통과 이야기의 전통이 어떻게 만나는가 하는 점에서 다른 논의를 필요로 하는 점이기도 하다.

(2) 묘사의 주관성

작가의 개입으로 인하 설화성은 묘사의 경우에는 주관적인 묘사로 드러난다. <탁류>의 모두(冒頭)는 금강(錦江)을 묘사하는 데서 시작한다.[10] 객관성을 띠는 묘사를 함으로써 대상을 직접 제시하는 방식이 아니라 작가가 개입하여 설명적인 묘사를 하고 있다는 점이 특징이다. <탁류> 전체를 통하여 순연한 묘사로만 되어 있는 부분은, 대화를 내열하는 경우말고는 거의 없다. 작가의 이미지를 더불고 있는 서술자는 자신의 존재를 드러내면서 대상에 대해 의미부여를 하고 나름대로 해석을 하기도 한다. 그 결과는 전지적 설화성(全知的 說話性)을 보여주게 된다. 두 페이지에 걸쳐 나오는 전지적 묘사 가운데 필요한 부분만 인용하기로 한다.

> 금강(錦江)
>
> 이 강은 지도를 펴놓고 앉아 가만히 들여다보노라면, 물줄기가 중동께서 남북으로 납작하니 째져가지고는…한강(漢江)이나 영산강(榮山江)도 그렇기는 하지만…그것이 아주 재미있게 벌어져 있음을 알 수 있다. 한번 비행기라도 타고 강줄기를 따라가면서 내려다보면 또한 그럼직할 것이다. (2-7)
>
> [……]여기까지가 백마강(白馬江)이라고, 이를테면 금강의 색동이다. 여자로 치면 흐린 세태에 찌들지 않은 처녀 적이라고 하겠다.
>
> 백마강은 공주 곰나루(熊津)에서부터 시작하여 백제(百濟) 흥망의 꿈자취를 더듬어 흐른다. 풍월도 좋거니와 물도 맑다.
>
> 그러나 그것도 부여 전후가 한창이지, 강경에 다다르면 장꾼들의 흥정하는 소리와 생선 비린내에 고요하던 수면의 꿈은 깨어진다. 물은 탁하다.
>
> [……]이렇게 에두르고 휘돌아 멀리 흘러온 물이, 마침내 황해(黃海)바다에

---

10 <탁류>의 서두에 주목한 연구로는 조동일 "탁류론", 『한국현대소설작품론』, 문장사, 1981, pp. 181-89 참조.

다가 깨어진 꿈이고 무엇이고 탁류째 얼러 좌르르 쏟아져버리면서 강은 다하고, 강이 다하는 남쪽 언덕으로 대처(大處) 하나가 올라앉았다.

이것이 군산(群山)이라는 항구요, 이야기는 예서부터 실마리가 풀린다.

그러나 항구라서 하룻밤 맺은 정을 떼치고 간다는 마도로스의 정담이나, 정든 사람을 태우고 멀리 떠나는 배 꽁무니에 물결만 남은 바다를 바라보면서 갈매기로 더불어 운다는 여인네의 그런 슬퍼도 달코롬한 이야기는 못된다. (2-8)

다른 작품의 모두에서 보기 어려울 정도로 자연배경에 대한 묘사[11]가 길게 이어진다. 묘사의 길이가 길다는 것 자체가 문제되는 것이 아니라 묘사방식의 주관성과 작가의 통제가 어떤 의미를 지니는가 하는 데에 유념할 필요가 있다.

위 인용은 다음과 같은 점에서 일반적인 묘사와 그 성격을 달리한다. '금강'이라는 배경을 제시해 놓고, 작가는 강을 묘사하는 것이 아니라 강을 대상으로 하여 서술상황을 변화시켜 대상의 몇 국면을 환기시킨다. 작가는 자연 대상인 강을 바라보고 있는 것이 아니라 지도를 보고 있는 것이다. 대상을 바라보는 시각이 대상 자체에서 한 단계 다른 레벨로 전이되어 있다. 바라보는 시각을 부감적(俯瞰的)으로 변화시키기도 한다. '비행기를 타고' 강줄기를 따라가는 강황을 상정하고 강줄기의 상류부터 훑어내려오면서 폭넓게 묘사를 한다. 그런 묘사 뒤에는 비유를 동원하여 의미를 부여하기도 한다. 조치원에서 합류한 강이 강경까지 흘러오는 것을 백마강이라 하고, 그 강을 "금강의 색동"으로 비유하고 있다. "여자로 치면 흐린 세태에 찌들지 않은 처녀적이라고 하겠다." 하는 비유는 <탁류>의 주인공 초봉의 인생역정을 암시하는 비유로 읽히게 된다.

금강이나 백마강과 백제(百濟)의 역사를 연결 짓는 것은 자연스럽다. 백

---

11 여기서 '묘사'라는 용어는 수사학상의 묘사라기보다는 글로 대상을 드러내는 행위 일반에 가까운 개념이다. 작가가 대상을 전달하기는 하는데 그 방식이 주관적이어서 대상에 대한 작가의 해석과 의미부여가 두드러지기 때문에 엄격한 의미의 묘사는 아니다. 재현(representation)의 의미로 보아도 좋을 것이다.

제의 흥망이니 풍월이니 하는 것을 모두 떠올리게 하고는 다시, 대립적으로 환기한 상상을 지워버림으로써 기대와 그 기대가 무너지는 관계를 조정한다. "풍월도 좋거니와 물도 맑다." 하는 서술과 "고요하던 수면의 꿈은 깨어진다. 물은 탁하다." 하는 서술 사이에는 대칭적(對稱的)인 수사적 대립(修辭的 對立)을 이룬다. 담론이 이렇게 대칭적으로 대립되게 하는 것은 작가의 통제가 있을 때라야 비로소 가능하다. 독자로 하여금 어떠한 기대를 갖게 한 다음 그것을 다시 깨뜨리는 방식은 <탁류> 전체의 욕망이 전개되는 구조와도 일관성 있는 대응관계를 이룬다. 특히 초봉과 연관되는 이야기의 전개가 그러하다.

작가의 작품 방향의 통제로 인한 전지적 설화성은 독자들의 독서 방향을 통제하는 기능으로 드러난다. 항구에서 항용 있을 수 있고, 그렇게 상상을 하는 것이 관습이 된 독자들에게 "슬퍼도 달코롬한 이야기는 못된다."는 직접적인 서술은 앞으로 전개될 이야기의 방향을 환기시킨다. 이는 소설이라는 대상을 객관적인 담론으로 전개되어 나가게 하는 것이 아니라 작가가 그 작품 전체의 톤을 통제하겠다는 의욕의 표현이다.

그리고 서술의 단일성을 벗어나기 위해서는 텍스트외적인 담론을 텍스트 내부로 이끌어 들이는 방법을 활용하고 있다. 이는 화법상으로는 전달화법이 된다. 직접적인 서술과의 연관성을 고려한다면, 시각(視角)이 이중화(二重化)되는 양상을 보여주게 된다. 앞의 인용 가운데 다음 부분을 다시 보기로 한다.

> 그러나 항구라서 하룻밤 맺은 정을 떼치고 <u>간다</u>는 마도로스의 정담이나, 정든 사람을 태우고 멀리 떠나는 배 꽁무니에 물결만 남은 바다를 바라보면서 갈매기로 더불어 <u>운다</u>는 여인네의 그런 슬퍼도 달코롬한 이야기는 못된다. (2-8)

항구의 속성에서 연상되는, 따라서 상투적인 발상의 이야기 내용을 일단 제시한다. 그러나 그 이야기를 서술자 자신이 직접 나서서 제시하는 것이 아니라 서술주체(敍述主體)를 전환시켜 버린다. 전달동사 "간다는", "운다는" 등의 형태를 이용함으로써 서술자 자신은 인용의 책임을 질 뿐이지, 인용 내용에 대한 책임은 일반 언중(言衆)의 의식으로 떠밀어버린다. 항구의 속성에서 연상되는 이야기내용을 제시한 주체와 그것을 보증하는 주체가 다르고, 그것을 거꾸로 뒤집는 주체가 또 달라진다. 문장의 이러한 대립적인 구성은 문단과 문단 사이에도 자주 발견되는 <탁류>의 담론 특성 가운데 하나이다. 작가의 서술 자체는 단선적이라 하더라도 이러한 대립적 구성을 통해 단일논리적(單一論理的)인 서술을 벗어나는 것은 '역접맥락(逆接脈絡)'을 규칙적으로 사용하는 방식으로 통해서이다.

결국 배경의 묘사 혹은 소설 서두의 서술에서 이 소설의 주조가 로만스적인 것이 되지 못한다는 것, 그 양식은 비극적인 것이라는 점, 도시를 배경으로 한 소설이라는 점 등을 담론의 레벨 변화를 통해 암시하고 있는 셈이다. 그러니까 담론 특성을 전반적으로 드러내 소설을 시작하는 작법으로 읽을 수 있다. 이는 독자의 독서 방향을 강력히 통제해 두려는 작가의 창작기법상의 의도로 읽을 수도 있다. 작가가 담론의 주체로서 통제를 하는 경우의 효과는 긍정적인 것만은 아니다. 작중인물의 '소설적 자유'[12]를 제한하기 때문이다.

작가의 작중현실에 대한 통제로 인하여 소설적 자유가 제한되는 것은 배경의 묘사에만 나타나는 것은 아니다. 인물(人物)의 묘사에서도 그러한 면은 확인된다. 인물의 외양을 묘사하는 것만이 아니라 다른 사람의 시선을 끌어들여 인물에 대한 해석(解釋)을 하게 하는 방식을 취한다. 다음 인용은 초봉이가 남승재와 고태수를 비교해 보고 있는 장면이다.

> [고태수보다 남승재의 인물이-인용자] 못하거니 하고, 그럴 수가 있을까 보냐고 다시금 둘을 빗대 보던 초봉이는 승재의 눈에 이르러 흠뻑 만족을 한다.

---

12 J. P. Sartre, *Situation* Ⅰ, 임갑 역, 『작가론』, 양문사, 1962, pp. 45-71.

만족을 하고 그 기분이 그대로 승재의 모습으로 옮아가서, 그의 올라앉아 말 탄 양반 훨훨 소 탄 양반 끄덕끄덕을 하고 싶은 어깨통, 이편이 몸뚱이를 가져다가 콱 가슴에 부딪뜨리면 바위같이 움찍도 안할 듯싶은 건장한 몸뚱이, 후련하게 뚜렷한 얼굴과 넓은 이마, 그리고 다시 그렇듯 맑고 고요한 눈, 이렇게 하나씩 하나씩도 생각해 보고 전체로도 생각해 보고 하노라니까, 비로소 고태수라는 사람은 어디로 갔는지 잠깐 잊혀지고, 승재가 이 세상에 있다는 것이 차악 안심이 되고 기쁘고 한다. (2-41)

이는 초봉이가 그와 인연이 맺어지는 두 인물, 남승재와 고태수가 없는 데서 혼자 상상으로 인물을 비교하는 장면이다. 초봉의 의식 내에 떠오르는 인물의 모습을 묘사한 것이기 때문에 우선 간접화(間接化)된 묘사의 형태로 나타난다. 다른 데보다 눈이 잘 생겼다는 생각을 하고 거기 만족한 나머지, 연상 심리가 작용하여 그 만족감이 승재라는 인물 전체에 대한 인상을 지배한다. 만일 고딕으로 인쇄된 관형구를 직접화법으로 전환하여 표현한다면 대상 인물의 형상은 사라진다. 그 대상을 의식하는 인물의 내적인 의욕만 남게 되어 대상이 드러나질 않는다. 그리고 밑줄친 데서 볼 수 있는 것처럼, 초봉의 의식 내면엣 일어나는 심리적인 움직임을 전지적으로 다시 결합하는 재구성작업을 하는 데서 설화성은 더욱 커진다. 인물 묘사의 이러한 주관성은 다른 부분에서도 일관성 있게 나타난다.

(3) 설화성의 본질조건

작가가 서술하는 대상에 대해 완벽한 통제를 할 수 있다는 것은 근대소설을 논하는 자리에서는 특별한 뜻을 지닌다. 즉 작가가 묘사를 하느냐 이야기를 하느냐 하는 문제는 소설의 본질적인 조건과 연관되는 점이기 때문이다. 그것은 작가의 대상 파악의 방식, 즉 소설적 기법 전반과 관계된다. 서술대상에 대한 작가의 완벽한 통제 의욕은 '이야기'의 양상이란 점에서 설명되어야 할 것이다. 즉 작가는 소설을 쓰고 있으면서 이야기를 소설의 방법으로 원용하고 있는 것이다. 여기서 소설과 이야기에 대한 대

비 설명을 한 발터 벤야민을 참고할 수 있을 것이다.13

작가가 대상을 묘사해 보여주는 것이 아니라 이야기를 해 들려준다는 것은 '이야기를 하는 구체적 장면'을 상정해야 이야기 본래의 역동성이 드러난다. 그러한 점에서 소설가와 독자의 거리는 이야기의 청자와의 거리에 비해 한결 멀어지게 된다. 이러한 점을 벤야민은 다음과 같이 지적한다. "이야기를 듣는 사람은 이야기를 하는 사람과 함께 있다. 이야기를 읽는 사람까지도 이러한 함께 있음에 한 몫을 차지하게 된다. 그러나 소설의 독자는 혼자서 유리되어 있다. 그는 그 어떤 다른 독자보다도 더 고독하다."14 <탁류>의 작가는 독자를 고독하게 놓아두지 않는다. 주관적인 서술의 통제를 함으로써 독자를 작가의 의식영역 안으로 이끌어 들이는 것이다.

이질언어(異質言語)의 대화성을 중시하는 소설의 담론은 역동성(力動性)을 본래적인 속성으로 전제한다. 이 역동성은 글로 쓰여진 텍스트를 접하는 독자에게도 이야기의 전통을 환기한다. 또한 이야기를 통해 작가의 경험을 전달하는 가운데 교육적인 가치를 나눠 갖는 일종의 제의(祭儀)가 이루어진다. 이야기는 소설과 달리 이야기를 듣는 사람에게 '조언을 해 준다'는 것인데, 그 조언은 "어떤 의문에 대한 대답이라기보다는 오히려 지금 막 펼쳐지려는 어떤 이야기의 연속과 관계되는 하나의 제안이다." 그런데 현대에서는 그러한 제안의 기능이 점차 소멸한다는 것이다. 경험과 의사소통의 직접성이 감소하는 것이 그 원인이라는 것이다. 이는 현대예술의 조건인 '분위기(Aura)'의 상실이라는 그의 이론과 연관되는 주장이다. 그의 이론 가운데 작가의 대상에 대한 통제와 연관지어 생각할 수 있는 것은 이야기와 소설에서 '기억'의 작용에 대한 설명이다.

서술 대상에 대해 작가가 완벽한 파악을 도모하는 경우 그 작가는 작중의 이야기에 대해 분명한 기억을 가지고 있어야 한다. 이야기꾼의 짧은

---

13 Walter Benjamin, 반성완 편역, 『발터 벤야민의 문예이론』, 민음사, 1983, p. 166.
14 벤야민, 위 책, p. 184.

회상과는 정반대되는 소설가는 오래 계속되는 지속적 기억을 가지고 있어야 하는데, 후자의 기억이 한 사람이 주인공, 하나의 오딧세이, 하나의 전쟁에 바쳐지는 것이라면, 전자의 기억은 산만한 여러 가지 일에 관련되는 것이다. 소설가의 이러한 지속적 기억은 다른 말로 표현하면 소설의 예술적 요소로서 이야기의 예술적 요소인 기억을 도와주는 회상이다. 이 회상(回想:Eingedenken)은 서사시의 몰락과 더불어 기억 속에서의 이야기의 근원적인 통일성이 사라지면서 이야기 속에 새로이 나타나는 것이다. 그리하여 실제 삶에 대해서는 아무런 의미도 부여하지 못하는 문장이 기억된 삶에서는 이론의 여지없이 의미를 지니게 된다는 것이다.

그러한 기억의 힘으로 얘기꾼은 교사(敎師)와 현자(賢者)의 동렬에 끼어드는 셈이다. 그는 조언을 할 줄 아는데, 이때 그가 알고 있는 조언은 몇몇의 상황에 도움을 주는 그런 속담이 아니라 많은 사람들에게 도움을 주는 그런 현자(賢者)의 도움이다. 왜냐하면 그에게는 하나의 전생애를 거슬러 올라가서 이야기를 할 수 있는 가능성이 주어져 있기 때문이다. 그가 지닌 재능은 그의 생애와 그의 품위, 아니 그의 전 생애를 이야기할 수 있는 능력인 것이다. 얘기꾼이란 그의 삶의 심지를, 조용히 타오르는 그의 얘기의 불꽃에 의해서 완전히 연소시키는 그런 사람이다. [……]얘기꾼이란, 의로운 자가 얘기의 인물 속에서 자신을 만나게 되는 그런 인물이다.15

이러한 설명을 다소 인정할 수 있다면, 소설의 서술을 작가가 통제한다는 것은 소설 속에 이야기꾼의 속성을 도입하는 작업이 된다. 이야기를 한다는 사실은 언어의 객관성을 내세워 독자의 고독(孤獨)을 초래하고, 엄청나게 많은 자료를 혼자 처리하게 하는 소설의 독자를 만들어내는 것이 아니다. 이와는 달리 청자(聽者)와 더불어 함께 경험을 나눌 수 있는 장(場)을 만드는 것이라 할 수 있다. 이는 판소리의 서술방식과 닮은 '이야기판'을 만드는 작업에 해당하는 것이다. 이러한 이야기판에서는 그 판에 참여

---

15 벤야민, 위의 책, pp. 182-94.

하는 참여자들의 공통된 약호(略號)가 필요하다. 그것은 개인의 문체가 제약된다는 뜻이다. 이야기판의 약호에 따라 거기 참여하는 이들의 의식이 일정한 반응을 보여야 하기 때문이다.

이러한 방식이 객관적인 현실을 그리기 어렵다는 제한점을 갖는 것은 사실이다. 다른 예를 들자면 철저히 이야기를 하는 방식으로 글을 쓰던 황순원 같은 작가도 <별과 같이 살다> 등의 장편을 시도했을 때는 설화성에서 벗어나 묘사로 나가게 되는 예를 보여주었다. 작가가 처리해야 하는 자료의 양이라든지 사회분위기라든지 하는 것 때문에 대화와 묘사를 이용하지 않을 수 없게 된다. 그러한 점에서 설화성은 소설에서 한계를 지닌다는 설명도 가능할 것이다. 여기서 이야기와 소설의 경계가 어디인지 하는 물음의 해답을 얻어 볼 수도 있을 터이다.

묘사보다는 서술을 장기로 하는 채만식의 서술방식(敍述方式), 그러한 방법으로 인해 드러나는 설화성은 묘사를 중심으로 하여 '보여주기'를 기도하는 현대소설의 서술방식과 거리가 있다고 할 수도 있다. 그런 점에서 그러한 서술의 단점을 지적하는 논지도 일면 타당성을 갖는다.[16] 그러나 소설의 리얼리티를 드러내는 방식이 묘사를 통한 객관적인 제시만이 유일한 방법이라 할 수는 없다. 작가의 작중현실에 대한 완벽한 통제는 또 다른 측면에서 기능적일 수도 있는 것이다. 성격은 다르지만 이와 유사한 예를 김동인에서도 찾을 수 있을 것이다. 작가의 서술내용에 대한 통제라는 점에서는 동질적이지만 설화성과는 정반대의 방향으로 나갔다는 점에서는 대조적인 의미가 드러난다.

작가가 작중현실을 완벽하게 통제하는 방법은 김동인에게서는 '일원묘사'의 방법, 즉 인형조종술(人形操縱術)로 설명되는 것으로, 김동인은 그러한 방법을 통해 기법이 곧 철학임을 증명한 바 있다. 김동인에 따르면 예술을 하는 것은 자신이 신이 되는 길이다. 그래야 작가는 작중인물을 창조

---

16 정한숙, "붕괴와 생성의 미학", 『한국현대작가론』, 고대출판부, 1983, p. 144. 천이두, "프로메테우스의 언어들", 『종합에의 의지』, 일지사, 1974, p. 123.

하여 마음대로 조종할 수 있다. 그렇게 본다면 도스토예프스키보다 톨스토이가 위대한 예술가라는 결론이 나온다. 도스토예프스키는 작중인물을 창조하기는 했지만 그것을 지배하는 데서는 실패를 했다는 것이 그 이유이다.[17] 김동인의 경우, 작가가 자신의 작품을 완전하게 통제해야 한다는 주장과 그러한 의욕은 곧 그의 세계관과 연관되는 것이라 할 수 있다. 작가와 작품의 분리를 원칙으로 하는 비역사주의 방법이다. 그러한 세계관은 창작관(創作觀)으로, 다시 기법으로, 담론의 양상으로 단계를 낮추면서 구체적인 양상을 드러내는 것이다. 일원묘사법의 소설 방법론적인 의미가 거기 있는 것이다.[18]

　　그러나 장편소설의 경우, 작중현실(作中現實)을 작가나 서술자가 완벽하게 통제하기는 어렵다. 작중현실로 들어오는 자료의 양이라든지 대상의 전체성을 그린다는 이상을 실현하기 위해서는 사회분위기라든지 작중인물이 환경과 교섭작용을 하면서 성격을 형성시켜 나가는 과정을, 전적으로 통제하면서 그리기는 어렵기 때문이다. 자연히 작가의 시각으로 볼 수 있는 대상을 한정하게 된다. 이는 작중인물의 발전이라든지 사건의 전개를 스스로 억제하도록 강요당하는 결과를 빚는다. 한국 근대소설사에서 가장 잘 쓰여진 소설로 꼽히는 풍자소설 <태평천하>[19]가 4대에 걸친 가족사적인 내용을 담고 있음에도 불구하고 작중인물의 그러한 발전을 보여주지 못하는 것은 작품에 대한 작가의 과도한 통제의욕 때문이라 할 수 있다. 이러한 면모는 장편소설 <탁류>에서도 예외가 아니어서, 복잡한 작중현실을 다룸으로써 전체성에 접근하는 것은 사실이지만, 서술에 대한 작가의 통제가 일관되게 드러남으로써 발전하는 인물을 보여주기 어렵게 되어 있다.

17　김동인, "자기의 창조한 세계", 『창조』 제7호, 1920. 김윤식, 『한국문학사논고』, 법문사, 1973, pp. 131-39.

18　최병우, "김동인의 소설작법연구", 『국어교육』 46 47합집, 1983.

19　김윤식 · 김현, 『한국문학사』, 민음사, 1973, p. 189. 및 김현, 『문학사회학』, 민음사, 1983, p. 169.

묘사보다는 설화성을 중심으로 소설이 쓰여질 경우, 그 소설의 담론은 단일성을 띠게 된다. 비흐찐은 소설의 담론과 시의 담론을 비교하면서 소설의 담론이 '대화적'인 특성을 본질로 한다면 시의 담론은 '절대화'된 시인 자신의 언어라고 지적한다.[20] 이처럼 대화관계가 성립되지 않는 언어를 단일논리적인 언어 혹은 독백적인 언어(monologic language)라 한다. 사회언어학적인 맥락을 형성하는 소설의 언어는 여러 층위에서 대화관계가 성립된다는 점을 지적하고 있다. 여기서 말하는 단일성은 '톤의 일관성'과도 관련된다. <탁류>는 대상의 전체성에 접근하는 면을 보여주는 것은 사실이지만 작가의 담론에 대한 통제로 인해 단일논리적인 담론특성을 드러내는 것은 절대성을 띠는 언어를 구사하기 때문이다.

작가가 소설의 서술내용을 통제한다고 해서 대화관계가 성립되지 않는 것은 아니다. 낱낱의 문장은 단일논리적이라고 하더라도 문장과 문장 사이에, 그리고 문장 안에 간접인용 등의 방식으로 개입되는 작가의 목소리나 타인의 목소리 사이에서는 대화관계가 드러나게 된다. 작가의 전지적인 서술 가운데에도 다른 인물의 시각에 의한 평가라든지 다른 텍스트의 인용이라든지 속담의 원용 등을 통해 대화관계를 성립시키고 있다는 점이 확인된다.

▎3▎ 극의식과 담론구조의 상관성

(1) 소설의 극양식적 연관

소설담론을 사회언어학적(社會言語學的) 관점에서 검토할 경우, 소설의 양식적 특성과 담론의 상관성이 우선 짚어져야 한다. 소설의 양식적 특성은 장르적 특성과 구분되는 개념으로 소설이 기본 장르의 어느 측면으로

---

20 M. M. Bakhtin, *The Dialogic Imagination*, Texas U. P., pp. 286-89.

기울어 있는가 하는 점, 즉 소설이라는 장르가 내적인 속성으로 보여주는 특성을 주목해야 하는 것이다. <탁류>의 경우는 비극양식과 연관성을 갖는다고 할 수 있다. 비극적인 양식은 플롯이 차원에서 볼 경우 결말의 양상에 의해 그 성격이 규정된다. 소설이 대상의 전체성을 문제 삼는다면 극은 행위의 전체성을 겨냥한다는 일반원칙에서 이러한 대비의 근거가 찾아질 수 있을 것이다.

<濁流>가 양식적 특질로 보았을 때, 비극적 양식과 연관이 있다면, 그러한 양식적 특성은 어떠한 담론구조(談論構造) 혹은 담론특성을 지니는가 하는 점의 검토가 따라야 한다. 이는 비극적 성격을 담론의 차원에서 검토하는 것이지 비극성이라든지 비극양식 그 자체의 검토를 뜻하지는 않는다.

소설에서 결말(結末)은 작품의 성격을 규정하는 하나의 지표 역할을 하기도 한다. 소설의 결말은 모두(冒頭)와 연관되면서 소설의 의미를 완결짓는다는 점에서 중요한 의미를 지니는 것이다. 결말의 사건 자체가 문제되는 것이라기보다는 전개되어 온 사건이 어떤 의미를 머금으면서 '전화'되는 가운데 소설 구성의 미학이 개재되기 때문이다.[21] 우리가 어떤 작품을 비극적이니 희극적이니 하는 식으로 양식을 규정하는 데는 인물이 사건을 엮어가는 과정과 결말이 참조된 결과이다. 결말이 파멸로 끝나는 경우는 비극양식의 성격을 띤다. 희랍의 고전 비극이나 셰익스피어의 비극은 대부분 결말이 파멸로 치닫도록 되어 있다.

소설작품의 속성으로는 비극적이니 희극적이니 하는 것은 그 작품의 플롯구조와 연관되는 파악이다. '비극적 결말'이라는 용어가 성립될 정도로 결말구조(結末構造)는 작품의 성격을 드러내는 데에 결정적인 역할을 한다. 작품의 결말이 파멸이나 화해로 끝나는 것이 아니라 어떠한 과업의

---

21 서인석, "고전소설의 결말구조와 그 세계관", 서울대 대학원 석사논문, 1984. 이유식, "한국소설의 모두 종지부론", 『한국소설의 위상』, 이우출판사, 1982, pp. 54-72. Georg Lukács, 반성완 역, 『小說의 理論』, 심설당, 1985, p.94. René Girard,, 김윤식 역, 『小說의 理論』, 삼영사, 1977, pp. 230-232.

성취로 끝나는 경우는 비극이나 희극과 구별되는 서사시의 세계이다.22 소설의 경우 결말이 새로운 세계를 뜻하는가 아니면 단지 전환(轉換)일 따름인가 하는 논의도 있고, 소설이 아이러니양식이어서 "길이 시작되자 여행은 끝났다."는 루카치식의 결말구조를 상정하기도 한다.23 소설을 포함한 서사문학에서 결말의 의미는 결코 가벼운 것이 아니다.

소설의 결말과 세계관 사이에는 어떤 상관성을 설정해 볼 수도 있다. 이는 소설의 결말이 인물의 운명과 연관된다는 점, 그리고 인물의 운명은 그 인물이 참조의 틀로 삼고 있는 사회(社會)의 성격(性格) 혹은 구조(構造)와 연관된다는 점에서 그것은 당대 사회의 전반적인 성격과도 연관된다고 할 수 있다.24

<탁류>의 결말이 비극적으로 되어 있다는 점은 <沈淸傳>에 대한 논의에서 실마리를 얻을 수도 있을 것이다. <심청전>의 주제가 양의적으로 드러나는 것은 중간 과정은 비극적인 고통이 수반되지만 결말은 파멸이라기보다는 주인공의 성취를 보이기 때문이라 할 수 있다. 심청의 성격에 대해서는 견해가 다른 예가 보인다. 김대행은 심청은 일반적 유형의 영웅과 다름을 지적하면서, 고귀한 행동을 하는 점에서는 같을지 모르나 영웅적인 기대가 없다는 점에서 "심청은 비극적 주인공이라 할 수 없고 감상적 비애의 산물로 보아야 할 것"이라 한다.25 이밖에 심청의 성격에 대해서는 "심봉사의 질병을 퇴치하기 위해서 공양미 삼백 석을 받는 대신에 선인들의 희생제물로 팔려 희생된 인물"이라는 논지와 "제 분수를 깨닫지 못하는 과욕에 의한 징벌"을 받아 비극적인 전환을 보여준다는 유인순의 논지도 있다. 또한 "탁류의 구조가 심청전의 패러디구조로서 구성되었다고 보는 이유"에서는 비극적 세계관으로까지 논지를 연장해 가는 한형구

---

22 G. Lukács, 『소설의 이론』, 앞의 책, pp. 70-88.
23 G. Lukács, 『소설의 이론』, 위 책, p. 94.
24 성격과 운명의 관계는, 벤야민, "운명과 성격", 앞의 책, pp. 334-342를 참조.
25 김대행, "「심청전」 서술자의 어조 불통일성 문제", 『한국소설문학의 탐구』, 일조각, 1981. p. 54.

의 논의를 보게 된다.26 이러한 논의를 통해 보면 시각에 따라 작품의 성격이 달리 규정된다는 것을 확인할 수는 있으나, 크게 보아 <심청전>이 비극의 범주에 속한다는 것은 부정하기 어려운 점이다. 그리고 <탁류>가 내적인 구조에 있어서 <심청전>의 패러디라는 점은 앞으로 진행되는 논의를 따라 드러날 것이다.

<탁류>를 비극적 양식으로 규정한 경우는 이전에도 많은 예를 들 수 있다. 초봉의 운명이 비극적이라는 지적에서부터 소설이 구조를 비극적인 것으로 규정하기도 한다.27 이러한 논지는 정초봉을 <탁류>의 주인공으로 보고 분석하는 데서 가능한 논지이다. <탁류>에서 비판하고 있는 항목의 하나를 '운명론'28이라 할 경우 그러한 주제가 집중되는 인물은 역시 초봉이라고 보아야 할 것이기 때문이다. 초봉은 운명의 극복을 위한 노력보다는 운명에 귀속하는 인간형으로 그려져 있기 때문에 비극적인 비전을 문제 삼기는 어려운 점이 있다. 작품 전체를 통하여 초봉의 '운명'은 사실을 그대로 제시하는 차원의 운명이라기보다는 채만식이 비판의 대상으로 삼고 있는 운명이라는 점에서 운명이 역설적인 시각으로 다루어져 있다. 따라서 비극양식에는 미달된 것이라 해야 한다. 여기서 <탁류>의 세속성 논의가 배태된다.

(2) 비극성과 세속성의 거리

<탁류>를 세태소설로 규저한 논의는 작품이 발표될 당시부터 있었다. 김남천은 탁류 같은 장편을 시도하는 것이 "세태소설로부터 자기를 구제

---

26 정하영, "심청전의 제재적 근원에 관한 연구", 서울대 박사논문, 1983, p. 132. 유인순, "채만식 최인훈의 희곡작품에 나타난 심청전의 수용", 『比較文學』 제 11집, 1986, 12, p. 135. 한형구, "채만식의 세계관과 창작방법 연구", 서울대 석사논문, 1987, p. 120.
27 한형구, "채만식의 세계관과 창작방법 연구", 서울대 석사논문, 1987, pp. 103-106. 채만식의 창작방법론의 하나로 '비극적 리얼리즘'을 들고 있다. (한형구, "채만식론", 『한국문학의 리얼리즘과 모더니즘』, 민음사, 1989. 참조).
28 김윤식·김현, 『한국문학사』, 민음사, 1973, p. 187.

하려는 사업"이라 전제하고 "채씨는 세태계로부터 자신을 구해내는 정신적 작업이 니히리즘과 부디처서, 금년 일년은 그거슬 극복할려는 고투로서 보내인 감이 없지 않다."고 지적한다.29 이러한 논의에 묻혀 본래의 양식적 특성(樣式的 特性)이라고 할 수 있는 비극적 성격을 드러내지 못했던 것으로 생각된다. <탁류>는 앞에서 살핀 바와 마찬가지로 작품의 구조로 보았을 때 분명 하나의 비극적인 구조로 되어 있다. "세태를 폭넓게 취급하고 있다는 점에서는 '세속비극'으로서의 성격 또한 짙게 내보이고 있는 셈이지만, 초봉의 비극적 운명을 중심으로 한 서사구조가 작품의 골격을 형성하고 있다는 점에서 비극적 행로의 운명구조가 한층 본질적이라 할 수 있는 터이다. 그 비극적 운명이 자본주의 사회에서의 경제적 몰락의 조건으로부터 배태된 것"30이라는 논지를 보게 된다.

그러나 유의해야 할 점은 비극적인 구조로 되어 있다는 것이 곧 소설의 장르상의 비극으로 환원하지는 않는다는 사실이다. 장르상으로는 여전히 소설이면서 그 속성으로 비극성을 띤다는 의미이다. 장르상 '비극'이라고 할 경우에는 무대예술로 정착되어 있는 비극을 뜻한다. 이런 경우, 세계관 자체가 장르로서의 소설과는 사뭇 다른 것이 된다. 초봉을 주인공으로 설정했을 경우에는 더욱 그러한 논리가 가능한데, 앞에서 살핀 바와 마찬가지로 초봉의 인물 자체는 비극적인 인물이 아니다. 희생적인 인물이 되어 소설 속에서 비극적인 속성을 보여줄 뿐이다. 비극의 인물이 갖추어야 하는 '비극적 비전'을 갖추고 있지 않은 것이다. 장형보 같은 경우 결말에 가서 처참한 죽음을 당하기는 하지만 독자(讀者)의 인식(認識)이 장형보의 죽음을 비극으로 승화된 모습으로 읽지는 않는다. 그런 점에서 비극적인 인물로 규정되는 것은 타당성이 적다.

---

29 임화, "세태소설론", 『문학의 논리』, 학예사, 1940. pp. 341-64. 김남천, "소화14년도 개관 창작계", 『조선문예연감』, pp. 8-9.

30 한형구, "채만식 문학의 깊이와 높이", 『한국문학의 리얼리즘과 모더니즘』, 민음사, 1989, p. 188. 황국명, "채만식소설의 현실주의적 전략 연구", 부산대 박사논문, 1990, pp. 45-76.

그런 뜻에서, 초봉을 주인공으로 해서 비극적인 구조로 되어 있는 작품이라는 데는 약간의 설명이 필요하다. 우선 주인공이 비극적이기 위해서는 비극의 기본적인 요건을 갖추어야 한다.[31] 여기에서 문제 삼고자 하는 것은 비극 자체가 아니라 '비극적 비전'이다. "비극적 비전은 주인공이 당하는 고통이 어떤 형식의 논리에 의해서도 설명되어질 수 없기에 그 고통은 무서운 신비이며, 인간조건은 그 어느 순간 예기치 않게 닥쳐올 그 무서운 신비에 지배되고 있기 때문에 공포와 불안일 수밖에 없으며, 동시에 그것은 부조리일 수밖에 없다는 것을 보여준다.[32] 그런데 비극의 성립 여부는 혹은 비극적인 인물의 성립 여부는 부조리(不條理)를 대하는 태도(態度)의 문제와 관련된다. 비극적 주인공은 자신의 부조리한 인간적인 조건을 뚫고 나가려는 개인적인 의지를 보이는 것은 물론 그러한 의지(意志)를 개인의 운명으로 돌리는 것이 아니라 인간 전체의 궁극적(窮極的)인 문제(問題)로 생각한다. 거기에서 비극적인 인물은 "자기를 억압하는 모든 것과 대결해 싸우고자 하는 영웅적 기질, 즉 자만(hybris)"을 갖게 된다. 그것은 비극적 행동의 창조적 원동력이며 행동과 자기주장의 근원적인 힘이기 때문이다. 거기다가 자신도 모르게 저지르는 도덕적인 잘못을 뜻하는 하마르티아(hamartia)를 지니게 된다. 여기에서 비극적인 인물은 모순에 빠지면서 동시에 행동인으로 자기를 나타낸다. 다시 말해서 "비극적 주인공은 어떠한 형식의 죄든 자기의 것만이 아닌 죄를 자신의 것으로 받아들이고[……] 그의 사회로부터 저주나 악을 쫓기 위하여 자기를 희생함으로써 자기희생의 진정한 영광 속에 살아있는 자이다."[33]

정초봉이 앞에서 살핀 비극의 조건을 얼마나 충족시키는 인물로 형상화되어 있는가 하는 데는 의문의 여지가 있다. 인물의 성격만을 검토하여

---

31 임철규, "비극적 비전", 『현상과 인식』, 1983년 봄, 및 Murray Kreiger, "Tragedy and the Tragic vision". Laurence Michel and Richard B. Sewell, *Tragedy : Modern Essays in Criticism*, Prentice-Hall, 1963. pp. 130-31.
32 임철규, 앞의 책, p. 12.
33 임철규, 위 책, pp. 12-14 참조

어떤 결론을 도출하기는 어려운 일이다. 플롯구조가 함께 문제되어야 할 것이다. 그리고 담론의 특성과 연관되는 논의가 이루어져야 구체성이 확보될 것이다.

정초봉이 겪는 일을 중심으로 본다면, 초봉은 희생양(犧牲羊)의 면모를 갖추고 있는 게 사실이다. 모친의 정성에 따라 중등학교를 마친 초봉은 지극히 보수적이고 수동적인 인물이다. 박제호의 약국에 근무하면서 약사 자격증을 얻을 꿈을 갖고 있다. <탁류>에서 긍정적인 인물로 설정된 남승재에 대한 지향성을 지니고 있다는 점에서 우선 긍정적인 인물로 부각된다. 그러나 초봉의 운명은 금방 역전된다. 결국은 돈 때문에, 그리고 부모의 부추김에 따라 파락호 고태수와 결혼을 하게 된다. 금전사고의 부담과 문란한 생활의 결과로 인한 고태수의 죽음, 그리고 그의 하수인 장형보에게 훼절을 당하고 이어서 박제호의 첩으로 들어가 생활을 하게 된다. 거기서 다시 장형보에게 넘겨져 정신적인 육체적인 고통을 당하다가 장형보를 살해하고 살인자가 되기까지 곡절을 겪는 가운데 희생양의 이미지는 지속적으로 강화된다.

이러한 일련의 사건에 휘말려 운명이 결정되는 초봉은 집안을 위한 '희생양', 즉 한 집안을 위한 희생제물이 된다. 부모를 받들고 형제들을 건사하며 집안을 책임져야 한다는, <심청전>에서 심청이 자신의 몸을 희생하도록 하는 효성과 유사한 운명의식에 얽매어 있는 것이다. 자신을 둘러싼 환경의 열악성은 초봉으로 하여금 비극적인 인물이 될 수 있는 조건의 일부를 이루고 있다. 그러나 그 억압을 향해 깨어 있는 개인으로서 그 환경을 돌파하고자 하는 영웅적 자만심을 갖지 못하고 결국은 희생되는 존재이다. 그렇다면 정초봉이 보여주는 인생여정의 굴곡은 성격적인 결함과 도덕적인 죄악을 뜻하는 하마르티아가 되지 못한다. 결박된 프로메테우스의 모티프가 부정적으로 변형되어 있다고 보아야 할 것이다. 이는 정초봉의 성격적 단순성과 관련된다.

작가는 초봉을 그렇게 희생양으로 설정해 놓고 인물에게 성장의 기회를 주지 않으면서 시종 사건의 진전을 통제하는 위치에 서서 인물을 그린다. 따라서 인물의 사고방식은 작가의 시각에 지배를 당하게 된다. 그러한 결과 그 인물의 담론은 단선적(單線的)으로 조정될 수밖에 없다. 주변 환경과의 교섭작용이 차단되어 있어서 자신에게 주어지는 환경의 억압을 운명으로 수용하는 인물의 담론이 시각분화를 가져올 수 없다. '운명적인 사고'에 매이는 결과를 초래하게 된다. 그러나 그 운명(運命)은 신비를 더불은 선험적인 것이 아니다. 신 없는 세계에서 개인이 겪는 운명이기 때문이다. 그 운명이 선험적으로 주어진 운명이 아니라는 데에 초봉의 성격은 시대성을 띤다고 할 수 있다. 초봉의 곡절 많은 일생을 지배하는 것은 '운명으로서의 돈'이다. 이는 가족에 대한 관념으로 전환되어 나타난다. 희랍비극에서 볼 수 있는 성격적인 죄악이 아니라 현실을 살아가기 위한 방편으로서의 돈이 중개함으로써 운명이 결정된다. 그러한 운명의 결과는 개인적인 파탄으로 귀결되는데, 그 근원에 대한 자각이 분명치 않다는 데에 비극적 인물로서의 한계가 있다.

정초봉이 고태수, 장형보, 박제호와 관계를 맺게 되고, 장형보가 박제호에게 찾아와 초봉을 자기에게 넘겨 주어야 한다고 억지를 쓰는 장면에서 초봉이 보여주는 의식은 다음과 같이 나타난다.

> 초봉이는 제호가 어떤 낯꽃을 하고 있는지 궁금해하면서도 차마얼굴을 들지 못한다. 비록 낡은 새 흉이 드러났대야 그것은 제호가 다 눈감아주고 탈을 않겠거니 하면 안심이 되기는 하나, 그렇다고 노상 부끄럼이 없진 못했다. 물론 제호가 시방 딴 요량을 먹고서 딴 궁리를 하고 있는 줄은 까맣게 모르고 있는 것이다.
> 그러므로, 가령 지금 이 자리에서 그 눈치를 알아챘다고 하더라도, 설마 그게 벌써 오래 전부터 다른 원인이 있어 그래 오던 것이라고까지는 아무리 해도 깨닫지야 못할 것이고, 그저 오늘 당장 형보라는 저 원수가 들이덤벼가지고는 조사모사해놓은 소치로만 여겼을 것이다. 따라서 그냥 잠자코 있으려고도 하지 않을 것이다. (2-324-25)

위 인용에서 초봉의 운명론적인 발상의 일단을 읽을 수 있다. 현재 자신의 삶을 의탁하고 있기 때문에 그러한 믿음이 생길 수는 있을 것이다. 그러나 자신의 과오를 "눈감아주고 탈을 않겠거니" 하는 태도는 운명론적인 발상이지 비극적인 깨달음이라 하기 어려운 것이다. 담론의 대상에 대한 무조건적인 신뢰는 결국 무지에 연결된다. 그러한 경우 작중인물들의 의식을 객관적으로 서술하면 이야기의 진행에 장애가 된다. 그러니까 작가가 직접 나서서 "물론 제호가 딴 요량을 먹고서 딴 궁리를 하는 줄은 까맣게 모르고 있는 것이다." 하는 식의 전지적 설명을 삽입하게 된다. 그리고 그러한 무지를 합리적으로 처리하는 작가의 방식은 작가의 사태분석으로 전환된다.

> 시방 초봉이의 새로운 이 운명만 하더라도 그 복선(伏線)은 차라기 그가 어머니로서 송희를 사랑하는 죄 하기야 매니아(狂)에 가깝도록 편벽된 구석이 없지는 않으나 아무튼 어머니된 죄, 그 속으로부터 넌출이 뻗어나온 것이다. (2-325)

작가의 이러한 분석적 서술을 빌리지 않더라도 딸 송희에 대한 본능적인 사랑이 초봉의 운명을 묶어놓는다는 것은 금방 알 수 있다. 그러나 이는 초봉의 운명을 지배하는 원인의 한 부분에 불과하다. 다음의 예는 맥락이 사뭇 다르다.

> [……]만일 이 넌출의 마지막, 땅에 뿌리박은 곳까지 추어 들어가서 뽑아낸다면 거기에는 두 덩이의 굵은 지하경(地下莖)이 살찐 고구마오 같이 디룽디룽 달려 올라오고 있는 것이다. 이것이 한 덩이는 세상 풍도(風道)요, 다른 한 덩이는 인간의 식욕(食慾)이다. 기구한 생애가 시초를 잡고 뻗쳐나오는 운명의 요술주머니란 바로 이것인 것이다. (2-326)

'인간의 식욕'이라는 것은 초봉의 행동을 중개하는 돈을 뜻한다. 남승재에 대한 딸의 의지를 알면서도 돈 때문에 고태수에게 시집보내는 부모의 의식이 곧 인간의 식욕(食慾)에 해당하는 것이다. '세상의 풍도'라는 것은 정초봉이 보여주는 보수적 가족주의적 성향이다. 초봉이 보여주는 보수성으로 인해 <탁류>가 사회성을 짙게 드러내 보여준다는 점은 역설적이다. 초봉의 그러한 의식을 통해 정주사나 초봉의 모친 유씨의 세계인식의 방향을 알 수 있기 때문이다. 작가가 초봉의 운명을 희생적으로 설정하면서 비극성을 부여하는 것은 이러한 역설적 구조를 통해서이다. "비극적 비전을 논의할 때 우리는 개인뿐만 아니라 그 개인이 속한 집단이 그들이 경험하고 있는 세계를 어떤 특수한 방식으로 지각하고 있는가를 알기 위해서 그 집단의 이해와 신념, 그리고 가치뿐만 아니라 그들의 역사적인 시대를 특징짓고 있는 정신구조의 유형도 함께 고려해야 할 것이다."[34] 초봉이 보여주는 보수성이라는 것은 가족주의(家族主義)를 중심으로 한 인습적 사고(因襲的 思考)이다. 그 원인은 물론 식민지 교육에 연유하는 것이라 할 수 있다. 가족에 대한 초봉의 집착은 고태수와의 결혼의 결정에서, 박제호와 관계가 맺어지는 데서, 심지어는 장형보에게까지 가족을 위해 쓸 수 있는 돈을 요구하는 데서 드러난다. 이는 누가 그 아비인지도 알기 어려운 딸 송희에게 대한 무작정의 사랑에도 드러나는 바이다. 그러나 그의 성격은 당시 사회의 구조에 비겨 보았을 때, 지극히 대립적으로 설정되어 있다는 것도 알 수 있다. 즉 당시 사회 전반의 분위기와는 반대방향을 지향하고 있기 때문이다. 여기서 <탁류>는 비극성보다는 세속성이 두드러지게 된다.

(3) 세속의 논리와 비극성

'미두'와 '수형'이 법으로 보장되는 당시 사회는 식민치하이다. 이는 논리의 세계이고 장사꾼의 세계이다. 관념이나 정서의 세계가 아니다. 그런

---

34 임철규, 앞의 책, p. 10.

데 초봉이 가지고 있는 의식은 관념적(觀念的)이고 정서적(情緖的)이다. 논리적 계산이나 의지적 결단을 보여주지 않는다. 패륜아 고태수의 인품을 초봉이 모르는 바 아니나 그와 결혼하는 것이라든지, 그의 후견인 역할을 해 주던 박제호에게 첩으로 들어가는 계기에는 물론 돈이 끼어 있다. 악의 화신으로 형상화되어 있는 장형보의 첩이 되어서까지 돈으로 중개되는 초봉의 가정에 대한 의식은 불변색이다. 그렇기 때문에 초봉이 겪는 비극에는 '비극적 위엄'이라는 것이 없다. 세속(世俗)의 논리(論理)를 그대로 따라가기 때문이다. 문제의 핵심을 파악하지 못한 채 영웅적인 노력을 보여주는 것이 아니라 운명에 맹종하기 때문에 오히려 감상적인 연민의 정을 노출시킨다. 이러한 인물의 심리에 쌓이는 것은 원한이다. 그 원한풀이로서 행해지는 장형보의 살해는 따라서 비극적인 결말로 이어지지 못한다.

개인이 정당한 의미에서 사회(社會)와 대응관계를 갖기 어려울 때, 그리고 그러한 상황에 대한 개인의 자각이 이루어지지 않을 경우 그 개인은 운명론에 빠진다. 정당한 의미의 비극이 운명론을 벗어나 사회성을 띠는 것은 운명의 진행과 그 원인에 대한 자각이 있기 때문이다. <탁류>의 경우는 비극적인 인물이 등장한다고 해도 그것은 유사비극적(類似悲劇的)인 인물일 따름이다. 그 인물을 둘러싸고 있는 외적 조건이 비극을 형성하는 것이라는 개인의 지각이 없기 때문이다. 이처럼 개인의 자각이 없는 것 자체가 사회의 제약이라는 의미를 지니는 것이라 할 수도 있다. 식민지의 "악마적 살인적인 식민정책이 작용하는 악의 특수성"이 지배하는 "종말적 세계"가 그 인물을 둘러싸고 있는 한은 그러한 식민지가 하나의 음모라는 자각이 이루어지지 않고 정당한 의미의 비극이 성립되기 어렵다.35

정초봉처럼 운명적인 인물의 언어는 폐쇄적이고 독백적인 성격을 띤 것으로 예상할 수 있다. 이는 다른 인물과 대화관계를 유지하기 어렵기 때문이다. 그러한 면모는 정초봉의 운명이 결정되는 국면에서 반복적으로

---

35 이보영, "출구 없는 종말", 『식민지시대문학론』, 도서출판 필그림, 1986, p. 388.

나타난다. 첫사랑의 대상 남승재를 버리고 마음에 없는 고태수와 결혼을 결정하는 장면은 다음과 같이 되어 있다. 박제호가 서울에 올라가 사업을 시작하면 데리고 가마 하던 약속을 지키기 어렵게 된 사실을 알게 된 그 날, 초봉은 어머니로부터 고태수와 결혼하도록 하라는 권고를 듣는다. 그에 대한 초봉의 반응은 다음과 같이 단순화되어 있다.

> 모친의 여러 가지 설명으로 해서 초봉이의 머릿속에 들어 있던 태수의 영상은 인제 <u>더할 나위도 없이 찬란해 가지고</u>, 승재의 그렇잖아도 뒤로 밀려 간 희미한 영상을 더욱 압박했다. 초봉이는 그것이 안타까와 몸부림을 치면서 '나두 몰라요!' 고함처 포악이라두 하고 싶었다. (2-150)

위 인요에서 알 수 있는 것은 초봉의 욕망(慾望)이 모친에 의해 중개(仲介)된다는 점이다. 고태수에 대하 영상이 '더할나위 없이 찬란해져' 빛을 뿜어내는 것은 모친의 사주를 받은 때문이다. 이러한 심리적 모방은 초봉의 운명이 모친의 운명을 반복하도록 하는 요인이 된다. 모친이 바느질로 집안 가계를 유지하는 것이나 초봉이 운명을 따라가면서도 집안을 생각하는 것은 구조상 동일한 것이다. 두 번째 문장의 서술어미에 주목할 필요가 있다. 초봉의 심리내적인 내용이 행동으로 실현된 것이 아니라 욕망에 머물러 있다. '포악이라두 하고 싶었다.'는 것은 행동으로 뻗어나가지 못하고 심리적으로 내재된 것을 뜻한다. 담론의 이러한 양상은 인물의 성격이 단일논리적인 것처럼 대화화되지 않은 담론임을 보여준다.

> 그[초봉−인용자]는 모친에게서 결혼을 하고 나면 태수가 장사 밑천으로 돈을 몇 천원 대 주엇서 부친이 장사같은 것을 하게 한다는 그 말을 듣고서 다시는 더 여부없이 태수한테로 뜻이 기울어져 버렸다.[……] <u>그러한 부친과 이러한 집안을 돕기 위하여 나는 나를 희생을 한다는 처녀다운 감격</u> 이렇게 나 모두 무엇인지 분간을 못하게 뒤엉켜 가지고 눈물이라는 게 흘러내리던 것이다. (2-153)

모친의 결혼 권유는 앞에서 본 바와 마찬가지로 돈에 의해 중개된 것이다. 돈으로 중개된 심리적 요강은 자기희생(自己犧牲)이라는 허위의식(虛僞意識)으로 전환된다. 그것은 논리가 아니며 자기 희생이 '처녀다운 감격'이라고 서술되어 있다. 집안을 위한 자기희생이 불러오는 '감격'은 눈물과 연결됨으로써 감상성(感傷性)을 드러낸다. 그리고 다음과 같이 대비적인 담론과 함께 대화적인 성격 속에서 감상성이 더욱 증가된다.

①형보는 오늘 이 자리에서 처음 보는 초봉이를 보고 깜짝 놀란다.
②그는 절절히 탄복하면서 "야, 요놈이!" 하고, 샘을 더럭 내어 태수를 쳐다보았다.
③형보의 눈에 보인 대로 말하면, 초봉이는 청초하기 초생의 반달 같고, 연연하기 동풍에 세류 같았다. ④시방 형보가 초봉이를 탐내는 품은 태수가 초봉이한테 반한 것보다 훨씬 더했다. ⑤"고걸, 고걸 거저, 손아구에다가 꼭 훑으려 쥐고서 아드득 비어 물었으면, 사뭇 비린내두 안 나겠다!" ⑥형보는 정말로 침이 꿀걱 삼켜졌다. ⑦"고것 오래잖아 콩밥 먹을 놈 주긴 아깝다! 아까워. 참으로 아까워!" 형보는 퀭하니 뚫려가지고는 요기(妖氣)조차 뻗치는 눈망울을 굴려 초봉이와 태수를 번갈아 본다. (2-154)

①은 단일한 시각으로 서술되어 있다. ②에서는 시각이 이중적으로 분화되어 있다. 절절한 탄복은 초봉을 처음 본 결과 인상이 불러오는 탄복이라고 일단 볼 수 있다. 그러나, "야, 요놈이!" 하는 데서는 초봉과 고태수 양편으로 시각이 가 있다. 따라서 더럭 샘을 내는 것은 초봉의 미모 자체에 대한 샘일 수도 있고, 미모의 초봉을 고태수가 차지한 데 대한 샘일 수도 있다. ③의 경우는 작중인물과 서술자의 시각이 동시에 드러난다. "형보의 눈에 보인 대로 말하면" 하는 것은 작중인물의 시각이다. 그러나 "청초하기 동풍에 세류 같았다."는 서술자의 목소리가 끼어들어 있다는 것을 알 수 있다. ⑦은 사건의 진행을 예시하는 기능을 하는 서술이다. 그리고 그 시각은 장형보의 시각이다. 서술이 아니라 장형보의 심리내적인

대화로 되어 있기 때문에 작중인물의 의도가 직접 드러난다. 이처럼 분화된 시각을 동원하여 서술하는 대상인 장형보에 비하면 정초봉의 인물은 지나칠 정도로 단순화되어 있는 감이 있다.

인물의 단순성은 다시 초봉과 박제호와의 관계에서도 드러난다. 정초봉이 박제호와 관계를 가지게 되는 것은 의타심리 때문이다. 고태수가 죽고 장형보에게 강간을 당하고 나서 군산을 떠나다가 만난 옛날 주인 박제호와 관계를 맺은 다음, 어차피 그렇게 된 일로 단념하고 나서의 심정은 다음과 같다.

> 그는 제호의 이야기한 '생활의 설계'가 적잖이 만족했다. <u>욕심 같아서는 기왕이니 제 의향으로, 가령 친정집의 생활 같은 것도 어떻게 요량을 해달라고 말을 해서 다짐같은 것이라도 받고 싶었으나</u>, 마음 뿐이지 처음부터 너무 야박하다는 생각에 입이 차마 떨어지지 않았다. (2-269)

윤리보다 앞서는 집안에 대한 고착심리(固着心理)는 마침내 악의 화신으로 설정된 장형보에게는 '생명보험', '생활비 오십 원', '돈 천 원' 등을 요구하고 나오다가 "우리 친정두 먹구 살게시리 한끄터리 잡아 주어야지!" (2-343)하는 요청을 할 정도로 지속성을 보인다.

이처럼 단일한 시각의 담론으로 표현되는 인물의 성격적인 단순성은 올바른 의미의 비극이 되지 못하게 한다. 운명과 대결을 하려는 의지도 없고, 자신의 운명이 그렇게 돌아가는 데 대한 원인규명을 위한 투구도 없는 것이다. 그와는 반대로 결국 고태수나 박제호, 장형보 같은 인물을 속물로 전락하게 하는 사회 분위기를 정당화시켜 주는 역할을 하게 되는 것이라고 보아야 한다. 비극에서 요구되는 '위엄'이 초봉에게는 결여되어 있다. 따라서 초봉의 행동 혹은 운명은 전래적으로 내려오는 숙명적 인간상의 복제물이라 할 수 있다.

자기의 결단이 자승자박으로 돌아올 때 그것은 '한'으로 응결된다. 恨은 논리와 생리가 얽혀 있는 상태이기 때문에 논리를 추구하는 측으로부터 보복을 받게 된다. 초봉으로 하여금 처참한 운명을 벗어날 수 있도록 해 주는 문화적인 장치, 초봉을 위한 논리가 없는 상황이다. 논리와 생리가 혼재된 인물이 설정되고 그 인물을 작자가 철저히 통제하면서 일관된 방향으로 이끌어간 결과는 마침내는 살인자가 되어 법의 심판을 받게 되는 그러한 통속성으로 드러난다. 가능성을 암시하는 다른 인물들을 설정해 미래에 대한 희망(希望)을 보여 주었지만 그것이 진정한 의미의 전망이 되지 못하는 것은 인물들 사이의 통합이 이루어지지 못하고 명백한 대립구조로 되어 있기 때문이다.

　남승재와 정계봉이, 살인을 저지른 초봉을 찾아가서 '자현'을 하라는 것이나, "뒷일은 아무것두 염려 마시구, 다녀오십시요!"(469)하는 그 권유는 정당한 의미의 속죄로 연결될 수 없다. 속죄의 근거가 되는 '육법전서'라는 것의 정체가 다시 문제되기 때문이다. 그것은 일제강점세력이 만들어 놓은 정당성을 띨 수 없는 법이기에 그러하다. 정초봉으로 하여금 "죽자구 해두 죽을 수두 없구 살자구 해두 살 수두 없구"하는 상황으로 몰고간 근원은 이 육법전서의 비정당성에 있다. 그것은 독초(毒草)를 기루는 육법전서이다. 그러니까 <탁류>의 마지막 장을 "서곡"이라고 한 것은 비극의 서곡이라는 역설적인 의미를 띤다고 할 수 있다. 결국 탁류는 그 자체가 비극적인 양식으로 되어 있다기보다는 비극을 위한 서곡을 시작하는 원점 회귀적인 구조로 되어 있다고 보는 것이 타당할 것이다. "길이 시작되자 여행은 끝나는" 그러한 아이러니 구조로 되어 있기 때문에 비극 양식과는 거리가 있다. 오히려 소설의 구조적 특성을 본격적으로 드러낸다고 하는 것이 보다 타당할 것이다. 결국 비극적인 희생을 치루는 인물을 형상화하는 담론은 단일논리적인 것으로 되어 있다는 점이 드러난 셈이다. 세계와 인물의 운명이 비극적으로 설정되어 있다고 하더라도 그것을 형상화하는 담론이 괴리를 빚을 경우 비극성은 살아나지 못하는 것이다.

▌4▌ 주체의 윤리와 심리적 중개현상

(1) 개인적 몰락의 구조

일제강점하의 경제적인 침탈이 <탁류>의 주제라는 논지는 채만식에 대한 재평가가 이루어지기 시작한 70년대 이래 지속적으로 반복되어 내려온다.[36] 이는 식민지 교육과도 관계되는 항목일 터인데, 식민지 교육의 부정적인 양상과 그 비판은 항목을 달리하여 고찰하기로 하고, 여기서는 몰락한 중간계층[37]의 심리가 담론의 중개현상으로 나타난다는 점을 정주사를 중심으로 살펴 보고자 한다.

본래 정주사네는 사서삼경(四書三經)까지 한학을 공부하고 신학문(新學問)도 해야 한다는 부친의 덕으로 보통학교까지 마칠 정도의 안정된 삶을 유지하던 집안으로 설정되어 있다. 정주사는 보통학교를 마치고 군서기 [顧員]가 되어 13년이나 근무를 하지만 승진의 계기 혹은 계층상승의 계기가 주어지지 않자 그만두고 그 동안 쌓인 부채를 해결하기 위해 가대를 정리해 버리고는 대처인 군산으로 이사를 한다. 정주사가 중농층(重農層)에서 몰락하는 과정은 다음과 같이 나타나 있다.

> 그통에 [승진도 안 되고 능력이 모자라 도태를 당함-인용자] 정주사는 화도 나고 해서 생화도 구할 겸, 얼마 안 되는 전장을 팔아 빚을 가리고, 이 군산으로 떠나왔던 것이요, 그것이 꼭 열두해 전의 일이다. 군산으로 건너와서는, 은행을 시초로 미두 중매점이며 회사 같은 데를 칠 년 동안 두고 서너

---

36 홍이섭, "채만식의 탁류", 김윤식, 편, 『蔡萬植』, 문학과지성사, 1984, pp. 18-103.
37 '중간계층'이란 자작농을 대표되는 그러한 계층을 가리킨다. 자작농은 자기의 농토를 가지고 자기 노동력으로 토지를 경작하여 살아가는 계층을 말한다. 이는 토지는 소유하고 있으면서 노동은 남에게 위탁하는 지주계층이나, 지주의 농토를 빌어 일정한 비율의 도조를 바치고 노동으로써 생계를 꾸리는 소작농과는 계층이 다르다. 또한 지주와 소작농 사이에서 중개역할을 하는 마름[舍音]과도 다른 계층이다. 자작농은 보수성이 강하고 자신의 삶을 자연의 리듬에 맡겨두는 삶의 패턴을 보여준다(김영모, 『한국사회계층연구』, 일조각, 1982. 참고).

군데나 드나들었다. 그러다가 마침내 정말 노후물의 처접을 타고 영영 월급 세민층에서나마 굴러 떨어지고 만 것이 지금으로부터 다섯 해 전이다.
　　그런 뒤로는 미두꾼으로, 미두꾼에서 다시 하바꾼으로 (2-15)

　위와 같은 정주사의 몰락 원인은 개인적인 능력의 부족이나 성격적인 결함에만 있지 않다는 점에 유의할 필요가 있다. 정주사의 몰락은 당시의 역사적 현실 혹은 사회 경제적 현실의 구조와 밀착되어 있다. 정주사의 몰락은 당시 중농층(重農層)의 몰락을 대표하는 것이라 할 수 있는데, 그런 의미에서 시대적인 전형성을 띠는 인물이라는 의미를 지닌다. 이는 개인의 삶이 주관적인 결단이나 의지로만 이루어지지 않는다는 점을 드러내 준다. 정주사와 같은 인물이 작가의 시각에서 풍자의 대상이 되고 보편적인 의미를 지니는 것은 시대상을 드러내는 사회적인 마스크로서의 인물이기 때문이다. 개인으로서의 정주사의 행위 혹은 삶의 방식이 어떻게 전형성을 띠게 되는가 하는 단서는 '미두'라는 경제적인 장치에 정주사가 자기를 잃고 몰락하는 과정을 보여줌으로써 드러나게 되어 있다.
　정주사의 몰락과정을 드러내는 것은 당시 사람들의 삶의 조건을 드러내는 것과 동일한 의미를 띤다. 정주사의 윤리가 왜곡되어 있다든지, 게으름으로 인해 일거리가 주어지지 않는다든지 하는 것이 아니라, 농사꾼이나 노동자나 누구를 막론하고 내일의 삶에 대한 기대를 걸 수 없는 사람들로 가득한 현실을 제시한 다음, 그것을 배경으로 해서 정주사의 행동을 드러낼 때 의미역(意味域)은 확대된다.

　　벗어부치고 농사면 농사, 노동이면 노동을 해먹고 사는 사람들과 마찬가지로, '오늘'이 아득하기는 일반이로되, 그러나 그런 사람들과도 또 달라 '명일(明日)'이 없는 사람들 이런 사람들은 어디고 수두룩해서 이곳에도 많이 있다. 정주사(丁主事)도 갈데없이 그런 사람이다. (2-8-9)

　이러한 설명은 작가의 철저한 통제하에 이루어지는 서술이라서 작가는 필요한 때마다 다양한 방식으로 소설내적인 텍스트에 개입한다. 여기서 다양한 방식이란 표를 질러 둔 '명일'이라는 데서 논의의 출발을 삼을 수도 있다. <탁류>가 나오기 꼭 한 해 전에 채만식은 <明日>이라는 단편을 발표한 바 있다. 그러한 점에서 위 인용의 명일은 텍스트내적으로는 '오늘'과 연관되어 의미를 지니지만, 채만식의 개인사적인 작가이력으로는 단어와 단어 사이의 관계를 뛰어넘어 다른 차원에서, 즉 언어와 작가의 삶이라는 또 다른 차원에서 텍스트연관성이 이루어지는 것이다. <명일>과 <탁류>의 연관성은 인물들의 생활 방식에서 우선 드러난다. 남편은 직업이 없이 노는 실직자고 아내가 바느질을 해서 생계를 유지한다는 점이 공통된다. 자식의 교육에 대해 남편은 무관심하거나 역설적으로 대하는데 아내 편에서는 자식을 가르쳐야 한다는 지극한 열성을 보이는 점도 동일하다. 이는 채만식 소설의 유형성을 검토할 수 있는 단서가 된다.[38] 이렇게 조직되는 텍스트연관성은, 앞에서도 보았던 것처럼 작가의 개입이나 작중현실에 대한 통제로 나타나는 채만식의 창작방법과 연관된다.

작중인물과 독자가 직접 맞부딪치는 경우와 중간에 중개자가 끼어드는 경우의 소설의 독서방식이 달라지리라는 것은 쉽게 예상할 수 있다. 작중현실을 독자가 직접 접하는 경우보다는 작가가 작중현실에 끼어들어 작중인물과 독자의 수용 사이를 중개할 수 있다는 점은 소설양식상의 어느 한 계선을 보여준다. 이는 작중인물로부터 독자가 직접 받는 영향, 즉 감정이입(感情移入) 작용으로 말미암아 멜러드라마가 되는 것을 방지하기 위한 창작방법이라고 보아야 할 것이다. P. 브룩스는 "멜러드라마의 특성은 극단적인 대립과 감정이입을 통한 비판적인 거리의 상실"이라는 점을 지적하고 있다.[39] 이러한 논의는 독서의 방법에 연관되는 미학의 과제가 된다.

정주사가 미두를 통하여 중농계층에서 미두꾼으로 타락하는 과정은

---

38 채만식, "자작 안내", 『전집』 9, p. 519.
39 Peter Brooks, *Melodramatic Imagination*, Yale U. P., 1976, p. 21. 황국명은 앞의 논문에서 <탁류>의 성격을 '격정극'이라고 본다.

"미두를 시작하고 보니, 바로 맞는 때도 있고 빗맞는 때로 있으나, 바로 맞아 이문을 보는 돈은 먹고 사느라고 없어지고 빗맞을 때에는 살돈이 떨어져나가곤 하기 때문에 차차로 밑천이 졸아들었다."는 것이다. 이런 작가의 서술로 일관하는 경우라면 담론이 단일하게 될 것은 물론 독자가 텍스트내에 창조적으로 관여하기가 불가능해진다.

그러나 담론을 조직하는 방식을 달리하는 경우, 작가가 개입함으로써 해석의 공간은 더 확대된다. 즉 소설텍스트의 잉여자질을 증대시켜 주는 것이다. 이는 이질적(異質的)인 언어(言語)를 작가가 개입하여 통어한 결과이다. 작중에 개입되는 작가의 해석은 작가의 자기통어를 전제로 할 때라야 그 효과를 살릴 수 있다. 만일 작가가 독자와 함께 감정상 동일한 차원에서 움직임을 보인다면 작품은 멜로드라마화하지 않을 수 없게 된다. 작가의 자기통제가 적절히 유지되어야 한다. 그러한 자기통어를 할 수 있는 작가만이 지적인 작가가 할 수 있다.

> 그래서, <u>제주말(濟州馬)이 제 갈기를 뜯어먹는다</u>는 푼수로, 이태 동안에 정주사의 본전 삼백 원은 스실사실 다 받아버리고 말았다. 그러나 삼백 원 밑천을 가지고 이태 동안이나 갉아먹고 살아온 것은 헤펐다느니보다도, 오히려 정주사의 담보 작고 큰돈 탐내지 못하는 규모 덕이라 할 것이었었겠다.
>
> (2-17)

작가의 자기통어가 이루어짐으로써 위 인용은 의미를 띤다. 일본인들이 식민지 곡물 수탈의 합법화를 위해 벌이고 있는 노름판에 끼어들어 돈푼이나 있는 것을 다 날리는 정주사를 그대로 비웃거나 매도할 수 없는 이유는 그러한 행동의 원인이 정주사 개인에게만 있는 것이 아니기 때문이다. 그러한 공감을 위해 밑줄 친 부분처럼 속담(俗談)을 이용한다. 속담은 언중들 사이의 합의가 이루어진 담론의 형태이기 때문에 의미상의 공의에 도달하기가 쉽다. 그런 다음에 굵은 글자로 된 구절에서 볼 수 있는 것처럼 아이러니로 전환하여 작중인물의 심리적인 중개현상을 담론의 차원에서 드러낼 수 있게 된다. 이는 작가가 여러 목소리를 텍스트 안에서 서로 반향을 일으키게 조절한 결과인데 '푼수로', '스실사실 다 받아버리고 말았다', '갚아먹고 살아온 것' 등에는 본래의 의미 이외의 다른 어조(語調)가 실려 있다. 그리고 '규모 덕' 같은 서술의 경우는 '담보 작고 큰 돈 탐내지 못하는'의 속성을 부정하는 모순어법적인 표현으로 아이러니를 이룬다. 이는 정주사의 심리를 드러내는 담론의 형태이다. 정주사의 심리가 중개되어 있다는 것은 주목을 요한다. 행동의 표준이 남에게 있는 것인데 이러한 양상은 양가성(兩價性)의 담론 특성으로 설명할 수 있을 것이다.

(2) 심리적 중개현상

정주사의 인물이 "담보 작고 큰 돈 탐내지 못하는" 그런 위인이라고 해서 미두(米豆)판에서 돈을 벌 수 없다는 논리는 성립되지 않는다. 미두가 정당한 경제적 장치가 아니기 때문에 오히려 정주사의 성격적 결함이 당대의 모순구조를 드러내는 지표 역할로 전환된다. 그것은 식민지 치하에서 자본의 형성을 제도적으로 방지함은 물론 민족자본의 수탈을 위한 책략으로 조작한 구조적 장치이기 때문에 어떠한 개인도 거기 맞서 나갈 수는 없게 되어 있다. 고태수와 장형보가 손을 대는 미두나 수형할인(手形割引)은 거대한 노름판인 것이다. 그러한 노름판에서 정주사는 '투기'의 심리가 발동한다.

> 그러나 수가 있을 턱이 없고, 그럭저럭 장은 파하게 되어오고, 초조한 끝에 '에라 살판이다.'고, 전에 하던 버릇을 다시 내어, 그야말로 올가미 없는 개장수를 한번 하겠던 것이 계란에도 뼈가 있더라고 고놈 꼭 생기게만 된 후장이절(後場二節)의 대판시세가, 옛다 보아란 듯이 달칵 떨어져서, 필경은 그 흉악한 봉욕을 다 보게까지 되었던 것이다. (2-18)

도박판에서 돈을 잃은 자의 심리는 자기변명(自己辨明)과 자조(自嘲)가 복합적으로 드러나게 마련이다. 다음 예에서 그러한 심리의 실상을 볼 수 있다.

> 정주사는 마침 만조가 되어 축제 밑에서 늠실거리는 강물을 내려다본다. 그는, 죽지만 않을 테라며 시방 그대로 두루마기를 둘러쓰고 풍덩 물로 뛰어들어, 자살이라도 해보고 싶은 마음이다. (2-18)

자살충동을 자기변명으로 미리 막아놓고 '마음 속에서만' 의욕을 가져보는 것, 이는 개인과 환경의 상호소통 통로가 폐쇄되어 있는 현실의 구조를 드러내는 것이라 할 수 있다. 이러한 허위의식은 식민지 경제수탈이 간접적으로 만들어 주입한 허위의식이고 그러한 허위의식을 바탕에 깔고 있는 노름꾼들의 심리이다. 나아가서 당시 사람들의 심리를 지배하는 하나의 '풍도'가 되어버린 것이다. 그 풍도에 휩쓸려 봉욕을 당한 정주사의 중개된 심리가 잘 나타난다. 즉, 자살을 결단하는 것이 아니라 자살해 보고 싶은 충동이 '죽지만 않을 테라며' 하는 전제가 묵인되기를 바라는 것이다. 이는 자기변명으로 드러나는 의존심리의 양상이다. 이러한 의타심리(依他心理)는 정주사가 고태수를 사위감으로 결정하는 데서도 동일한 구조로 작용한다. 한참봉의 마누라가 고태수를 소개하고, 또 그의 아내의 의향을 듣고서도 고태수에 대한 이미지는 확실한 것이 아니었는데, "정주사는 머릿속에서 조화를 부리기 시작한 태수의 영상은, 그가 '전문대학'을 졸업했다는 데 이르러서 비로소 선명해진다. 다시 정주사한테 장사 밑천을 대준다는 데서 완전히 미화되어 버렸었다."(2-133)는 데에 이르러 강화를 거듭하는 점을 볼 수 있다. 초봉의 성격적 단순성이 정주사를 더욱 부추기는 것이지만, 정주사는 '학력'과 '장사밑천=돈'에 중개되어 고태수를 사위감으로 승인하는 것이다. 그러나 결국은 헛소문으로 판명되는 '학력'이 정자 자가가 비판하고 있는 식민지교육(植民地教育)의 한 양상이라면,

현실 파악의 능력이 없는 정주사의 몰지각한 행동이 악순환되는 셈이다.
이는 돈과 관련하여서도 같은 설명이 가능하다. 경제적인 구조가 자신의
삶을 망친 것이라는 점을 깨닫지 못하는 정주사는 딸의 행복이나 운명 같
은 것보다는 목전의 금전에 자신의 의지를 내맡긴다. 정주사의 의타적이
고 폐쇄된 의식은 춘향에게 있어서의 이도령과 같은 위치로 사위감을 밀
어 올려놓는 것으로 패러디화 된다. 해당부분을 판소리 사설과 비교해 보
기로 한다.

> 그[정주사-인용재]는 이 혼인을 하기로 마음에 작정을 하고 나서는, 한번
> 돌이켜, 마치 시관(試官)이 주필을 들고 끓듯이 사윗감인 태수를 끓는다. 자자
> 에 관주다. (2-133)

> 용지연에 먹을 갈고 감음에 붓을 풀어 왕희지의 필법으로 조맹부 체격이
> 라. 일필휘지 지여 내여 일천에 선장허니, 상시광이 글을 보고 귀귀마다 관
> 주라.[40]

상대방의 위치를 자신이 도달하기 어려운 단계로 상승시켜 놓고 거기
에 자신을 종속시키려는 비굴함은[41] 미두에 실패하여 경제적인 궁핍을 당
하는 개인의 불행 차원을 넘어 당시 사회의 구조적인 문제라는 시각에서
파악되어야 할 것이다. 그러한 심리적 의타심은 심리적 중개현상으로 나
타난다. 즉 사위를 이도령에게, 자신은 과거장의 시험관으로 위치를 전환
시켜 놓는다. 작중인물의 위치전환이 이 인물의 풍자성을 보여주는 요인
이 되기도 한다. 이러한 텍스트연관성은 <秋月色>이라든지 여타 신소설
작품과도 관계가 있다. 채만식이 신소설로부터 받은 영향이라든지 하는
것은 다시 검토가 돼야 할 것이다. 요컨대 작가는 작중인물의 심리를 드
러냄에 있어서 또 다른 언어적인 텍스트인 고전소설과 텍스트연관성을 만

---

40 <판소리춘향가>, 『판소리 다섯마당』, 한국브리태니커회사, 1982, pp. 61-62.
41 정문길, 『소외론연구』, 문학과지성사, 1979, pp. 211-12.

들어냄으로써 작중인물과 현실의 대응보다는 소설내적인 텍스트연관성을 강화하고 있다는 점이다. 이는 지라르식으로 말하자면 텍스트를 조정하는 가운데 외적중개현상을 드러내는 것이라 할 수 있다.

개인이 경제적인 몰락은 개인의 삶의 자리를 상실하게 하는 것은 물론 심리까지 자발성을 상실하고 의타적인 인간이 되게 한다. 정주사의 경우 일차적으로는 아내에게 생계를 기대고 있는 것이며, 이차적으로는 딸 초봉에게 의지함으로써 초봉으로 하여금 기존의 보수적인 가족관념을 버리지 못하고 스스로를 희생양(犧牲羊)이 되도록 한다. 그것은 정주사에게 일관되는 면인데, 쌀장사 한참봉에게 의존하는 것이라든지, 고태수가 주겠다는 장사밑천 때문에 결혼을 결정하는 것 등이 그 명확한 증거이다. 이러한 타락은 담론의 양상에서도 구조적인 동질성을 드러낸다. 정주사의 인습적인 사고유형, 즉 담론의 특성이 다른 작중인물들에 의해 모방되기 때문이다. 즉 담론이 중개현상을 보여주는 것이다. 초봉이 비극적인 희생양이 되는 것은 부친 정주사의 심리를 그대로 복사한 때문이다. 이는 타인지향적인 심리이고 다른 대상과 지적인 혹은 논리적인 대결을 포기한 자기수렴적인 사고이다.

이러한 타인지향적인 심리는 계봉에게서도 나타난다. 계봉이 박제호의 첩이 되었다가 다시 장형보와 원치않는 생활을 꾸리고 있는 언니에게 의존하는 것이 그러한 예이다. 이는 초봉에게는 다시 인습적인 사고와 연관되어 자식에 대한 본능적인 애정이 본인의 희생을 초래하는 원인이 된다. 그러한 의미에서 초봉의 성격을 지배하는 것은 부모에 대한 효성이 아니라 인습적 사고(因襲的 思考)요, 운명론(運命論)으로 보아야 할 것이다. 운명론이기 때문에 비극적 비전이 성립되지 않는다는 점은 이미 앞에서 설명한 바이다. 이처럼 개인의 윤리적 타락은 심리적인 중개현상으로 드러나고, 담론의 측면에서는 현실적인 담론과 소설적인 담론층위의 중개현상으로 나타난다.

5 교육적 담론의 이중적 성격

(1) 교육의 담론 차원

장편소설은 일반적으로 여러 갈래의 이야기가닥으로 짜여지게 마련이다.
<탁류>의 여러 이야기가닥 가운데 남승재를 중심으로 하는 이야기가닥은
교육과 연관되는 것이다. 자기성장과 남을 교육하는 과정을 중요한 이야기
가닥으로 삼음으로써 <탁류>는 교육소설적인 면모를 지니게 한다.[42]

개인이 자기성장을 도모하는 경우, 그것이 자기 스스로의 터득인가 남
에 의한 깨우침인가 하는 데 따라 담론주체의 자발성 여부가 결정되고,
그에 따라 담론의 양상이 달라진다. 또한 남을 가르친다는 것은 가르치는
주체가 담론의 주체가 되어 소설외적인 담론을 이끌어 들이는 행위가 이
루어지는 가운데, 담론주체의 시각이 드러날 것이 예상된다는 점에서 중
요성을 띤다.

장편소설은 시대의 연대기이면서 개인의 전기라는 점에서 개인의 성장
이 다루어질 수 있는 가능성은 늘 있다. 장편소설은 서사시의 자손답게 成
長小說의 면모를 갖게 되는 경우가 있다.[43] 성장소설(成長小說)은 교육소
설(Erzihungroman), 교양소설(Bildungsroman), 통과제의소설(initiation
story) 등 여러 용어를 포괄할 수 있는 개념이다. 각각의 용어는 섬세한
정의를 요하는 것이기는 하지만 여기서는 개인의 의식이 사회적인 의식을
형성해 가는 과정이 드러난다는 점, 그러한 과정을 소설의 요소로 포함하
고 있다는 점에서 성장소설적인 면모를 보이는 것으로 확인된다. 현재 상
태에서 과거에 어떻게 성장을 했다든지 어떠한 경험을 통해 깨달음을 얻
었다든지 하는 것보다는 개인의 성장에 충분한 시간이 주어지고 그 시간
의 전개 속에서 개인의 성장이 이루어지는 과정을 다루었다는 점에서 성

---

42 우한용, "<탁류>의 문학교육적 해석", 『선청어문』 제19집, 서울대 사대국어과, 1991.
   12, pp. 50-75.
43 김윤식, "교양소설의 본질", 『한국현대소설비판』, 일지사, 1981, pp. 276-90.

장소설의 성격을 충족시켜 주는 것이다. 개인의 성장은 대체로 사랑의 개
달음을 동반하는데 남승재의 경우, 정초봉과 사랑의 실패를 체험하고 정
계봉과 사랑이 이루어지는 가운데, 사회 혹은 세계 현실에 대한 개달음을
얻게 된다. 이는 작중인물의 한 사람이 교육소설의 특성을 보인다는 것인
지 소설의 양식 자체가 그렇다는 것은 아니다. <탁류>가 교육론적으로
해석될 수 있는 것은 이러한 점 때문이다. 교육적인 담론은 주체의 가르치
고 배운다는 특성 때문에 이중적인 성격을 지닌다고 볼 수 있다.

(2) 주체와 매개인물

소설에서 어떤 인물의 개인적인 성장을 다루기 위해서는 그 개인의 성
장을 도와주는 매개적 인물(媒介的 人物), 즉 주인공으로 하여금 어떠한 수
준의 인식에 도달하기 위한 계기를 마련해 주는 인물이 필요하다. 또한
교육소설은 교양소설과 마찬가지로 개인과 사회의 통합을 지향하는 '정신'
의 성장을 다루게 된다. 이는 개인과 환경의 교호작용을 통해 성장하는
개인을 그림으로써 대상의 총체성을 포착하고자 하는 것이 장편소설의 한
규칙이기 때문이다. 그렇기 때문에 "진정하지 못한 세계에서 훼손된 방식
으로 진정한 가치를 추구하는 이야기인 소설은 개인의 전기이며 동시에
사회 연대기가 된다."는 것이다.44 <탁류>에서 남승재의 정신적인 성장은
여러 인물의 매개작용을 입은 결과로 이루어진다. 계봉이가 그러한 역할
을 하는 인물 가운데 하나이다. 남승재가 세계인식(世界認識;현실인식)을 갖
춰 가는 과정을 하나의 이야기가닥으로 설정할 수 있고 그 가닥은 '성장
소설적인 요소'를 보여준다.45 우선 남승재의 성장측면을 살펴보기로 한다.

남승재는 가난하고 고아로 자라난 인물이다. "본시 서울 태생이었고,

---

44 L. Goldmann, *Towards a Sociology of the Novel*, Tavistock Pub., 1975, p. 4.
45 이는 <탁류>가 성장소설이라는 뜻이라기보다는 남승재를 중심으로 볼 경우 성장소
   설적인 성격을 지닌다는 지적이다. <탁류> 전체를 성장소설로 분석하고자 하는 것이
   아니라 남승재와 연관된 논의를 성장소설적 측면에 국한시키려는 것이다.

다섯 살에 고아가 된 것을 그의 외가 편으로 일가가 된다면 되고 안된다
면 안 되는 어떤 개업의(開業醫)가 마지못해 거두어 길렀다. [……]그 의사
는 반은 동정심에서 반은 어떻게 되나 하는 호기심에서 승재를 보통학교
부터 중학교까지 졸업시켰다."(63) 중학을 졸업한 후에는 주인의 조수로
의사시험 준비를 하던 중 주인이 죽게 된다. 죽은 주인의 소개로 군산의
금호의원에 일하게 되었다는 것이 그의 내력이다. 입지전적인 인물이 되
기 위한 조건을 갖춘 셈이다. 그리고 인식이 트일 만큼의 성장도 보인다.
소설내적인 활동 시기는 자신의 성장 과정에서 받은 은혜를 되돌려 주는,
사회봉사를 하는 시기에 해당한다.

　고아로 자란 인물이 사회에 대해 갖는 의식은 정상적인 가정에서 성장
한 인물의 경우와 달리 독특한 면을 보여준다. 이광수처럼 시혜적(施惠的)
인 의식을 보여주게 되는데, 그것은 남에게 은혜를 받았고 그것을 갚아야
한다는 심리내면의 억압으로 작용한다. 이러한 시혜의식이 시대적인 보편
성을 띨 때 작품은 공감을 획득한다. 이러한 의식은 자아각성의 단계에
이르기까지는 세상을 선의로 바라보는 단일한 시각을 갖게 된다. 작중인
물의 시혜적인 의식이 텍스트에 담론으로 실현된 야상은 다음과 같다.

　　월급 사십 원을 받아서 그중 십원은 그렇게 [동네 병자들은 무료로 치료
　해 주기 위해-인용자] 스고, 이십 원은 책값으로 쓰고, 나머지 십원을 가지
　고 방세 사 원과 한 달 동안 제 용돈으로 쓴다. 용돈이라야, 쓴 막걸리 한잔
　사먹는 법 없고 담배도 피울 줄 모르고, 내의도 제 손으로 주물러 입으니까,
　목간 값이나 이발 값이 고작이요, 그래서 처지는 놈은 책값으로 넘어가지 않
　으면, 요새 몇 달째는 초봉이네 집에 방세를 미리 들여보내느라고 새어버린
　다. 이렇듯 그는 가난하던 것이다.
　　그러나 그렇지만 가난 이외의 것을 모르니까, 그는 태평이다. 그는 제가
　의사시험에 패스가 되어 의사면허를 얻게 될 것을 유유히 믿는다. 자연과학
　의 힘을 믿는다. 그리고 가난한 사람들의 병을 낫게 해주어 성한 사람이 되
　게 하는 것을 재미있어 한다. 해서 근심도 초조도 없다. (2-65)

남승재의 성격을 작가가 단일한 시각(視角)에서 다루고 있다는 것을 확인하게 된다. 고딕으로 된 부분은 남승재의 성격과 서술방식이 내적인 구조적 동일성을 보여주는 예이다. 이러한 단일 시각적 서술이 복잡한 성격을 드러낸다거나 자본주의적인 속성을 구현하는 인물의 성격을 드러내는 담론으로 활용된 경우는 작중인물에 대한 풍자로 나아가게 된다는 것은 자연스런 귀결이다. 훼손된 인물을 그림에 있어서 작가의 시각이 개입되지 않는 경우라면 작가의 의식이 약화된 양상을 노출하는 역할을 하게 된다.

가난하지만 자신의 독학(獨學)으로 '의사면허'를 얻을 수 있는 실력에 대한 믿음이라든지, '자연과학의 힘을 믿는다'든지, 또는 자기 돈을 들여 병든 사람을 치료해 주는 것을 무상의 낙으로 아는 인물을 서술하는 작가의 시각은 단일하다. 작가가 이 인물을 대하는 태도가 담론의 방식을 통해 드러나는 데에 주의를 기울일 필요가 있는 이유는 작가가 설정한 긍정적인 인물이라는 단순한 이유만으로 해명되지 않는다. 시혜적 인물이고 자연과학의 힘을 믿는 인물의 심리는 훼손되지 않은 인간의 원형을 보여주는 것이라는 점과 담론의 양상 사이에 상관관계를 설정할 수 있다는 점이 중요하다. 앞에서 본 대로 "타락한 세계에서 훼손된 방식으로 진정한 가치를 추구하는 인물의 이야기"로 규정되는 소설의 요건에 비긴다면 남승재의 경우는 '타락한 세계'라는 한 항목만이 소설적이다. 타락(墮落)한 방식(方式)을 모르는 인물이다.

그렇기 때문에 다른 인물을 서술할 경우에는 '인간기념물'이니 '말대가리'니 혹은 '내보살 외야차' 하는 식으로 야유의 대상으로 삼고 있지만 남승재에 관해서는 그러한 시각이 드러나지 않는다. 뿐만 아니라 자신의 주관적 판단을 상실하고 다른 인물에 대해 끊임없이 곁눈질을 하는 모방심리(模倣心理)를 드러내지도 않는다. 끝가지 단일한 시각으로 인물의 순수의지에 점수를 주면서 서술해 나간다. 여기에서 인물의 성격과 담론의 양상은 일치하게 된다는 점이 확인된다.

"지나오던 자취에 일변 단순함이 없지 않은" 승재의 현실파악(現實把握)

도 단순하기 짝이 없다. 세상이라는 것을 볼 기회가 없었고, "인간 감정의 복잡한 갈등이나 생활과의 심각한 단판씨름" 같은 것을 겪지 못했고 구경의 기회도 없었다. 단지 병원에 근무하는 덕으로 "병이라는 것이 인생의 큰 불행임을 알았다. 단지 그것뿐이었다. 그러므로, 그의 인생이라는 것은 서로 아무런 상관이 없이 하나하나 떨어진, 그리고 생리적인 인생을 의미한 것이었었다."(116) 이처럼 남승재가 파악하고 있는 인생이라는 것은 전체(全體)의 의미구조(意味構造)에 싸이지 못할 뿐만 아니라 세계의 객관적인 파악이 차단된 상태이다. 이러한 인물이 전체성을 획득하고 생리적 차원에서 객관성을 지향하는 인물로 변화 발전하는 것이 성장소설적인 면모라 할 수 있다. 교육적 담론의 단순성은 작가가 작중인물에 부여하는 가치가 소설외적으로 조정된 결과라 할 수 있다.

이렇게 단순한 성격의 남승재가, 나름대로 현실인식을 가질 수 있게 되는 것은 타자(他者)의 시각(視角)을 수용함으로써 가능해진다. 자식을 죽이게 되는 것이 무지의 탓이라는 현실을 발견하게 된다. 이는 남의 삶을 자신의 체험으로 전환하는 데서 그러한 계기는 마련된다. "결과야 물론 자식을 죽이고 살리고 하는 것을 좌우하게 되지마는, 그야 무지한 탓이지, 범연해서 그런 것은 아니다. 그러고 보니 가난과 한가지로 무지도 그 사람들을 불행하게 하는 큰 원인이요, 그래서 그 사람들에게는 양식과 동시에 지식도 적절히 필요하다."(116)는 점을 깨닫는 것은 병든 아이를 과학적인 치료를 하지 못해 죽이는 부모를 보는 경험을 통해서이다. 즉 가난한 이들의 삶이라는 것이 진상이 어떠하다는 것을 보는 체험(體驗)이 남승재로 하여금 깨달음을 얻는 계기가 돼 준다. 이 부근의 담론이 매개되지 않은 채 단일논리적이라는 것은 앞에서와 마찬가지이다. 이는 인물의 성격과 담론의 일치 혹은 상관성을 드러내는 또 다른 예이다.

가난한 이들의 삶에 대해서는 남승재가 직접 대면하여 경험함으로써 깨닫는 데 비해 사회적 경제적인 구조에 대한 깨달음은 '남'을 매개로 해서만 가능하다. 그의 성장 과정이나 환경(環境)이 그런 경험을 제공하지 못하기 때문이다. 남승재의 인식 확대에 하나의 준거 역할을 하는 인물 가운데 가장 중요한 몫은 계봉이 맡는다.

남승재가 계봉에게서 가난의 원인이 '분배의 불공평' 때문이라는 것을 듣고나서 보이는 반응은 다음과 같다. 즉 남승재가 자선병원을 하는 이유 는 "세상의 인간이 통째루 간난병이 든 것 같아! 그놈 가난병 때문에 모 두 환장들을 해서 사방에 더러운 농이 질질 흐르구" 하는 세상을 구제하 기 위한 것이다. 남승재가 파악한 것은 세상이 가난병이 들었다는 현상적 진단이다. 거기 대해 계봉은 다소 시각이 다양하다. 계봉이 제시하는 가난 의 원인과 남승재의 반응을 인용해 보기로 한다.

> "부자루 사는 건 몰라두 시방 가난한 사람네가 그닥지 가난하던 않을 텐 데 분배가 공평틸 않아서 그렇다우."
> "분배? 분배가 공평틸 않다구?"
> 승재는 그 말의 촉감이 선뜻 그럴싸하니 감칠맛이 있어서 연신 고개를 까 웃까웃 입으루 거푸 본다. 그러나 지금의 승재로는 책의 표제만 보는 것 같 아 그 놈이 가진 매력이 잔뜩 당겨도 읽지 않은 책인지라 그 표제에 알맞은 내용을 오붓이 한 입에 삼키기 좋도록 알아내는 수가 없었다. 사전에서 떨어 져나온 몇 장의 책장처럼 서두도 없고 빈약한 '분배론'은 승재를 입맛이나 나게 했지 머리로 들어간 것은 없고 혼란만 했다. (2-419-20)

작가는 승재가 아직까지 현실인식의 일정 수준에 도달하지 못한 것을 비유(比喩)로써 서술하고 있다. 계봉이 제시하는 빈곤의 원인과 실상이 '읽 지 않은 책의 표제'라든지 '사전에서 떨어져나온 몇 장의 책장처럼 서두도 없고 빈약한 분배론' 같다는 비유는 남승재의 인식 단계를 보여줄 뿐만 아니라, 남승재가 독학으로 의사면허를 따려는 학구파라는 것을 알고 있 는 독자에게는 남승재 다운 인식이라는 것을 인정하게 해준다는 점에서 의미를 더욱 풍부하게 해 준다. 이는 자기교육(自己敎育)에 성실한 인물의 속성을 담론을 통해 드러내는 방식이다. 아직은 승재가 계봉과 동일한 기호체계 안에 있는 것이라 할 수 있다. 남승재에 대한 서술이 단일논리적으로 계속되다가 작가의 비평을 삽입함으로서 두 사람의 기호체계의 조정이 필요함을 암시한다. 이 또한 작가의 주관적인 관여의 한 양상이다.

남승재의 사회화 혹은 사회에 대한 의식의 발달은 다시 계봉에 의해 이루어지는데, 여기서는 계봉의 담론이 남승재의 그것과 다른 차원이기 때문에 가능하다. 기호체계 혹은 담론 체계의 혼류가 이루어진다. 장형보가 초봉이를 못살게 군다는 이야기를 들은 남승재의 눈물을 흘리기까지 하면서 "그런 놈은 마구 죽여 놓아야 한다구" 흥분한다. 거기 대한 계봉의 답변과, 승재의 반응은 이러하다.

> "그래두 육법전서가 다아 보호를 해 주잖우? 생명을 보호해 주구, 또 재산도 보호해 주구 수형법(手形法)? 이라다냐 그런 게 있어서, 고리대금을 해 먹두룩 마련이구 머, 당당한 시민인 걸! 천하 악당이라두"
> 승재는 두 팔을 탁자 위에 세워 턱을 괴고 앉아서 앞을 끄윽 바라다본다. 얼굴은 골똘한 생각에 잠겨, 양미간으로 주름살이 세 개 굵다랗게 팬다.
> 육법전서가 보호를 해 준다고 한 계봉이의 그 말이 방금 승재한테 신선한 자극을 주었던 것이다. 그것이 바로 라 마르세유처럼 분명하진 못해도 마치 박하(薄荷)를 들이켠 것 같아 아플이만큼 시원했다. (2-427)

계봉에게는 천하 악당으로 인식되는 장형보 같은 인물이 살아갈 수 있는 근거는 당시 식민통치하의 법이라는 것이 그러한 삶을 제도적(制度的)으로 보장(保障)해 주기 때문이다. 이는 개인의 삶이 근거를 두고 있는 법 자체가 잘못되었다는 지적에 다를 바가 없다. 그 잘못된 법을 고치기 위해서는, 즉 당시 식민치하의 훼손되고 음모로 가득한 살인적 현실을 개혁하기 위해서는 '불란서 시민혁명' 같은 혁명이 있어야만 한다는 것을 남승재의 의식을 통해 암시하고 있다. 그러니까 위의 문단은 이중적인 의미를 지닌다. 일차적으로 '악'의 현실적인 존재를 인정한 셈이다. 그러한 인정은 남승재에 의해 확인된다. 그리고 그러한 악의 존재를 비웃는 일은 계봉의 시선을 통해 수행된다. 악의 근원을 제거하려는 의지는 작가의 간접적인 서술을 통해 드러난다. 서술 층위의 이러한 변조는 풍자를 극소화하는 방식으로 이용된 것이다. 풍자가 직설로 나아가지 못하는 이유는 소설외적인 텍스트와 연관 지어 설명되어야 할 것이다. 이는 식민치하 정세의 열악성이 인물의 의식을 제한하고 소설구조를 변조한 예라 할 수 있다.

이제까지는 남을 매개로 해서 이루어지는 남승재의 현실인식 과정이 담론의 양상과 어떻게 연관되는가 하는 점을 보았다. 승재의 현실인식이 구체적으로 자리 잡고 범위를 확장하는 데는 또 다른 시각이 필요하다. 그것은 부모들이 색주가에 팔아넘긴 명님이란 소녀를 구제하려는 노력을 하는 가운데 이루어진다. 색주가에 팔려간 명님이를 돌려 달라는 부탁을 하기 위해 팔려간 돈 일부를 마련해 갔다가, 그 집 주인으로부터, 아이를 데려다가 부모에게 돌려주어도 먹일 것이 없어 굶기는 것은 물론 도로 팔아먹는다는 이야기를 듣는다. 승재는 일하기 싫어서가 아니라 벌이가 없어서 놀거나 병들어서 일할 수 없는 이들의 삶을 익히 보아온 터라, '인간적인 기준'이라고 하는 불쌍한 사람의 구제(救濟)와 '사실'이라고 하는 현실(現實) 사이에서 갈등을 느낀다. 승재의 소위 '인간의 기준'은 "남이 마련한 결론의 모방"이요 "우상"이며 "무지"에 속하는 것으로 작가에 의해 비판된다. 그 결과 색주가 주인으로부터 받는 질문에 답을 하지 못한다. 이는 담론의 기호론적인 층위가 다른 담론과 맞닿음으로써 이루어지는 텍스트연관성의 한 양상이다.

　　"말두 마시우!"
　　주인여자는 결을 내어 떠든 것이 점직했던지 헤벌씸 웃으면서 뒤로 물러앉는다.
　　"다아 몹쓸 것들두 없잖어 있어 호강하자구 딸자식을 논다니루 내놓는 년놈두 있구, 애편을 하느라고 청루나 술집에다 팔아먹는 수두 있긴 합니다마는, 그래두 열에 아홉은 같이 앉어 굶다 못해 그짓입넨다. 나는 이런 장사를 여러 해 한 덕에 그 속루는 뚫어지게 알구 있다우. 배고픈 호랭이가 원님

을 알아보나요? 굶어죽기 아니면 도둑질인데……아 참 여보시우, 그래 당신
님 생각에는 이런 데 와 있느니 도둑질이 낫다구 생각하시우?" (2-380)

'굶어죽기 아니면 도둑질'이라는 양자택일이 강요되는 극한상황(極限狀
況), 정당한 방법으로는 목숨을 부지할 수 없는 현실에 대한 깨달음이 생
기는 계기이다. 분배가 잘못되어 있어서 사람들이 가난하게 산다는 것은
작가의 서술대로 '읽지 않은 책의 제호'거나 '사전에서 떨어져 나온 몇 장'
에 불과한 추상적인 것이다. 식민통치를 통해 경제적인 수탈을 자행하면
서 결국은 사람들의 심성을 황폐화시킨 그 결과가 현실로 어떻게 환원되
는가 하는 점이 이 색주가 주인의 입을 빌어 잘 드러나 있다. 이러한 현
실을 남승재가 알게 되는 것은 자기교육이 사회와 연관된다는 점을 읽을
수 있도록 해 주는 면이기도 하다. 그러나 남승재는 앞으로 전개될 역사
(歷史)의 진로(進路)를 확정할 수 없기 때문에 인식의 한계에 부딪친다. 그
한계는 만신창이가 된 초봉에게 감옥에나 다녀오라 하는 권고에서 분명해
진다. 당시 사회를 규제하는 법률이라는 것이 식민지 치하의 왜곡된 법률
이라는 데까지 인식이 미치지 못하는 것이다. 이는 인물과 환경의 통합이
라는 소설의 기본적인 논리를 수용하지 못한 것이라 할 수 있다. 그런 의
미에서 다음과 같은 지적은 타당하다.

> 채만식의 소설은 주인공의 개성에는 극히 불투명하고, 그 대신 시대적 일
> 상적 삶으로서의 디테일의 우위를 적절한 한계 이상으로 드러내고 있다. 인
> 물과 시대적 삶으로서의 환경세계와의 유기적 결합, 소위 구조화의 틀을 통
> 일해 보이지는 못한다.46

남승재를 중심으로 보았을 경우, 자신에 대한 깨달음의 과정이 진척되
면서 다른 사람들에 대한 헌신적 교육의 의지가 약화된다는 점에서, 교육
소설적인 이중성이 드러난다. 남승재에게 있어서 남을 가르치는 일은 자

---

46 김윤식, "소설의 형식과 극 형식", 『한국근대소설사연구』, 을유문화사, 1986, p. 381.

기실현의 한 수단이다. 그러나 그 교육환경과 교육의 효과에 대한 의심이 한편 상존한다는 점에서는 문제적인 상황인식을 보여주는 것이라 할 수 있다. 야학에 대한 회의가 생기는 과정에서 승재의 현실인식과 함께 시대에 대한 인식이 드러나기도 하는데, 그 양상은 다음과 같다.

> 야학이라는 건 작년 늦은 봄부터 개복동가 둔뱀이의 몇몇 사람이 발론을 해가지고 S여학교의 교실을 오후와 밤에만 빌어서, 낮으로 일을 다닌다거나 놀면서도 보통학교에 다니지 못하는 아이들 모아놓고 '기역 니은'이며 '일이 삼사'며 '아이우에오' 같은 것이라도 가르치자고 시작을 한 것인데, 마침 발기 한 사람 축에 승재와 안면 있는 사람이 있어서, 승재더러 매일 산술 한 시간씩만 보아 달라고 청을 했었다.
> 승재는 그때만 해도 계몽이라면 덮어놓고 큰 수가 나는 줄만 여길 적이라 첫마디에 승낙을 했고, 이내 일 년 넘겨 매일 꾸준히 시간을 보아주어는 왔었다. (2-363-64)

위의 인용에 드러나는 것과 같은 시혜적 방식이 계몽이 비판의 대상이 됨은 당연하다.[47] 계몽이 세계인식으로 나아가지 못하고 맹목적 정열로 일관하거나, 도시 인텔리들이 농촌에 이주해 들어가 벌이는 계몽은 한계를 드러낸다. 우리 소설사에서 1930년대 농촌계몽운동의 한계에 대한 지적은 여러 논자들에게서 볼 수 있다. 여기서는 그러한 논의보다는 남승재의 교육활동이 전개되는 과정에서 남승재의 의욕과 의식을 나타내는 담론은 어떠한 구조를 보여주는가 하는 점이 우선 검토돼야 한다. 앞의 인용에서 본 바 마찬가지로 무작정의 정열로 출발했고, 열성을 보인 야학이지만 곧 그 야학에 대한 회의가 생긴다. 이는 작중인물의 시각과 연관되는 점이다.

> 새삼스럽게 모두 한심했다. 하기야 승재가 처음에 그다지 와락 당겨하던 것은 어디로 가고 명색이나마 이 야학에 흥미를 잃은 것은 어제 오늘 일이 아니다. 작년 겨울부터서 그는 계몽이니 혹은 교육이니 한다지만, 어느 경우

---

47 전영태, "브나로드 운동의 문학사회적 의미", 『국어교육』 제38호, 1981 참조.

에는 절름발이를 만드는 짓이고, 보아야 사실상 이익보다 독을 끼쳐주는 게 아니냐고, 지극히 좁은 현실에서 얻은 협착스런 결론으로다가 막연한 회의를 하기 시작했었고, 그러기 때문에 야학 맡아보아주는 것도 신명이 떨어져서 도로 작파하고 싶은 생각이 없지 않았었다. (2-364-65)

'학문을 시킨다는 것은 흥미가 없었다'는 것인데 이는 단지 지식의 무력함이라는 시대현실의 실상을 드러내는 것과는 별다른 의미로 보아야 한다. 아이들에게 기초적인 지식을 가르치는 것을 넘어서서 '실용성'에 접근하지 못하는 지식의 한계에 대한 회의를 드러내는 것이다. 그런데 그 지식이 실용적이지 못한 경우 그것은 '아이들을 절름발이로 만들고, 이익보다는 독'이 된다는 깨달음이 있어서이다. 채만식소설의 양질부분으로 평가되는 식민지교육에 대한 비판을 여기서 읽을 수 있다. 인식의 진전이 개인적인 실천의 한계로 전환됨으로써 교육의 이중적인 성격을 보여주는 예가 되기도 한다.

(4) 식민지교육의 비판과 반성

식민지교육에 대한 비판이 <탁류>에 나타난 양상은 <레디 메이드 人生>에서 "면서기를 공급하고 순사를 공급하고 군청 공원을 공급하고 간이농업학교 출신의 농사개량기수를 공급"[48] 하는 식민지교육(植民地教育)에 대한 비판(批判)의 연장선상에 있는 것이다. 그러나 비판의 강도는 <레디 메이드 人生>보다 한결 약화된 감이 있다. 야학에 오는 아이들이 지식을 습득하는 것보다는 삶의 환경이 우선 개선되어야 한다는 실제의식의 성장을 거기서 볼 수 있다. 이는 이념차원의 교육이라는 것이 허위의식을 바탕에 깔고 있다는 비판으로 연결되는 것이기도 하다. 삶의 조건으로서는 이념보다 물적차원(物的次元)이 우선한다는 그러한 인식의 우회표현이라 할 수 있다. 야학에 나오는 아이들의 환경은 이렇게 묘사되어 있다.

---

48 『전집』 7, p. 53.

　　개개 지붕이 새고 토담벽이 무너진 오막살이요, 그나마 옹근 한 채가 아니고 방이 둘이면 두 가구, 셋이면 세 가구 갈라 산다. 방문을 열면 악취가 코를 찌르는 어두컴컴한 속에서 얼굴이 오이꽃같이 노오란 여인네의 북통같은 배가 누워 있기 아니면, 뜨는 누룩처럼 꺼멓게 부황이 난 사내가 쿨룩쿨룩 기침을 하고 앉았다. (2-365)

　이렇게 가난에 찌들린 환경을 개선(改善)하는 데에 남승재가 할 수 있는 일이란 여전히 자신의 주머니를 털어 넣는 그 이상은 나가지를 못한다. 이는 승재의 성격의 단순성 때문이기도 하고 세계인식의 정도가 그러한 데 머물러 있다는 증거가 되기도 한다. 이는 근본적으로 작가의 의식이 더 이상 진전될 수 없었다는 데에 그러한 의식의 노출 원인이 있기도 하다. 남승재의 갈등과 의욕의 상실은 교육만으로는 현실이 타개되지 않는다는 인식의 성장을 드러내는 것이다. 그러한 면에서 앞의 인용이 보여주는 묘사나 아래의 서술은 다른 작품과 연관성을 갖는 가운데 의미가 깊어진다고 할 수 있다.

　　승재는 모두 신산했지만, 더욱이 당장 굶고 앉았는 집을 찾아간 때면 차마 그대로 돌아서지를 못해, 지갑에 있는 대로 털어 놓곤 했다. 마침 지닌 것이 없으면 뒤로 돈원이라도 변통해 보내준다. 그뿐 아니라 온종일 굶고 있다가 추욱 처져가지고 명색 공부랍시고 하러 온 아이들한테 호떡이나 사서 먹이는 게 학과보다도 훨씬 더 요긴한 일과였었다. 그러느라 작년 가을 의사면허를 탔을 때 병원 주인이 사십원을 한목 올려주어 팔십원이나 받는 월급이 약품값으로 이십원 가량, 생활비로 십원 가량 들고는 그 나머지는 고스란히 그 구멍으로 빠져나가곤 했다. 그러나 전과 달라, 시방 와서는 그것을 기쁨과 만족으로 하지를 못하고, 하루하루 막막한 생각과 불안한 우울만 더해 갔다. (2-365-66)

　이러한 교육환경 혹은 사회환경(社會環境)의 열악성은 승재로 하여금 가난한 자의 '교양'이라는 것이 '허위의식'이라는 것을 감지하게 한다. 그것

은 초봉의 어머니 유씨가 무작정으로 지향하는 교육이라는 것에 대한 가
치의 부정이며 허위의식의 부정이다. 유씨의 교육에 대한 열망은 다음과
같이 왜곡되어 있다. 승재가 유씨와 같은 인물을 통해 비판을 수행했다면
그의 성격은 환경과 통일이 더욱 이루어졌을 것으로 판단된다. 개인의 가
치 실현과 신분 상승을 가능하게 해주는 교육이 그 내면에 사회의 왜곡현
상을 드러내고 있다는 점을 보여주는 예라는 점에서 다음 인용은 의미있
는 부분이다.

> 유씨는 걸핏하면 남편 정주사더러 공부는 많이 하고도 내 앞 하나를 가려
> 나가지 못한단 말이냐고 정가를 하곤 한다.
> 독서당(讀書堂)을 앉히고 십오 년이나 공부를 했다는 것이, 또 신학문(普通
> 學校卒業)까지 도저하게 하고도 오죽하면 한푼 생화 없이 눈 멀뚱멀뚱 뜨고
> 앉아서 처자식을 굶길까 보냐고, 의관을 했다면서 치마 두른 여편네만도 못
> 하다고, 늘 이렇게 오금을 박던 소리다. 그것이 단순한 어린애의 머리에 그
> 대로 소견이 되어, 우리 아버지는 공부를 했어도 '좋은 사람이 안되었다고'
> 그래서 돈도 못 벌고, 그러니까 공부를 잘 한다거나 좋은 사람이 된다거나
> 하는 것과 돈을 번다는 것과는 아무 상관도 없는 것이라고 병주는 알고 있
> 고, 그것밖에는 모르니까 그게 옳던 것이다. (2-353)

유씨의 교육열(敎育熱)은 유별난 데가 있는데, 남편에 대한 이러한 힐책
이 자식들의 교육으로 전이(轉移)된다. 초봉이가 받은 교육이라든지 계봉
의 교육 그리고 다른 아이들의 교육 등 유별난 교육열이다. 이는 내적으
로 식민지를 승인하는 그러한 세계파악으로 연결된다는 점에서 음미를 요
하는 항목이다. 이러한 의식에 대한 승재의 반감은 다음과 같은 데에 드
러나는 것처럼 당위적이다. 즉 승재의 반감은 다음과 같은 데에 드러나는
것처럼 당위적이다. 즉 승재에 대한 거부는 "딸자식 하나를 희생시켜 가
면서 생활을 도모하는" 것이고, 초봉으로서는 "친정돕기"가 되는 셈이다.
유씨를 비롯한 교육에 대한 잘못된 파악, 교양이라는 것이 당시 삶의 실

상이나 이상과는 거리가 있다는 깨달음은 <탁류>의 본질 부분이라 할
수 있다.

> 승재는 이 정주사네 명님이네와도 또 달라, 낡았으나마 명색 교양이 있다
> 는 사람으로 그따위 짓을 하는 것은 침을 배앝을 더러운 짓이라 했다. 그리
> 하여 마침내 그는 교양이라는 것에 대하여 환멸을 느끼기까지 했다. 가난한
> 사람은 교양이 있어도 그것이 그네들을 선량하게 해주는 것이 못되고, 도리
> 어 교양의 지혜를 이용하여 무지한 사람들보다도 더하게 간악한 짓을 하는
> 것이라 했다. (2-355)

승재의 교육에 대한 이러한 안팎의 깨달음은 승재를 중심으로 한 이야
기가닥이 성장소설의 측면을 보여주는 것이라는 결론에 도달하게 한다.
<탁류>가 세태소설이니 하는 폄하를 벗어날 수 있는 것은 이런 훼손된
세계에서 훼손되지 않은 방식으로 진정한 가치를 추구하는 인물의 설정으
로 가능해진다. 이러한 인물에 대한 담론이 단일논리적이라는 것은 그 자
체로 작품의 결점이 되지 않는다. 오히려 인물의 의식이 성장함에 따라
담론의 시각이 다중화된다는 점에서, 그리고 담론과 성격의 구조적 동질
성을 보여준다는 점에서, 그리고 담론과 성격의 구조적 동질성을 보여준
다는 점에서 작품의 리얼리티를 드러내는 데에 기능적이라고 해야 할 것
이다. 그리고 남승재의 의식이 단일한 데 비해 남승재의 상대역의 인물들
이 현실을 인식하는 데에 매개역을 한다는 점은 시각의 이중성이라는 점
에서 의미를 지니는 것이라 해야 할 것이다.

▌6▌ 텍스트연관성과 담론의 다성성

(1) 민중언어의 실상

연구사로 보면, <탁류>에 대한 논의는 통속성(通俗性)에서 출발했다고

해도 과언이 아니다. 통속성은 세태묘사와 연관된다.49 서구 소설의 출발 자체가 통속적인 맥락에서 이루어졌다는 지적도 있고, 우리 소설에 대한 관점이 어떠했는가 하는 데 대한 연구에서도 소설의 통속성에 대한 논의 는 이루어졌다.50 통속성과 '대중성'의 관계도 정확히 짚어져야 할 것이다. 문제는 <탁류>의 통속성이 작품의 전반적인 가치를 상실하게 하는 것처 럼 논의가 되는 점에 대한 반성이 필요하다는 데 있다. 통속성을 다시 짚 어 보아야 하는 이유는 통속성 그 자체를 옹호하기 위한 것이 아니다. 리 얼리즘의 창작방법에 매우 중요한 세태묘사(世態描寫)와 통속성(通俗性)이 연관된다는 점을 검토하여 <탁류>의 담론 특성을 드러내야 한다. 통속성 을 소재 차원에서 논의하는 논의 방식을 벗어나야 작품에 대한 정당한 평 가가 이루어질 수 있다.

소설에 통속성이 드러나는 경우는 몇 가지 국면이 있는데 우선 제재가 통속적인 것과 작가가 제재를 대하는 방식이 통속적인 것으로 나눠볼 수 있을 것이다. 제재 자체보다는 작가가 제재를 대하는 방식에서 담론의 특 성은 드러난다. 그러니까 담론 차원에서의 통속성 논의는 문학정신의 논 의에 연관된다.

<탁류>는 제재로 보아 우선 통속적인 이야기라 할 수 있다. 초봉이라 는 순진한 여성이 여러 남자를 거치는 동안 살인자가 되는 그러한 운명의 곡절을 다루고 있다는 점에서 그러하다. 또한 고태수의 여성편력이라든지 박제호의 행동 등이 통속성의 근원이다. 주로 인물과 인물의 관계 속에서 드러나는 특성이다. 박제호가 초봉을 대하는 태도는 다음과 같은 데서 볼 수 있는 것처럼, 처음부터 비윤리적(非倫理的)인 사건(事件)을 예측할 수 있 도록 해준다.

---

49 임화, "세태소설론", 『문학의 논리』, 학예사, 1940, p. 345. 김남천, "소화14년도, 산문 문학의 1년간", 『인문평론』, 1939. 12, p. 28. <탁류>가 순결한 지향성과 악취미적인 魔性과의 분열을 드러내었다는 점을 지적하고 있다.
50 조남현, 『소설원론』, 고려원, 1982, p. 81. 최현섭, 『한국소설교육사 연구』, 대한교과 서주식회사, 1989, pp. 15-37.

> 사실상, 일반으로 중년에 들어선 기혼 남자는, 그가 패를 차고 다니는 호
> 객한이 아니면, 미혼 처녀에게 대해서 강렬한 호기심을 갖기는 가지면서도
> 한편으로는 그러나, 그 미혼 처녀라는 것이 무엇인지 모르게 겁이 나고 조심
> 이 되어, 좀처럼 그들의 욕망을 행동화하지 못하도록 견제를 하는 수가 많다.
> 초봉이에게 대한 제호의 경우가 역시 그러한데, 그러나 (아니, 그렇기 때
> 문에 오히려) 초봉이를 놓치고 싶질 않던 것이다. (2-49)

'호기심'과 호기심에 대한 '견제'가 무너진 개인에게 초봉이 자신을 의
탁하는 심리는 소외의 한 양상이라는 설명이 될 수도 있다. 그러나 중요
한 것은 담론주체의 역할을 전도시켜 버린다는 점이다. 담론주체의 역할
이 전도됨으로써 자아의 상실을 초래하게 된다. 이는 윤리적인 타락의 한
양상이라 할 수 있다. 이러한 점에서 <탁류>에 드러나는 민중언어는 정
당한 의미의 민중언어라 할 수 없다. 왜곡되고 변질된 민중언어인 것이다.

(2) 텍스트연관성과 담론의 다성성

<탁류>의 통속성은 당시 유행했던 가정소설(家庭小說)의 패턴을 보여주
는 데서 드러난다. 이는 단지 가정소설의 패턴을 계승하고 있다는 것만이
아니라 통속성이 짙은 가정소설을 모델로 하여 복사한 데서 비롯되는 통
속성이다. 초봉에 대해 박제호의 아내가 보이는 앙탈이라든지, 박제호가
초봉에게 윤희가 왔다는 이야기를 했을 때 초봉이 박제호에 대해 생각하
는 것은 이렇다.

> 이것은 분명 무엇을 시뻐하는 냉랭한 태도이겠는데, 그러면 그것이 윤희
> 가 서울로 올라온 그 사실을 대수롭게 여기지 않는 것인지, 혹은 초봉이 네
> 가, 즉 작은 여편네가, 시앗이 시앗 꼴을 못 본다더라고, 왜 그리 펄적 뛰느
> 냐고 어줍잖대서 하는 소린지, 그 두 가지 중에 어느 것인지를 초봉이는 선
> 뜻 분간을 못했다. 그러나 그는 제호를 저 혼자만 꽁꽁 믿는 만큼 설마 내게
> 야 그러진 않겠지 하고 안심을 하고 싶었다. (2-299-300)

이는 시앗싸움을 내용으로 하는 신소설 <치악산>의 어느 모티프를 반복한 것처럼 읽혀진다. 신소설이 하나의 모델로 되어 있다는 가정이 가능하다. 이러한 가정은 작품 안의 몇 군데에서 그 근거를 확인할 수 있다. 앞에서 본 바대로 정주사가 사위감을 선택하는 데에 <춘향전>이 거짓 근거로 동원되는 것과 유사한 맥락을 이룬다. "『장한몽(長恨夢)』의 수일(洙一)이만큼은 아니라도 승재는 아무려나 초봉이가 야속하고 노여웠다."(181)는 데서는 작가가 <장한몽>이라는 담론체를 자신의 소설담론에 이끌어들이는 것이 확인된다. 초봉이 고태수와 결혼하기로 결정한 것을 나무라는 계봉의 질책은 고전소설과 신소설에 텍스트연관성을 지니는 것으로 되어 있다.

> "내가 어떻게 이 혼인을 마다구 하겠느냐구 그리겠지! 글쎄 그 말을 들으니간 어떻게 결이 나구 모두 밉살머리스럽던지 마구 그냥 몰아셌지…그래 이건 케케묵게 <심청전>을 일구 있나? <장한몽> 같은 잠꼬대를 하구 있나…"(2-183)

이는 수사차원을 지나 당시 독서대중의 의식에 작가가 자신의 담론을 조정하여 동화시키는 방법이란 점에서 주목되는 것이다. 여기서 작가의식의 이완이 내비친다. 현실과의 대응력을 잃고 다른 담론을 이끌어들임으로써 담론레벨의 차원을 단일화하는 기호론적인 구조의 변형이 드러나는 것이다. 또는 모델을 설정하지 않고는 담론을 만들어가지 못하는 채만식의 발상법 특성으로 논의해 볼 수도 있다. 이는 채만식의 많은 작품이 패러디로 되어 있다는 점과 연관되어 논의가 가능한 것이며, <태평천하>를 논하는 데서 보다 세밀히 검토하게 될 것이다.

통속성은 진지한 문제를 두고 그것을 감상적으로 또는 안일하게 대하는 작중인물의 태도에서도 나타난다. 고태수는 자신의 허영적인 생활을 위해 저지른 금융 범죄가 탄로나면 죽어버리겠다고 버릇처럼 말한다. 그러면서도 무책임하게 초봉과 결혼을 하는데, 다음과 같은 데서는 인간 삶의 모든 의미가 거기 집약되는 죽음이 심리내적인 관념(觀念)의 유희는 대상(對象)으로 전도되고 있다. 그리고 그것은 분화되지 않은 심리 양상으로 표출된다.

> 태수는 그러한 풍광[놀러가는 길의–인용자]보다는 이 길이 공동묘지로도 가는 길이니라 생각하면, 나도 오래지 않아 죽어서 시체만 영구차(靈柩車)에 실리어 이 길을 일허게 달리겠거니, 그리고 오늘처럼 돌아오지 못하고 빈 영구차만이 이 길을 돌아오겠거니 생각하는 동안, 저도 모르게 눈가가 매워 왔다.
> 그러나 그 슬픔에는 초봉이로 더불어 죽어 더불어 묻히고 더불어 돌아오지 못하니, 차라리 즐겁다는 기쁨이 없지도 않았다. (2-96)

작가가 소재를 다루는 담론구성 방식에서도 통속성은 나타나는데 <탁류>의 경우 그것은 통속성을 지나 '엽기성'이라 표현될 수 있는 성질의 것이다. 아래의 (가)는 박제호에게서 초봉을 빼앗은 장형보가 같은 집에 와 있는 초봉의 동생 계봉을 바라보고 외설스럽게 군침을 흘리는 장면이다. 거기에 고사성어(故事成語)가 동원되어 상투적 어법이 사용되는 것은 텍스트연관성의 측면에서 의미 있는 점이다. (나)는 초봉이 고태수와 맞선을 보는 장면에 참여한 장형보가 초봉을 바라보며 생각하는 장면이다. 담론의 이러한 엽기성은 대상(對象)에 대한 혐오감(嫌惡感)을 불러 일으킴은 물론 그것이 시각의 분화를 불가능하게 하고 의미의 다중성을 차단하여 담론을 독자와 분리시키는 결과에 이른다.

> (가) "흐벅진 게! 아이구 흐흐, 열아홉 살! 마침 조올 때지!"
> "아, 네가 저엉 이러기냐?"
> "헤에따! 무얼 다아 옛날에 요임금 같은 성현두 아황 여영 두 아우 형젤 데리구 살았다는데 히히."사납게 쏘아보고 있던 초봉이는 이를 악물면서 발끈 주먹을 쥐어 형보의 앙가슴을 미어지라고 내지른다. (2-395)

(나) "고걸, 고걸 거저, 손아구에다가 꼭 훑으려 쥐고서 아드득 비어 물었으
면, 사뭇 비린내두 안 나겠다!"
형보는 정말로 침이 꿀꺽 삼켜졌다.
"고것 오래잖아 콩밥 먹을 놈 주긴 아깝다! 아까워. 참으로 아까워!"
형보는 퀭하니 뚫려가지고는 요기(妖氣)조차 뻗치는 눈망울을 굴려 초봉
이와 태수를 번갈아 본다. (2-154)

통속성의 다른 측면은 담론이 상투어적인 수사로 되어 있는 경우에도
나타난다. 아래 인용에서, 형보의 눈에 비친 초봉의 모습을 그린 (가)는
고전소설의 수사법을 그대로 받아쓰고 있는 것을 알 수 있다. (나)는 초봉
이 자살을 결심하고 있는 장면이다. 자살을 앞두고 혼자 뱉어내는 푸념은
<심청전>의 한 장면을 연상케 한다.

(가) 형보의 눈에 보인 대로 말하면, 초봉이는 청초하기 초생으 반달 같고,
연연하기 동풍에 세류 같았다. 시방 형보가 초봉이를 탐내는 품은 태수
가 초봉이한테 반한 것보다 훨씬 더했다. (2-154)
(나) 분한지고! 이 원한을 못 풀고 그대로 죽다니. 내가 소리없이 이렇게 죽
어보리면 어머니 아버지며 동생들은 오죽 놀라고 설워하리. (2-236-37)

문제는 <탁류>가 통속성을 짙게 드러낸다든지, 통속성과 연관되는 담
론이 엽기적이어서 정상적인 문학의 감각을 살리지 못한다든지 하는 것을
증명하는 데 잇는 것이 아니다. 왜 그러한 엽기적인 수사법을 동원해야
하는 인물을 설정했고, 또 그렇게 엽기적인 방식으로 인물을 서술했는가
하는 원인을 밝혀 보아야 한다.
우선 당시 사회에 대한 알레고리로서 통속적인 담론이 수용되었다는
점을 고려할 수 있다. 어떤 사회가 건강하지 못하다는 것은 그 사회의 담
론체계의 혼란으로 나타난다. 이는 그 사회 구성원이 사용하는 말이 세련
되지 못했다는 것이 아니라 이성적이고 순화된 정서를 드러내는 언어권에
서 감수하고 사고하지 못한다는 그러한 의미이다. 이는 가치의 혼란과 절

망, 자조, 자탄, 비꼼, 욕설 등으로 나타나기 때문이다. 역사의 방향을 알
수 없는 상황에서 개인들이 보여줄 수 있는 <치숙>의 조카처럼 비꼬고
야유하고 잘못된 가치관을 신보하는 그러한 역설(逆說)을 자신도 모르게
배우는 것이다. 이는 일제의 강점으로 인한 개인의 심성이 황폐된 결과라
할 수 있는데 사회심리학적인 해명이 요구되는 점이기도 한다.

다음은 작가가 설정한 인물의 성격에 따라 담론이 조정되어 있다는 점,
즉 작가의 통제를 따라 담론이 문체화 되는 것이 아니라 작중인물의 성격
적인 결함에 대해 작가의 서술시각이 통제력을 잃은 데서 통속성 혹은 센
티멘탈리즘이 드러난다는 점을 고려해야 한다. 단지 어느 인물의 언어가
거칠다든지 비굴한 변명으로 가득차 있다든지, 혹은 위선적인 앞가림으로
되어 있다든지 하는 것은 크게 의미를 띠지 못한 긍정적(肯定的)인 인물(人
物), 즉 훼손되지 않은 인물51을 나타낼 경우 통속성이나 엽기성을 띤 담
론이 나타나지 않는다. 이는 작가가 소설적인 자유를 희생하면서 주제가
치(主題價值)를 추구한 결과라 할 수 있다. 그런 점에서는 담론의 통속성이
란 면도 채만식의 일관된 담론 방식의 한 면을 보여주는 것이라 하겠다.
특히 정초봉이 박제호를 만나 서울로 간 이후, 이야기의 전개라든지 작중
인물들의 대화 등에 보이는 통속성은 <탁류>를 가치절하하는 요인으로
작용한다는 점은 사실이다.

이와 같이 <탁류>는 다양한 이질적언어의 사용과 텍스트연관성의 여
러 국면을 활용하여 의미다중성을 드러내는 소설이다. 그러나 담론의 다
양성은 다성악적인 울림을 동반하는 것이기는 하지만 그 자체가 대화적
(對話的)인 것은 아니다. 이는 채만식소설 전반을 규제하는 작가(作家)의 담
론 통제방식(統制方式)과 관계되는 것이다. <탁류>와 비슷한 시기에 쓰여

---

51 소설의 인물이 훼손되지 않았다는 것은 진정한 가치를 추구하는 인물이란 뜻이다. 이
는 인물의 성공 여부와는 관계가 없다. "훼손된 세계에서 타락한 방식으로 진정한 가
치를 추구하는 인물의 이야기"로 규정되는 소설에서 진정한 가치를 추구하는 방식이
타락되지 않았음을 뜻하는 것이다. 이에 대해서는 이론의 여지가 있다(황국명, 앞의
논문, pp. 30-43).

진 <螳螂의 傳說>등 희곡의 담론 특성과 텍스트연관성을 가지는 것으로 생각된다. 극에서는 기본적으로 극중인물들의 대사를 관객에게 전달하는 단일성을 띤다. 이는 서술자의 비개입이 원칙인 장르특성 때문에, 언어에 대한 서술자나 인물의 분화된 시각이 마련되기 어렵다. 그러한 기호론적 (記號論的)인 전달상황(傳達狀況)의 특성은 소설의 담론을 단일논리적인 것으로 특징지워준다. 따라서 <탁류>를 '다성적'인 소설로 보기는 어렵다. 설화성은 근본적으로 단일논리적인 담론이기 때문이다.

<탁류>는 열악한 현실의 근원이 어디 있는가 하는 탐구는 두드러지지 않지만, 현실의 다면적인 모순구조를 파악한 리얼리즘의 일정 수준을 보여준다. 또한 비극적 세계인식을 보여준다는 점에서 세계관의 한 양상을 드러내는 것이 비극적 세계관의 형상화라 할 수는 없다. 비극적 세계상이 드러난다고 해도 비극적 비전이 결여되어 있으면 정당한 의미의 비극이 성립되지 않기 때문이다. 이는 리얼리즘의 본질적인 측면에 접근하지 못한 결과로 생각된다. 그러나 장편소설의 기본적인 요건을 갖추고 있는 바와 마찬가지로 담론의 다양성은 소설의 의미다중화의 한 방식으로 그 가치가 인정되어야 한다.

<탁류>가 다성적인 담론의 경향을 다소 보여줄 수 있는 것은 텍스트 연관성을 잘 활용하고 있기 때문이다. 텍스트연관성은 이질언어(異質言語)의 다양한 결합(結合), 이질적인 양식의 상호작용 등이 활용되는 가운데 이루어지는 것이다. <탁류>의 양식특성은 당시 독자들의 문학의식과 연관되는 것으로, 장편소설의 장르적 교섭작용의 핵심에 <탁류>가 자리 잡고 있다는 것을 알 수 있게 해 준다. 그러한 점에서 탁류의 담론은 당시의 사회적인 담론의 양상을 소설텍스트로 수용함으로써 텍스트 자체의 담론을 훼손하는 양상을 보여주는 것이라고도 할 수 있다.

채만식소설의
언어미학

Ⅱ
극양식의 수용과 담론의 풍자성

 채만식소설의 특성 가운데 풍자성은 많은 연구자들이 지적하고 있는 사항이다. 그 풍자성이 소설구조 원리로 드러나는 예로 장편소설 <太平天下>[52]를 우선 들어야 할 것이다. 풍자성이 소설 구조의 원리로 드러난다면 풍자는 기법차원을 훨씬 능가하는 창작방법이라는 의미를 띤다. 그러나 풍자가 세태에 대한 비판이라든지 의식의 양상을 드러낸다든지 하는 지적은 많이 있었지만 그것이 담론의 방법으로는 어떻게 구현되는가 하는 추구는 많지 않았다.

 이 절에서는 장편소설 <太平天下>가 우리 전통적인 예술양식의 하나인 판소리를 서술원리로 수용하면서 전통적인 이야기방식을 활용한 소설이라는 점에 주목하고자 한다. 그리고 이 작품은 담론주체의 윤리가 파탄

---

52 <太平天下>는『朝光』1938년 1월호부터 9월호가지 9회에 걸쳐 연재되었으며, 연재될 때의 제목은 1회는 '天下平春'이었다가 제2회부터는 '天下太平春'으로 나왔다. 이후 1940년 명성사의 3인 장편집에 약간의 수정을 거쳐 수록되었다가 1948년 동지사에서 단행본으로 출간될 때는 '太平天下'라는 이름으로 고쳐졌다. 여기서는 『전집』 제3권에 실린 것을 저본으로 한다.

에 이른 것을 보여주는데, 작중인물의 윤리적 파탄양상이 담론의 측면에서는 어떻게 드러나는가 하는 점이 논의될 것이다. 담론주체의 세계상에 대한 혐오가 '절규'의 형태로 드러나며, 작중인물의 심리적인 모방, 즉 심리적인 중개현상이 담론양상으로는 어떻게 정합성을 띠며 전이되는가 하는 점, 풍자적인 담론이 작중인물의 의식을 어떻게 제약하고 나아가서 역사전망을 어떻게 제약하는가 하는 점을 검토함으로써 풍자의 가능성과 한계를 담론의 차원에서 짚어보고자 한다.

1 극적담론의 소설적 수용방식

(1) 극양식에 대한 관심

<太平天下>는 <탁류>와 함께 채만식 소설 가운데 가장 높은 평가를 받아온 작품의 하나이다. "식민지시대를 대표할 만한 우수한 작품 중의 하나"라는 김윤식, 김현의 평가라든지, 구인환의 "그 풍자성이나 긴밀한 구성도 탁월하지만, 붕괴해 가는 한 세대의 인물을 유형화하는 데 성공한 작품"이라는 기법측면의 평가를 보게 된다. "어두운 시대를 모멸하는 정신적 백치의 기록으로서 역사와 제도를 날카롭게 야유한 풍자소설"이라는 정한숙의 평가도 있다. 또한 "19세기 말과 20세기 초 30년 동안의 역사적 사회적 지각 변동 속에서의 한 가족의 기복의 운명을 작가 특유의 풍자적 어법으로 제시"했다는 이재선의 평도 볼 수 있다. "1930년대의 풍자문학론이 거둔, 거의 유일하다시피한 수확"이라는 이래수의 평을 본다면 <태평천하>의 평가는 풍자와 연관지어 이루어지고 있음을 알게 된다.53 이처

---

53 인용된 차례대로 전거를 밝힌다. 김윤식 · 김현, 『한국문학사』, 민음사, 1979, p. 189. 구인환, "역사의식과 풍자", 『한국근대소설연구』, 삼영사, 1977, p. 275. 정한숙, "붕괴와 생성의 미학", 『현대한국작가론』 고려대출판부, 1976, p. 189. 이재선, 『한국현대소설사』, 홍성사, 1980, pp. 382-86. 이래수, 『채만식소설연구』, 이우출판사, 1986, p.91.

럼 풍자소설적인 성격에 연관되는 평가는 대체로 리얼리즘 소설의 성과와 연관된다는 점이 특징이다. 또한 기법(技法)과 언어적(言語的)인 독자성(獨自性)에 대해서도 관심이 집중되었던 것을 볼 수 있다.54 풍자적인 성격과 함께 해학과 유머를 주조로 하고 있다는 지적도 있다.55 또한 <태평천하>를 가족사소설로 성격을 규정한 경우도 있다. 이재선은 『한국현대소설사』에서 "전형적인 가족사소설"이라고 규정하고(p. 382) 이래수는 "<태평천하>는 주인공인 직원 윤두섭 일가의 4대에 걸친 가족사를 통하여 구한말에서 30년대 당대에 이르기까지의 사회변천과정과 가족간의 갈등관계를 풍자적인 토온으로 형상화하고 있다."고 성격을 설명한다.56

이런 다양한 성격규정과 평가가 증거 하듯이 <태평천하>는 채만식소설의 정상을 접하는 작품임에 틀림이 없다. 그러나 양식상의 특성이라든지, 극의식의 반영양상 등은 이 작품의 두드러지는 특성인데도 크게 논의되지 못한 감이 있다. 여기서는 <태평천하>가 극의식이 바탕에 깔린 소설이라는 점을 전제로, 극의식이 소설양식을 어떻게 규제하는가 하는 점이 검토될 것이다. 여기서 말하는 극의식은 판소리양식과 관련되는 것인데, 이는 이야기 전달 방식의 기호론적 구조와 연계된다.

채만식은 다른 소설작가에 비해 많은 극작 훈련을 쌓았다는 점은 그의 희곡작품이 증명하는 바이다.57 그의 극작품이 희곡사적으로 얼마만한 가치가 있는가 하는 평가는 유보하다고 하더라도 채만식이 남긴 희곡의 작품론적인 해명이 앞서야 할 것이다.58 채만식의 희곡작품은 그의 소설을

---

54 천이두, "프로메테우스의 언어들", 『종합에의 의지』, 일지사, 1974, pp.280-82. 이주형, "1930년대 한국 장편소설연구", 서울대 박사논문, 1984. 민현기, 『한국 근대소설과 민족현실』, 문학과지성사, 1989. 정현기, 『한국근대소설의 인물유형』, 인문당, 1983, pp.24-25.
55 신상철, "채만식의 전통성", 『해암 김형규선생 고희기념논총』, 서울대 사대 국어교육과, 1981.
56 이재선, 『한국현대소설사』, 홍성사, 1980, pp. 382-86. 이래수, 『채만식 소설 연구』, 앞의 책, p. 91.
57 김숙현, "채만식 희곡 연구", 경남대 박사학위논문, 1990. 6.
58 유민영, 『한국현대희곡사』, 홍성사, 1982. 유민영, "극으로 본 채만식", 『문학사상』,

해명하는 데에 참고자료로 활용될 것이다. <태평천하>와 유사한 구조를 가진 극작품으로는 <落日>(1930), <사라지는 그림자>(1931) 등을 들 수 있고, <태평천하>보다 2년 뒤에 나온 <螳螂의 傳說>도 구조상으로는 유사성을 보여준다. 채만식은 희곡과 소설 양편에 동시에 관심을 가지고 있었으며 두 양식 사이의 상호작용을 작품으로 실현한 대표적인 예는 역시 <태평천하>라고 할 수 있다.

채만식의 극의식이 소설에 반영된 양상을 검토하기 위해서는 극양식과 소설양식의 상관성을 먼저 살펴둘 필요가 있다. 잘 알려진 바와 마찬가지로 소설과 극은 이른바 대서사양식(大敍事樣式)에 포함된다. '대서사양식(groß Epik)'은 서사시와 극과 소설 등 장편형식이다. 통일성있는 이야기 줄거리 혹은 사건을 포함하고 있으며 역사적인 개념을 포함한다는 것이 대서사양식의 핵심이다.59 대서사양식으로서 극과 소설이 공유하고 있는 특징은 전체성을 지향한다는 점이다. 극의식이 소설에 드러날 때는 소설의 담론이 극적인 담론으로 조정된다. 그 결과 극의 절대성이나 행위의 완결성이라는 조건과 상충되는 것은 필지의 일이다. <태평천하>가 판소리적인 구조와 유사하다는 논지도 이러한 공통성을 바탕으로 한 것이다.

(2) 극적구조의 의미

우선 <태평천하>의 구조가 극적인 구조로 되어 있다는 점을 보기로 한다. 극적인 구조가 담론의 양상을 규제하는 면도 아울러 검토되어야 할 것이다.60

15호, 1973. 12. 차범석, "현실투시의 또 다른 얼굴", 『문학사상』 제15호, 1973, 12. 김윤식, "소설양식과 극양식", 『한국근대소설사연구』, 을유문화사, 1986. 유인순, "채만식 최인훈의 희곡작품에 나타난 심청전의 변용", 『비교문학』 제11집, 1986, 12. 최혜실, "채만식 풍자소설 연구", 『관악어문연구』 제11집, 1986, 12.

59 헤겔, 『미학』, 영어판, p.1040 및 G. Lukács, 『소설의 이론』, 앞의 책, p. 55.

60 <태평천하>가 성격소설이라는 타당한 지적이 있지만, 여기에서 논의하는 것은 극의식이 드러나는 요소로서 사건구조를 택한 것이다. 따라서 극의식이 드러났다고 해서 곧 행동소설을 뜻하는 것은 아니다. (이주형, "채만식의 태평천하", 『한국현대소설 작

<태평천하>의 작중 진행 시간, 즉 이야기시간은 하루 남짓이다. 윤직원영감이 동기(童妓) 춘심이를 데리고 명창대회 구경을 갔다가 돌아오는 장면에서 시작하여, 집안에서 일어나는 자자분한 갈등과 윤직원영감의 집안 내력을 소개하고, 윤직원영감의 아들과 손자가 벌이는 행동이 몇 장면 소개되는 데까지가 하루이다. 다음날은 겉으로는 평온한 가운데 윤직원영감의 손자 종학이 동경에서 경시청에 체포되었다는 전보가 전해지면서 윤직원영감의 모든 기대가 무너지고 마침내는 처절한 절규를 하는 데서 소설은 끝난다. 이렇게 짧은 시간에 사건을 전개하기 위해서는 장면적인 구성을 할 수밖에 없을 것이다. 따라서 이 작품의 구성이 산만하다는 평을 듣게 되는 원인도 장면적 구성 내에 여러 삽화를 배열하는 구성상의 특성에 있다.

<태평천하>를 극적인 구조로 본다면 4막으로 되어 있는 셈이다. 전체 15개 장으로 구분되어 있는 내용을 플롯의 전개에 따라 4막으로 나눌 수 있지만, 각 막은 다시 독립된 장을 구성한다. 그리고 각 장은 각자 독립성을 유지하면서 전체에 기능적으로 수렴된다. 그 전체(全體)라는 것이 무엇인가 하는 데 따라 작품의 주제라든지 작가의 의식 등이 달라질 수 있는 것이기 때문에 논란이 많았다. 이왕의 논의에서 소설의 '전체'라는 것은 플롯의 완결성이나 행동의 통일성(統一性)을 의미하는 경우가 대부분이었다. 그러한 논의 방식은 다소 달라져야 한다. 왜냐하면 사건의 완결성이나 플롯의 완벽성은 소설보다는 극의 본질적 속성이기 때문이다. 소설을 극으로 환원하여 읽는 일원론적 환원주의(一元論的 還元主義)는 작품의 성격을 잘못 파악하게 할 우려가 있다. <태평천하>는 윤직원의 욕망이 전체를 유기적으로 통합시켜 준다.

각 장은 전체의 사건구조에 유기적으로 통합되어 있는데, 그 통합의 원리는 윤직원의 욕망의 생성과 전개 그리고 그 결말이다. 다시 말하자면

품론』, 문장, 1981, p. 192.)

윤직원영감의 세속적이고 이기적인 욕망이 형성되는 과정과 그 수행 그리고 좌절의 구조라 할 수 있다. 그러나 그 욕망이 오랜 세월을 두고 쌓여온 것이기 때문에, 그리고 그 당시 사회가 그러한 욕망과 길항(拮抗)하고 융합(融合)되면서 유지되었다는 점에서 그 욕망은 사회성을 띠는 욕망이라할 수 있다. 윤직원의 오도된 시국관은 그의 욕망체계를 반영하는 것인데그 욕망은 개인이 국가에 대해 갖는 기대와 맞물려 있다는 점에서 특징적이다. "한말의 학정과 사회적 혼란을 겪으면서, 그의 아버지가 탐욕스런수령들에게 토색질 당하고, 급기야는 화적떼들에게 피살당하자 빼앗아가고 괴롭히기만 했지, 백성에게 아무것도 베풀어주지 않는 국가와 시대를저주하게 된다."[61]는 지적은 타당한 것이다. 윤직원이 욕망(慾望)의 생성(生成)과 그 파멸(破滅)이 <태평천하>의 사건주고의 등뼈를 이루고 있다는것은 사실이다. 그런 점에서 다음과 같은 지적은 작품의 사건구조라는 점에서는 비판의 여지가 있다.

> 사실 이 작품에서 중요한 것은 통일된 유기적 구성이 아니라, 여러 인물들이 벌이는 온갖 행위를 인간 모멸의 풍속으로 격하시키기 위한 회화적 에피소드의 나열, 무질서한 장면의 확대 강조, 시작도 중간도 끝도 분명하지 않은 상황의 제시 등이며, 이를 통해 작가는 자신의 풍자적 의도를 실현하고 있는 것이다. 따라서 대부분의 인물들은 '있어야 할' 존재로서가 아니라 '없어져야 할' 존재로서 애초부터 규정되어버린다.[62]

희곡의 구조는 주인공이 욕망의 성취를 위해 끊임없이 투구하는 가운데 이루어지는 성취와 좌절의 전개 속에서 빚어지는 갈등과 그 해결의 결말 구조로 드러난다. 인물의 욕망 내용을 구조 원리로 일반화하는 것은거의 다 무의미하다. 주인공의 성격이나 극양식, 작가의 주제의식 등에 따라 욕망의 내용은 무한대에 가까워질 수 있기 때문이다. 다만 주인공이

---

61 이래수, 앞의 책, p. 92.
62 민현기, 『한국 근대소설과 민족현실』, 문학과지성사, 1989, p. 257.

추구하는 욕망이 어떤 결말(結末)을 보여주는가 하는 점은 중요한 의미를 지닌다. 주인공이 추구해온 욕망이 성취되는가 아니면 실패로 돌아가는가 하는 데 따라 극양식이 규정되기 때문이다.

윤직원의 손자 종학이 사회주의운동에 가담했다가 경시청에 체포당했다는 것, 그것이 이 소설을 비극적인 것으로 만들어주는 직접적인 원인인 것처럼 보이기도 한다. 그러나 <태평천하>에서는 사회주의(社會主義)에 대한 내용 차원의 소개나 이념적인 논쟁이 드러나지는 않는다. 그러한 사상을 실천하는 인물도 설정되어 있지 않다. 사상은 거의 드러나지 않는 편이고, 시대를 이끌어갈 지성인이 작품에 나오지도 않는다. 이는 <태평천하>의 통속성과 연관된다는 지적도 있다. "근원적으로 타락한 식민지 사회를 타락한 인간을 통하여 풍자하려고 할 때는 윤직원과 그 자손같은 부도덕한 인간만 내세우면 안 된다. 이들과 대립되는 현실 비판 세력으로서의 양심적인 지식인이 필요하다."[63]는 것이다. 채만식은 <태평천하>에서 사회주의를 문제 삼되 그 방법은 소설적이라기 보다는 '극적'이다. 그 것은 이제까지 진행되어 온 사건을 마무리하고 극의 결말이 강력한 무너짐을 보여주는 계기가 되기 때문이다. 즉 윤직원영감의 각종 물질적인 욕망(慾望)이 일시에 붕괴(崩壞)되는 그러한 현장을 하나의 장면으로 처리한 까닭이다. 오히려 사회주의를 비난하는 주인공의 파멸과 관계가 있다고 보아야 한다.

속물적인 욕망과 이기주의가 동시에 괴멸되는 결말구조로 되어 있다는 점에서, <태평천하>는 비극적인 양상을 드러낸다. 그러나 각 부분을 서술하는 서술자의 시각이나 인물유형 등을 고려하면 희극적(喜劇的)인 요소가 오히려 지배적인 것처럼 보인다. 그러나 희극적인 요소가 골계미를 드러낸다기보다는 풍자(諷刺)에 가깝게 담론이 조직되어 있다. 그리고 각 부분은 흩어져 있으면서 나름대로 전체에 유기적인 역할을 하도록 조직되어

---

63 이보영, "출구 없는 종말의식", 『식민지시대문학론』, 도서출판 필그림, 1984, p. 378.

있다. 그러한 점에서 <태평천하>는 판소리의 서사구조를 수용한 것이라
보는 견해는 타당성이 있다. 이러한 점은 채만식이 서구적인 의미의 극의
식으로 소설을 썼다기보다는 오히려, 제15장의 제목 "亡秦者는 胡也니
라"에 드러나는 것처럼 '진시황'과 같은 인물이 오도된 시대적인 인물이라
는 것을 보여주면서 그것을 풍자하는 '소설'을 쓴 것이다. 그러므로 이 소
설에서 서구적인 개념의 극과 구조상의 유사점이 얼마나 드러나는가 하는
점을 검토하는 것은 별반 의미를 띠지 못한다.

<태평천하>는 결말의 무너짐을 향해 제반 요소들이 매우 긴밀한 관계
를 가지면서 짜여 있다고 보아야 한다. 그런데 그 전체를 이루는 부분들
은 희극적인 요소를 포함하고 있기 때문에 전체적으로 성격이 통일되어
있는 감이 적다. 결국 극의식을 가지고 쓴 작품으로 판소리적인 서술방식
을 수용했다는 논지를 함께 충족시키는 것이다.

<태평천하>를 읽어가는 가운데, 독자는 작가의 요설적(饒舌的)이고 서
술적인 입담으로 인해 작품에 유인되는 것이 사실이다. 그러한 유인력의
일관성 자체가 유기성을 띠기도 하거니와 소설에서 극의식을 느끼게 해
준다.[64] 사건구조의 통일성을 보다 분명히 하기 위해 각 장의 연결을 재구
성해보도록 한다. <태평천하>의 장별 제목과 주요 모티프는 다음과 같이
되어 있다. (전체를 막으로 구분한 것은 스토리를 극의 구조로 환원하였
을 경우를 상정한 것이다.)

제1막

1. 尹直員 영감 歸宅之圖 : 윤직원의 인력거 삯 깎기 수전노적 성격
   부각
2. 無賃乘車 奇術 : 고액권으로 차비 안 내는 인색성과 이기성 노출
3. 西洋國 名唱大會 : 서양음악회에 가서 무식함을 드러내고 망신함

---

64 최혜실, "채만식 풍자소설 연구", 『관악어문연구』 제11집, 1986, p. 234.

제2막

4. 우리만 빼놓고 어서 亡해라 : 윤직원 집안의 내력 — 개화초기의 역사적 정황이 개인사와 연관되어 드러남.

제3막

5. 마음의 貧民窟 : 돈있는 집안의 왜곡된 가풍 — 불구적 인간상 — 과부 — 수형할인

6. 觀戰記 : 며느리 고씨와 윤직원영감의 다툼, 조손간의 갈등부각

7. 쇠가 쇠를 낳고 : 수형할인으로 돈벌기, 윤직원 자기비하적 신세 한탄을 통해 심리 노출

8. 常平通寶 서푼과 : 재취 권면으로 촉발되는 욕망, 자식에 대한 원망, 사회주의 비판 매도

9. 節約의 道樂精神 : 전대복의 노랭이짓과 서울아씨에 대한 왜곡된 욕망을 통해 풍자

10. 失題錄 : 춘심이 꾀이기, 딸 제물로 바치는 사회의 타락상

11. 人間滯貨와 동시에 品不足 問題, 其他 : '추월색' 읽는 서울아씨. 경손이와 춘심이 연애사건

12. 世界事業 半折記 : 종수와 윤주사의 첩이 유곽에서 만남

13. 도끼자루는 썩어도 : 윤창식의 마작과 종학이 사건 전보 접수

제4막

14. 해 저무는 萬里長城 : 아침에 동변마시는 건강법, 진시황과 대비되는 윤직원, 춘심이 반지 사주기

15. 亡秦者는 胡也니라 : 과거의 억압이 노출됨, 종학의 사건 알리는 전보, 윤직원의 욕망이 무너짐

이상에서 보여준 15개 장은 시간과 장소에 따라 몇 개의 막과 장으로

구분될 수 있다. 1,2,3이 제1막, 2가 제2막, 5~13이 제3막인데 5,6,7,8,9, 11이 1장을 이루고, 10,12,13이 제2장을 이룬다. 그리고 마지막의 14,15는 다시 제4막을 이룬다. 이 가운데 윤직원 영감의 과거 내역(過去 來歷)을 보여주는 것은 단지 한 군데 (4)이다. 다른 곳에서는 윤직원의 과거가 서사적인 결구를 이루지 않고 에피소드식으로 현재의 상황을 설명하거나 장면의 내용에 따라 부분적으로 나타난다. 그러니까 전체 구조 속에서 (4)가 차지하는 역할은 하나의 에피소드에 불과한 것이 된다. 그러나 '전체'를 윤직원의 욕망(慾望) 형성과 파멸이라는 구조(構造)로 보았을 경우, (4)는 그 욕망 형성의 시간적 구조를 보여준다는 점에서 서사적 골격에 해당한다. 이는 <태평천하>를 시간개념이 중심이 되는 소설로 보는 관점에서라야 타당한 설명이 된다.

그렇기 때문에 서양연극 양식으로 <태평천하>의 구성방식을 설명한다면 이 극은 3막으로 이루어진 것이라 할 수 있다. 3막의 극 가운데에 이질적인 시간의 에피소드 하나가 끼어들어 있는 그러한 구조라고 할 수 있다. 3막으로 되어 있는 극에 한 부분이 에피소드처럼 끼어들어 있기 때문에 이 소설을 읽을 때 서술자의 휘몰아가는 입담이 지배적이다. 윤직원영감의 이기적이고 몰상식하며 수전노적인 성격(性格)만 드러나는 것이다. 이러한 인물 성격의 부각이 소설로서 흠이 되는 것은 아니다. 소설은 성격과 환경의 통일 가운데 발전하는 이야기를 목표로 하는 것이지 극적구조의 완결성을 지향하는 것은 아니기 때문이다. 소설을 극과 비교하여 설명할 필요는 있겠지만, 소설을 극으로 환원하여 설명하는 것은 방법론상 오류에 빠지기 쉽다.

(3) 서사성의 약화와 극의식

<태평천하>는 소설의 기본요건이 되는 서사성이 약화되어 있는 것이 특징이다. 서사성이 약화됨으로써 <탁류>처럼 교양소설적이거나 대상의

전체성을 지향하는 그러한 소설이 되지 못한다. 따라서 이는 정당한 의미
의 가족사소설이라 하기 어렵다. 인물의 시간적인 전개가 충분치 못한 점
에서는 극의식(劇意識)이 지배하는 소설이라고 보아야 한다. 극의식이란
사건의 전개를 성격에 앞세우는 구성원리를 뜻한다. 이는 '대상의 전체성'
보다는 '운동의 전체성'을 목표로 하는 것이기 때문이다. 운동의 전체성을
지향하는 경우, 사회분위기라든지 개인이 사회와 어떻게 교섭작용을 할
수 있는가 하는 점에는 관심의 초점이 모아지지 않는다. 그러나 <太平天
下>는 극이 아니라 '소설'이기 때문에 대상의 전체성을 지향하는 편으로
기울어지게 되었다는 점은 또 그대로 인정될 수 있는 점이다.

　<태평천하>의 극의식이 담론의 특성으로 어떻게 드러나는가 하는 점
을 밝히기 위해서는 우선 臺詞를 살펴 보는 것이 편리할 것이다. 제1장에
서 대사로 되어 있는 부분만을 뽑아 보기로 한다.[65]

　　　"인력거 쌕이 며푼이당가?"
　　　"그저 처분해 줍사요!"
　　　"으응! 그리여잉? 그럼, 그냥 가소!"
　　　"그럼, 내일 오랍쇼니까?"
　　　"내일? 내일 무엇하러 올랑가?"
　　　"저어, 삯 말씀이 올습니다. 헤……"
　　　"아니 여보소 이사람아…… 자네가 아까 날더러, 처분대루 허라구 허잖있
　　넝가?"
　　　"네에!"
　　　"그렇지? ……그런디 거, 처분대루 허람 말은 맘대루 허람 말이 아닝가?
　　맘대루 허라구 허길래, 아 인력가 삯 안 주어도 갱기찮언 종 알구서, 그냥 가
　　라구 하였지!
　　　거참! 나는 벤 신통헌 인력거꾼도 다 있다구, 퍽 얌전허게 부았지! 늙은
　　사람이 욕본다구, 공으루 인력거 태다 주고 허넝게 쟁히 기특허다구. 이 사

65　대사 가운데 반복되는 내용은 피하고 인물의 성격과 담론의 특성이 드러나는 부분을
　　중심으로 인용하였다.

람아, 사내대장부가 그렇기 그짓말을 식은 죽 먹듯 헌담 말인가? 일구이언은 이부지자라네. 암만히여두 자네 어매가 행실이 좀 궂었능개비네!"

"점잖은 어른께서 괜히 쇤네 같은 걸 데리구 그러십니다! 어서 돈장이나 주어 보냅사요! 헤……"

"머어? 돈장? 돈장이 무어당가? 대체……·"

"일 환 한 장 말씀입죠! 헤……"

"헤헤, 나 참, 세상으 났다가 벨 일 다 보겠네!……아니 글시, 안 받아두 졸드키 처분대루 하라던 사람이, 인제년 마구 그냥 일원을 달래여? 참 기가 맥히서 죽겠네……그만두소 용천배기 콧구녕으서 마늘씨를 뽑아먹구 말지, 내가 칙살시럽게 인력거 공짜루 타겠능가!……을매 받을랑가 바른대루 말허소!" [……]

"아니, 이 사람이 시방 나허구 실갱이를 허자구 이러닝가? 권연시리 짜꾸 쓸디 없넌 소리를 허구 있어!……아 이 사람아, 돈 50전이 뉘 애 이름인 종 아넝가?"

"과하게 여쭙잖었습니다. 그리구 점잖은 어른께서 막거리 값이나 나우 주셔야 하잖겠사와요?"

"엥네 꼭 15전만 줄 것이지만, 자네가 하두 그러싸닝개 20전을 주넝 것이니, 5전을랑 자네 말대루 막걸리를 받아먹든지, 탁배기를 사먹든지 맘대루 허소 나넌 모르네!"

"건 너무 적습니다!"

"즉다니 돈 20전이 즉담 말인가? 이 사람아 촌으 가먼 땅이 열 평이네, 땅이 열 평이여!"

"그저 10전 한 푼만 더 쓰시며 허실 걸, 점잖어신 터에 그러십니다."

"즘잔? 이사람아 그렇기 즘잖을라다가넌 논 팔어 먹겠네! ……에잉 그거 참! 그런 인력거군 두 번 만났다가넌 마구 감수(減壽)허겄다!……거참 옛네! 도통 25전이네. 이제넌 자네가 내 허리띠에다가 목을 매달어두, 쇠천 한 푼 막무가넬세! [……] 에잉! 권연시리 그년의 디를 갔다가 그놈의 인력거군을 잘못 만나서 실갱이를 허구, 애맨 돈 5전을 더 쓰구 히였구나! 고년 춘심이 년이 방정맞게 와서넌 명창대횐지 급살인지 헌다구, 쏘사악쏘삭 허기 때미 그년의 디를 갔다가." (3-11-15)

극으로 보자면 서막에 해당하는 부분이다. 극작술의 일반적인 규칙으로

는 작중인물을 소개하면서 극 전체의 사건 진행 방향을 암시하는 부분이
다. 그러나 여기서 사건의 진행 방향은 암시되지 않는다. 서술자의 주관적
인 통제기능이 드러나는 부분을 제거하고 인용한 대화인데, 이러한 대사
만으로도 인물의 성격이 부각된다. 작가의 요설적인 서술문장이 제거된
상태에서 읽는다고 하더라도 인물의 성격은 그대로 드러나는 것은 대화형
태로 되어 있는 담론이 의미의 대립성을 보여주기 때문이다. 두 인물 사
이에 이루어지는 대화는 의미가 다른 정도가 아니라 기호론적인 구조 자
체가 다른 것이다. 이는 대화가 아니라 두 가닥의 독백이 병별되어 있는
형태이다. 극적인 양식을 원용하고 있기는 하지만 행동을 중심으로 한 것
이 아니라 성격을 집중적으로 부각하는 방식이라서 소설로서의 조건을 충
족시키고 있는 것이다.

(4) 유사독백적인 대화

작중인물 즉 담론주체의 성격은 작중인물의 대사[발화]의 내적구조를
분석해 보아야 의미가 보다 분명해질 것이다. 두 인물이 주고받는 말이지
만 대화화(對話化)가 되어 있지 않는 것이 이 담론의 가장 큰 특징이다.
'대화화'란 담론과 담론 사이, 화자와 화자의 의식 사이, 화자와 작중인물
사이 등에 드러나는 역동적인 상호관계를 뜻한다. 이는 서로 자신의 의지
를 겉으로 표출하는 일면 상대방의 의지에 따라 조정하는 작업인데, 그러
한 과정을 통해 의미는 다층적으로 형성된다. 바흐찐은 담론의 다층적인
대화화가 이루어진 소설을 '다성적 소설'(polyphonic novel)이라 한다.
극의 담론은 '대화'형태로 되어 있지만 작가의 대사를 배우가 연기한다는
점과 관객이 극중 대상에 참여하지 못한다는 점에서 그것은 오히려 독백
적이다.[66] <태평천하>는 작품 전체가 독백적(獨白的)인 발화로 되어 있는
한 편의 담론이라는 것이 양식적 특성이다.

---

66 M. M. Bakhtin, *The Dialogic Imagination*, Texas U. P., 1982, pp. 262-263.

이러한 특성은 작중인물과 인물 사이의 대화에서도 동일한 양상을 보여준다. 윤직원 영감과 인력거꾼 사이에는 서로 자기 의욕대로만 말을 던질 뿐이지 둘 사이의 타협이나 의견의 조정 같은 것은 보이지 않는다. 두 인물의 언어권이 서로 다른 것이고, 이들의 문법(文法)이 서로 다른 것이다. 인력거꾼은 인력거꾼의 일상적인 문법에 따라 말을 건넨다. 여기서 일상적이라는 것은 당시 사회 구성원들이 합의를 해 준 그러한 문법을 구사한다는 뜻이다. 즉 인력거꾼으로 자신의 신분에 맞게 그리고 상대방에 대한 존칭방법을 조정하는 가운데 발화를 한다. 거기 비해 윤직원의 말은 일상적인 문법을 파괴하는 식으로 수행된다. 일상적인 말의 문법을 파괴한다는 것은 자신이 세계를 완전히 지배하거나 세계의 방향에 전혀 무관하게 삶을 이끌어 가는 담론주체의 언어특성이다. 이는 작중인물이 그를 둘러싸고 있는 환경과 교섭작용을 일방적으로 하거나 아니면 세계(世界)의 폭압(暴壓)에 굴복하여 살아가는 그러한 삶의 양식을 환기한다는 점에서 담론방식이 곧 인물의 성격은 물론 계층과 사고유형까지 드러내는 것이라 할 수 있다.

'처분대로 해 달라'는 데에 대해 '그럼 그냥 가라'는 이러한 대응이 윤직원 영감의 언어가 일방통행적이고, 문법을 어기고 있다는 점을 증거한다. 일반적인 문법을 어기는 것이라기보다는 그렇게 문법을 어김으로써 이득을 챙기는 수전노적 성격을 담론으로 환원시켜 보여주는 것이다. 인력거꾼의 말은 충분히, 많은 요구를 하지 않는 마음까지 어여삐 여겨 보답을 해 달라는 것인데, 윤직원의 대응은 그와는 전혀 반대 방향으로 나가는 것이다. 이는 두 인물의 가치판단의 기준이 서로 다르다는 데서 담론의 레벨 차이가 드러난다. 인력거 삯을 내는 윤직원은 그것이 많다고 하고 받는 편에서는 만족하지 못하는 것이다. '20전'의 가치에 대한 평가가 곧 그것인데, 인력거꾼에게는 인력거 삯으로도 작은 금액이고, 윤직원 영감에게는 '촌의 땅 열 평'에 해당하는 값이다. 이처럼 가치의 판단 기준이 서로 너무 달라 합의에 이르지 못하는 사회란 양가성(兩價性)이 지배하는 사회인 것이다. 이 작품은 '혼란의 사회'에 대한 알레고리로 읽도록 담론이 조정되어 있다. 그와 반대로 세력이 가한 편에서 아무리 폭압적으로 상대방을 농간해도 그에 대한 반대 세력의 저항이 용납되지 않는 그러한 사회하는 것을 보여준다. 이는 <太平天下> 전체를 지배하는 분위기로 되어 있다는 점에서 주목을 요하는 점이다.

(5) 담론주체의 위치전도

대화상황의 전도(顚倒)를 드러내는 것이 <태평천하>의 담론 특징으로 지적될 수 있다. 담론주체의 위치 전도는 대화상황을 이질적으로 만들어 준다. 희극적 소설에서 전도된 인간상과 담론의 양상은 구조상 일치를 보인다. 신분이나 품격과 상대방을 대하는 태도의 의미론적 대립, 전도된 말씨가 그것인데 이는 공식문화에 대한 반역의 의미보다는 무규범성으로 규정되는 작중인물의 소외양상으로 보아야 할 것이다. 인력거삯을 두고 '많다' '적다'하는 것은 물론이고, 말이 자기 신분을 드러내는 것이라면 윤직원영감의 신분(身分:외형적인 것이기는 하지만)과 말의 품위는 분명히 전도되어 있다. 인력거를 공짜로 타겠다는 수전노적 태도를 보여주면서 그러한 태도에 대한 자기 부정의 말은 이렇게 되어 있다. "용천배기 콧구녕으서 마늘씨를 뽑아먹구 말지, 내가 칙살시럽게 인력거 공짜루 타겠능가!" 이는 담론의 주체가 내적으로 전도되어 있다는 것, 즉 심리적 중점이 양분되어 있는 타락한 인물이라는 것을 보여주는 담론 양상이다.

그리고 '처분대로 하라'는 인력거꾼의 말을 돈을 안 주어도 좋다는 식으로 자의적인 해석을 해 놓는다. 윤직원이 알아들은 의미를 부정하는 인력거꾼의 말을 '거짓말'로 규정한 다음에 윤직원이 한 말은 대화상황의 역전, 즉 담론주체의 신분상 역전을 보여주는 예라 할 수 있다. "이 사람아, 사내대장부가 그렇기 그짓말을 식은 죽 먹듯 헌담 말인가? 일구이언은 이부지자(一口二言二夫之子)라네. 암만히여구 자네 어매가 행실이 좀 궂었능개비네!" 이러한 발언의 앞부분은 담론의 상대방에 대한 권위적 군림이란 의미를 띨 수 있는 것이지만, 후반은 인력거꾼 편에서 윤직원을 향해 말할 수 있는 것이다. 이런 대화상황의 역전으로 인하여 윤직원영감은 스스로 자신의 말이 거짓이라는 것을 역으로 드러내는 셈이다. 자신의 신분을 인력거꾼과 동일시하는 데서라야 그러한 말을 주고받을 수 있다. 따라서 이는 상황의 역전이 신분의 역전으로 드러나는 예라 할 수 있다. 여기에서 윤직원 영감의 신분적 허약성이 노출된다. 윤직원의 욕설이라든지 사회주의에 대한 혐오감 같은 것도 이처럼 개인의 내부와 외부가 통일되지 못한 데서 비롯되는 특성이다. 이처럼 담론 주체의 전도와 역전이 이루어지는 것은 양식적 측면에서 보자면, 판소리의 담론 주체가 상호전환이 가능한 특성이 소설담론에 전이된 양상이라 할 수 있다.

<태평천하>는 이러한 담론의 양상을 따라 조직화된 극적인 소설이다. 윤직원의 평생을 추구하던 욕망이 한꺼번에 무너진다는 점에서는 비극적인 성격이 강하게 부가되기는 하지만 그 비극은 희극적인 시각으로 변질되어 있다. <탁류>의 경우나 마찬가지로 비극적 비전이 결여되는 원인은 주체의 정체성 결여에 있다. 즉 윤직원의 욕망은 시대적인 정합성을 띠지 못한다. 그것은 세속적(世俗的)인 욕망(慾望)의 변질된 모습이다. 윤직원 영감의 성격이 희화되어 있다는 점에서는 희극적인 성격이 부각되고, 이 점이 <태평천하>가 판소리적인 극작법을 소설의 방법으로 원용되었다는 근거가 된다.

█2█ 이야기 전달방식의 전통성

(1) 패러디적 담론의 양상

<태평천하>의 판소리 수용에 관한 논의는 오래 지속되어 왔다. 그리고 형식 차원에서뿐만이 아니라 전통(傳統)의 계승(繼承)이라는 점에서도 판소

리의 수용은 중요한 문제로 부각되지 않을 수 없다. 채만식 소설의 언어
가 판소리의 서술방식을 연상케 한다는 지적은 일찍이 있었다.[67] <태평천
하>가 언어의 측면에서 뿐만이 아니라 판소리의 서사구조와 인물의 유형
에까지 판소리 <흥부가>의 특성을 수용하고 있다는 점에서 전통을 계승
한 작품이라는 논지도 주목할 만하다.[68] <태평천하>가 판소리의 서술방
식을 수용하고 있는 양식을 구체적으로 논구한 논문을 볼 수 있다.[69] 판소
리가 공연예술이고 소설이 '서책'의 형태로 전달된다는 점에서 전달의 기
본적인 양상이 달라질 것은 사실이다. 즉 판소리에서는 唱者가 작중내용
에 대한 청중의 거리를 조정한다면 서책으로 된 소설에서 작중화자, 서술
자, 화자 등의 목소리를 통해 작중내용과 독자 사이의 거리를 적절히 조
절하고 있다는 것이다. 이러한 언급들이 있기는 하지만 양식적(樣式的) 특
성과 담론(談論)의 상관관계라든지 의식의 문제는 부분적인 검토만 이루어
진 형편이다.

그러면 <태평천하>에는 판소리적인 요소가 어떻게 수용되어 있는가를
보기로 한다. 어떤 작품이 이웃하고 있는 다른 장르의 특성을 수용한다고
할 경우, 작품의 외적인 형식에서 내적인 형식에 이르기까지, 그리고 작품
의 지향점이라든지 세계관이라든지 하는 정신차원의 층위에 걸쳐 영향관
계가 나타날 것이라는 가정이 선다. 여기서는 담론의 차원에서 논의를 진
행하는 것이기 때문에 <태평천하>가 판소리 담론의 어떠한 구조를 어떻
게 변용하고 있는가 하는 점이 검토의 중점이다. 우선 두 장르 사이의 상
관성이 짚어지는 것이 순서일 것이다. 그리고 나서 담론상의 특성을 고구
해 보고자 한다.

<태평천하>는 근대소설이고, 판소리는 공연예술(公演藝術)로서 전승되

---

67 천이두, "프로메테우스의 언어들", 앞의 책, p. 126.
68 신상철, "채만식의 전통성", 『김형규박사고희기념논총』, 서울대사대국어과, 1981, pp. 187-94.
69 나병철, "1930년대 후반기 도시소설연구", 연세대 박사논문, 1989. pp. 178-179.

어 내려오는 것이다. 판소리의 여러 국면 가운데 사설, 즉 서사내용을 중심으로 해서 살필 경우라야 대서사양식에 가장 접근한다. 판소리와 판소리소설의 관계는 많은 논자들의 연구 대상이 되어온 영역이다. 그리고 그 영역은 우리 소설사의 중요한 맥을 이루는 것으로 판명되었다.[70] 그러한 점에서 <태평천하>와 판소리의 관계가 세부적으로 밝혀진다면 우리소설의 전통논의의 한 부분을 감당할 수 있다는 점에서 그 연관성의 검토는 의미있는 작업이 될 것이다. 서사구조 측면의 연계성은 다른 연구로 미루고 여기서는 판소리의 서술과 소설의 서술을 대비함으로써 담론 측면에서 살펴 보고자 한다.

소설이 판소리를 수용한다고 할 경우, 서술 방식과 수사적 방식, 어휘적 특성 등의 국면에 걸쳐 그 수용양상(受容樣相)이 드러날 것이다. 장편소설 <태평천하>는 판소리 일반의 서사구조와 수사원리를 수용하고 있으면서 인물의 유형으로는 <흥보가>의 흥부를 수용한 것으로 논의가 이루어졌다. 이러한 수용은 문학 일반의 법칙성과 관계되는 것이므로 일방적인 수용을 논하는 것은 무리가 된다. 개별작품의 특성이 먼저 드러나야 한다는 점에서 그러하다.

서사구조(敍事構造) 측면에서 소설이 판소리를 수용할 경우, 판소리가 '이야기'를 창으로 부른다는 점에서 이야기의 짜임을 중심으로 하는 논의가 된다. 플롯 구조상의 유사성이 문제되면서 동시에 서술상황의 구조가 문제될 수 있다. 소설에서는 플롯보다는 서술상황이 더욱 보편성을 띠는 것이므로 이부터 살펴 보고자 한다.

판소리의 서술상황은 일차적으로 극적(劇的)인 전달(傳達)의 상황을 보여준다. 그러나 극적인 상황과 유사성을 지니면서 극의 경우와는 또다른 면모를 동시에 보여준다. 극이 이야기를 행동화하여 무대에서 보여주는 것이 원칙이라면 판소리는 무대에서 창자가 노래를 하면서 극적인 요소를

---

70 김동욱, 『춘향전연구』, 연대출판부, 1976, p. 164. "춘향전의 문체와 수사"는 판소리 일반의 수사법과 연관지어 참조할 수 있다(p. 315).

'발림'으로 보여주며 동작은 언어적인 방식으로 묘사되기 때문이다. 판소리는 이야기를 전달함에 있어서 창자가 가상적으로 극적인 무대를 만들어 그것을 창과 아니리로 서술(노래)하는 것을 관객은 들으면서 무대(舞臺)를 상정하는 그러한 전달방식을 취한다. 연극의 경우 직접 무대성을 살려 전달하는 구조가 판소리에서는 창자의 창을 통해 한 단계 간접화되는 것이다. 이러한 구조 속에서 창자는 판소리의 언어적인 텍스트를 해석하고 고수와 함께 호흡을 하면서 그 속으로 청중을 끌어들인다. 이것이 연극의 전달방식과 다른 판소리 서술방식의 특징이다.[71] 즉 연행예술로서의 판소리 서술의 특성은 창자와 청중과의 공감적 대화(共感的 對話)를 이끌어내는 데에 있다. 공감은 어느 일방에 의해 이루어지지 않는다. 청자와 청자 사이의 의식의 공통기반으로서 수사적인 장치가 필요한 것이다. 이러한 서술상의 기법은 <태평천하> 전반을 지배하는 서술원리(敍述原理)가 되고 있다. 이러한 서술원리를 중심으로 판소리의 '아니리'에 해당하는 작가의 주관적인 서술을 주로 활용하는 것이 <태평천하>의 서술특징이다. 윤직원 영감의 인물을 묘사한 예를 보기로 한다.

초리가 길게 째져 올라간 봉의 눈, 준수하니 복이 들어보이는 코, 뿌리가 추욱 처진 귀와 큼직한 입모, 다아 수부귀다남자(壽富貴多男子)의 상입니다. 나이……올해 일흔두 살입니다. 그러나 시뻐 여기진 마시오. 심장 비대증으로 천식(喘息)기가 좀 있어망정이지, 정정한 품이 서른 살 먹은 장정 여대친답니다. 무얼 가지고 겨루든지 말이지요.
그 차림새가 또한 혼란스럽습니다. 옷은 안팎으로 윤이 지르르 흐르는 모시 진솔 것이요, 머리에는 탕건에 받쳐 죽영(竹纓)달린 통영갓(統營笠)이 날아갈 듯 올라앉았습니다.
발에는 크막하니 솜을 한 근씩은 두었음직한 흰 버선에, 운두 새까만 마른 신을 조그맣게 신고, 바른손에는 은으로 개대가리를 만들어 붙인 화류 개화장이요, 왼손에는 서른네살박이 묵직한 합죽선입니다.

71 나병철, "1930년대 후반기 도시소설 연구", 앞의 논문, 1989, pp. 178-80.

이 풍신이야말로 아까울사, 옛날 세상이었더면 일도의 방백(一道方伯)일시 분명합니다.

그런 것을 간혹 입이 비뚤어진 친구는 광대로 인식 착오를 일으키고, 동경 대판의 사탕장수들은 캬라멜 대장 감으로 침을 삼키니 통탄할 일입니다.

(3-10-11)

위의 묘사는 수사법으로 '수부귀다남자상'을 제시하고 나서 청자들이 아직 고려하고 있지 않은 약호를 제시한다. 거기서 나이라는 조건이 작중 인물의 외모와 대조된다. 청자는 그 나일을 대는 데서 일단은 자신의 문법을 수정하지 않으면 안된다는 것을 알게 된다. 청자는 창자(서술자)의 '서른 살 먹은 장정 여대치는' 힘이 있다는 내용을 들음으로써 다시 자신의 기호체계를 고치지 않으면 안된다. 그런 다음에는 근사한 차림새를 제시한다. 그 차림새를 '또다른 시각'으로 바라보게 함으로써 그 의미를 전환시킨다. 옛날 세상의 '일도의 방백'이 '광대', '캬라멜 광고인' 등과 동일시되는 데서 독자는 자신의 코드를 전환하지 않으면 안된다. 그러나 청자와 독자는 혼란을 체험하는 것이 아니라 지속되는 부정의 문맥을 따라 골계미를 느낀다. 이처럼 공감대를 형성하면서 동시에 그 공감대의 거리를 조정하는 작업을 하고 있는 것이 <태평천하>의 서술 방식이다.

'판소리의 서사적 구조원리는 사건의 통일성이나 계기성(繼起性)에 구애되지 아니하고 각 부분이나 상황이 제공하는 의미 정서를 심화하고 확장하는 것'[72] 이라고 설명된다. <태평천하>의 경우에도 사건의 통일성(統一性)이나 계기성(繼起性)보다는 부분이나 상황이 전체구조에 비해 비대해진 구성으로 되어 있다는 점이 판소리 구성 방식과 흡사한 면이다. 윤직원 집안에서 일어나는 일을 이틀에 걸쳐 서술하고 있기 때문에 작중인물들의 활동 공간에 따라 에피소드 나열식의 구성을 이룰 수밖에 없다. 판소리의 서사구조를 <태평천하>가 계승하고 있다는 것은 이처럼 전반적인 구조

---

72 김홍규, "판소리의 서사적 구조", 조동일 · 김홍규 편, 『판소리의 이해』, 창작과비평사, 1984, p. 9.

에서도 드러나고 구조의 부분을 이루는 작은 구조에서도 그러난다. 예컨대 윤직원 영감의 편집광적 인색함을 효과적으로 표현하기 위해 부분의 강화 원리를 활용하고 있다는 점을 알게 된다.

일단 그 사회의 언중의 의식을 담보로 한 속담을 인용한 다음, 그것이 들어맞는다는 것을 긍정하도록 한 다음 다시 구체적인 예시를 하고 있다. "속담에, 부자라는 건 한정이 있다고 합니다." 하는 것이 속담(俗談)의 전제이다. 그러한 전제를 바탕으로 다음과 같은 설명이 이어진다.

> 미상불 그렇습니다. 가령 윤직원 영감만 놓고 보더라도, 1년에 벼로다가 꼭 만 석을 받은 지가 벌써 10년이 넘습니다. 그러니 그게 매년 10만원씩 아닙니까?
> 또 현금을 가지고 수형장수(수형할인업)을 해서, 1년이면 2, 3만 원씩 새끼를 칩니다. 그래서 매년 수입이 십수만 원이니 그게 어딥니까? 가령, 세납이야 무엇이야 해서 일반 공과금과 가용을 다 쳐도 그 절반 5, 6만 원이 다 못될겝니다.
> 그렇다면 그 나머지 5, 6만은 해마다 처져서, 10년 전에 만 석을 맡은 백만 원짜리 부자랄 것 같으면, 10년 후 시방은 150만 원의 1만 5천 석짜리 부자가 되었어야 할 게 아니겠습니까? 그런데 글쎄, 그다지도 가산 늘리기에 이골이 난 윤직원 영감이건만 10년 전에도 만석 10년 후 시방도 만석 그렇습니다그려. (3-59)

이는 윤직원영감이 수형할인이라든지 고리대금이라든지 혹은 소작을 주는 데서 얻어 들이는 돈의 축적 방식을 보여주는 것이다. 윤직원영감의 축재 과정의 한 부분을 확대 서술하는 것이다. 담론전체의 어느 부분이 과도히 비대 확대되는 현상은 여러 군데에 나타난다. 앞의 대화를 인용한 부분에서 인력거삯을 깎는 데서도 볼 수 있으며, 또한 제9장, "절약의 도락 정신"에서 볼 수 있는 바, 전대복의 절약행각이 익살스럽게 그려진 것은 그러한 예의 하나이다. 이는 대복이 윤직원의 심리를 복사(複寫)한 결과라 할 수 있다. 우선 그에게 부여된 역할이 '지배인 겸 서기 겸 비서 겸'으로 복잡한 것은 절약정신의 또 다른 표현이다.[73] 전체담론의 한 부분을 과도히 확대 서술하는 방식으로 본다면 서술 층위의 기본 단계에서부터 <태평천하>가 판소리 서술의 일반원리를 수용하고 있다는 점을 쉽게 알 수 있다.

담론 차원의 수용 양상 가운데, 앞에서 인용한 것 외에 또 검토해야 할 것은 수사적인 측면과 어휘적인 측면이라 할 수 있다. 판소리의 수사적인 측면은 그것이 운문적인 특성을 보인다는 점과 공식구(公式句)를 사용하여 표현이 양식화되어 있다는 점이다. 이는 고전소설 일반의 수사방식과 상통하는 점인데, 산문 서술방식과는 거리가 있는 것이다. 그러나 판소리를 수용하는 자리에서는 그 서술방식을 전혀 도외시할 수는 없을 것이다. 고사성어의 삽입이라든지 일상적인 관용구의 사용이 두드러지는 것은 그러한 서술법의 수용 양상이라 설명된다. 이는 판소리의 서술방식 가운데 언어의 다층성, 공식구적인 수사법, 보고자적 서술 등을 <태평천하>가 반영하고 있다는 논지와 연관된다.[74]

(2) 계층의식과 담론의 관계

<태평천하>의 인물형이 <흥부전>의 놀부를 계승하고 있다는 논지가 있다는 것은 앞에서 살펴보았다. 인물형의 판소리 계승에 대해서는 다음과 같은 반론이 제기되어 있다.[75] 윤직원과 놀부의 성격적 일치점으로는 괴팍한 성격을 들 수 있는데, 놀부의 인색함은 근면 검소한 윤리를 바탕에 깔고 있는 반면, 윤직원의 인색함은 반역성을 드러낸다는 점에서 구분된다는 논지이다. "놀부가 풍자적으로 그려지면서도 그 속에서 해학적인 측면도 발견되는 반면, 윤직원은 해학보다는 주로 풍자로써 그려지고 있는 것도 이 때문이다."(p. 172) 또한 놀부는 부의 축적에 관심이 가 있는 반면 윤직원은 축적된 부의 고수에 전전긍긍한다는 것이다. 현상유지적인

---

73 『전집』 3, pp. 96~97.
74 박병윤, "「태평천하」의 판소리 수용양상에 관한 연구", 전북대 교육대학원, 1987.
75 나병철, "1930년대 후반기 도시소설 연구", 앞의 논문, p. 176.

의식을 갖고 있는 윤직원의 경우, 그의 역사의식은 하강계층의 세계관, 즉 이데올로기에 연관되는 것이라 해야 할 것이다.76 윤직원영감의 계층의식 (階層意識)은 다음과 같은 데서 드러난다.

> '세상이 다 개명을 해서 좋기는 좋아도, 그놈 개명이 지나치니까는 되레 나쁘다. 무언고 하니, 그 소위 농지령이야 소작조정령이야 하는 천하에 긴찮은 법이 마련되어 가지고서, 소작인놈들이 건방지게 굴게 하기, 그래 흉년이 들든지 하면 도조를 감해내라 어째라 하기, 도조를 올리지 못하게 하기, 소작을 떼어옮기지 못하게 하기……' 이래서 모두가 성가시고 뇌꼴스러 볼 수가 없다는 것입니다.
> '내 땅 가지고 내 맘대로 도조를 받고, 내 맘대로 소작을 옮기고 하는데, 어째서 도며 군이며 경찰이 간섭을 하느냐?' 이게 도무지 속을 알 수 없고, 해서 불평도 불평이려니와 윤직원 영감한테는 커다란 수수께끼가 아닐 수 없던 것입니다. (3-173)

'내 땅 가지고 내 맘대로 도조를 받고, 소작을 옮기고 하는데 어째서 도며 군이며 경찰이 간섭을 하느냐' 하는 데서 윤직원의 의식이 자기폐쇄적 이라는 점이 드러난다. 세상은 오직 자신의 재산을 지켜 주고 자기를 옹호할 때만 가치가 있는 것이지 그 외에는 아무 가치가 없다는 그러한 사고이다.77 여기서 볼 수 있는 계층의식은 윤리가 배제된 비이념성이다. 이것이 윤직원의 이기주의적인 발상이고, 흥부가 해학적(諧謔的)으로 그려지는 데 반해 윤직원이 풍자적(諷刺的)으로 그려지는 이유도 윤직원 영감의 의식 특성이 자기중심적이라는 데에 있다. 윤직원의 이기적인 재산 지키기와 보신의 태도는 뒤에 가서 영생불사의 영화를 누리려다 실패하고 마는 진시황의 욕구에 대비된다. 그것은 만리장성(萬里長城)에 대한 비유인데, 윤직원의 행동을 만리장성에 비유하고 있는 것은, 그의 반사회적(反社會的)

---

76 L. Goldmann, 『문학사회학 방법론』, 현상과 인식, 1984 참조
77 이는 근대성의 한 측면이라는 의미를 띠는 것이기도 하다. (김윤식, "해방공간의 문학", 『해방전후사의 인식2』, 한길사, 1985 참조)

인 자기방어적 자세를 드러내는 것이다. 윤직원이 건강을 위해 민간건강법(동변 장복 등)을 수행하는 모습은 개인의 영화에만 집착하는 이기주의의 한 단면이다. 작가가 풍자의 대상으로 삼고 있는 것도 이러한 이기주의이다. 대상을 풍자하는 데는 서술자의 위치가 우월한 것이라야 한다.

> 이러한 풍자는 윤직원의 삶을 화자의 내면속의 이상과 직접적으로 대조시켜 바라보는 가운데 나타나는 것이다. 따라서 이 소설에서는 표면적으로는 윤직원의 부정적 삶이 그려지고 있지만, 그 내면에는 화자의 이상의 기준이 항상 잠재되어 있는 것으로 보여진다. 잠재된 화자의 이상의 기준은 윤직원의 반역사성과 대립되는 올바른 역사적 전망의 성격을 띠게 된다.[78]

이렇게 본다면 윤직원영감의 인간형은 흥부의 부정적인 변용, 혹은 놀부의 변용이라 할 수 있는 것이지 흥부전을 그대로 수용한 것은 아니다. 여기서 우리는 윤직원의 계층의식이 근대성에 연관된다는 점을 알게 된다. 즉 흥부의 순진성에 비해 놀부의 돈에 의해 중개된 계층성을 윤직원은 계승하고 있다 하겠다.

(3) 희극과 비극의 교차

<태평천하>의 판소리 수용과 관련하여 논의의 초점이 되는 것은 희극적인 양식을 반영한다는 점일 터이다. 이는 판소리의 일반적인 성격 가운데 희극성을 강조한 논지와 연관된다. 그러나 판소리는 크게 보아 골계적(滑稽的)인 미와 비장(悲壯)의 미를 함께 갖추고 있다는 점에서 변별적인 시각이 서야 할 거이다. 작품이 앞에서 살펴본 바와 마찬가지로 이중적인 성격을 띠고 있기 때문에 두 양식의 대응관계는 면밀한 분석이 요청되는 것이다.

판소리의 일반적인 성격으로 부각되는 것은 희극적(喜劇的)이라는 점이

---

78 나병철, 앞의 논문, p. 176.

다. 희극적인 것은 미적범주로는 골계의 영역에 속한다. 판소리의 희극성에 대해서는 다음과 같은 논지가 참조될 수 있다.

> 골계는 엄숙한 것, 긴장된 것으로부터의 이탈을 한 속성으로 한다. 기존의 권위나 관념에 대한 비판이 우회적인 방법을 취할 때 흔히 골계라는 수단을 사용하는 것은 이 때문이다. 이 점은 판소리의 경우에는 예외가 아니다. 판소리 역시 골계적인 요소를 통해 완강한 관념이 허위성이나 가장된 엄숙함의 배후를 공격하여 희화화하고 심각한 정서적 긴장에서 이탈하는 성향을 보인다.[79]

그러나 판소리가 단지 골계적인 요소로만 되어 있는 것은 아니다. 판소리에는 비장미가 나타나기도 하는 것이다. 판소리는 그 구조가 부분적인 독자성을 지니면서 필요 이상의 과장과 확대를 해가는 양식이라는 점에서 미적범주의 혼효나 교차는 얼마든지 가능할 것이다. 그러면 판소리에서 말하는 비장이란 무엇인가. '비장'은 골계나 마찬가지로 미적범주의 하나이다. 비장(悲壯)은 어떤 인물이 처한 객관적 상황과 이에 대한 정서적, 의지적 반응 사이에 불가피한 좌절을 초래하는 강력한 장애로 인해 생겨나는 정서이다. 강력한 장애나 좌절이 비장이 되기 위해서는 좌절(挫折)의 심각함에도 불구하고 포기할 수 없는 욕구(慾求)가 절망적 상황과 마주설 수 있어야 한다. 다시 말해서, 거의 절대적이라 할 만한 좌절의 장벽과 욕구 사이의 해소될 수 없는 대립이 비장의 경험을 이룬다.[80] 이상에서 살핀 조건을 바탕으로 <태평천하>를 볼 경우, 그것은 비장한 정서를 촉발하는 비극의 양식과 희극의 양식을 동시에 수용한 것으로 볼 수 있다. 이는 이미 양식적인 특성을 논하는 자리에서 언급한 바이다. 그러나 <태평천하>에 나타나는 비장이, 판소리의 '범인적 비장'의 영역에 속하는 것인가는 다시 검토되어야 한다.

---

79 김흥규, "판소리의 비장", 최동현 편, 『판소리의 지평』, 신아출판사, 1990, p. 157.
80 김흥규, 앞의 글, p. 129. 이하 인용과 설명은 같은 글 p. 131, 141, 149 등 참조.

판소리에 있어서의 비장이 공통으로 지닌 유형적 특징은 '신분과 능력 (또는 능력)에서 작중인물이 정상적 생존이나 생활을 성취할 수 없도록 심각한 장애에 부딪쳐 좌절의 절대성에도 불구하고 그들이 바라는 바가 더 이상 물러설 수 없는, 생존의 최종적 자리로 인식될 경우'에 형성된다. 그러므로, 위대한 의지 이상의 정립을 향한 욕구가 좌절됨으로써 야기되는 영웅적 비장이 장엄한데 비해 범인적 비장은 처절함의 성격이 보다 두드러진다는 것이다.

윤직원이 일상적인 생활에서 부딪치는 장애와 그의 욕구의 좌절이나 파멸은 시대성(時代性)을 띠는 필연적인 것으로 전환됨으로써 일상성을 벗어난다. 그렇기 때문에 골계적인 요소와 대립이 강화되고 따라서 작품의 성격이 이중적인 것이 된다. 이는 윤직원이 타기의 대상이면서 동시에 유다른 영웅적 속성을 지니는 이유로 되기도 한다. 이는 판소리의 일반적인 비장미와는 다른 소설적인 특성이다.

판소리에서는 비장이나 골계나 서정성이 드러나는 부분은 예외적으로 확장되는 성질이 있다. 이 서정성은 서사 일반에서 '감상성'을 동반하는 것으로 된다. 판소리가 단지 서사적인 것만이 아니라 음악을 동반한 연행예술(演行藝術)이라는 점이 고려되어야 이러한 서사원리의 해명이 바르게 될 것이다. 판소리는 "사건의 조성이나 장식을 위해서는 아니라 그 자체의 감동을 위해 확장된 상황, 이 속에서 1인칭적 직접성 현재성으로 표출되는 집약적 언어와, 계면조의 창법과 진양조 중모리 장단이 지닌 표현력 등이 결하하여 판소리에 있어서 비장의 대목은 '서정적 체험'에 근접하여 간다."는 것이다. 그러한 예는 제5장, "마음의 빈민굴"에 나오는 과부이야기라든지, 제10장의 "실제록" 등에서 사실로 확인된다. 그러나 판소리와는 달리 서정성이 아니라 일종의 천박성이나 통속성으로 전환되는데 이는 산문예술로서의 소설에 필요한 거리유지작용이 약화되고 감정이입으로 기울기 때문이라 할 수 있을 것이다.

▌3▌ 담론주체의 윤리와 어법의 관계

담론연구의 기본 가정 가운데 하나는 담론주체의 의식이 담론의 형태로 드러난다는 것이다. 이는 담론일반의 논리에서도 그러하고 소설처럼 서술자의 시각이 드러나는 경우에도 마찬가지이다.

<태평천하>의 배경이 되는 시대는 윤리적(倫理的)으로 파탄(破綻)에 이른 시대이다. 윤리적 파탄은 첫째 가족윤리의 파탄, 둘째 물질지상주의와 훼손된 사랑(사랑의 낭비현상), 셋째 성격적인 파탄과 육신의 불구화, 등으로 드러난다. 이러한 파탄의 근본적인 원인은 그 사회를 지배하는 식민통치의 제국주의 정치의 비도덕성에 있다고 보아야 할 것이다. 윤리적으로 파탄된 인물들의 담론이 어떠한 어법으로 드러나는가 하는 점을 검토함으로써 담론과 의식의 상관성을 드러내 보려 한다.

<태평천하>의 윤리적 파탄으로 우선 지적할 수 있는 것은 가족윤리(家族倫理)의 파탄이다. 가족윤리의 파탄이란 그 가족을 이루고 있는 인물들의 관계가 비정상적으로 되어 있다는 뜻이다. 소설의 작중현실에서 직접 활동을 보이는 인물을 중심으로 본다면 이 가족의 정점을 이루고 있는 것이 윤직원영감이다. 윤직원 영감을 중심으로 하여 그의 아들 윤창식과 손자 종수와 종학, 그리고 증손자 경손이 가족을 이루고 있는 구성원들이다. 이들 구성원 가운데 정실 부인 외에 다른 부인을 갖지 않았거나, 윤리적으로 정당한 여자에게 무관심한 인물은 없다. 우선 윤직원은 아내 오씨가 죽은 다음 아들들에게 재취를 해 주지 않는다고 타박을 해 댈 정도로 여색을 밝히는 인물로 되어 있다. 윤직원 영감의 잡박스런 여성 편력의 결과인데, 그러한 내용을 담론 차원에서는 다음과 같이 보여준다.

> 속이 본시 의뭉하고, 또 전접스런 소리를 하느라고 그러지, 실상 알고 보면 혼자 지내는 게 작년 가을 이짝 일 년지간이고, <u>그전까지야 첩이 끊일 새가 없었더랍니다.</u>

> 시골서 살 때에 첩을 둘씩 얻어 치가를 시키고 동네 술에미가 은근한게 있으면 붙박이로 상관을 않고 지내고, 또 촌에서 계집애가 북슬북슬한 놈이 눈에 띄이면 다리 치인다는 핑계로 데려다가 두고서 재미를 보고, 두루 이러던 것은 고만 두고라도, 서울서 올라와서 지난 10년 동안 첩을 갈아 센 것만 해도 무려 10여 명은 될 것입니다. 기생첩이야 가짜 여학생첩이야, 명색 수처녀첩이야, 가지각색이었지요. 모두 일 년 아니면 두어 서너달씩 살다가 갈아세우고 하던 것들입니다. (3-86)

위 인용문의 첫 문장은 윤리적 불건전성을 드러내는 데에 매우 효과적인 구조로 되어 있다. 고딕체로 되어 있는 부분은 서술자의 주관적인 판단이다. 시간개념이 분명하지 않으므로 이전의 경험이 모두 망라된 종합적 판단으로 볼 수 있다. "또 전접스런 소리를 하느라고 그러지" 하는 것은 "본시 속이 의뭉하고" 하는 것과 동일한 스피치레벨은 아니라는 점에 유의할 필요가 있다. 수화자(受話者)가 앞에 있거나 언술 내용을 잘 안다는 것이 전제되어 있다. "실상 알고 보면" 하는 데서는 독자와 함께하는 시각으로 공감으로 획득하려는 서술자의 의도가 보인다. 끝의 "–없었더랍니다."에 가서는 '고자질'의 화법이 구사되고 있는 것을 볼 수 있다. 이는 단순한 전달이 아니라 전달 가운데 서술자의 톤이 강하게 각인되는 방식으로서, 서술자의 대상에 대한 시각이 드러나 있다. 또 '기생 첩이야–' 이하는 반복어법(反復語法)이 구사되고 있다는 점을 볼 수 있는데 이는 판소리의 반복서술 방식을 변용한 것이라 할 수 있다. 기본적인 정보는 첩을 여럿 두었다는 것인데, 그러한 내용을 서술한 담론의 양상이 이렇게 복잡하게 조정된 이유는 서술자의 시각을 다면적으로 부각하기 위해서이다. 윤직원영감이 첩을 안 들여 준다고 자식들을 탓하는 장면은 이렇게 되어 있다.

> "글씨, 그리니 말이네……그런 것두 다아 내가 인복이 웂어서 그럴 터지만, 거 창식이허며 종수허며 그놈들이 천하에 불효막심헌 놈덜이니! 마구 잡아뽑을 놈덜이여. 웨 그렇고 허먼, 아 글씨, 즈덜은 네기, 첩년을 둘씩 셋씩 을어서 데리구 살면서, 나넌 그냥 그저 모르쇠이네그려!……아, 그놈덜이 작

히만 사람된 놈덜이머넌 허다못히서 눈 찌그러진 예편네라두⋯⋯흔헌 게 예
편네 아닝가? 허니 눈 찌그러지구, 코 삐틀어진 예편네라두 하나 주워다가
날 주었으면, 자네 말대루 내가 몸시중두 들구 허게, 심심 파적두 허구 그럴
게 아닝가? 그런디 그놈덜이, 내가 뫼야 둔 돈은 각구서 즈덜말 밤낮 그 지
랄을 허지, 나넌 통히 모른체를 허네그려! 그러니 즈놈덜이 잡어뽑을 놈덜아
니구 무엇이람 말잉가.” (3-85-86)

이는 담론주체가 담론의 상대방과 동일시되는 양가성의 심리를 드러낸
다는 점에서, 인력거군과 대화를 나누는 가운데 신분의 전도를 보여주었던
것과 동일한 맥락이란 의미를 지닌다. 축첩의 목적은 표면적으로 ‘몸시중’
이나 ‘심심파적’이라는 것인데 그 내면에는 자식들에 대한 혐오감이 도사
리고 있다. 담론 주체의 윤리적인 파탄이 독백 형태를 취하고 있는 것이다.
경제적인 바탕을 무기로 하여 윤직원영감의 폭력적인 엽색행각은 더욱
강화되고 또 정당화된다. 이처럼 주체 한 편에 일방적인 권한이 부여되고
상대방의 권한이 몰각되는 인간관계로 드러나는 세계의 폭압성은 대립적
인 구조로 되어 있다. 여기서 대립성은 화해 불가(和解 不可) 혹은 의미 융
합의 불가능함을 뜻한다. 작인들과 지주 사이의 관계도 이와 동일한 구조
를 이루는데 다음과 같은 데서 확인된다.

작인들이야 제네가 싫고 싫지 않고는 문제가 아니요, 어린 딸은 말고서 아
닐말로 늙어 쪼그라진 어미라도 가져다가 바치라는 영이고보면, 여일히 거행
하기는 해야 하게크롬 다 되질 않았습니까. 진실로 그네는 큰 기쁨으로든지,
혹은 그 반대로 땅이 꺼지는 한숨을 쉬면서든지 어느 편이 되었든지 간에,
표면은 씨암탁 한 마리 쯤 설이나 추석에 선사삼아 안고 오는 것과 진배없이
간단하게, 그네의 어린 딸 혹은 누이를 산 제수로 바치지 않질 못합니다.
(3-110)

앞에서 지적한 바와 마찬가지로 계층의 대립과 의사소통의 일방적인 강
요가 드러난다. 지주와 작인 사이의 관계는 주인과 노예적의 관계라 할 만

큼 대립적이다. 이 사이를 매개하는 인물이 설정되지 않은 것이 이 소설이 단일논리적인 특성을 드러내는 것이기도 하다. 서술자의 강력한 통제로 대상에 대한 시각의 차이를 드러낸다. 시각의 현격한 차이를 드러내도록 담론을 조직함으로써 비장한 내용을 골계적인 분위기로 전환시키고 있다는 점이 주목된다. "아닐말로 바치라는 영이고 보면"에서 그러한 대립적인 의미가 드러난다. 또한 다른 데서도 그러한 담론의 구성방식은 나타나는데 대립적인 의미가 동일화되어 의미레벨의 혼란이 두드러진다. "어린 딸"과 "늘어 쪼그라진 어미"가 동일한 담론의 레벨로 취급되고, 사람이 동물이나 가축과 동일시되는 의미적 구조를 가지고 있는 담론인 것이다.

이러한 윤리의 파탄은 다른 인물들 즉, 여성 작중인물들에게도 나타나는데 남자들의 외도로 말미암아 여자들이 비정상적인 가족관계 속에 살아가는 데서 심리적인 중개현상을 보게 된다. 인간적인 대접을 받지 못하는 그 인물들이 서술자의 익살스런 톤으로 묘사되는 과부들이다. 이 집의 며느리들이 왜 과부처럼 살게 되었는가 하는 이유를 낱낱이 설명한 다음, 서술자는 다음과 같이 여자들의 형편을 서술한다.

> 이래서 이 집안에는 과부가 도합 다섯입니다. 도합이고 무엇이고 명색이 여인네 치고는 행랑어멈과 시비 사월이만 빼놓고는 죄다 과부니 계산이나 순편합니다. 이렇게 생과부, 통과부, 떼과부로 과부 모를 부어 놓았으니 꽃모 종이나 같았으면 춘삼월 제철을 기다려 이웃집에 갈라주거나 하지요. 이건 모는 부어놓고도 모종으로 가라줄 수도 없는 이간모종이니 딱한 노릇입니다.
> (3-48)

위 인용에서 주인이 되는 인물들이 비정상적이라는 것과 하인의 가족관계가 정상적이라는 아이러니칼한 대조가 두드러진다. 주인에 속한 인물들이 비정상적인 가족관계인데 행랑어멈과 시비는 예외로 되어 있다. 또한 인간의 의미가 사물의 의미로 차원이 역전되어 있다는 점을 지적할 수 있다. 여기서는 판소리투의 공식구를 이용한 반복어법으로[81] 희화화된 가

족들의 양상이 서술된다. 과부들이 모인 양태 자체는 비탄을 자아내는 것
이지만 그것이 공식적 운율을 가진 담론 가운데 표현되기 때문에 희화적
(戱畵的)인 분위기(雰圍氣)를 형성한다.

가족윤리의 파탄은 사랑의 낭비현상으로 나타나기도 한다. 이는 당시
사회 전반의 문란한 풍속을 풍자한 것이라 할 수 있는데, 윤직원이 반지
를 사주고 꼬드겨 소위 '연애'라는 걸 해보려는 대상으로 설정된 춘심이라
는 동기(童妓)와 윤직원영감의 증손자 경손이가 함께 놀아난다든지, 윤창
식의 기생첩 옥화가 군수가 되기 위해 시골에 내려가 군 고원 노릇을 하
는 그의 아들 종수와 유곽에서 만나게 되는 등 성윤리의 파탄은 사회적인
기본질서의 문란으로 드러난다. 이러한 윤리의 파탄은 다음과 같은 풍자
의 대상이 된다.

> 아무려나 이래서 조손 간에 계집애 하나를 가지고 동락을 하니 노소동락
> (老少同樂)일시 분명하고, 겸하여 규모 집안다운 계집 소비절약이랄 수도 있겠
> 읍니다. 그렇지만, 소비절약은 좋을지 어떨지 몰라도, 안에서는 여자의 인구
> 가 남아 돌아가고 (그래 한숨과 불평인데) 밖에서는 계집이 모자라서 소비절
> 약을 하고(그래 칠십 노옹이 예순다섯 살로 나이를 야바위도 치고, 열다섯
> 살 먹은 애가 강짜도 하려고 하고) 아무래도 시체의 용어를 빌어오면, 통제
> 가 서지를 않아 물자배급(物資配給)에 체화(滯貨)와 품부족(品不足)이라는 슬픈
> 정상을 나타낸 게 아니랄 수 없겠읍니다. (3-145)

위 인용에서는 담론의 이질적인 성층화(成層化)를 볼 수 있는데 그 방식
은 의미의 전도를 보여준다는 점이 특징이다. '노소동락'의 본래적인 의미
에다가 '조손간에 계집애 하나를 가지고 동락을 하니' 하는 의미를 부여하
여 변질된 인간관계 속에서 파괴된 풍속을 드러내 주고 있다. 이는 앞의 인

---

81 A. B. Lord, *The Singer of Tales*, Harvard u. p. 1960, p. 30. '공식구-formula'
란 "주어진 어떤 중심적 사상을 표현하기 위하여 동일한 율격 조건 하에 율격 조건
하에 규칙적으로 선택되는 어휘들의 그룹"으로 규정된다. '공식구'들이 모여 장면이나
인물을 양식화된 방식으로 묘사할 때, 그것을 주제(theme)라 한다.

용에서도 계속 드러나는 바 채만식의 수사원리 가운데 하나라 할 수 있다.

또한 시대적(時代的)인 용어법(用語法)을 패러디화하여 적절히 구사하고 있다는 점이 주목되어야 한다. 직접적인 설명이 달려 있지만, 당대의 시대 어를 배경으로 하여 서술자가 말하고자 하는 바를 적절히 전경화(前景化) 시키고 있는 것이다.82 '…일시 분명하고' 하는 표현은 고소설 서술방식의 패러디라 할 수 있다. '규모 집안다운 계집 소비절약이란' 표현 또한 패러 디적 성격이 강하다. '규모'나 '소비절약' 등에 실리는 일반적 의미가 전도 되는 것은 '소비절약'의 대상이 '계집'으로 돼 있기 때문이다. 이렇게 역전 된 인간관계로 표현되는 윤리의 파탄을 당시 사회에 유행하는 용어, 즉 '통제가 서지 않는다'든지, '물자배급의 체화와 품부족' 등으로 전환 표현 함으로써 시간적인 격차를 하나의 담론 내에 이질적으로 수용함으로써 소 설담론이 사회적인 의미를 획득하고 있다.

윤직원영감의 '가문을 빛내기 위한 사업'의 하나는 집안에서 벼슬하는 인물을 내는 것이다. 그러나 자식들의 행동은 부친의 뜻과는 다른 방향으 로 진행된다. 군수감으로 지목된 손자 종수가 서울로 올라와 여학생오입 을 하기 위해 여자를 구하는 장면에는 다음과 같은 대화가 나온다.

> "그땐 말끔 은근짜들 뿐이지만, 시방은 이 사람아 오는 기집들이 모두 상 당허네!……여학생을 주문하믄 꼭꼭 여학생을 대령시키구 과불 찾으면 과불 내놓고, 남의 첩, 옘집 여편네, 빠쓰걸, 여배우, 백화점 기집애, 머어 무어든 지 처억척 잡아오지!"
> "또 희떠운 소리를!……아니 그래, 과부면 과부라는 걸 무얼루다가 증명 하우? 민적등본을 짊어지고 오우? 여학생은 재학증명서를 넣구 오구, 빠쓰걸 은 가방을 차구 오우?" (3-158)

이 대화는 윤리적인 파탄이 단지 개인의 도덕성 문제가 아니라 사회 풍

---

82 Jan Mukarovsky, *The Word and Verbal Art*, tr., ed., John Burbank & Peter Steiner, Yale U. P., 1977, pp. 6-8.

속으로 보편화되어 있다는 점을 보여준다. 여기서 두 인물이 주고받는 대화를 통하여 어떤 부류의 매음녀들이 있었다는 점을 드러낸다는 식의 지적은 별 의미가 없다. 둘의 어법이 문제이다. 표면상 둘의 대화는 물음과 대답으로 되어 있다. 그러나 두 사람은 동일한 스타일의 반복적 수사를 즐기고 있는 것이다. 불륜을 사회적으로 보장하고 그것이 일상적인 풍속으로 고착되었다는 점을 드러내는 것이다. 이러한 레벨이 전도된 담론은 윤리가 전도된 사회의 성격을 드러내 준다.

윤직원이나 그 집안의 남자들이 개인적으로 방탕하고 행실이 경건치 못한 것은 위와 같은 사회를 배경으로 해서 사회적으로 불륜이 용인되는 장치를 이용하고 있기 때문이다. 당시 사회의 문란한 분위기를 등에 업고 개인들이 자신의 모순된 행위를 정당화해 나가는 사기꾼의 인간형이 형성되는 것이며, 자신의 잘못을 반성할 줄 모르는 파렴치한 인간형(人間型) 이 이루어지는 과정을 드러내는 것이다. 그러한 의미에서 윤직원의 가정윤리 파탄을 사회윤리의 파탄과 동궤의 것이 된다. 윤직원의 수전노적인 왜곡된 발언이나 욕설, 며느리들이 시아버지에게 대드는 말씨(67-68) 나아가서는 올챙이, 전대복 등의 왜곡된 말씨는 사회적인 담론의 성격을 띤다. 곧 그들이 사는 사회가 얼마만큼 이지러졌다는 것을 역으로 드러내는 사회적인 담론의 성격을 띠게 되는 것이다. 또한 남의 행실을 고자질하는 어법은 윤리거인 파탄과 연관되는 것으로 그 사회의 훼손된 성격을 드러내는 담론적인 지표(指標) 역할을 한다고 볼 수 있다.

▌4▌ 세계상에 대한 혐오와 '절규'

(1) 혐오감 형성의 역사적 조건

<태평천하>의 담론이 해학과 풍자를 보여주면서도 비장미를 느끼게

하는 이유의 하나는, 그것이 혐오감으로 가득찬 소설이기 때문이다. 그 혐오감은 윤직원 영감의 자기 집안 내력을 통해 드러나는 역사에 대한 혐오감과, 당시 사회의 한 주류를 이루었던 사회주의에 대한 혐오감, 자손과 그들에 대한 기대가 무너지는 데서 오는 혐오감 등이다. 그 혐오감이 드러나는 담론 방식은 절규라는 점이 특징적이다. 절규는 독백의 한 유형으로 볼 수 있는데 담론주체가 환경에 대해 어떤 교섭작용도 불가능한 상황에서 담론 자체를 실제적인 행위로 대신하는 언어행위의 양상이다. 이는 언어의 차원을 벗어나는 언어행위라 할 수 있다. 가족사의 전개 과정에서 이루어진 역사에 대한 혐오감은 제4장 "우리만 빼놓고 어서 망해라"하는 데서 중점적으로 나타난다. 이 4장에서는 윤직원의 선친이 어떻게 살림의 기틀을 마련했는가 하는 점과 그렇게 모은 재산이 어떻게 망가지는가를 동시에 보여준다.

> 얼굴이 말(馬面)처럼 길대서 말대가리라는 별명을 듣던 윤직원 영감의 선친 윤용규는 본이 시골 토반(土班)이더냐 하면 그렇지도 못하고, 그렇다고 아전(衙前)이더냐 하면, 실상은 아전질도 제법 해먹지 못했습니다.
> 아전질을 못 해먹은 것이 시방 와서는 되레 자랑거리가 되었지만, 그때 당년에야 흔한 도서원(都書員)이나마 한 자리 얻어 하고 싶은 생각이 꿀안 같았어도, 도시에 그만한 밑천이며 문필이며가 없었더랍니다.
> [……] 좀 호협한 구석이 있고 담보가 클 뿐 물론 판무식꾼이구요.
> 그런데, 그런 게 다 운수라고 하는 건지 어느 해 연분인가는 난데없는 돈 2백 냥이 생겼더랍니다. 시골돈 2백 냥이면 서울돈으로 2천 냥이요, 그때만 해도 웬만한 새끼부자 하나가 왔다갔다할 큰 돈입니다.
> 노름을 해서 딴 돈이라고 하기도 하고, 혹은 그 아내가 친정의 머언 일가집 백부한테 분재를 타온 돈이라고 하기도 하고, 또 누구는 도깨비가 져다 준 돈이라고 하기도 하고 하여 자못 출처가 모호했습니다. (3-29)

위 인용은 바로 전 제3장의 마지막 문장과 연관된다. 제3장의 마지막 문장은 "윤직원 영감의 근지(根地)야 참 보잘게 별양 없습니다."(28)로 되

어 있다. 위 인용에서는 우선 윤직원영감 집안의 계층이 드러난다. 윤직원
영감의 부친 윤용규는 토반이나 아전이 못되는 신분이라는 것을 드러내고
있다. 그런데 문제는 그러한 신분을 드러내는 담론의 표현법이다. 그 집안
의 신분에 대한 정보의 제공 방식은 서술자의 '-인가하면 -도 아니고' 하
는 표현의 반복을 통해 서술자는 독자와 일종의 수수께끼 놀음을 벌이는
것이다. '토반', '아전' 등의 화제어(話題語)를 내세운 다음 그것을 부정하는
방식으로 독자를 담론의 장면으로 이끌어 들인다. '아전질'을 못한 원인을
밑천과 문벌 없음으로 들고 있는 것은 그 담론을 사회적인 것으로 환원하
는 방식이다. 여기서 서술자의 주관적인 서술 방향이 분명해진다.

그리고 성격이 '호협한 구석이 있고 담보가 클 뿐 판무식꾼'이라는 점
을 드러내 보여준다. 담보가 크다는 점에서 영웅적(英雄的)인 면모를 보이
는 인물이다. 그러나 그 영웅적인 성격이 '판무식꾼'이라는 속성과 대조되
면서 그 의미가 역전된다. 그러한 인물이지만 그의 재산은 '피로 낙관을
친 치산'이라 '녹록한 재물이라 할 수 없'는 돈이다. 그것은 윤직원영감의
삶의 근거에 맞먹는 것이다. 그러한 돈이 화적들에게 탈취를 당하고 부친
까지 살해당하자 윤직원영감은 다음과 같이 울부짖는다.

> 이윽고 노적과 곡간에서 하늘을 찌를 듯 불길이 솟아오르고, 동네 사람들
> 이 그제서야 여남은 모여들어 부질없이 물을 끼얹고 하는 판에, 발가벗은 윤
> 두꺼비가 비로소 돌아왔습니다. 화적은 물론 벌써 물러갔고요.
> 윤두꺼비는 피에 물들어 참혹히 죽어넘어진 부친의 시체를 안고 땅을 치
> 면서
> "이놈의 세상이 어느 날에 망하려느냐!"
> 고 통곡을 했습니다.
> 그리고 울음을 진정하고도, 불끈 일어서 이를 부드득 갈면서
> "오냐, 우리만 빼놓고 어서 망해라!"
> 고 부르짖었습니다. 이 또한 웅장한 절규이었습니다. 아울러 위대한 선언
> 이었고요. (3-41)

화적들에 의한 재산의 수탈과 부친의 원한 맺힌 죽음 등으로 인해 생겨나는 역사에 대한 혐오감(嫌惡感)이 절규의 형태로 드러나 있다.[83] 이는 구한말의 혼란과 무질서를 보여주는 것이기도 한데, 윤직원의 성격이 그러한 사회적 바탕에서 형성된 것이기 때문에 역사적인 의미를 띤다. 여기서 말하는 화적들에 대한 혐오감과 두려움은 독립운동가에 대한 두려움과 혐오감으로 전환되기도 하고, 뒤에 가서 양복청년들과 동일시되는 것을 볼 수 있다. 이렇게 해서 일방적으로 당하기만 하고 국가의 보호나 혜택을 입지 못했다는 데서 국가와 역사에 대한 혐오감(嫌惡感)이 생겨난다. 이 혐오감은 이념을 문제 삼는 차원이 아니라 개인의 왜곡된 심리에서 나오는 원한의 감정이라는 점에 유의할 필요가 있다.

여기서 문제가 되는 것은 혐오감 그 자체가 아니라 그러한 혐오감에 서술자가 부여하는 의미와, 그러한 의미부여를 위해 담론을 조작하는 방식이다. 소설의 언어는 소설내적인 의미와 소설외적인 삶의 맥락이 통합되는 데서 그 의미를 드러낸다. "이놈의 세상이 어느 날에 망하려느냐!" 하는 부르짖음에 대해 "우리만 빼고"하는 조건을 부여함으로써 앞의 외침은 희화화된다. 그러니까 "웅장한 절규"라든지 "위대한 선언"이라는 것은 정당한 의미의 절규나 선언의 의미를 띠지 못하고 왜곡(歪曲)된 선언과 절규의 의미로 전환된다. 이러한 전환은 곧 풍자성을 의미한다. 세상은 다 망해도 자신은 거기 끼지 않으려는 욕망의표명은 논리의 모순을 내포하는 것이기 때문이다. 의미의 전도현상은 주인공의 이기심과 심리적인 사도-매저키즘의 메카니즘과 동궤이다. 즉 왜곡된 정신구조가 담론의 양상과 상응관계를 보여준다는 점을 여기서 확인하게 된다.

(2) 사회주의에 대한 혐오감

사회주의에 대한 혐오는 두 양상으로 나타난다. 하나는 세계사적인 전

---

83 이는 혐오감일 따름이지 풍자가 아니라는 지적도 있다. 혐오감이 풍자로 연결되지 못한다는 점은 담론의 절대성을 뜻하는 것으로 해석된다(최혜실, 앞의 글, p. 242.).

개 과정과 연관되는 사회주의에 대한 비난이다. 다른 하나는 자신의 자식에 대한 기대가 무너지는 데서 터져나오는 사회주의에 대한 혐오감이다. <태평천하>가 쓰여질 무렵의 사회주의 모티프[84]는 정신사적인 측면에서 중요한 의미를 띠는 것으로 볼 수 있다. 현실적응주의를 표방하는 담론주체의 지향성과 시대의 지향성이 역방향에 놓이도록 담론이 조정되어 있다는 점에서 풍자의 방법론을 읽을 수 있다. 조남현은 "채만식은 장편 『천하태평춘』을 통해서 일제치하에서 적응주의적 자세가 철저한 사람일수록 당시의 사회주의에 대한 비판의 소리를 크게 내지른다는 논리를 확정해 놓은 것처럼 보인다."고 이 점을 지적하고 있다. 이는 염상섭과 대비되는 점인데 <삼대>에 나타나는 사회주의의 가능성을 <태평천하>는 보여주지 않는다. 그런 점에서 다음과 같은 지적은 채만식의 한계에 대한 타당한 언급으로 보인다.

> 물질적 곤궁과 정신적 압박으로 인해 시니시즘, 아이러니, 독설이 몸에 배인 채만식이었던 만큼 당시의 사회주의자를 긍정하려는 의도에서 사회주의 비판론자를 부정적 인물로 음각했다고는 보기 어렵다. 소설, 희곡, 수필, 평론 등 어느 글에서든지 자조적인 시각을 서슴지 않던 채만식의 향성을 감안한다면 그는 사회주의자나 그 비판론자나 다 부정했던 것으로 추정된다.[85]

사회주의자들이 카프의 해산과 일본 군국주의의 강화 등 일제의 탄압으로 인해 지하로 들어가지 않으면 안되는 형편이었다는 것이 역사적인 사실이다. 그러한 현실을 소설에 반영하였다는 점이 중요하기보다는 사회주의에 대한 작중인물의 대응태도가 문제가 된다. 우선 역사 전개상에서 문제가 되는 사회주의에 대한 작중인물의 태도를 보기로 한다.

---

84 조남현, "채만식문학의 주요모티프", 『한국현대소설연구』, 민음사, 1987, pp. 205-206.
85 조남현, 위 책, p. 206.

"청국을?······청국두 그놈의 사회주의라냐, 그 부랑당 속을 맨들어?······
그게 무어니 무어니 하여두 이 사람아, 알구 보닝개루 바루 부랑당 속이지
별것이 아니데그려?······ 자네는 모르리마넌 옛날 죄선두 활빈당(活貧黨)이
라닝 게 있었너니. 그런디 그게 시체 그놈의 것 무엇이냐 사회주의허구 한속
이더니······"

"저두 더러 이야긴 들었읍니다."

"거 보소 그런디 활빈당이랑께 별것 아니구, 그냥 부랑당이더니, 부랑
당······그러닝개루 그놈의 것두 부랑당 속이지 무어여? 그렇잖엉가?"

"그렇죠! 가난헌 놈들이, 있는 사람의 것을 뜯어먹자는 속으루 들어선 일
반이니까요!"

"그렇구마구. 그게 모다 환장속이여. 그런 놈덜이, 즈가 못사닝게루 환장
속으루 오기가 나서 그런거던······ 그런디 무엇이냐, 그 아라사놈덜이 청국
두즈치름, 그런 부랑당 속을 꾸미러 들었담 말이지?"

"그렇죠······ 허기야 지나뿐이 아니라, 온 세계를 그리자구 든다니까요!"

"뭐이? 그러면, 우리 죄선두?······아니, 죄선서야 그놈덜이 사회주의허다가
말끔 잽히가서 전주이 살구서, 시방은 다아 너끔허잖덩가?"(3-91)

'사회주의'라는 것이 '부랑당'과 동일시되고, 그것은 다시 '가난한 놈들
이 있는 사람의 것 뜯어먹자는 속'으로 의미가 규정된다. 대상에 대한 어
조(語調)가 가난한 놈과 있는 사람으로 대비되는 데서 작중인물의 의식이
드러난다. 이는 단지 의미론적인 차원이나 수사상(修辭上)의 차이만을 뜻
하는 것은 아니다. 그리고 체제가 부여하는 이득은 다 보겠다는 심리는
일제의 사회주의 탄압을 오히려 긍정적인 시각으로 보게 한다. 사회주의
를 하던 이들이 감옥살이를 하고 지금은 진압이 되었다는 주인공의 사회
인식은 그것이 자기 자손에 의해 배반되었을 때, 다음과 같은 분노로 나
타난다.

아무도 숨도 크게 쉬지 못하고, 고개를 떨어뜨리고 섰기 아니면 앉았을
뿐, 윤직원 영감이 잠깐 말을 그치자 방안은 물을 친 듯이 조용합니다.
"······오죽이나 좋은 세상이여? 오죽이나······"

윤직원 영감은 팔을 부르걷은 주먹으로 방바닥을 땅 치면서 성난 황소가 영각을 하듯 고함을 지릅니다.

"화적패가 있너냐아? 부랑당 같은 수령(首領)들이 있너냐? ……재산이 있대야 도적놈의 것이요, 목숨은 파리 목숨 같던 말세(末世)년 다 지내가고오 ……자 부아라, 거리거리 순사요, 골골마다 공명헌 정사(政事), 오죽이나 좋은 세상이여 남은 수십만 명 동병(動兵)을 하여서, 우리 조선놈 보호히여 주니, 오죽이나 고마운 세상이여? 으응?…… 제것 지니고 앉어서 편안허게 살 태평세상, 이걸 태평천하라구 허는 것이여 태평천하!……. 그런디 이런 태평천하에 태어난 부자놈의 자식이, 더군다나 왠지 가 떵떵거리구 편안허게 살 것이지, 어찌서 지가 세상 망쳐놀 부랑당패에 참섭을 헌담 말이요, 으응?"

(3-191)

윤직원 영감이 지극히 혐오하는 사회주의에 손자가 동참했다는 것은 가족의 붕괴와 파멸로 연결된다. 윤직원 영감이 파악하는 사회주의의 시대적인 의미 때문만은 아니다. 사회주의에 대한 혐오감은 윤직원 영감이 파행적이고 폭압적인 가족사의 험난함을 견딘 뒤끝이라 더욱 강화된다. 그 동안 윤직원 영감이 인색한으로 살아가며 자신의 재물을 지키기 위해 투구하던 행동(行動)의 동기(動機)가 무너진 셈이다. 윤직원 영감이 키워온 세상에 대한 원한이란 화적의 침입으로 부친이 죽고 노적이 불타는 가운데, "이놈의 세상, 언제나 망하려느냐?" "우리만 빼놓고 어서 망해라!" 하고 부르짖은 데서 드러난다.(188) 치부를 한 윤직원 영감은 소작인들에게 토지를 소작주는 것을 자선사업으로 여기는 의미(意味)의 전도(顚倒)를 보여준다. 그런 자선사업이 가능했던 것은 당시의 정치제도가 뒷받침해 주기 때문이다. 따라서 윤직원 영감의 체제옹호는 자신의 보신과 재산의 보호를 위한 이기주의와 연결된다. 이기주의에 대립하는 다른 세력은 생리 차원에서 혐오의 대상이 된다.

전도된 세계상이 혐오의 대상이 된다는 것은 자연스런 논리이다. 그러나 그 혐오의 주체가 정당한 윤리를 갖고 있을 때라야 혐오감이 비판으로 전환될 수 있는 것이다. 그런데 윤직원의 경우는 자신이 윤리적 정당성을

획득하지 못한 상태이기 때문에 그 혐오감은 파행적인 것이 된다. 결과적
으로 자신의 정당성을 배서(背書)해 주는 체제에 순응하는 논리를 내세우
게 된다.

> 윤직원 영감은 그리하여 자기가 찬미하는, 가령 경찰행정 같은 그런 방면
> 의 사업에다가 자진하여 무도장(武道場) 건축비를 기부한다든지 하는 외에는
> 소위 민간측의 사업이나 구제에는 절대로 피천 한푼 내놓질 않는 주의요, 안
> 할 사람인데, 번번이들 찾아와서는 졸라대고 성가시게 하고 하는 게 누군고
> 하면, 역시 양복장이던 것입니다.
> 이와 같이 시골서 이래로 근 20년 각종 양복장이에게 위협과 폐해와 졸경
> 을 치르던 윤직원 영감인지라, 인류의 조상이 수백만 년 동안 파충류와 싸우
> 고 사느라 그들을 대적하고 경계하고 하는 본능이 생겨, 그 피가 시방 우리
> 의 몸에까지 흐르고 있듯이, 윤직원 영감도 양복장이라면 덮어놓고 적의(敵
> 意)가 솟고, 덮어놓고 싫어하는 제이의 본능이 생겨졌읍니다. (3-184)

세계에 대한 적대감 내지는 혐오감이 본능(本能)의 차원까지 이르게 된
것, 그리고 윤직원 영감의 욕망체계를 형성한 원동력으로 작용한 혐오감
이 소설 전체를 관통하는 원리로 작용한다는 점에서 매우 중요한 의미를
띤다. 윤직원 영감의 집안 내력이 왜 하나의 독립된 장으로 설정되어야
하는가 하는 점은 쉽게 알 수 있다. 그 부분은 작품 전체에서 서사성을
부여하는 기능을 하는 것이기 때문이다. 작품의 부분 부분에 나타나는 윤
직원 영감의 파행적인 행동이 소설의 내적인 논리로 정당화되고 리얼리티
를 살릴 수 있는 것은 윤직원 영감의 가계(家系)가 그것을 정당화해 주고
있기 때문이다.

이러한 원한의 심리에서 파악되는 세계상(世界相)은 전도된 것일 수밖에
없는데, 언어 자체의 윤리적 파탄, 윤직원 영감의 개인적 언어의 타락상,
시대의식을 드러내는 전도된 언어 등을 통해 담론의 구조와 의식의 상관
성을 볼 수 있다. 혐오감이 담론양상으로 전환될 때 절규가 되는 것은 혐

오감이 생리차원에 속하는 것이기 때문이다.

5 심리적 모방의 담론차원의 전이

(1) 심리적 모방의 외적 근거

담로의 구조가 심리적인 구조를 반영한다는 점, 즉 담론의 구조와 심리구조가 상관성을 지닌다는 점을 확인해 왔다. 여기서 우리는 심리적인 원리가 담론으로 매개된 양상을 찾아볼 수 있을 것이다. 이는 소설 연구의 추상성을 불식한다는 점에서도 그렇고, 소설시학을 위해서도 의미있는 일이다.

<太平天下>의 작중인물들은 모방적(模倣的)이고 소모적(消耗的)인 삶을 영위한다는 게 한 특징으로 지적될 수 있다. 모방적인 삶이라는 것은 개인이 주체적인 삶을 이끌어갈 수 없다는 것을 뜻한다. 이는 자아를 남에게 의탁하고 자신은 자아의 의지를 드러내지 않는 행동방식이다. 심리적인 중개현상을 거쳐 현실에 대한 대응력을 잃은 결과 주관만이 남은 행동의 파행성을 보여준다. 또한 작중인물들의 일상적인 삶이 생리차원, 생존차원으로 후퇴하여 의식의 차원으로 진전되지 못한다.

그렇다고 <태평천하>는 의식의 내면을 추구하면서 삶의 조건을 탐색하는 그러한 면을 보여주는 인물이 설정된 것도 아니다. 이러한 면모는 식민지적인 삶과 근대 자본주의적인 삶의 양상이 함께 영향을 미친 결과라 할 수 있다. 그러한 삶의 양상은 담론의 차원에서 언어적(言語的)인 모방(模倣)을 나타낼 것으로 예상된다.

모방적인 삶의 양상은 인물간의 모방충동을 촉발한다. 그러한 충동은 자동화되어 반성의 여지를 남기지 않는다. 모방충동은 소비적인 삶으로 연결되는 것인데 윤직원의 연애와 판소리에 대한 몰두가 그 예이다. 우선 윤직원 영감의 연애부터 보기로 한다. 다음은 윤직원 영감이 열네살짜리 동기 춘심이를 데려다 놓고 주고받는 대화이다.

> "너 며살 먹었지?"
> 하고 새삼스럽게 나이를 묻던 것입니다. "열늬 살이라우."
> 동기아이는 아직도 고향 사투리가 가시지 않았읍니다. 하기야 윤직원 영감 같은 사람은 십 년이 되었어도 종시 그러닝개루를 못 놓지만요.
> "으옹! 열늬 살이요!……"
> 윤직원 영감은 또 한참 있다가
> "다리 구만 치구, 이리 온?"
> 하면서 턱을 까붑니다.
> 아이는 발딱 일어서더니 발치께로 돌아, 윤직원 영감의 가슴 앞에 바투 앉고, 윤직원 영감은 물었던 담뱃대를 비껴놓고는 아이의 머리를 싸악싹 쓸어줍니다.
> "응 열늬 살이면 퍽 숙성하여!" (3-107)

일흔두 살의 늙은이가 14살박이 동기를 데려다놓고 음심(淫心)을 발하면서 하는 말이다. '열네 살'이라는 것을 '퍽 숙성'하다고 말하는 것은 성적인 유희의 대상으로 삼기에 성숙하다는 의미를 안에 숨기고 있기 때문에 일상적인 논리의 의미역(意味域)을 벗어난다. 이러한 의미의 전도는 대상을 주관적으로 처리하려는 의욕에서 연유한다. 그 주관적인 처리를 용납하고 있는 것은 사회의 열악한 폭압성인데, 사회의 폭압성을 개선하려는 의지를 보이거나 대결하려는 것이 아니라 그것에 편승하여 거기서 자신의 물질적 쾌락(物質的 快樂)을 누리려는 이기심(利己心)이 드러난다. 이는 소설외적이 텍스트의 성격을 작중인물이 모방하고 있는 양상이다. 다음은 윤직원이 첩을 얻어 들이는 논의 속에 당시 현실을 서술자가 그리고 있는 부분이다.

시골에 있는 사음한테로 기별만 할 양이면, 더는 몰라도 조그마한 소녀 유치원 하나는 꾸밈직 하게 열서너 살짜리 기집애를 한떼 쓸어올 수가 있으니까요.

작인들이야 재네가 싫고 싫지 않고는 문제가 아니요, 어린 딸은 말고서 아닐말로 늙어 쪼그라진 어미라도 가져다가 바치라는 영이고 보면, 여일히 거행하기는 해야 하게크롬 다 되질 않았읍니까.

진실로 그네는 큰 기쁨으로든지, 혹은 그 반대로 땅이 꺼지는 한숨을 쉬면서든지 어느 편이 되었던든지 간에, 표면은 씨암닭 한 마리쯤 설이나 추석에 선사삼아 안고 오는 것과 진배없이 간단하게, 그네의 어린 딸 혹은 누이를 산(生) 제수로 바치지 않질 못합니다. (3-110)

풍속(風俗)의 황폐화(荒廢化)는 단지 그것이 풍속을 망가뜨린다는 것을 넘어 심리적인 중개현상(仲介現象)이나 모방충동을 형성함으로써 식민지적 인간상을 만들어낸다.[86] 사회의 구조가 개인의 심리를 규제하고 그것은 다시 개인이 제도적 압력을 배경으로 비정상적인 행동을 정당화하는 심리로 전이된다. 구한말의 사회가 윤직원으로 하여금 삶의 방식을 가르쳤고, 그것의 실행 방식을 다시 그의 자식들이 배운 것이다. 춘심이가 윤직원을 향해 '강짜'를 부리는 것도 결국은 윤직원의 담론에서 배운 것이다.

윤직원의 아들 창식이나 그의 손자 종수를 보여주는 삶의 방식이 모방적이고, 증손자 경손이가 춘심이와 놀아나는 것 등이 모방충동(模倣衝動)의 예에 해당한다.

윤직원네 사서로 있는 전대복이 서울아씨에 대해 갖는 막연한 감정의 이끌림도 모방충동에 뿌리를 둔 행동이다. 이는 윤직원의 의욕에 대한 모방의 작은 변조들이다.

(2) 모방심리의 텍스트연관성

모방심리는 허영심을 낳는다. 허영심은 대상에 대한 과도한 가치상승에

---

86 우한용, "소설에서 풍속의 의미", 『한국현대소설구조연구』, 삼지원, 1990, pp. 473-75.

서 비롯된다. 그 이상화의 대상은 현실 자체가 아니라야 안전하다. 현실에서 과도하게 이상화한 대상은 현실원칙의 지배를 용인하지 않을 수 없게 한다. <태평천하>에서는 독서와 음악감상이 현실을 떠난 모방심리의 양상으로 나타난다.

모방심리의 표출 가운데 서울아씨의 독서(讀書)는 모방심리를 해명하는 단서를 제공한다. 그런데 이 모방심리는 보바리부인의 경우와는 달리, 보다 나은 세계를 지향하는 가운데 형성되는 허영이 아니라 과거를 지향하는 가운데 생겨나는 허영이다. 그 정체가 <秋月色>이다. 서울아씨의 추월색 독서는 다음과 같이 희화화된다.

공자님은 가죽 책가위가 세 벌이나 해지도록 책 한 권을 가지고 오래 읽었다더니만, 서울아씨는 추월색 한 권을 무려 천독(千讀)은 했습니다.

그러고서도 아직도 놓지를 않는 터이니까 앞으로 만독을 할 작정인지 십만독 백만독을 할 작정인지 아마도 무작정이기 쉽습니다.

그 뿐만 아니라, 서울아씨는 책 없이, 눈 따악 감고 누워서도 추월색 한 권을 처음부터 끝까지 따르르 내리 외울 수가 있습니다.

그러니 그게 천하 명작의 시집(詩集)도 아니요, 성경책이나 논어 맹자나 육법전서도 아닌걸, 글쎄 어쩌자고 그리 야속스럽게 파고들고, 잡고 늘고 할까마는, 실상인즉 서울아씨는 추월색이라는 이야기책 그것 한 권을 죄다 외우는만큼, 술술 읽기가 수나롭다는 것 이외에는 달리 취할 점이 없습니다.

(3-126)

이러한 심리적 모방은 다른 인물의 직접적인 행위의 모방이 아니라 독서행위(讀書行爲)의 모방이라는 점에서 의미가 이중화된다. 모방이 겹겹으로 중개된 양상을 읽을 수 있는데, 한 책을 거듭 읽는다는 점에서는 공자의 <주역> 독서가 희화되면서 모방되고, 한편으로는 윤직원의 책읽기가 모방의 대상이 되어 있다는 것이 드러난다. 작중인물의 독서행위를 텍스트안에 묘사하는 것은 독서행위의 독서라는 점에서 행위 차원에서는 이중으로 간접화된 양상이다. 이는 간접화된 삶의 양상을 드러내는 담론차원의 한 방법이라는 의미를 지니는 것이기도 하다.

이는 역시 윤직원의 모방심리를 다시 모방한 것이라 할 수 있는데, 윤직원 역시 춘심이를 데려다가 <춘향전>을 읽히는 것이다. "그럭저럭 날이 저무니까 간다고 일어서는 것을 달래서, 전에 없이 맞상을 내다가 저녁을 같이 먹었고, 저녁을 마친 뒤에는 시급히 춘향전을 사들여 그 애더러 읽으라고 하고는 자기는 버얼떡 드러누워서 이야기책 읽는 입을 바라다보고 하느라고 그야말로 천금같은 봄밤의 한식경을 또한 즐겁게 보낼 수가 있었습니다."(3-106) 이러한 심리적 모방은 앞에서 언급한 바처럼 독서행위의 모방이라는 점에서 두겹으로 이중화된 것이라 할 수 있다. 그리고 작중인물의 독서행위를 작품 안에 묘사하는 것은 간접화된 삶의 양상을 드러내는 것이라는 의미를 지닌다.

그런데 여기서 주목되는 것은 <추월색>의 소설적인 특성과 그것을 읽는 방식 사이에 밀접한 관계가 있다는 점이다. <추월색>은 사건의 다양한 반전이라든지 배경의 광범위함, 전통적인 윤리의 고수 등으로 하여 흥미를 유발하는 요소가 충분한 작품이다.[87] 그런데 그 소설을 읽는 방식은 소설의 독서가 아니라 '노래'라는 점에 주목할 필요가 있다. "만난을 무릅쓰고 어려서의 혼약을 이루는 남녀이합형의 소설"로 "여주인공은 열녀라고 칭송되면서 애정에의 의지를 이루는"[88] 소설을 사건에 대한 흥미나 주제에 대한 공감 때문에 읽는 것이 아니다. 그 소설의 "이야기 내용에 탐탁하는 게 아니다."(126) 소위 "흥" 때문에 읽는다는 점이 주목된다. "책을 걷어치우고 맨으로 누워서 외우는 게 좋지 않으냐고 하겠지만, 그건 또 재미가 없는 것이, 인력거꾼이 인력거를 안 끌고는 뛰기가 싱겁고, 광대가 동지섣달이라도 부채를 들지 않고는 노래가 해먹고 하듯이, 서울아씨도 다 외우기야 할망정 그래도 그 손때 묻고 낯익은 추월색을 펴 들어야만 옳게 노래하는 흥이 납니다."(3-126) 하는 것이다. 여기서 작가가

---

87 전광용, 『신소설연구』, 새문사, 1986, pp. 273-75.
88 조동일, 『신소설의 문학사적 성격』, 서울대 한국문화연구소, 1973, p. 140.

신소설을 창작방법상의 모델로 삼았다는 것을 지나, 인물 형상화방법으로 '자동화된 삶'을 그리는 방법으로까지 나가고 있다는 것을 알 수 있다. 소설이 산문예술로 읽히는 것이 아니라 그 리듬이 생리차원에서 수용되고 있는 것이다.

작중인물의 독서를 통해 표현되는 이러한 모방심리는 진시황과 윤직원 영감을 대비하는 방식으로 변형되어 나타나기도 한다. 역사적인 인물과 작중인물을 대비시키는 것은 단순한 대비가 아니라 패러디적인 발상이 된다. 이는 중편소설을 살피는 데서도 보아온 바 담론의 의미층을 두껍게 하는 채만식소설의 독특한 방식이다.

여기서 윤직원의 재산을 지키려는 태도를 만리장성에 비유하고 있는 것은 그의 반사회적(反社會的)인 자기방어 자세(自己防禦 姿勢)를 드러내는 것이며, 건강을 위해 노심초사하는 모습은 개인의 영화에만 집착하는 그의 이기주의를 보여주는 것이다. 그런데 이러한 방식이 역사적인 레퍼런스를 가진다는 것은 유의미적이다. 이는 <레디 메이드 인생>에서 이미 시험된 바 있다. 한말의 대원군에 대한 언급이 그것이다.

> 대원군은 한말의 돈키호테였다. 그는 바가지를 쓰고 벼락을 막으려 하였다. 바가지는 여지없이 부스러졌다. 역사는 조선이라는 조그만 땅덩이나마 오래 뒤떨어뜨려 놓지 아니하였다. 갑신정변에 싹이 트기 시작하여 가지고 한일합방의 급격한 역사적 변천을 거치어 자유주의의 사조는 기미년에 비로소 확실한 걸음을 내어디디었다.[89]

이렇게 서술되는 것은 서술자의 목소리를 통해 나타나는 것이기 때문에 일반적인 서술의 양태를 띠는 것이지만 내적인 모방의 심리가 작용한 것이라 할 수 있다. 그러나 윤직원이 자신이 바라는 것을 다 성취하고, 진시황을 모델로 하여 영생불사를 이루고자 하는 데서 작품의 결말이 나는

---

89 『전집』 7, pp. 51-52.

것은 모방적인 삶의 결말이 어떠하다는 것을 보여주는 일반적 구조라 할
수 있다.

(3) 모방심리의 사회성

윤직원 영감의 인물형은 개인과 사회의 통합작용이 불가능한 시대에 있
어서, 인물의 성격이 발전하는 성격으로 그려질 수 없고, 작가의 기교에
머물러 '성격화'의 차원으로 물러앉은 것을 보여주는 예가 된다. 인물의
외양묘사를 통한 성격화와 그의 행동으로 드러나는 성격 사이에는 괴리를
보인다. 여기서 윤직원의 비극성이 도출되게 된다. 우선 윤직원을 그리고
있는 성격화(性格化)의 방법으로 보기로 한다. 이는 시대의 변화를 고려치
않은 채, 자신이 이상으로 삼은 이전 삶의 양태를 모방한 것이라 할 수 있
다. 그것은 앞에서 본 바대로 <춘향전>에서 배워온 것이라 할 수도 있다.

> 초리가 길게 째져 올라간 봉의 눈, 준수하니 복이 들어 보이는 코, 뿌리가
> 추욱 처진 귀와 큼직한 입모, 다아 수부귀다남자(壽富貴多男子)의 상입니다.
> 나이?……올해 일흔두 살입니다. 그러나 시뻐 여기긴 마시오. 심장 비대
> 증으로 천식(喘息)기가 좀 있어 망정이지, 정정한 품이 서른 살 먹은 장정 여
> 대친 답니다. 무얼 가지고 겨루든지 말이지요.
> 그 차림새가 또한 혼란스럽습니다. 옷은 안팎으로 윤이 지르르 흐르는 모
> 시 진솔 것이요, 머리에는 탕건에 받쳐 죽영(竹纓)달린 통영갓(統營笠)이 날아
> 갈 듯 올라앉았읍니다.
> 발에는 크막하니 솜을 한 근씩은 두었음직한 흰 버선에, 운다 새까만 마른
> 신을 조그맣게 신고, 바른손에는 은으로 개대가리를 만들어 붙인 화류 개화
> 장이요, 왼손에는 서른네살박이 묵직한 합죽선입니다.
> 이 풍신이야말로 아까울사, 옛날 세상이었더면 일도의 방백(一道方伯)일시
> 분명합니다. (3-10-11)

모방은 곧 허위(虛僞)를 스스로 용납하면서 그것을 무기로 남을 속이는
심리작용을 불러온다. 이러한 점은 윤직원 영감이 성취하고자 하는 가업

(家業)의 네 가지로 드러난다. 필생의 사업이라는 것인데, 첫째가 '족보에다가 도금하기'로서 이는 족보를 허위로 다시 꾸미는 일이다. 둘째는 자신이 벼슬을 사서 신분상승을 꾀하는 것인데, 향교에 돈을 내고 직원(職員)이라는 직함을 산 것이다. 셋째는 양반혼인을 하는 것인데 양반들 집안에서 며느리를 얻어 들이는 것이다. 넷째는 자식들로 하여금 군수와 경찰서장이 되도록 하는 일이다. 이는 세상살이의 모든 실권을 장악하자는 욕망이 표출되는 양상이다. 그 욕망은 경찰서장을 만들려고 일본으로 유학까지 보낸 손자 종학이가 사상운동을 하다가 검거됨으로써 여지없이 무너진다. 모방적인 삶은 모방의 대상이 사라지면 주체의 요강도 사라지게 되어 있다. 그 모방의 대상이 의미를 잃게 되는 데서 주체가 받는 타격의 결과는 이처럼 허무하게 된다.

모방심리와 함께 주인공들의 특징으로 지적할 수 있는 것이 작중인물들의 오락과 도박에 대한 몰두이다. 윤직원은 판소리에 집착하고, 윤창식은 오입과 노름에 몰두한다.. 윤직원의 판소리에 대한 집착은 다음과 같이 편집광적이다.

> 윤직원 영감은 명창대회를 무척 좋아합니다. 아마 이 세상에 돈만 빼놓고는 둘째 가게 그 명창대회란 것을 좋아할 것입니다.
> 윤직원 영감은 본이 전라도 태생인 관계도 있겠지만, 그는 워낙 남도 소리며 음률 같은 것을 이만저만찮게 좋아합니다.
> 그렇게 좋아하는 깐으로는, 일년 삼백예순날을 밤낮으로라도 기생이며 광대며를 가랑으로 불러다가 듣고 놀고 하고는 싶지만, 그렇게 하자면 일왈 돈이 여간만 많이 드나요 [……] 천문학적 숫자란 건 아마 이런 경우에 써야 할 문잘걸요. (3-16)
> 라디오를 프로그램대로 음악을 조종하는 소임은 윤직원 영감의 차인 겸 비서 겸 무엇 겸 직함이 수두룩한 대복(大福)이가 맡아 합니다.
> 혹시 남도소리나 음률 가사 같은 것이 없는 날일라치면 대복이가 생으로 벼락을 맞아야 합니다.
> 게 밥은 남같이 하루에 시 그릇썩 먹으면서, 그래, 어떻기 사람이 멍청허

면, 날마당 나오던 소리를 느닷웃이 못 나오게 헌담 말잉가? [……] 이렇게
반찬 먹은 고양이 잡도리하듯 지청구를 하니, 실로 죽어나는 건 대복입니다.
(3-17)

이처럼 도박이나 오락에 탐닉하는 소모적인 삶의 방식은 역사의 진행
과정에서 배운 것이라 할 수도 있다. 혹은 윤직원 자신이 가르친 것인데,
그것은 시대적인 열악성과 함께 윤직원 집안의 몰락을 예고하는 것이다.
수형할인을 통해 벌어들인 돈이 자식에 의해 망가지는 과정을 그리고 있
는 데서 그러한 간접화된 삶의 결과를 필연적인 결과로 제시하고 있다.
수형할인을 중개하는 이들을 돌려보내고 나서, 윤직원 영감은 "드디어 오
늘도 945원을 벌었다는 만족에 배는 불룩 일어"서지만 그 이상의 돈이 쓰
인다는 것을 다음과 같이 보여준다.

　　간밤에 창식이 윤주사가 마작으로 4천 5백 원을 폈고, 종수가 2천 원짜리
수형을 병호한데 야바위당했고, 2백여 원어치 요리를 먹었고, 그리고도 오래
잖아 돈 2천 원을 뺏으려 올 테고 하니, 윤직원 영감이 벌었다고 좋아하는 9
백여 원의 열 갑절 가까운 9천여 원이 날아갔고, 한즉 그것은 결국 옴팡장사
요, 이를테면 만리장성의 한귀퉁이가 좀이 먹는 것이겠는데, 그러나 윤직원
영감이야 시방 그것을 알 턱이 없던 것입니다. (3-181)

이러한 경제생활의 불균형이 윤직원 집안이 망하는 구조이다. 이러한
구조는 담론의 층위에서는 현실텍스트를 언어적인 텍스트로 치환하는 간
접성으로 드러나는 것인데, 이는 텍스트연관성의 측면에서도 설명이 가능
할 것이다. 담론의 구성이 대립적으로 되어 있다는 것, 그 대립의 의미의
전도현상을 보여준다. 이는 담론의 구조가 개인의 의식을 반영함은 물론
사회적인 구조와 연계성을 띤다는 점은 확실히 해준다.

▌6▌ 풍자적 담론의 역사전망 제약

채만식소설의 논의 일반에서 특히 <태평천하>의 성격을 규정하는 가운데 가장 두드러지는 것은 풍자성일 것이다. <태평천하>의 경우는 풍자양식(諷刺樣式)이라는 것을 많은 연구자들이 지적하고 있으며 그 타당성은 인정된다.[90] 그러나 풍자의 양상을 드러내는 데는 기능적인 논의들이지만, 풍자적인 담론이나 그러한 양식이 의식이나 세계관을 어떻게 제약하는지하는 문제는 깊이 논의되지 않았다. 또한 풍자의 방법이 담론 차원에서 논의된 예도 그리 많지 않다.

<태평천하>의 풍자 대상은 윤직원 개인의 이기심(利己心)과 비윤리적(非倫理的)인 성격에 집중되어 있다. 그것은 곧 세태풍자로 연결된다. 윤직원 영감은 물질을 유지하기 위해 안간힘을 쓰는 자신을 스스로 '개 신세'로 비하시켜 비유하고 있다. "그렇지만 이 사람아, 팔자가 존 게 다 무엇잉가! 속 모르구서 괜시리 허넌 소리지……그저 날 겉언 사람은 말이네, 그저 도둑놈이 노적(露積)가리 짊어져 가까버서, 밤새두룩 짖구 댕기는 개, 개 신세여! 하릴없이 개 신세여!……"(3-80) 이러한 자기 풍자는 결국 풍자의 속성에서 연유하는 것인데 현상적으로 작가가 보여주는 것은 왜곡(歪曲)되고 비하(卑下)된 세계이다. 그러한 세계를 작가가 이상으로 삼는 세계와 대비함으로써 풍자의 본래적인 의미는 드러난다. 즉 당대의 현실을 극복하고자 하는 의지를 암시하는 것이란 해석이 가능해진다. 그러한 점에서 이주형의 다음과 같은 지적은 타당하다.

『천하태평춘』은 풍자라는 문학적 방법으로 일관된 작품이다. 풍자에서 작자는 풍자 대상에 대해 확고하게 우위를 지킬 수 있다. 이 점이 니힐리즘에서 벗어나고자 했던 채만식으로 하여금 풍자라는 방법을 즐겨 사용하게 한 중요한 요인이라 할 수 있다. 『천하태평춘』에서 채만식은 반민족적 반사회적

　　지주와 그의 추악한 식구들을 부정의 대상으로 삼아 여유만만하게 웃으면서
　　이들을 조롱. 능멸하고, 마침내는 이 가족이 내부에서 일어나는 자기부정적
　　인 힘에 의해 침몰되어 가도록 하고 있다.[91]

　풍자가 풍자로 살아나는 것은 작가(作家)의 윤리(倫理)가 서 있을 때라야
가능해진다. 풍자문학은 작가가 현상 내부에 인식한 질서를 그것이 발생
한 현상과는 별개의 질서를 가진 현상 속에 둘 때, 독자가 그 주어진 앞
의 현실을 인식할 것이라는 예정하에 그 그 현실을 비판하면서 씌여진 가
탁의 작품이다.[92] 단지 대상을 비웃는다든지, 비웃음의 대상을 질서없이
혹은 반복적으로 나열하는 것만으로는 풍자의 조건을 충족시키지 못한다.
즉 否定을 통한 肯定의 의미를 발굴해 내기 어렵다는 뜻이다. "이놈의
세상이 언제 망하려느냐" 한다든지, "우리만 빼고 다 망하라"고 절규를
하는 것도 그 자체로는 결국 속물의 오도된 역사인식일 따름이다. 이 오
도된 역사인식을 통해 그러한 오도된 인식이 생겨나게 한 근원적인 힘을
생각게 하는 것은 작가의 윤리 때문인 것이다.
　그러나 문제적인 인물로서 작가가 자신의 올바른 세계인식을 갖기 위
해서는 상황의 열악성에 어떻게 대응해 나가는가 하는 문제가 생긴다. 문
학을 떠나 현실과 직접 대면하기를 강요해 오는 경우, 작가는 자신의 몸
을 던져 상황에 대응해 가는 인물을 그릴 수 없다. 그러한 상황에서 작가
가 드러내 보일 수 있는 것은 자기풍자의 윤리일 수밖에 없다는 논지가
전개된 바 있다.[93] 이러한 점이 식민지 시대에서 풍자가 나올 수밖에 없었
던 이유이다. 작가는 자기 윤리의 실천(實踐)에 있어서 한계를 드러내게
된다. 그러니까 미래에 대한 전망(展望)이 잠재되어 버린 상황에서 작가가
어떤 전망을 만들어 보인다면 그것은 주관적인 자기함몰이 되고 만다. 여
기에서 작가에게 윤리를 제시하라 한다면 그것은 지나치게 이념(理念)으로

91　이주형, "채만식 문학과 부정의 논리", 『한국현대소설사연구』, 민음사, 1984, p. 245.
92　김윤식, "풍자의 방법과 리얼리즘", 『한국문학의 논리』, 일지사, 1974, p. 91.
93　최재서, "풍자문학론", 『최재서평론집』, 청운출판사, 1961, pp. 185-96.

무장된 시각(視角)이라 해야 할 것이다.

전망이 서지 않는 데서 허무의식이 싹튼다. 채만식소설의 허무의식은 채만식 문학 일반이 보여주는 면모이기도 하다. 특히 <태평천하>가 쓰여질 무렵 자신의 정신적인 상황에 대해, 채만식은 회고하는 자리에서 "니힐리즘의 호흡"이라고 토로를 한 적이 있다.[94] 이는 역사적 전망이 보이지 않는 시대에 작가가 살아가는 고충을 솔직히 드러냈다는 점에서 의미가 있는 것이다. 이러한 시대의 담론은 개인의 의지나 의식을 발현할 수 없는 상황의 폐쇄성으로 인해 운명론적(運命論的)인 색채를 띠게 된다. 윤직원 영감이 스스로를 '노적가리를 지키는 개'로 비유하고 있는 것이라든지, 현실에 대한 인식도 철저하지 않은 채 손자들을 군수와 경찰서장을 시키겠다는 권력지향이라든지 하는 게 허무주의적인 발상의 일단이다. 또한 진시황과 같은 행각을 하면서 동변(童便)을 이용하여 영원토록 살고자 하는 세속적인 욕망, 욕된 삶을 욕되게 생각할 줄 모르는 무의식 등이 그의 허무주의를 드러내는 예가 된다.

> 집안에서 정말 권세 있고 실속 있는 양반을 내놓자는 것입니다.
> 군수 하나와 경찰서장 하나.
> 게다가 마침맞게 손자가 둘이지요
> 하기야 군수보다도 도장관(道長官)이 좋겠고, 경찰서장보다는 경찰부장이 좋기는 하겠지만, 그건 너무 첫술에 배불러지라는 욕심이라 해서, 알맞게 우선 군수와 경찰서장을 양성하던 것입니다. (3-46)

당대와 장래 세계의 주도권을 쥐고 싶어 하는 윤직원 영감의 포부는 자식들을 체제순응적으로 출세시키려는 허위의식(虛僞意識)으로 가득한 인물로 만들어 놓는다. 식민지 시대 모든 악의 온상인 체제를 유지하는 측에 편을 들어 거기 연을 대는 것이다. 이러한 악의 존재를 통제하는 것은 작

---

94 채만식, "자작 안내", 『전집』 9, p. 519.

가의 윤리이다. 작가의 윤리는 정당하지 못한 사회에서 정당하지 못한 방식으로 삶을 영위하는 인간을 편들 수 없는 것이다. 거기서 풍자가 나온다. 그러한 풍자작가가 성공하기 위해서는 자신의 감각적인 민감성을 통제하면서 분별력이 있고 공평해야 한다. 가능하다면 풍자작가의 성격이 선량하다는 믿음을 주어야 한다.[95] "풍자소설은 소재를 가공하는 과정에서 인물과 환경의 부정성을 작가의 내면의 긍정성과 대조시킴으로써 역으로 부정적 전망을 획득하는 방법을 쓴다." (p. 196) 그렇게 해서 '현상과 본질적인 부분'을 역이용한다는 것이다. 부정적 현상의 본질적 인물, 상황을 자기의 내면의 이상(혹은 긍정적 의식)과 직접적으로 대조시킴으로써 그 명암에 의해 세태의 부정적 부분을 더욱 확대시키게 된다.

이처럼 풍자에서 작가(作家)의 윤리(倫理)는 풍자가 성립되기 위한 본질적 조건이다. 겉으로 드러나는 담론 양상은 조소, 야유, 비꼬기, 희화화 등이 동원되지만 작가의 윤리가 서 있어야 한다. 그러니까 풍자는 작가의 윤리에 전적으로 의존하게 되는데, 작가 자신이 그러한 윤리를 지닐 수 없다든지, 소설 속에서 진정한 가치를 추구하는 인물을 그릴 수 없을 때는 작가의 윤리는 독자가 알아보기 어렵게 잠재된다. <태평천하>에서는 부정의 대상만 드러내고 그것과 대비시켜 드러내야 하는 이상적(理想的)인 세계(世界)는 드러나지 않는다. 이는 단지 풍자의 한계라기보다는 문학과 현실 사이에서 현실의 구조가 문학의 구조를 결정한다는 점의 증거가 되는 것이다. 즉 세계에 대한 객관적인 거리유지가 불가능해지고 따라서 작가 자신이 윤리적인 인물로 부각될 수 없는 것이다. 역사적 전망이 서지 않을 때 세태 풍자는 구조성을 띠지 못함은 물론, 자기풍자(自己諷刺)도 결국은 자신의 윤리성의 잠재로 말미암아 빈정거림에 머물고 만다. 이것이 <태평천하>의 풍자성이 갖는 한계이다.

<태평천하>가 비극양식과 희극양식을 함께 수용한 구조로 되어 있다

---

95 Arthur Pollard, 송낙헌 역, 『풍자』, 서울대 출판부, 1980, p. 94.

는 점은 이미 확인한 바 있다. 풍자는 주로 희극성에 관계되는데 희극성은 담론(談論)의 주체(主體)가 누구인가 하는데 따라 성격이 달라지는 것이기도 하다. 오도된 세계인식을 가지고 살아가는 인물 윤직원을 서술자가 과장과 희화화와 비꼼을 통해 드러내는 것을 독자가 보았을 때는 희극이다. 그러나 작중인물이 지속적으로 추구하는 욕망(慾望)이 일시에 무너지는 데서는 비극성을 나타낸다. 그 비극성은 다시 당대 사회의 성격과 주조적인 동일성을 보여주는 것이라 할 수 있다. 그러나 작가가 필요한 시대착오의 폭을 지나치게 넘어갔을 때, 소설로서의 평정함을 유지하지 못하게 된다. <태평천하>의 결말이 소설적이라기보다는 오히려 극적인 것은 이러한 까닭이다. 이러한 양식상의 왜곡과 풍자는 역사전망을 드러내는 데에 한계가 있는 것이다.

단편소설의 담론과 언어의식

백릉 채만식 **문학비** <출처 : 군산 월명공원>
문학적인 공적을 기리기 위해 1984년에 세운 문
학비. 장편소설 <탁류>의 첫머리를 비신에 새
겼다.

채만식소설의
언어미학

양식의 변용과 담론의 폐쇄성

채만식은 많은 단편소설을 썼지만 전형적인 단편작가라고 하기는 어려울 듯하다. 그의 단편소설에서는 단편소설 특유의 문법이 전형적으로 드러나지 않는다. 그러나 단편소설의 수만큼이나 다양한 실험의지가 보이기도 하고, 장편소설로는 감당하기 어려운 제재는 단편소설로 형상화한 것을 볼 수 있다. 채만식의 단편소설은 소설양식의 새로운 실험을 시도한 일군의 작품, 현실대응력을 드러내는 작품, 자기반성의 작품화를 시도한 작품 등으로 분류해 볼 수 있다.

이 절에서는 채만식의 단편소설 가운데 소설양식의 새로운 실험의지가 드러나는 <痴叔> <少妾>을 검토하고자 한다. <치숙>은 풍자소설로 주로 다루어졌고 서술의 방법적 혁신이라든지 담론의 특성은 별로 주목되지 않았다. 그러나 기호론적인 구조와 담론상황의 특수성 등에서 새로운 각도의 검토가 필요하다고 본다. <소망>은 대화의 상대자를 텍스트내적으로 은폐한 대화형식을 취하고 있는데 이는 기호론적인 구조의 혁신이라는 점에서 주목을 요한다.

이들 작품은 소설구조의 기호론적인 특성이 소설외적인 텍스트와 알레고리적인 관계에 놓인다는 점에서, 소설외적인 텍스트와 텍스트연관성을 확인할 수 있는 가능성을 보여줄 것이다.

▌1▌ 새로운 소설양식의 실험의지

채만식이 새로운 소설형식의 실험을 계속했다는 것은 여러 측면에서 확인된다. 그러나 '기법'이라든지 '새로운 소설형식'이라든지 하는 내용은 정밀한 규정없이 막연히 논의되었다. 그 결과 이제까지와 다른 형식을 가진 소설을 썼다는 점에 논의가 머물러 있다. 소설형식과 담론의 상관성을 검토하기 위해서는 '소설형식'이라는 용어를 다시 검토할 필요가 있을 듯하다.

소설형식은 외적(外的)인 조건(條件)을 중심으로 하는 개념과, 내적(內的)인 요건(要件)을 중심으로 하는 개념으로 나누어 볼 수 있다. 외적인 조건을 플롯구조를 중심으로 하는 소설형식이 될 것이다. 플롯의 유형에 따라 소설의 형식을 구분한 예는 시카고학파의 한 사람인 R. S. 크레인의 이론은 확대한 N. 프리드맨의 견해를 참조할 수 있다.[1] 프리드맨은 주인공의 운명, 인물의 성격, 작품에 나타나는 사상의 세 요소를 고려하여 각각의 플롯을 규정하고 그것을 다시 하위구분하는 방식을 보여준다.[2] 그러나 소설형식의 그러한 분류는 내적인 요소를 고려한 것이기는 하지만 플롯의 진행이라든지 성격의 유형, 주제의 방향 등을 고려한 것이기 때문에 결국은 형식론으로 나아가게 된다.

소설의 내용적 요소를 고려한 소설형식이란 이른바 소설의 '내적형식'

---

1 R. S. Crane, "The Concept of Plot and the Plot of 'Tom Jones'", *Critics and Criticism*, Chicago U. P., 1957, pp. 66–67.
2 Norman Friedman, *Form and Meaning in Fiction*, Georgia U. P., 1975, pp. 79–101.

으로 지칭되는 것이다.3 이는 그 소설의 시간적 공간적 요인, 즉 문학적인 전통을 포함하는 역사·사회적인 제반 요인을 고려한 그러한 형식을 뜻한다. 이는 형식논리에 따라 구분하는 소설형식의 한정성을 벗어나는 개념이며 소재에 따라 소설형식을 규정하는 데서 오는 장르적인 무규범성을 벗어나는 방법론으로 의미있는 개념이다.

채만식 소설의 형식적인 실험의 의지는 극양식과 소설양식의 상호교섭을 시도하는 데서 두드러지게 나타난다. 소설 편에서 보자면 극의식과 극적인 장면화 방법이 소설 형식으로 변용되는 것이다. 그러한 예를 <치숙>, <소망>, <이런 처지> 등에서 볼 수 있는데, 여기서는 <치숙>과 <소망>에 한정하여 살펴보기로 한다. <치숙>은 풍자의 양식으로 주로 설명되었고 소설양식의 언어적인 시험이라는 점에서는 그다지 언급이 없었던 것으로 보인다. <소망>은 기호론적 구조가 극히 이질화된 변형을 보여주는 예로서 실험의식이 반영된 뚜렷한 예가 된다. 이러한 실험의식은 소설내적인 조건을 작가가 완벽하게 통제할 수 있는 단편 소설양식에서 가능하다는 점에서 단편소설 일반의 구조와 담론의 상관성이 아울러 드러나게 되기도 할 것이다.

채만식 소설의 외적인 형식을 특징 지위주는 요인들 가운데 하나는 극의식(劇意識)과 거기서 비롯되는 장면적 특성(場面的 特性)이다. 단 하나의 장면으로 한 작품을 만들려는 그러한 의식은 결국 소설의 내용적인 측면보다는 형식적인 측면의 구속성으로 드러난다. 그 형식이 발전개념으로 되지 못할 경우, 시간성이 개입되지 않음으로써 작품을 극의 한 장면으로 환원하는 구조를 이루게 된다. 이는 초기작품에서 거의 공통으로 드러나는 특성이다. 그리고 이 장에서 검토하려는 일련의 작품에서도 그러한 특성은 부각된다. 장면의 완벽성을 고려하면서 사건의 발전을 동시에 고려한다는 것은 원칙상 어렵다. 한 인물의 독백형식으로 되어 있는 <痴叔>,

---

3 G. Lukács, 반성완 역, 『소설의 이론』, 심설당, 1985, pp. 89-106.

<少妾>, <이런 處地> 등이 극의식과 장면화의 방식이 동시에 적용된 예이다. 그러한 구조가 가장 잘 활용되어 효과를 얻고 있는 것은 앞에서 검토한 <太平天下>에서 확인된 사항이기도 하다.

인물들의 의식과 그 의식이 드러나는 형식 사이에 일정한 대응관계를 설정할 수 있을 것이다. 그러한 대응관계는 매개적(媒介的)으로 드러날 때라야 의미를 지닌다. 채만식의 경우 현실에 대한 비판이 언어적 국면으로는 날카롭지만 인물의 현실대응 측면에서는 날카롭기보다는 소극성을 띠는데, 이는 작품의 독백적(獨白的)인 상황(狀況)이 당시 시대상 어느 한 국면을 드러내 주기는 하지만 근본적인 구조의 파악에는 미치지 못한 결과라 할 수 있다. 독백은 주관적인 심리의 발현에 머물 공산이 크기 때문이다. 거기에는 도전(挑戰)으로서의 대화욕구(對話欲求)가 없다. 빈정거림이나 풍자에 머물고 만다. 그리고 작가의 윤리가 작품의 어느 면을 통제함으로써 대상을 뒤집어 볼 수 있고, 그러한 과정에서 역설적인 의미가 찾아진다고 해도 그것은 소극적임을 면키 어렵다.

독백적인 구조는 희극적인 구조로 전환된다. 원칙적으로 희극적인 소설의 구조는 인물과 환경 사이의 상호작용이라든지 인물의 발전을 그리는 소설이 되지 못한다. 간단히 말하자면 리얼리즘의 유토피아개념을 고려하기 어려운 구조를 이루는 것이다. 이는 소설내적인 텍스트와 소설외적인 텍스트 사이의 상호연관이 차단되는 형국이 된다. 즉 소설텍스트는 소설텍스트로서 완결되어야 한다는 극적인 장르의식이 작용한다. 이는 대상의 전체성이 아니라 행위의 전체성을 그려야 한다는 극의 일반적 요구와 연관된다. 달리 말하자면 소설내적인 텍스트와 소설외적인 텍스트의 통로를 차단하여 소설내적인 텍스트의 완결을 도모하는 방식이 된다. 그러한 점에서는 언어내적인 자기반영과 구조적 완결성을 지향하는 모더니즘의 창작방법에 접근하는 면을 볼 수 있다.

2 담론주체의 일원화와 그 의미

사회상을 비교적 잘 반영하고 있다는 하는 <痴叔>의 경우도 역사적인 전망이라든지 상황과 대응하는 의지 등을 보이기보다는 형식적인 실험의 지가 압도적으로 두드러지는 작품이다. 사회적인 대응이 패배로 갈 수밖에 없다는 구조, 개인과 사회의 상호작용이 불가능한 상황에서 대화적인 구조가 어떻게 변형되는가 하는 점을 보여주는 예가 이 작품이다. <치숙>은 작중인물인 아저씨를 두고 조카가 서술자 역할을 하는데, 뒤에 가서는 변형된 것이기는 하지만 두 인물의 대화가 이루어짐으로 해서 서술자는 담론상황에서 주인공과 거의 비슷한 위치를 점하게 된다.

> 우리 아저씨 말이지요? 아따 저 거시기, 한참 당년에 무엇이냐 그놈의 것,
> 사회주의자라더냐, 그걸 하다 징역 살고 나와서 폐병으로 시방 앓고 누웠는
> 우리 오촌 고모부(姑母夫) 그 양반……
> 머, 말두 말시요. 대체 사람이 어쩌면 글쎄…… 내 원!
> 신세 간데없지요.
> 자, 십 년 적공, 대학교까지 공부한 것 풀어먹지도 못했지요. 좋은 청춘 어
> 영부영 다 보냈지요. 신분(身分)에는 전과자(前科者)라는 붉은 도장 찍혔지요.
> 몸에는 몹쓸 병까지 들었지요.
> 이 신세를 해가지구랑은 굴속 같은 오두막집 단간 셋방 구석에서 사시장
> 철 밤이나 낮이나 눈 따악 감고 드러누웠군요. (7-261)

위 인용은 <痴叔>의 첫머리이다. 여기서 주목되는 것은 일반적인 소설의 서술방식이 아니라는 점이다. 소설의 서술은 일반적으로 서술자의 말과 작중인물의 말로 이루어진다. 서술자의 말은 묘사와 서술이 되고, 작중인물의 말은 직접적인 대화와 작중인물의 의식 내부를 드러내는 말이 있을 수 있는데, 이는 대사와 서술자의 말로 전환된다. 그리고 이들은 작중인물들의 의사소통 형식을 택하는 것으로 된다. 그러나 <痴叔>에서는

의사소통의 기호론적인 구조가 변형되어 있다. 즉 작중인물의 일방적인 독백이나 이야기를 암시된 청자가 듣는 것으로 되어 있다. 담론의 이상적인 구조는 화자와 청자가 언술(言述)을 주고받는 가운데 의미를 조정하고 새로운 의미를 만들어내는 과정이라 할 수 있다. 그렇다면 화자의 언술(énoncé)은 청자를 향해 전달되어야 하고 청자는 그것에 따라 어떤 반응을 보임으로써 또하나의 주체가 되어야 한다. 그러나 <치숙>은 그러한 기호론적인 구조로 되어 있지 않다. 소설의 중간에 숙부와 나눈 대화가 삽입되어 있지만 그것은 현재의 시각(時刻)에서 본다면 과거의 경험을 전달하는 것이기 때문에 장면화의 극적 현재를 벗어나지 않는다. 장면화의 기법에서 '극적 현재'가 유도된다. 작중화자가 이야기를 하는 중에 전날의 일화를 끌어들이기는 하지만 장면의 전환은 아니다. 과거에 있었던 일을 '지금 이 자리'에서 보고를 하는 방식으로 서술되어 있다. 서술되는 사건 사이에 시간차는 있지만 결국 <치숙>이 한 장면으로 된 소설이라는 것을 증거한다. 과거를 작중인물의 현재에서 회상하는 보고는 다음과 같다.

> "그 날도 실상 이랬더라우. 혼을 내 주었더니, 아주머니더러 그런 소리를 하더란 그 날 말이요. 그 날이 마침 내가 쉬는 날이길래 아주머니더러 할 이야기도 있고 해서 아침결에 좀 들렀더니, 아주머니는 나무 혼인집으로 바느질을 해 주러 갔다고 없고, 아저씨양반은 여전히 아랫묵에서 드러누웠어요."
> (7-269-70)

전에 만났을 때의 기억을 떠올리면서 아저씨를 평가하는 언술은 다음과 같이 되어 있다. "사람 속 차릴 여망 없어요. 그저 어디로 대나 손톱만큼도 쓸모는 없고 남한테 사폐만 끼치고, 세상에 해독만 끼칠 사람이니, 머 하루바삐 죽어야 해요. 죽어야 하고, 또 죽어서 마땅해요. 그런데 글쎄 죽지를 않고 꼼지락 꼼지락 도로 살아나니 성화라구는, 내……" (7-278) 여기서 이전의 경험을 전달하는 방식이 어디까지나 현재의 장면의식을 벗어나지 않는다는 것을 알게 된다. 담론의 상황이나 서술자의 태도 혹은 거리에 아무런 변화가 없다. 결국 한 판의 입담좋은 이야기를 들려주고, 들려준 이야기를 비명시적인 청자에게 다시 전달하는 그러한 형식의 담론구조이다.

이러한 폐쇄회로적(閉鎖回路的)인 담론상황에서 작중화자는 자신의 시각으로 아저씨의 사고나 행동 등을 마음대로 질타하고 풍자한다. 질타하는 내용은 크게 보아 사회주의에 발을 들였다가 그에 대한 사회통제가 강력해지는 가운데 신세를 망친 아저씨의 삶이다. 이는 몇 가지 점에서 중의성을 띤다. 첫째는 당시 시대상의 한 국면을 드러내었다는 점이다. 카프의 해체와 사회주의자에 대한 검거는 식민정책에 대한 대항세력의 제거와 체제 강화라는 의미를 띤다. 둘째는 소설내적인 텍스트의 구조와 소설외적인 현실의 구조 사이에 유비관계(類比關係)를 유지하고 있다는 점이다. 작중화자와 같은 시각으로 세상을 바라보는 실제 인물을 환기함으로써 독자의 독서욕구를 자극하는 것이다. 그렇게 함으로써 소설외적 텍스트의 구조를 유추할 수 있게 하는 것이다. 셋째는 사회주의라는 낯선 세계와 언중에게 익숙한 화법 사이의 갈등에서 빚어지는 의미의 역전현상이다. 거기서 왜곡된 세계상과 그것을 드러내는 담론은 구조적인 동일성을 보여준다는 사실을 확인할 수 있다. 즉 정상적인 맥락의 의미가 의미전도현상(意味顚倒現象)을 보여 의미를 새롭게 규정해야 하는 상황으로 전환된다.

나라라는 게 무언데? 그런 걸 다 잘 분간해서 이럴 건 이러고 저럴 건 저러라고 지시하고, 그 덕에 백성들을 제각기 제 분수대고 편안히 살도록 애써 주는 게 나라 아니오?

그놈의 것 사회주의만 하더라도 나라에서 금하질 않고 저희가 하는 대로 두어두었어 보아? 시방쯤 세상이 무엇이 됐을지……

다른 사람들도 낭패 본 사람이 많았겠지만 위선 나만 하더라도 글쎄 어쩔 뻔했어! 아무 일도 다 틀리고 뒤죽박죽이지.

내 이상과 계획은 이렇거든요.

우리 집 다이쇼가 나를 자별히 귀애하고 신용을 하니까 이제 한 십 년만
더 있으면 한밑천 들어서 따로 장사를 시켜 줄 눈치거든요.

그러거들랑 그것을 언덕삼아 가지고 나는 삼십 년 동안 예순 살 환갑까지
만 장사를 해서 꼭 십만 원을 모을 작정이지요. 십만원이면 죄선 부자로 쳐도
천석꾼이니, 머 떵떵거리고 살 게 아니라구요?

그리고 우리 다이쇼도 한 말이 있고 하니까 나는 내지인 규수한테로 장가
를 들래요. 다이쇼가 다 알아서 얌전한 자리를 골라 중매까지 서준다고 그랬
어요. 내지 여자가 참 좋지요.

나는 죄선 여자는 거저 주어도 싫어요.

구식 여자는 얌전은 해도 무식해서 내지인하고 교제하는 데 안됐고, 신식
여자는 식자가 들었다는 게 건방져서 못쓰고, 도무지 그래서 죄선 여자는 신
식이고 구식이고 다 제바리여요.

내지 녀자가 참 좋지 뭐. 인물이 개개 일자로 예쁘겠다, 얌전하겠다, 상냥하
겠다, 지식이 있어도 건방지지 않겠다, 좀이나 좋아!

그리고 내지 여자한테 장가만 드는 게 아니라 성명도 내지인 성명으로 갈
고 집도 내지인 집에서 살고 옷도 내지 옷을 입고 밥도 내지 식으로 먹고, 아
이들도 내지인 이름을 지어서 내지인 학교에 보내고……

내지인 학교라야지 죄선학교는 너질해서 아이들 버려놓기나 꼭 알맞지요.

그리고 나도 죄선말은 싹 걷어치우고 국어만 쓰고요.

이렇게 다 생활법식부터도 내지인처럼 해야만 돈도 내지인처럼 잘 모으게
되거든요.[4]

위에서 작중인물이 '나라'의 일이라고 하는 '질서잡기'는 식민통치를 내
용으로 하는 것이며, 처음부터 통렬히 비판하는 사회주의는 당대의 정신
사적(精神史的)인 몫을 하는 것이라 할 수 있다.[5] 이러한 점에서 의미의 이
중성이 확보된다. 그리고 작중인물이 '이상과 계획'이라는 것은 식민지 교
육을 통해 왜곡된 삶의 목표인 허위적인 가치에 그대로 대응된다. 이처럼
전도된 세계상과 언어의 의미를 보여주는 가운데, 그러한 전도된 세계상
이 결코 추구해야 할 가치가 아니라는 의식을 독자에게 촉발시키는 데서

---

4 『전집』 7, p. 268.
5 김윤식, 『한국근대문예비평사연구』, 일지사, 1976, p. 185.

이 소설의 가치는 살아난다. 작중인물이 추구하는 가치가 본질적인 것이 아니라는 점, 그것이 서술의 과정에서 우위에 있는 시각으로 비판되고 있다는 것을 독자가 깨닫는 데서 풍자가 성립되도록 담론이 조직되어 있기 때문이다.

의미의 전도는 결국 그 사회가 전도(顚倒)된 가치(價値)를 요구한다는 것, 기능적 지식만을 요구하고 고등교육의 창조성이라든지 비판적인 기능이라든지 하는 것은 처음부터 요구하지 않는다는 것을 보여준다. "만약 우리 증조할아버지네 집안이 그렇게 치패를 안해서 나도 전문학교를 졸업을 했으면, 혹시 우리 아저씨 모양이 됐을지도 모를 테니 차라리 공부 많이 않고서 이 길로 들어선 게 다행이다." 하는 것이 작중인물의 판단이다. 대학을 졸업하고 생업이 없어 막노동밖에는 할 일이 없는데 "보통학교 사년 겨우 다니고서도 시방 앞길이 환히 트인" 자기에게 비교한다면 대학을 졸업한 실업자라는 것은 "고쓰까이만도 못하다"는 것이다. 그러한 맥락에서 사회주의 운동은 "부랑당패"라고 의미가 규정된다. 사회주의라는 것이 작중화자의 눈에는 "부랑당패던데요. 하릴 없이 부랑당팹디다."(265)하는 식으로 비친다. 여기서 현실에 대한 의미가 차단되는 면을 볼 수 있다.

앞에서 본 바와 마찬가지로 작중인물의 신념체계(信念體系)는 의미의 전도현상을 보이는 것인데, 이러한 현상은 단지 작가가 창작한 텍스트내적 의미라고만 해석할 것이 아니다. 당시 사람들의 입에 오르내리는 이질적인 담론을 작가는 작품 내부로 수용한 것이라 할 수 있다. 작중현실과 당대현실 사이의 상호작용 가운데 작가의 풍자의도가 들어감으로써 작품의 의미는 살아난다. 다음 예에서 볼 수 있는 것처럼 운명론적(運命論的)인 사고(思考)에 얽매이게 되는 것을 긍정하고, 사회주의를 불한당으로 취급하는 이러한 의미의 전도는 체제지향성으로 연결된다.[6] "사람이란 것은 제가끔 분지복이 있어서 기수를 잘 타고 나든지 부지런하면 부자가 되는 법

---

6 김윤식·김현, 『한국문학사』, 민음사, 1973, p. 187.

이요, 복록을 못 타고 나든지 게으른 놈은 가난하게 사는 법"(266)이고, 그것은 "공평한 천리"라는 것이 운명론의 양상이다. 체제지향이란 자기자신의 가치는 부정하고 남의 가치를 자신의 것으로 수용하는 왜곡된 의미소통의 구조이다. 이는 의미의 일방적인 전달을 수용하는 자세인데, 다음이 그러한 예이다.

> 대체 죄선사람들은 잡지 하나를 해도 어찌 모두 그 꼬락서니로 해 놓는지. 사진도 없지요, 망가도 없지요, 그리고는 맨판 까달스런 한문글짜로다가 처박아 놓으니 그걸 누구더러 보란 말인고 더구나 우리 같은 놈은 언문도 그런대로 뜯어보기는 보아도 읽기에 여간만 폐롭지가 않아요. 그러니 어려운 언문하고 까다로운 한문하고를 섞어서 쓴 글은 뜻을 몰라 못 보지요 언문으로만 쓴 것은 소설 나부랑이인제 읽기가 힘이 들 뿐만 아니라 또 죄선 사람이 쓴 소설이란 건 재미가 있어야지요 나는 죄선 신문이나 죄선 잡지하고는 담싸고 남된 지 오랜걸요. 잡지야 머 낑구나 쇼넹구라부 덮어먹을 잡지가 있나요 참 좋아요. 한문 글자마다 가나를 달아놓았으니 어떤 대문을 척 펴 들어도 술술 내리 읽고 뜻을 훵하니 알 수가 있지요. 그리고 어떤 대문을 읽어도 유익한 교훈이나 재미나는 소설이지요. 소설 참 재미있어요. 그 중에도 기꾸지 깡 소설!…… 어쩌면 그렇게도 아기자기하고도 달콤하고도 재미가 있는지. 그리고 요시까와 에이찌, 그이 소설은 진쩐바라바라하는 지다이모논데 마구 어깻바람이 나구요. 소설이 모두 그렇게 재미가 있지요. 망가가 많지요. 사진이 많지요. 그리고도 값은 좀 헐하나요. 십오 전이면 바로 고 전달치를 사 볼 수 있고 보고나서는 오전에 도로 파는데요. 잡지도 기왕 하려거든 그렇게나 해야지, 죄선 사람들은 제엔장 큰소리는 곧잘 하더구면서도 잡지 하나 반반한 것 못 맨들어내니! (7-270-71)

다음은 작중화자가 그 상대방을 무시하는 데서 이루어지는 담론양상이다. 담론상황에서 상대방을 무시할 경우에는 대화적인 관계가 이루어지지 않는다는 것은 물론, 단일한 시각의 일방적인 압력만이 드러난다. 이는 언어적인 폭압성이라 할 만한 것이다. 시각이 단일한 절대성을 띠는 두 가지 담론체계가 각각 따로 존재하는 형태일 뿐이지 새로운 의미의 장으로 이끌어들이지는 못한다. 결국 독백을 하는 형국이고 상대방의 의미를 함께 통합하지 못함으로써 대화적 구조로 상정되는 소설담론이 한계가 드러난다. 이는 의미체계의 혼란과 역전을 증거하는 예가 되기도 한다.

> "아니란다. 혹시 이재학(理財學)이라면 돈 모으는 학문이라고 해도 근리할지 모르지만 경제학은 그런 게 아니란다."
> "아니 그렇다면 아저씨 대학교 잘못 다녔소. 경제 못하는 경제학 공부를 오년이나 했으니 그게 무어란 말이요? 아저씨가 대학교까지 다니면서 경제 공부를 하구두 왜 돈을 못 모으나 했더니, 인제 보니깐 공부를 잘못해서 그랬군요!"
> "공부를 잘못했다? 허허. 그랬을는지도 모르겠다. 옳다, 네 말이 옳아!"
> 이거 봐요 글쎄. 담박 꼼짝 못하잖나. 암만 대학교를 다니고, 속에는 육조를 배포했어도 그렇다니깐 글쎄…… (7-272)

이재학과 경제학이 동질적인 의미로 받아들여지는, 양가성(兩價性)이 지배하는 환경의 압도적인 영향이 개인의 삶을 규제하는 그러한 담론체계에 대한 관심은 다음과 같은 허무주의적(虛無主義的)인 세계파악과 관계가 있을 것으로 보인다. 허무주의는 개인의 능력이나 힘을 전체에 의탁하고 전체의 움직임과 흐름에 자신의 모든 것을 위임하는 소외의 한 양상이다.[7] 주체가 자신의 의지를 대상에 투영하고 그것을 다시 받아들이면서 대화상황을 만드는 것이 아니라 자신을 대상에 위임해 버리는 그러한 형태를 확인하게 된다.

> "사람이란 건 제아무리 날구 뛰어도 이 세상에 형적 없이 그러나 세차게 주욱 흘러가는 힘, 그게 말하자면 세살물정이겠는데 결국 그것의 지배 하에서 그것을 딸어가지 별수가 없는 거다."
> "네?"
> "쉽게 말하면 계획이나 기회를 아무리 억지루 만들어 놓아도 결과가 뜯대루는 안된단 말이다." (7-275)

---

7 정문길, 『소외론연구』, 문학과지성사, 1979, pp. 208-09.

계획을 아무리 잘 해도 "뜻대로 안 된다"는 인식은 결국 허무주의적인 세계인식과 관련되는 것이라 보아야 할 것이다. 이러한 허무주의적인 세계인식이 담론의 차원에서 간접화된 양상으로 드러난다는 것은 이미 앞에서 살폈다.

소설담론의 양상이 작중인물의 사회에 대한 의식과 상관관계를 지닌다는 점은 <痴叔>을 검토하는 가운데 다소 드러났을 것이다. 그러나 사회에 대한 의식이 단지 사회적인 상황의 반영으로 보고 그 양상을 분석하는 데에 머문다면 그것은 소설담론의 성격을 밝히는 데에 충분하다고 할 수 없다. 소설의 담론은 담론의 주체가 어떻게 상황에 대응하고 거기서 어떤 의미를 발견하며 독자는 어떠한 의미를 읽어내는가 하는 기호론적인 실천의 양상이기 때문이다.

▌3▌ 기호론적인 체계의 재조정

<少妾>은 <痴叔>과는 담론의 상황이 달리 설정되어 있다. 작중화자는 정신이상자처럼 행동하는 남편의 병세를 조언해 달라며, 의사의 아내인 언니를 찾아가 남편의 이야기를 한다. <치숙>이 이야기 상대자가 전혀 고려되지 않았거나 일반적인 청중을 고려한 것 같은 그러한 형식으로 되어 있는데 반해, <少妾>은 앞에 있는 이야기 상대를 텍스트상으로는 감춘 채 대화를 하는 방식으로 되어 있다는 점이 다르다. 즉 외적인 서술자를 감추고 독백을 늘어놓는 방식이다. 이는 A. 까뮈의 <轉落>에 나타나는 서술상황과 유사하다.[8] 담론의 형식으로만 보았을 때는 대화상황의 변형에 우선 주목하게 된다. 일상적인 기호론적 체계가 심한 변형을 보이

---

8 황석자, 『소설의 다음성현상, 합의와 해석』, 한신문화사, 1989, pp. 106-112. 그는 <전략>의 텍스트 전체가 인물들의 대화로만 되어 있고, 서술자의 개입이 전혀 없다는 점에서 "소설장르이면서 연극장르를 투영하는 이중적인 형식"이라고 본다(p. 106).

고 있기 때문이다. 이러한 변형구조는 어떤 특별한 의식을 드러내려는 의도가 숨어 있는 것으로 보인다. 그러나 소설의 형식이 담론의 외형만으로 규정될 수 없는 것과 마찬가지로 담론체의 외적인 형식이 곧 상황에 대한 의식을 드러내는 것이라 하기는 어렵다. <少妄>에서 문제 삼고 있는 화제와 작중인물의 대응태도 등이 상호연관적으로 검토되어야 그 의미가 드러날 수 있을 것이다. <소망>의 화제는 두 차원에서 논의될 수 있다. 하나는 남편의 시각으로 드러나는 화제이고, 다른 하나는 아내가 남편의 파행성을 언급하는 화제이다.

우선 남편의 시각으로 드러나는 화제를 검토해 보기로 한다. '젊은이의 망녕'이라는 뜻을 지닌 <少妄>은 다음과 같은 제사(題詞)를 달고 있다.

"남아거든 모름지기 말복날 동복을 떨쳐 입고서 종로 네거리 한 복판에 가 버티고 서서 볼지니…… 외상진 싸전가게 앞을 활보해 볼지니……

(7-336)

작가 자신은 생활의 신조를 묻는 어느 대담에서 이 제사(題詞)에 큰 의미를 부여한 적이 있다. 그리고 <少妄>과 <明日>, <痴叔> 등의 작품이 어떤 연관성을 가지는가 하는 설명을 하기도 했다. "통곡하고 싶은 심정은 <명일>이 <치숙>의 방향으로나마도 발전이 안 되고서 <소망>의 방향으로 나아가려고 하는 것"이라고 토로하기도 했다.[9] 이는 다른 작품과의 관계 속에서 다시 살펴 둘 필요가 있다. 작가의 다음과 같은 발언이 텍스트연관성을 검토하게 하기 때문이다.

부득이하여 역설적일 따름이지 <명일>(36, 10-12)의 흐름이 더 건전하게 발전된 것이 <치숙>(38-3)이요 <이런 처지>(38-8)가 장편 <탁류>의 물이 밴 대로 또한 그러하달 수가 있고 <소망>(38-10)은 '오늘'의 슬픈 상모(相貌)를 띤 역시 <명일>의 방향이다. (9-518)

---

9 "자작 안내", 『전집』 9, p. 518.

<명일>에서 <치숙>으로 나가는 것이 '역설적이지만 더 건전한 방향'이라는 언급은 사실 여부를 확인할 필요가 있다. 더 건전한 방향이라는 것이 작품상으로는 오히려 더 폐쇄적인 상황으로 가는 경향을 보이기 때문이다. <이런 처지>가 <탁류>의 영향권에 있다는 것도 설득력이 없다. <소망>에 이르러서는 <명일>의 방향 모색이라든지 최소한 지식인의 자기자세 취하기조차 드러나지 않기 때문이다.

앞에서 언급한 대로 <소망>은 청자의 대사를 화자가 모두 소화하는 방식으로 서술되어 있다는 점이 특징이다. 소설의 모두(冒頭) 부분을 인용해 보기로 한다.[10]

[오랫만에 들렀는데 저녁이라두 준비해야겠네.]
아이, 저녁이구 뭣이구 하두 맘이 뒤숭숭해서 밥 생각두 없구
[선풍기 내다줄까?]
괜찮아요, 시방 더우 같은 건 약관걸.
[남편 건강이 안 좋은 모양이던데 요새는 어때?
응. 글쎄, 그애 아버지 말이우. 대체 어떡하면 좋아! 생각하면 고만.
[누구라구 고생 없는 사람 있을라구. 저녁 대신 냉면이라두 시킬까?]
냉면? 싫여, 나는 아직 아무 것두 먹고 싶잖어.
[그래두 손님대접이 아닌데]
그만두구서 뭣 과일집(果實汁)이나 시언하게 한 대접 타 주. 언니는 저녁 잡섰수?
[응, 벌써 먹었어.]
이 집 저녁 허구는 꽤 일렀구려.
[오늘은 모처럼 일찍 먹었지.]
아저씨는 왕진나가셨나보지? 일력거가 없구 들어오면서 들여다보니깐 진찰실에도 안 기실제는…… (7-336)

이상의 인용에서 확인할 수 있는 것은 담론의 주체가 하나는 숨어 버렸

다는 점이다. 장면은 분명히 대화장면인데 혼자서 상대방의 말까지를 다 감당하는 것이다. 대화상황에서 대화의 상대방, 즉 청자를 소거하는 방식의 담론으로 되어 있다. 본문을 읽을 때 독자는 [ ]로 묶어 보충한 것과 같은 내용을 스스로 만들어 가면서 읽게 된다. 여기서 서술자의 담론 통제방식이 독자와 역할을 공유한다는 점이 드러나고 이는 직서성에서 멀어지는 양상이다. 그러나 이러한 기호론적인 체계를 '위반'함으로써 담론 양상이 비소설적으로 전이되는 것은 피치못할 일이다.

기호론적인 구조가 이렇게 독백적인 양상을 띠는 것은 소설외적인 현실이 폐쇄적인 상황이라는 것의 알레고리라는 해석이 가능하다. 아무리 다른 사람과 이야기를 나누어도 결국은 독백(獨白)에 불과하다는 것, 개체가 환경과 교섭작용을 할 수 없다는 것, 따라서 모든 시각을 자아내적으로 폐쇄할 수밖에 없다는 단념이 그러한 형식을 입고 있다고 할 수도 있기 때문이다. 문학에서의 형식은 내용과 상응될 때라야 의미관여적이 된다. 최소한의 소설적인 자율성(自律性)을 유지하기 위해서는 내용이 성숙한 결과로서의 형식이 되어야 하기 때문이다.[11] 그런데 남편의 비정상적인 행동이라는 것이 심리내적인 불안에 대한 방어기제 외에 별다른 의미가 없기 때문에 형식의 의미는 약화된다. 시대상에 대한 막연한 고민이 드러나 있을 따름이지 대응논리가 전개되는 것은 아니다. 신문사를 그만두었다는 것, 개인으로 하여금 고립되게 하는 원인에 대한 자각이 없는 것이다.

> 그이가 작년 초가을에 신문사를 그만두던 그날버틈서 인해 일 년 짝을 굴속 같은 건넌방에만 처박혀 누워서는, 통히 출입이라고 하는 법이 없구, 산보가 다 뭐야. 기껏해야 화동(花洞)사는 서씨(徐氏)라는 친구나 닷새에 한 번쯤, 열흘에 한 번쯤 찾아가는 게 고작이더라우.
> 그리구는 허는 일이라는 게 책 디리 파기, 신문 잡지 뒤치기, 그렇잖으면 꼬옥 드러누워서 웃지두 않구 이야기두 않구, 입 따악 봉허구서는, 맘 내켜

---

11 아도르노, 홍승용 역, 『미학 이론』, 문학과지성사, 1986, pp. 267-68 참조.

> 야 겨우 마지못해 묻는 말대답이나 허구, 그리닥다가는 더럭 짜징이 나가지 굴랑 날 몰아세기나 허구, 그럴 때만은 여전한 웅변이지. 그러니 나만 죽어 날밖에. (7-340)

화자의 남편이 거의 일 년 전에 신문사를 그만두었다는 것, 그 후로는 두문불출하며 책이나 뒤지고 잡지나 읽으며 방에 처박혀 지낸다는 것 말고는 다른 정보가 주어지지 않는다. 일반적인 신경쇠약(神經衰弱)보다 정도가 심한 신경쇠약증을 앓고 있다는 것은 정보로 주어져 있다. 그러나 신경쇠약의 원인이라든지 고민의 내용이 드러나질 않는다. 아내를 몰아세우는 '웅변'의 내용도 짜증에 불과한 것이다. 세계인식의 구체적인 내용을 소설의 구조적인 요소로 제시하지 못한 때문이다.

> 대체 무엇이 그대지 서울이 탐탁해서 죽어두 안 떠날 테냐구 캘라치면, 네까짓 것 하등동물이, 동아줄 신경이, 설명을 해 준다구 알아들으면 제법이게? 설명해서 알 테면 설명해 주기 전에 알아챌 일이지, 일이면서 몰아세요.
> 그리구두 졸리다 졸리다 못하면 임자나 태호 데리구 가겠거든 가래는 거야. 웬만하거든 아주 영영 가버리라구. 시방, 세상이 통째루 사객 벙그러지는 판인데, 부부구 자식이구 가정이구 그런 건 다아 고담(古談) 같대나. 내 어디서 온. (7-342)

부부나 자식을 돌아볼 수 없을 만큼 "세상이 통째루 사개가 벙그러지는 판"이라는 것이 세계인식이라면 그것은 소설이 되기 위한 세계인식으로는 추상적임을 면키 어렵다. 이러한 점은 이 소설이 대상에 대한 시각을 주관적으로 고정시키고 최소한의 대립적 구성을 이루어내지 못한 결과이다. 의미의 단일성보다는 대화적인 상황의 설정이 처음부터 시도되지 않은 것이라 할 수 있다.

"남을 위해서 내가 죽는 것두 개주검일 경우가 많아! 제일차 세계대전 후에, 아메리카 녀석들이 무얼루 오늘날 번영을 횡재했게! 귀곡성(鬼哭聲)이 이천만이 합창을 하잖나! 억울하다구. 생때 같던 장정 이천 만 명!"

"아이구 답답이야! 이 답답. 제에발덕분 하느라구 저기 마루나 안방으루라두 좀 나가서 누워요. 제에발."

"그만 입 다물지 못해? 이 하등동물 같으니라고."

소리를 버럭 지르면서 되사리구 일어나 앉아요, 화가 나서랑.

"이 동물아! 내가 이렇게 꼼짝 않구서 처박혀만 있으니깐, 아무 내력 없이 그러는 줄 알아? 나는 이게 싸움이야, 이래 뵈두. 더위가 나를 볶으니까, 누가 못견디나 보자구 맞겨누는 싸움이야 싸움!" (7-346)

"생때 같던 장정 이천 만 명"의 죽음과 "더위와 맞겨누는 싸움"이 동일한 의미를 지니는 것으로 되어 있다. 이는 의미의 전도를 지나 의미의 미분화를 보여준다. 위 인용에서 볼 수 있는 바와 마찬가지로 이질적인 차원의 담론이 무리하게 엇물려 있는 것이 이 소설 담론의 특징이다. 우선 부부간에 대화의 통로가 마련되지 않을 정도로 층이 진다. 이는 생활을 이야기하는 아내와 세계정세(世界情勢)를 이야기하는 남편 사이의 벽이기도 하고, 남편이 싸움의 대상을 잘못 설정한 데에 담론레벨의 혼란이 야기되는 원인이기도 하다. 아내를 하등동물이라고 탓하는 것은 무능한 남편의 자기변명을 위한 상투어에 지나지 않는다. '더위와 하는 싸움'은 일상성(日常性)에도 미치지 못하는 것이다. 이는 앞에서 살펴본 <냉동어>의 예비적인 전조로서 의식이 교착되어 있는 상태, 의식의 냉동상태가 담론의 차원에 드러나는 것이라 할 수 있다.

외적인 상황이 개인의 대응을 전혀 허용치 않는 경우, 개인은 내면 추구를 지향하거나 완전히 절망하는 길밖에 없게 된다. 채만식의 경우 후자의 길을 택했으면서도 작품을 써야 한다는 발표욕에 몰려간 것이라 할 수 있다. 즉 작가로서의 세계인식과 작품상의 세계인식이 동일한 차원으로 조정된 것이라 할 수 있다.

"속 모르는 소리 말아. 이걸 떠억 입구 이거 푸욱 눌러 쓰구, 저 이글이글
한 불볕에! 어때? 온갖 인간들이 더우에 항복하는 백기(白旗) 대신 최저한도
루다가 엷구 시언헌 옷을 입구서 그리구서두 허어덕허덕 쩔쩔매구 다니는
종로 한복판에 가 당당하게 겨울옷을 입구서 처억 버티구 섰는 맛이라니! 그
게 어떻게 통쾌했는데!"

연설조루 팔을 내저으면서 마구 기염을 토하겠지.

"남들이 보구 웃잖습디까?"

"그까짓 속충(俗蟲)들이 뭘 알아서? 어허허 그 친구 토옹쾌허다! 이 소리
한번 치는 놈 없구, 모두 피쓱피쓱 웃기 아니면 넋나간 놈처럼 멍허니 일을
벌이구는 치어다보구 섰지."(7-348)

남편의 이야기를 서술자 겸 작중인물인 아내가 전달화법을 구사하여
전하는 내용이다. 앞에 인용한 이야기가 진행되는 한 장면이다. 그 이야기
가 끝나갈 무렵 주인이 들어온다. 소설은 거기서 끝나는 것으로 되어 있
다. "마침맞게 아저씨가 들어오시는군. 내친 걸음이니 아무리나 같이 앉아
서 상의를 좀 해보구"(7-349) 하는 데서 소설이 끝난다. 그의 남편이 병
원을 하는 친구를 찾아가 한판 이야기를 벌이는 것으로 한 편의 소설이
된 것이다. 한 편의 소설이 한 장면으로 처리되는 것은 극의식의 발로라
할 수 있다. 상황과 대응을 하지 못하는 개인의 폐쇄성을 극의식으로 그
린 것인데, 상황에 대한 대응태도가 지나치게 경직화되어 형식적 의미를
충분히 드러내지 못한 것으로 보인다. 즉 인물들의 대화를 통해 현실을
묘사하되 그것이 어떤 장르, 예컨대는 극장르를 이루어 의식을 드러냄에
있어서 법칙을 보여줄 단계로는 진전되지 못한 것이다. 소설의 형식이 사
회의 형식과 상응관계를 가진다는 점은 보여주지만 그 관계가 정합적인가
하는 점에 대해서는 판단을 유보하는 수밖에 없다. 작품이 곧 사회상을
알레고리적으로 드러내는 것인가 하는 데에 대한 고찰이 뒤따라야 하기
때문이다.

<치숙>과 <소망>은 소설의 형식을 실험하는 실험의식이 강하게 부각

되는 작품이다. 또한 대화상황의 폐쇄성을 드러내어 개인과 사회의 소통이 불가능한 시대의 시대상을 알레고리적으로 보여줌으로써 소설형식의 사회적 의미를 확보하게 된다. 이는 채만식 소설에서 중요한 특성을 이루는 기호론적인 구조특성이다.

채만식소설의
언어미학

II
담론의 텍스트내·외적 상호규제

채만식의 단편소설 가운데 현실대응력을 문제 삼은 일련의 작품들이 한 유형을 이룬다. 그 가운데 <레디 메이드 人生>과 <明日>은 지식인의 현실대응 태도와 신념을 부각시킨 작품이다. 단편소설에서 현실을 문제 삼는 경우, 대상의 전체성을 포착해야 한다는 명제와 단편소설의 자기완결성이라는 양식적인 요구 사이에 괴리가 생기게 마련이다. 그러한 조건의 검토 없이 이루어지는 내용주의적인 분석은 한계를 드러내게 된다. 소설외적인 텍스트와 소설내적인 텍스트의 상호규제방식을 검토함으로써 방법론적인 한계를 다소 극복할 수 있을 것이다.

이 장에서는 <레디 메이드 인생>과 <명일>을 중심으로 소설외적인 텍스트와 소설내적인 텍스트의 구조적인 연관성을 검토하고, 아이러니적인 상황이 담론으로 매개되는 양상을 살펴 보고자 한다. 그러한 가운데 담론주체의 자기부정적인 의식양상이 드러날 것이다. 소설외적인 텍스트 즉 현실을 문제 삼는다는 점에서는 장편소설과 단편소설이 마찬가지이다. 그러나 장르의 차이는 담론의 차이로 연결된다. 각각 어떠한 방법론을 동원하며 그 연계성은 무엇인지 하는 점이 대비적으로 논의될 것이다.

▎1▎ 소설텍스트의 내적차원과 외적차원

소설은 소설내적인 텍스트와 소설외적인 텍스트 사이를 담론으로 매개하여 이루어진다. 평범하게 말해서 소설은 현실과의 상호작용을 하는 가운데 이루어지는 장르이다. 소설이 현실을 반영한다거나 현실을 드러낸다고 할 경우 그 정확한 의미는 현실과 소설이 차원이 다른 두 텍스트라는 점, 현실은 현실대로 소설은 소설대로 내적인 논리를 지니는 텍스트라는 점이 인정되지 않는 한은 논의는 겉돌기 쉽다.

소설의 이 두 차원의 텍스트연관성은 소설의 양식을 규정하기도 하고 거기 드러나는 담론의 양상을 규정하기도 하는 것이다. 즉 장편소설인가 단편소설인가 하는 장르에 따라 텍스트연관성이 달라지기도 한다. 또한 같은 장르 안에서라면 어느 편에 중점이 놓이는가 하는 데 따라 창작방법이 달라지게 된다. 유기적인 통일과 단일논리를 구성원리로 하는 단편소설은 소설내적인 텍스트에 중점이 놓인다. 리얼리즘을 지향하는 장편소설에서는 소설외적인 텍스트의 압력을 벗어나는 소설을 구성할 수 없는 것이다. 그렇다면 소설내적인 텍스트에 중점이 놓이는 단편소설에서 현실을 반영한다는 것은 어떤 의미이고 거기 드러나는 담론의 양상은 어떠할 것인가 하는 데에 논의의 초점이 놓이게 된다.

앞에서 살펴본 <치숙>과 <소망> 등이 단편소설이 소설내적인 텍스트 차원에 주도권을 둔 경우라 한다면 이 절에서 논의하려는 <레디 메이드 인생>이나 <명일> 등은 소설외적인 텍스트에 주도권이 주어지는 양식이다. 여기서 우리는 양식과 지향성 사이에 괴리가 있다는 것을 알게 된다. 이 괴리를 극복하려는 작가의 창작방법이 풍자를 지향하게 된다는 점은 주목을 요한다. 풍자는 대상에 대한 아이러니적인 시각을 드러내는 방식이다.

채만식의 초기소설 <過渡期>에서 나타나기 시작한 아이러니와 풍자는 <레디 메이드 人生>에 와서 본격화된다. 풍자성을 획득한다는 것은 시대상황을 파악하는 시각이 자리 잡혔다는 뜻이다. 폐쇄적인 시대상황 속에서 개인들이 어떠한 자세를 취하며 대응해 나가는가 하는 문제를 다룬 일련의 작품 가운데, 아이러니적인 상황인식을 선명하게 보여주는 작품으로 <레디 메이드 人生>과 <明日>을 들 수 있다. 상황에 대한 대응방식은 단편소설의 일반적인 문법에 따라 전개된다.

아이러니적인 상황을 표현함에 있어서 담론의 상황을 인위적으로 조정하여 독백적인 극장면(劇場面)을 만드는 예는 <痴叔>, <少妾>, <이런 處地> 등에서 확인된다. 이들 작품은 <레디 메이드 人生>이나 <명일> 등과 텍스트연관성을 갖는다면 그것은 담론을 조직하는 방법에서 대조로 드러나는 특성이다. 담론의 조직방식보다는 의식의 연관성, 즉 현실을 대하는 태도의 측면에서는 <레디 메이드 人生>과 밀착된 관련을 갖는 것이 <명일>이라는 점은 작가 스스로 강조한 바도 있다.

> 누가 무슨 소리를 하든지 이 <명일>은 내가 위에서 말한 갑술년으로부터 의식적으로 문학을 중단하고서 침음하던 최종의 작품 <레디 메이드 인생>의 발전이요, 이내 나의 문학의 방향의 한 가닥이 거기에 근원을 둔 것인만큼 나에게는 중난(重難)스런 작품이 아닐 수 없다.[12]

여기서 우리는 채만식의 단편소설이 두 계열을 이루고 있음을 알게 된다. 여기에서 다루려는 작품들은 작품외적인 현실의 구조를 작품내적인 현실로 환원하는 양상을 보여준다. 이들 작품을 통하여 현실이 작품의 구조를 규제하는 방식을 확인하게 된다. 발전하는 인물의 환경과의 연관성을 고려하지 않은 채 전개되는 소설은 일견 리얼리즘의 방법을 벗어난다.

---

12 채만식, "자작 안내", 『전집』 9, p. 518.

이는 작가의 세계상(世界相)에 대한 인식, 즉 전망이 서지 않는 당시 세계를 바라보는 방식과 연관된다. 달리 말하자면 리얼리즘이 불가능한 시대 특성이 소설에 반영된 양상이다. 현실에 대한 대응방식이 차단된 상황에서라도, 어떤 방식으로든지 현실과 대응하지 않고는 '생활'이라는 현실을 해결할 수 없는 것이다. 여기서 다루는 단편소설에서 현실을 문제 삼는 방식은 장편소설의 그것과 달라질 수밖에 없는 것인데, 그 방법을 아이러니나 풍자라 할 수 있을 것이다. 의식상으로는 과도기성과 연관된다.

현재를 '과도기'로 보는 시각은 현재가 훼손된 세계라는 인식에 터를 둔 것이다. 현재가 지나가야 할 과도성을 지녔다는 인식을 지니고 있으면서도 현재에서 삶을 이어가야 한다는 데서 아이러니는 발생한다. 그것은 현재를 이론적으로 수용할 수 없으면서도 삶을 유지해야 한다는 데서 비롯되는 갈등이다. 그러한 아이러니를 밑받치고 있는 실체는 식민통치라는 현실의 허위적인 구조이다. 그 허위성은 개인이 현실과 대응해 살아가는 과정에서 현실적인 노력과 순수한 열정이 제 의미를 상실하고 전혀 다른 현실로 구현되는 데서 드러나는 일종의 왜곡된 구조이다. 삶의 구조가 왜곡되어 있다는 깨달음과 동시에 거기서 삶을 이끌어 가야 한다는 모순의 인식에서 아이러니 감각은 생겨난다.

그렇게 자각된 모순이 한 단계 높은 데서 작가의 윤리적인 관점으로 바라볼 때 풍자가 성립된다. 그러나 문제는 아이러니양식이라든지 풍자적인 양식이 발생되는 현실적인 논리의 추구에 있다기보다는 그러한 세계인식을 드러내는 소설의 방법에 있다. 소설의 창작방법과 연관되는 담론양상을 통해 이데올로기는 구체적으로 표현되기 때문이다.

2 아이러니적 상황과 담론의 통제

<레디 메이드 인생>과 <명일>에서 보이는 작중인물의 아이러니적인 현실인식(現實認識)은 자신을 비롯하여 자신의 아들이 세상에서 '남아돌아가는 존재'[13]라는 깨달음과 다르지 않다. 그러나 남아도는 존재라는 모든 깨달음이 예외 없이 아이러니적인 인식으로 연결되는 것은 아니다. 담론 주체의 성격에 아이러니적인 인식여부는 달라질 수 있다. 작중인물이 성인으로 설정되는 경우, 자신이 남아돌아가는 존재라는 깨달음을 가지는 것은 세계인식의 영역확대라는 의미를 띠는 것이어서 아이러니적인 면모를 나타내지 않을 수도 있다. 자신에 대한 부정이 아니기 때문이다. <레디 메이드 인생>의 경우는 조건이 다르다. 작중인물이 자신과 생명의 끈이 연결되어 있기는 하지만 자신의 인식을 가지지 못하는 존재인 아들이 남아돌아가는 존재로 설정되어 있다. 이 사실을 그의 아버지인 성인이 깨닫고 행동을 결정하는 것이라서 이중적인 부정의 의미를 지닌다.

작중인물의 아들이 남아돌아가는 존재가 된 데에는 두 가지 힘이 작용하기 때문이다. 하나는 <레디 메이드 인생>처럼 사회제도상으로 결혼의 파탄이 불러온 가정의 파괴가 아들 창선을 남아돌아가는 존재로 만들어 놓은 원인이다. 다른 하나는 작중인물이 지식인이라는 것과 그러면서도 자신의 자리를 찾기 어렵게 되어 있는 사회의 구조적 모순으로부터 주어지는 원인이다. 우선 가정의 파탄으로 인해 아들이 남아돌아가는 존재가 된 <레디 메이드 인생>의 경우를 보기로 한다.

① 어릴 적부터 소박데기 어미의 손에서 아비의 원망과 푸념을 들어가면서 자란 자식은 자란 뒤에 그 아비에게 호감을 가지지 못한다. ② P는 자식

---

13 실존철학에서 말하는 '남아돌아가는 존재 être de trop'의 개념은 아니고 단지 그 사회에서 수용해 주지 않는 그러한 존재란 뜻이다(Paul Foulquié, *L'existentialisme*, 박은수 역, 『실존주의』, 정음사, 1976, p. 100 참조).

을 꼭 찾고 싶은 것은 아니나 아무튼 장성하면 아비라고 찾아올 터인데 그때에 P는 이미 늙고 자식은 팔팔하게 젊은 놈이 옛날에 제 어미를 소박한 아비라서 아니꼽게 군다면 그것은 차마 못 당할 노릇이다.

③ 이러한 생각으로 P는 창선이를 내주지 아니한 것이다. ④ 그러나 배앗아 놓고 보니 이제 겨우 네댓 살밖에 아니 먹은 것을 자기 손으로 어찌 할수가 없다. ⑤ 그리하여 할 수 없이 어렵사리 지내는 그 형에게 맡기어 놓고다시 서울로 올라온 것이다. ⑥ 보통학교에 다닐 나이가 되면 서울로 데려오겠다고 해두고 (7-57-58)

이 인용에 나타나는 작중인물의 태도는 매우 단호하다. 첫 문장은 일반적으로 통용되는 진리치(眞理値)에 주체의 판단이 의존하고 있다. ①의 진술 내용은 작중인물 한 사람에게만 한정되는 사실이 아니기 때문이다. 그러한 사실을 바탕으로 해서 ②와 같은 판단이 가능해진다. 거기에는 시간적으로 예측이 가능한 영역이 포함되어 있다. ③은 앞에서 전개된 사건을 객관적으로 제시한 것이다. 그런데 ④는 동일한 행동이 이중적인 의미부여가 되고 있다는 것을 보여준다. 앞에서는 '내주지 아니한 것'이 ④에서는 '빼앗아 놓'은 것으로 전환된다. ⑤에서는 다시 상황이 역전되어 자기변명으로 형에게 자신의 의지를 위탁한다. ⑥은 ⑤의 내용을 보완하는 역할을 할 뿐이다. 그렇게 되면 자기변명(自己辨明)은 일반적인 진리치를 배경으로 하기 때문에 변명의 성격을 지나 강한 주장으로 드러난다. 이는 자신의 개인적인 주장을 제 삼자의 기준으로 바라보고 인정하게 함으로써 보편적 가치로 전환한 결과라 할 수 있다. 이러한 일반화를 강요하는 담론의 특성은 작중인물의 세계인식과 관계되는 터이라서 강한 주관성을 벗어날 수 없다. 주체의 강한 주관성이 세계의 객관적인 기준으로는 무의미한 것이 될 때, 그러한 이중적인 의미구조가 아이러니를 성립시키는 바탕이 된다. 주체와 세계의 두 주관성이 통로 없이 대결되는 양상을 다른 시각으로 바라봄으로써 풍자가 드러날 수 있는 여건이 마련된다.

한 인간으로서 남아돌아가는 존재를 어떻게 처리하는가 하는 작중인물의 개인적인 결단이 아이러니적인 담론의 성격을 규정한다. 작중인물이 아들을 학교에 보내지 않겠다는 결심은 유다른 의미를 지닌다. 그것은 작중인물의 세계에 대한 의식 즉 세계를 바라보는 시각을 드러내는 것인데, 그것은 한마디로 식민치하에서 고등교육(高等敎育)에 대한 부정이다. 자신이 고등교육을 받은 인물이기 때문에 고등교육에 대한 부정적 시각은 다시 자기비판 내지는 자기 조소로 연결된다. 그러한 행동의 심층에는 식민지교육(植民地敎育)의 모순에 대한 비판이 잠복되어 있다. 식민지교육에 대한 모순의 지적과 비판은 채만식문학의 일관된 주제경향인데 이는 식민지교육이 결국은 우민화교육(愚民化敎育)이라는 인식이다. 그것의 구체적인 행동적 표현은 다음과 같이 나타난다.

> P의 형은 작년에 조카를 보통학교에 입학시키었다. 그러나 극빈 축에 드는 집안인지라 몇 푼 아니 되는 월사금과 학비를 대지 못하여 중도에 퇴학시켰다. 애초에 입학시킬 상의로 P에게 편지를 했을 때에 P는 공부 같은 것은 시켰자 소용이 없으니 차라리 뼈가 보드라운 때부터 생일(勞動)을 시키라고 하였다. P의 형은 그러나 백부의 도리로나 집안의 체면으로나 창선이를 생일을 시킬 수가 없었다. 차라리 자기 손에 두어 헐벗기고 헐입히면서 공부도 시키지 못하느니 제 아비인 P더러 데려가라고 작년부터 편지를 하던 것이다. (7-58)

교육의 보편적인 가치에 대한 부정이 아이러니를 유도한다. 교육을 부정하는 강도(强度)가 크면 클수록 아이러니적인 감각은 살아난다. 교육받은 사람의 자기부정과 교육을 받지 못한 사람의 교육에 대한 지향성 사이의 괴리가 커지면서 아이러니를 강화시킨다. "공부같은 것은 시켰자 소용이 없다"는 주인공의 인식은, 당시 사회에서 결국 인간이 남아돌아가는 존재라는 인식으로 연결되는 것이다. 수요와 공급이 맞아들어가지 않는 가운데 이루어지는 인간관계라는 것은 주체로 하여금 자기존재를 무의미한 것으로 규정하게 만든다. 실질적인 수요 때문에 만들어진 것이 아니라

가상된 수요, 즉 가짜 욕망에 의해 만들어진 존재인 셈이다. 가짜 욕망이 해소되기 위해서는 그러한 상품을 만들어 놓은 사회가 상품을 소비해 주어야 한다. 소비가 안 되어 남아도는 존재로서의 인간이 곧 식민지 사회의 인간들이 처한 상황이라는 진단이다. 남아도는 존재가 자리를 찾는 방식에 대한 추구를 통해 자기를 비판하고 풍자하는 것이 이 작품의 주제이다. 그러니까 <과도기>에서처럼 그 당시 사회의 모순된 구조를 분석한다든지 사변적(思辨的)으로 비판을 하는 것이 아니라 작중인물의 행동을 통해 보여주는 것이 <레디 메이드 인생>의 진전된 소설적 면모라 할 수 있다. 이러한 현실인식의 가능성은 시대 자체의 변화도 있을 것이지만 작가가 그 동안 여러 작품을 통해 실험하고 시도해 본 소설적인 방법이 구현된 결과로 보아야 할 것이다.

아이러니적인 상황인식이 밖으로 향할 때, 즉 삶의 자리를 점검하는 데서는 풍자가 된다. 그것이 내부로 향할 때는 자기풍자(自己諷刺)가 되고, 자신을 풍자의 대상으로 삼을 때는 행동이 제약되기 때문에 조소(嘲笑)가 된다. 그 조소적인 태도를 보이는 주체가 살아가는 세계에서 의식 없이, 즉 자신을 조소하지 않고 살아가는 인물은 다시 조소의 대상이 된다. 동격이기 때문이다. 모순된 세계에서 그 모순을 그대로 인정하면서 삶의 준거 마련을 위해 작중인물들은 '채용시험'이라는 제도적 장치에 자신을 내맡기는 행동을 한다. 이렇게 해서 아이러니적인 세계인식은 이중화되고 여기서 풍자를 위한 예비단계가 마련된다.

"참 시험 본 것 어떻게 되었소?"
P는 H가 일전에 총독부에서 본 고원 채용시험을 생각하고 물어보았다.
"말두 마시우…… 이제는 꼭 들어앉어 공부나 해가지고 변호사 시험이나 치겠소"
사람이 별로 변통성도 없고 그렇다고 여기저기 반연도 없이 취직이 여의하게 되지 못하는 것을 볼 때에 P는 가엾은 생각이 늘 들곤 하였다.
"가만 있게……어서 변호사 시험만 파스하게. 그러면 이제 내가 백만원짜리 주식회사를 조직해 가지고 자네를 법률고문으로 모셔옴세."

이것이 M이 늘 농삼아 하는 농담이다. M도 1년 동안이나 취직운동을 하면서 지냈건만 그는 되레 배포가 유하다. 조금 더 재빠르게 했으면 M은 벌써 취직이 되었을는지도 모르나 그는 타고난 배포와 그리고 남에게 아유구용을 하기 싫어하는 성질로 말하자면 취직전선의 낙오자다.

별로 만나야 할 일도 없다. 그러나 제각기 혼자 있으면 우울해지니까 이렇게 서로 찾으며 자주 만나게 된다.

만나 앉아서 이야기라도 지껄이면 그동안만은 명랑하여진다. 지금 서울 안에 P니 M이니 H니와 매일 만나 하는 일 없이 돌아다니고 주머니 구석에 돈푼 있으면 서로 털어 선술잔이나 먹고 하는 룸펜의 패가 수없이 많다.

(7-61)

"별로 만나야 할 일도 없는" 담론주체들의 삶이 현실을 떠나 '농담(弄談)'의 영역으로 빠져 들어가는 것은 인간의 존재조건이 왜곡되어 있다는 것의 알레고리이다. 인간 삶의 여러 존재조건 가운데 가장 바람직한 양상은 개인과 사회의 상호작용, 주체와 환경의 상호작용이 원활하게 이루어지는 것일 터이다. 그런데 '레디 메이드 인생(人生)'들에게는 그러한 환경이 조성되지 않는다. 거기서 자기비하적인 냉소적(冷笑的)인 농담이 생겨난다. 총독부고원 채용시험에 합격하지 못하는 이들이 '변호사' 시험을 운운하다든지 끼니를 걱정하는 처지에 '백만원짜리 주식회사'를 조직하겠다든지 하는 것은 현실에 발붙이기 힘든 이들이 심리적 보상작용을 희화화한 담론의 양상이다. 그러한 담론은 하나의 담론이 다른 담론과 마주치면서 새로운 의미를 추출하는 것이 아니라 담론 그 자체 안으로 시각이 결정되어버리는 양상이다. 이는 담론 밖의 레퍼런스, 즉 담론의 주체들이 지향해야 하는 바의 행동 목표를 소거(消去)하는 방식이다. 자신 이외의 어떠한 레퍼런스를 지향하는 것이 담론의 본질인데, 담론의 그러한 본질에 역행하는 것이 이 부분에 나타나는 '언어놀이적인 담론'이다. "만나 앉아서 이야기라도 지껄이면 그 동안만은 명랑하여진다."는 그러한 담론의 상황이다. 이는 R. 야콥슨 식으로 설명하자면 시적 기능(詩的機能)이 주도적

인 담론의 양태로 전환된 것이라 할 수 있다.14 하나의 농담이 다른 농담
과 등가적인 관계를 이루는 그러한 담론의 상황이라 할 수 있다. 담론의
양태가 그렇게 어느 한 기능영역으로 조정될 경우 담론의 대화적 성격이
상실됨은 물론이다. 이는 시적언어(詩的言語)의 절대성에 의존한 것이며 단
일논리성을 드러내기 때문이다.15

　이러한 담론은 그의 외적인 레퍼런스를 분명히 가진 이들의 담론과는
소통(疏通)이 차단되어 기호론적인 구조가 와해된다. 다음과 같은 데에서
그러한 예가 확인된다.

　　　K사장은 P가 이미 더 조르지 아니하리라고 안심한지라 먼저 하품 섞어
'빈 자리가 있어야' 하던 시원찮은 태도는 버리고 그가 늘 흉중에 묻어 두
었다가 청년들에게 한바탕씩 해 들려주는 훈화를 꺼낸다.
　　"조선은 농업국이요 농민이 전 인구의 팔 할이나 되니가 조선 문제는 즉
농촌문제라고 볼 수가 있는데, 아 지금 농촌에서 할 일이 오직이나 많다구?"
　　"저는 그 말씀 잘 못 알어듣겠는데요. 저희 같은 사람이 농촌에 가서 할
일이 있을 것 같잖습니다." [……]
　　"가령 응…… 저……문맹 퇴치 운동도 있지. 농민의 구 할은 언문도 모른
단 말이야! 그러고 생활 개선 운동도 좋고……헌신적으로."
　　"헌신적으로요?"
　　"그렇지……할 테면 헌신적으로 해야지."
　　"무얼 먹고 헌신적으로 그런 사업을 합니까?……먹을 것이 있어서 그런 농
촌사업이라도 할 신세라면 이렇게 취직을 못해서 애를 쓰겠습니까?"
　　"허! 그게 안된 생각이야…… 자기가 먹고 살 재산이 있으면서 사회를 위
해서 일도 아니 하고 빈둥빈둥 논다는 것은 그것은 타락된 생각이야."
　　P는 K사장이 억담을 내세우는 것을 보고 속으로 싱그레 웃었다.
　　"그렇지만 지금 조선 농촌에서는 문맹퇴치니 생활개선이니 합네 하고 손끝

14 Roman Jakobson, "Lingustics and Poetics", 신문수 역, 『문학속의 언어학』, 문학
　과지성사, 1989. pp. 50-62. "시적 기능은 등가의 원리를 선택의 축에서 결합의 축으
　로 투사한다."(p. 61.)
15 M. M. Bakhtin, *The Dialogic Imagination*, Texas U. P., 1981, pp. 285-88.

이 하얀 대학이나 전문학교 졸업생들이 몰켜오는 것을 그다지 반겨하기는커녕 머리살을 앓을 것입니다……농민이 우매하다든지 문화가 뒤떨어졌다든지 또 생활이 비참한 것의 근본 원인이 기억 니은도 모른다든가 생활개선을 할 줄 몰라서 그런 것이 아니니까요. 그리고 조선의 지식청년들이 모다 그런 인도주의자가 되어집니까?" (7-48-49)

여기서 우리는 담론주체들의 의사소통이 차단된 폐쇄상황을 확인하게 된다. 이처럼 의사소통이 비정상적으로 이루어진다는 것, 이질적인 언어를 서로 대조해도 담론이 대화성을 상실하고 있다는 것은 담론의 체계가 법칙성을 띠기 어려운 시대의 상징이라 할 수 있다. 작중인물의 담론과 그 담론의 상대역이 주고받는 말은 각각 다른 의미역(意味域)을 점하는 것이다. 대화를 하는 것이 아니라 서로 독백을 하는 그러한 담론의 양상이다. 이는 '담론을 통해서' 시대상을 비판하거나 풍자를 행하는 그러한 것이 아니라 담론의 구조 자체가 이데올로기를 드러내는 그러한 방식이다. "안정된 매체를 통해 굴절된" 교양있는 말이 아니다. "한 시대의 사회적 경향에 있어서 어떤 말이 지배적인가, 말의 굴절은 어떤 형태로 존재하는가, 그 굴절의 매체는 무엇인가"[16] 하는 측면에서 언어의 단층을 지적할 수 있다. 이는 담론이 이루어지는 상황, 즉 소설외적인 텍스트를 수용하는 방식에 따라 담론의 의미가 달라진다는 것을 보여주는 예이기도 하다.

의사소통의 회로가 차단된 상태에서 담론 자체의 시각이 다양한 층으로 분화되더라도 의미의 다중성(多重性)을 확보하지는 못한다. 결국 多聲樂的인 구조를 이루지 못하는 것이다. 위 인용에서 볼 수 있는 것과 마찬가지로 "매일 만나 하는 일 없이 돌아다니고 주머니구석에 돈푼이 있으면 서로 털어 선술이나 먹고 하는 룸펜의 패가 수없이 많다."고 직설적으로 설명을 하는 데서 의미는 단일하게 서술자의 목소리로 통합된다. 결국 이들 룸펜에 대한 냉소적인 비판을 수행하는 담론의 주체는 서술자이기 때

---

16 M. M. Bakhtin, 『도스또예프스키 시학』, 앞의 책, p. 292.

문이다. 그러나 담론의 단일성이 곧 작품의 가치를 떨어뜨리는 것은 아니다. 다만 그러한 담론이 어떠한 방식으로 엮어지고 있는가 하는 점이 문제이다. 담론이 조직되는 방식은 독자의 의미 해석을 어느 방향으로 인도할 수 있다는 점에서 의미 분화를 기대할 수도 있기 때문이다.[17] 다음 예는 담론을 통시적으로 구성함으로써 의미를 다양화하는 방식이다.

> ① 대원군은 한말의 돈키호테였었다. ② 그는 바가지를 쓰고 벼락을 막으려 하였다. ③ 바가지는 여지없이 부스러졌다. ③ 역사는 조선이라는 조그마한 땅덩이나마 너무 오래 뒤떨어뜨려 놓지 아니하였다.
> ④ 갑신정변에 싹이 트기 시작하여 가지고 일한합방의 급격한 역사적 변천을 거치어 자유주의의 사조는 기미년에 비로소 확실한 걸음을 내어딛었다.
> ⑤ 자유주의의 새로운 깃발을 내어건 '시민'의 기세는 등등하였다.
> ⑥ "양반? 홍! 누구는 발이 하나길래 너희만 양발(반)이라느냐?"
> ⑥ "법률의 앞에서는 만인이 평등이다."
> ⑥ "돈⋯⋯돈이 있으면 무어든지 할 수 있다." (7-52)

위 인용은 그러한 담론이 이루어지는 상황, 즉 소설외적인 텍스트를 고려해야 정당한 의미가 드러난다. 작중인물 P가 광화문 네거리의 기념비각 옆에서 어디로 갈 것인가 망설이는 장면에 나타난 서양사람 내외가 사진까지 찍으면서 구경하는 장면에서 연상하는 내용이다. "대원군이 만일 이꼴을 본다면⋯⋯이렇게 생각하매 P는 저절로 미소가 입가에 떠올랐다. "이러한 상황에서 이루어지는 담론이기 때문에 단지 근대사의 역사적인 변화를 시간적으로 서술하는 것이 아니다. 이미 '또 다른 시각(視角)'이 담론에 들어와 있는 셈이다. 실직한 인텔리 P의 자신에 대한 시각과, 외국인이 바라보는 역사와 그 역사의 주체였던 대원군의 시각(視角)이 교체(交替)된다. 인용문의 첫 문장 ①은 외국인 부부에 의해 촉발된 역사에 대한 의식이다. 역사 진전의 필연성이라든지 세계적인 정세의 변화에 둔감했다

---

17 M. M. Bakhtin, 『도스또예프스키 시학』, 앞의 책, p. 264.

는 식의 서술이 아니라 "한말의 돈키호테"로 비유되는 것은 그 담론에 서양인의 시각이 들어와 있다는 것을 암시한다. 그렇기 때문에 ②와 ③의 '바가지'는 이질적인 것이 된다. ④에는 갑신정변, 한일합방, 기미독립만세로 이어지는 숨가쁘게 전개되는 근대사의 커다란 사건들이 열거되어 있다. 거기서 '자유주의'라는 것의 정체가 모호해진다. 그 자유주의가 민족적 정체성을 보장하지 못하는 상태의 것이기 때문이다. 이는 갑신정변이나 한일합방 등의 성격이 규명되지 않은 채 문체의 힘에 의지한 열거법으로 드러나기 때문이다. 그리고 ⑥에서 볼 수 있는 것처럼 서술자의 서술과는 레벨이 다른 담론을 반복변형하면서 제시하기 때문에 반성적 사고(反省的思考)의 여지를 주지 않는다.

한국 근대사의 숨 가쁜 전개 과정을 통하여 생겨난 신흥 부르조아지이기 때문에, 충분한 성장 과정을 거치지 못했고 따라서 안정된 계층이 되기 어렵다. 역사 진전의 방향에서 보았을 때의 이들 부르조아의 파행적 양상이 다음과 같이 드러난다. 이는 사회기호론적(社會記號論的)인 실천(實踐)의 한 양상이라는 점에서 주목되는 점이다.

　　신흥 부르조아지는 민주주의의 간판을 이용하여 노동자 농민의 등을 어루만지고 경제적으로 유력한 봉건 귀족과 악수를 하는 동시에 지식계급을 대량으로 주문하였다.
　　유자천금이 불여교자일권서(遺子千金 不如敎子一券書)라는 봉건시대의 진리가 자유주의의 세례를 받아 일단의 더 발전된 얼굴로 민중을 열광시키었다. "배워라. 글을 배워라……지식만 있으면 누구나 양반이 되고 잘살 수가 있다." 이러한 정열의 외침이 방방곡곡에서 소스라쳐 일어났다. 신문과 잡지가 붓이 닳도록 향학열을 고취하고 피가 끓는 지사들이 향촌으로 돌아다니며 삼촌의 혀를 놀리어 권학을 부르짖었다. "배워라. 배워야 한다. 상놈도 배우면 양반이 된다." "가르쳐라. 논밭을 팔고 집을 팔아서라도 가르쳐라. 그나마도 못하면 고학이라도 해야 한다." "공자왈 맹자왈은 이미 시대가 늦었다. 상투를 깎고 신학문을 배워라." "야학을 설사하여라." 재등(齋藤)총독이 문화정치의 간판을 내어걸고 골골이 학교를 증설하였다.

보통학교의 교장이 감발을 하고 농촌으로 돌아다니며 입학을 권유하였다. 생도에게는 월사금을 받기커녕 교과서와 학용품을 대어주었다. 민간의 유지는 돈을 걷어 학교를 세웠다. 민립대학도 생기려다가 말았었다. 청년회에서 야학을 설시하였다. 갈돕회가 생겨 갈돕만주 외우는 소리가 서울의 신풍경을 이루었고 일반은 고학생을 존경하였다. 여학생이라는 새 숙어가 생기고 신여성이라는 새 여인이 생기어났다.

이와 같이 조선의 관민이 일치되어 민중의 지식 정도를 높이는 데 진력을 하였다. 즉 그들 관민이 일치하여 계획한 조선의 문화 정도는 급속도로 높아갔다. 그리하여 민중의 지식 보급에 애쓴 보람은 나타났다.

면서기를 공급하고 순사를 공급하고 군청 고원을 공급하고 간이농업학교 출신의 농사 개량 기수를 공급하였다. 은행원이 생기고 회사 사원이 생기었다. 학교 교원이 생기고 교회의 목사가 생기었다. 신문기자가 생기고 잡지기자가 생기었다. 민중의 지식 정도가 높았으니 신문 잡지 독자가 부쩍 늘고 의사와 변호사의 벌이가 윤택하여졌다. 소설가가 원고료를 얻어먹고 미술가가 그림을 팔아먹고 음악가가 광대의 천호에서 벗어났다. 인쇄소와 책장사가 세월을 만나고 양복점 구둣방이 늘비하여졌다. 연애결혼에 목사님의 부수입이 생기고 문화주택을 짓느라고 청부업자가 부자가 되었다.

그리하여 부르조아지는 '가보'를 잡고 공부한 일부의 지식꾼은 진주(다섯끗)를 잡았다. 그러나 노동자와 농민은 무대를 잡았다. 그들에게는 조선의 문화의 향상이나 민족적 발전이나가 도리어 무거운 짐을 지워 주었을지언정 덜어주지는 아니하였다. 그들은 배주고 속 얻어먹은 셈이다. (7-52-53)

위 인용에서 우선 확인할 수 있는 사항은 의미의 조직이 이중화되어 있다는 점이다. 인용문의 첫 문장, "신흥 부르조아지는 민주주의의 간판을 이용하여 노동자 농민의 등을 어루만지고 경제적으로 유력한 봉건 귀족과 악수를 하는 동시에 지식계급을 대량으로 주문하였다."에서 신흥부르조아지의 성격이 드러난다. 신흥부르조아지는 민주주의를 실천하는 것이 아니라 단지 간판으로 내 건 것일 따름이며, 따라서 민주주의는 아니라는 것, 노동자 농민에게 실질적인 도움을 주는 것이 아니라 등을 어루만진다는 것은 실제로는 간을 빼먹는 행위를 환기한다. 신흥부르조아지와 봉건귀족의 결탁이 대립적으로 드러나고, 지식계급을 물적인 존재로 전환하여 '주문'한다는 식으로 표현한 데서 일상의 의미의 역전을 보게 된다. 이러한 의미의 대립을 통하여 사실과 담론 의미가 모순되는 가운데 처한 당시 시대상황을 보여주는 것이다. 이러한 구조는 인용문 전체를 통해 확인된다. 담론의 이러한 성격은 소설텍스트 전체로 나아가서 소설외적인 텍스트로까지 그 의미역을 확장해 간다. 인텔리에 대한 해석도 이러한 맥락에서 이루어져야 한다.

인텔리는 '관민이 일치' 하고 총독이 학교를 세우는 가운데 생겨난 새로운 계층의 하나이다. 그런데 이들은 "해마다 천여명씩 늘어가"는 형편이며 뱀을 본 이들이다. "꼬임을 받아 나무에 올라갔다가 흔들리는 셈"이며 "개밥의 도토리" 격이다. 이러한 아이러니적 상황으로 전개된 것이 식민지 교육(植民地 敎育)의 실상이라는 고발로 읽을 수 있는 맥락이다. 그러한 점에서 <레디 메이드 人生>은 입사설화(入社說話)를 바탕에 깔고 있는 작품이라는 지적은 참고가 된다. "「레디 메이드 인생」은 입사설화에 토대하여 실업자가 넘치는 사회를 비판하고, 무산지식층의 허황된 의식과 한국의 근대사를 비판하였다. 그러나 민족문제를 풍자의 기준에서 제외한 채만식의 시각은 이 작품의 뛰어난 비판정신을 약화시키고 말았다."18 그러나 이러한 비판이 담론의 양상으로는 어떻게 드러나는가 하는 점을 보다 섬세하게 살펴 보아야 한다. 당시 지식인의 사회적인 위상이 다중적인 의미를 지닌다는 점에서 그것이 담론의 양상과는 어떻게 관련되는가 하는 점이 문제되기 때문이다. 담론 차원에서는 대립적인 의미의 전개를 보았으므로 사회기호론적(社會記號論的)인 차원(次元)에 대해 약간 언급하기로 한다.

식민지 가짜 체제가 만들어 놓은 교육(敎育)이라는 제도적 장치에 도움을 입어 인텔리가 된 장본인들은 그러한 제도를 만들어 놓은 주체로부터 배제되는 아이러니를 경험하게 된다. 그렇게 되기까지의 과정은 담론의

---

18 김인환, 『한국문학 이론의 연구』, 을유문화사, 1986, p. 158.

경계를 무시하는 일종의 광기를 경험하게 되는 것으로 나타난다. 신흥부
르조아와 노동자와 농민, 봉건 귀족과 총독, 지사, 보통학교 교장 등 이들
이 단일한 논리의 담론을 향유하는 것은 기호론적인 소통체계의 혼란이
다. 이는 즐거운 싸움으로 표현되는 카니발적인 주체(主體)의 역할교환과
는 다른 양상이다.19 이는 그 혼란에 참여한 이들을 다시 억압하는 그러한
구조이다. 그러한 혼란의 와중에서 풍속(風俗)의 변화가 일어남을 읽을 수
있다. 그러나 그 풍속의 변화가 조작된 것이고 속이 빈 가짜라는 것은 금
방 드러나는데 그 결과가 인텔리들의 실직(失職)이다.

　이들의 내적인 갈등은 식민통치를 합리화할 수 없다는 데 있다. 식민통
치를 합리화하고 거기 합세하여 기득권을 누리지 않겠다는 것은 소극적인
저항방식이다. 작중인물 P가 아들을 학교에 보내지 아니하는 것은 그 방
식의 구체화이다. 그러나 이 소극적인 저항이 사회 전반의 풍속이라든지
그러한 풍속을 만들어 놓은 근원적인 힘에 대한 거부로 나타나는 데서는
소극성을 뛰어넘는다. 이것이 아이러니를 풍자로 전환시키는 메카니즘이
다. "그렇다고 부르조아의 기성 문화기관에 들어가자니 그곳에서는 수요
를 찾지 아니한다. 레디 메이드로 된 존재들이니 아무 때라도 저편에서
필요해야만 몇씩 사들여간다."(7-61)는 구조이기 때문에 적극적으로 저항
할 길도 막혀 있고 '기성문화'에는 수요가 없는 형편에 처한 작중인물들이
사회에 대한 의식이 깨이면 현실을 수용할 수 없다는 인식과 함께 자기풍
자를 거쳐 사회에 대한 풍자의 방향으로 나아가게 된다.

▍3▍　타자에 대한 인식과 텍스트연관성

　현실에 대한 인식은 자신(自身)의 존재조건(存在條件)에 대한 인식에서도

---

19 M. M. Bakhtin, *Rabelais and His World*, MIT Press, 1982. pp. 273-275.

비롯되는 것이지만 다른 사람들의 삶의 조건과 대비되는 데서 오는 것이기도 하다. 문물이 새로워진 것과는 아무 관계 없이 오히려 역방향으로 치달아 현실은 경제적인 열악성을 면치 못함은 물론, 양심과 사회적인 체면이 모두 상실된 인간군상을 만들어낸다. 여기 대한 분노는 자신과 남의 기호론적인 소통구조가 다르다는 인식에 연관된다.

> "자고 나 돈 조꼼 주고 가 응."
> "얼마나?"
> "암만도 좋아…… 오십 전도, 아니 이십 전도"
> 계집애의 말이 떨어지기도 전에 P는 불에 덴 것같이 벌떡 일어섰다. 일어서면서 그는 포켓 속에 손을 넣고 있는 대로 돈을 움켜쥐어 방바닥에 홱 내던졌다. 일원짜리 지전 두 장과 백동전이 방바닥에 요란스럽게 흩으러진다.
> "앗다, 돈 !"
> 내던지고는 P는 뛰어나왔다. 그의 눈에는 눈물이 괴었다. (7-67)

이는 색주가에 가서 술을 마시고 나서, 창녀와 수작을 하는 가운데 현실의 한 단면을 드러내는 에피소드이다. 돈이 인간의 자존심과 가치를 대신하는 양상이다. 작중인물은 이 사건으로 인하여 고민하게 되는데, 그 사색의 결과가 작중인물의 현실인식으로 전환된다. 당시 세계상을 바라보는 안목과 관련되도록 담론이 조직되어 있기 때문이다.

> "지금 세상은 정당한 성도덕이 서서 있는 때도 아니다."
> 그것은 한 세대에 여러가지의 시대사조가 얼그러져 있는 때문이다. 그러니까 여자의 정조에 대하여도 일률적으로 선악과 시비를 가릴 수는 없는 것이다.
> 하룻밤 몸값으로 '이십 전도 좋소' 하는 여자, 그에게는 다른 사람이 갖는 성도덕도 없고 따라서 자신을 타락이라서 슬퍼하지도 아니한다.
> 그 여자 자신을 나무랄 필요도 없는 것이요, 동정할 여지도 없는 것이다. 그 여자 자신은 결코 불쌍한 사람이 아니다.
> 예수의 사랑(?)도 아무리 그 사랑이 크고 넓다 했을지언정 그것은 '불쌍한 사람' '죄지은 사람'에게 미칠 수 있는 것이다.

'불쌍하지 아니한' '죄짓지 아니한' 동관의 색주가 계집애에게는 누구의 동정이나 사랑도 일없는 것이다.

"뭣 ? 관념적이라고 ?"

그렇다. 관념적이라도 할 수 없다. 그러나 그것은 그 여자의 주관을 객관화한 것이다. 그러니까 그것은 한 엄연한 현실이다.

또 그 병적 현실에 메스를 대는 것은 집단의 역사적 문제이지만 룸펜 인텔리의 결벽과 흥분쯤으로는 문제가 되지 아니한다. (7-71)

위 인용문은 "병적인 현실에 메스를 대는 것은 집단의 역사적 문제"라는 인식에 도달하기 위해 어떠한 우회로를 거치는가 하는 점을 보여준다. 그러나 그러한 인식 자체가 또한 자승자박(自繩自縛)의 논리에 빠져 버린다는 데서 아이러니는 더욱 강화된다. 현실의 인식이나 현실 개조를 위한 노력이 "룸펜 인텔리의 결벽과 흥분쯤으로는 문제도 되지 아니한다."는 억압구조가 그것이다. 이러한 데서 나타나는 채만식의 역사의식은 매우 건강한 것이라 할 수 있다. 그러나 그것이 역사 진전의 구체상으로 성숙되지 못하고 반복되는 것은 소설의 장르적인 拘束性 때문이기도 하고, 당시 환경이 역사적 전망을 드러내 보이지 않았기 때문이라 할 수도 있다.[20]

위 인용에서는 <過渡期>에서 보았던 담론의 여러 특성이 반복적으로 드러나는 것을 확인하게 된다. 우선 작품 전체를 관류하는 분위기가 '과도기의식'으로 가득 차 있다. 과도기의식이 드러나는 방식이 단일논리적인 담론으로 되어 있다는 것도 공통된 점이다. "뭣? 관념적이라고?" 하는 부분은 대화를 보여주는 것처럼 되어 있지만 실상은 대화가 아니라 강조의 의미를 띠는 부호에 불과하다. 그리고 작중인물이 혼자 독백을 하는 형식으로 되어 있다는 점에서 <과도기>의 현실비판양식과 동일한 방법이 채용되고 있는 부분이라는 점을 알 수 있다. 일종의 '서술독백'[21] 형태를 활

---

20 채만식이 <레디 메이드 人生> 이후 직장을 그만두고, 2년여 작품 발표를 하지 못한 것은 세계상의 압력이라는 의미를 띤다. 자신의 작가적 에너지 재충전 기간이 필요했다고도 할 수 있을 것이나, 작가가 견뎌내기 힘든 세계상의 압력 때문이라 보아야 할 것이다. (이래수, 『채만식소설연구』, 이우출판사, 1986, pp. 80-81.)

용한 담론으로 이는 <명일>과 텍스트연관성을 지니는 것이기도 하다.

　일천구백삼십사년의 이 세상에도 기적이 있다.
　그것은 P가 굶어 죽지 아니한 것이다. 그는 최근 일 주일 동안 돈이 생긴 데가 없다. 잡힐 것도 없었고 어디서 벌이한 적도 없다.
　그렇다고 남의 집 문앞에 가서 밥 한술 주시오 하고 구걸한 일도 없고 남의 것을 훔치지도 아니 하였다.
　그러나 그동안 굶어죽지 아니하였다. 야위기는 하였지만 그래도 멀쩡하게 살아 있다. P와 같은 인생을 이 세상에 하나도 없이 싹 치운다면 근로하는 사람이 조금은 편해질는지도 모른다.
　P가 소부르조아지 축에 끼이는 인텔리가 아니요 노동자였더라면 그동안 거지가 되었거나 비상수단을 썼을 것이다. 그러나 그에게는 그러한 용기도 없다. 그러면서도 죽지 아니하고 살아 있다. 그렇지만 죽기보다도 더 귀찮은 일은 그를 잠시도 해방시켜 주지 아니한다. (7-72)

이는 "굶어죽지 않고 살아 있다는 것이 기적"인 그러한 세계에서 직업이 없이 인텔리의 삶이라는 것은 인간 삶의 기본조건마저 충족시켜주지 않는 당시 사회상의 알레고리이다. 동시에 그것은 '의식인의 비극'이라는 의미부여가 가능할 것이다. 도둑질할 만한 용기마저 가질 수 없는 삶의 황폐함은 <明日>에서 반복되어 나타나는 모티프이다. 작중인물이 도달하는 결론은 자식에게는 교육을 시키지 않겠다는 것이다. 그대신 육체노동을 시킨다는 것인데, 아홉 살 난 아들을 학교에 보내는 것을 포기하고 인쇄소에 맡기는 행동은 아이러니를 동반한 현실비판, 특히 식민지교육에 대한 비판이라는 의미를 띤다. 아들을 인쇄소 직공으로 들여보내기로 결정한 다음 작중인물이 느끼는 안정감은 다음과 같이 나타난다. '외롭게 꿈을 꾸'는 아들과 거기서 솟아오르는 '애정'의 대립적 의미를 구성하는 가운데, 자조적(自嘲的)인 담론이 되어 버린다. 이러한 문체적인 긴장과 해소를 통해 심리적인 대립과 그 해소를 담론의 양식과 동일한 형태로 조정하

---

21 이상신, "이효석 문체의 기호론적 연구", 이화여대 박사논문, 1989, p. 18.

는 것이 이 작품의 특성이라 할 수 있다.

> 일찍 맛보아보지 못한 새살림을 P는 시작하였다.
> 창선이가 도착한 날 밤.
> 창선이는 아랫목에서 색색 잠을 자고 있다. 외롭게 꿈을 꾸고 있으려니 생각하매 전에 없던 애정 이 솟아오르는 듯하였다.
> 이튿날 아침 일찍 창선이를 데리고 ××인쇄소에 가서 A에게 맡기고 안 내키는 발길을 돌이켜 나오는 P는 혼자 중얼거렸다.
> "레디메이드 인생이 비로소 겨우 임자를 만나 팔리었구나." (7-75-76)

이 작품에 이르러서야 비로소 현실에 대한 아이러니적인 인식이 이루어지고 그것을 풍자의 형식으로 표현하는 데 성공한다는 점에서 <레디 메이드 人生>은 채만식 소설의 역정 가운데 하나의 획을 긋는 작품이라 할 수 있다. 그리고 담론의 차원에서는 <過渡期>를 비롯한 초기 소설의 양상을 반복·변형(反復·變形)해 보여주는 텍스트연관성을 드러낸다. 또한 아이러니와 풍자가 동시에 드러나면서 단일시각적인 담론 특성을 벗어나기 시작하는 면모를 드러내는 것도 이 작품에 와서이다. 그런 의미에서 <레디 메이드 人生>은 채만식 소설의 한 전환점이란 의미를 띤다.

▌4▌ 담론주체의 자기부정과 상황의 관련

<明日>은 <레디 메이드 人生>이 쓰여진 2년 뒤에 나온 작품이다. 그 2년간은 채만식 문학에서 에너지의 재충전 기간 혹은 작가적인 반성의 기간이라 할 수 있다.[22] 그러나 현실인식의 방식이 달라진 것이라 하기는 어

---

22 채만식이 1934년부터 1936년 사이 작품 활동을 크게 하지 않으면서 모색의 시간을 가졌다는 것은 작가론적인 측면에서 매우 중요한 의미를 지닌다. 그것은 <레디 메이드 인생>을 쓴 다음에 오는 현실인식으로 인한 회의의 과정이며 모색의 과정이라 할

렵다. <레디 메이드 人生>에서 보여준 현실인식이 <명일>에서 다시 반복되고 있음을 보게 된다. 두 작품은 소재 면이나 주제 면에서 동질성을 지님은 물론 주제경향까지 동일하다. 그리고 담론의 특성에서는 미세한 차이를 보이는 것이 사실이나 크게 달라진 것은 없다고 본다. 두 작품이 공통되는 점은 지식인의 자기부정과 그것이 세계상과 대비되어 아이러니를 이루면서 그 아이러니가 다시 세계상에 대한 비판으로 나아갈 수 있도록 되어 있다는 점이다. 이는 두 작품의 텍스트연관성이 매우 깊은 것이라 할 수 있다.

<明日>은 양식상으로 보았을 때 박지원의 <許生傳>이 부정적으로 변형된 것이라 할 수 있다.23 <허생전>의 주인공이 독서계층이라는 것과 <명일>의 주인공이 인텔리라는 점, 남편과 아내 사이의 현실에 대한 시각 차이를 보여주는 점도 동일하다. 남편의 관념성과 아내의 현실지향성의 대조가 두 작품의 공통성으로 지적될 수 있다. 글읽는 허생이 현실에 눈을 뜨게 촉발하는 역할이 아내에게 주어져 있다면 <명일>의 남편 범수와 아내 영주가 생활과 교육을 사이에 두고 의견이 대립되는 것은 여성의 작품내적 역할의 증대라 할 수 있다.

범수의 입을 통해 규정되는 자신의 처지는 "이 세상에 제일 만만한 인종은 돈 없는 인테리."(144)라는 것이다. 그러한 인텔리가 자기 세계에 대해 작용력을 상실했을 때, 자기비하에 빠지게 된다.

"갠헌 객기를 부리지 말어요.. 있는 땅까지 팔어서 머릿속에다 학문만 처쟁였으니 그게 무어야? 씨어먹을 수도 씨어먹을 데도 없는 늠의 세상에서

수 있다. 그리고 그가 서울을 떠나 개성으로, 광나루로, 고향으로, 이리로 다시 서울로 왔다가 고향으로 돌아가는 과정은 <민족의 죄인> 등과 관련지어 검토할 필요가 있을 것이다.

23 채만식소설이 고전소설 혹은 전대의 소설과 어떤 텍스트연관성을 지니는가 하는 문제는 하나의 검토항목이 될 것이다(박계주, "채만식과 신소설", 『여원』, 1963. 5. pp. 291-92. 및 최원식, "채만식의 고전소설 패러디에 대하여", 『민족문학의 논리』, 창작과비평사, 1982, pp. 165-75.).

공부를 했으니 그게 무어란 말이야? 좀먹은 책장허구 무엇이 달러?"

인제는 흥분조차 잊어버렸으나 범수가 늘 두고 염불처럼 되풀이하는 말이다. 그는 어려서는 부모가 시키는 대로 또 중학 이후는 자기가 하고 싶어서 그래서 공부를 하였다.

자기 앞으로 땅마지기나 있는 것을 톡톡 팔아서까지 학자를 삼아 대학까지 마치었다.

그러나 지금 와서 생각하면 비록 의식하지는 못했으나마 천하 어리석은 짓을 하고 만 것이다. (7-146)

공부한 것이 '천하 어리석은 짓'으로 되고 마는 현실에서 작중인물은 자기비하적(自己卑下的)인 자조를 보인다. 앞의 인용에서 볼 수 있는 것처럼 약간의 자기변명이 드러난다. 자신이 공부를 한 당시는 공부에 대한 분명한 의식이 없었다는 것이다. 그리고 그러한 일을 현재 위치에서 반성한다는 뜻이 나타나기도 한다. '지금 와서 생각하면' 하는 서술에서 나타나는 시간(時間)의 역전(逆轉)이 그것이다.

"이 세상에서 제일 만만한 인종은 돈 없는 인테리."라고 남편이 노상 하는 말이 새삼스럽게 머릿속에서 되씹혀지는 것이었다. 남편이 그런 말을 할 때면 영주는 "그것도 사람 나름이지 제마다 다 그럽디까?"하고 은연중 남편이 자기의 무능한 것을 이론으로 카무플라지하려는 듯한 심정이 미워서 톡 소곤 하였으나 막상 막벌이꾼도 나서기만 하면 적으나 많으나 간에 하루 먹을 것은 버는데, 돈 없고 실업한 인텔리란 걸로 그만한 변통성조차 없이 그저 막막한 자기네 처지를 생각하매 남편의 하던 말이 비로소 마음에 찰칵 맞는 것 같았다. (7-144)

아내의 갈등은 남편을 이중적으로 이해하는 데서 비롯된다. 남편의 인텔리로서의 자기변명과 그것이 현실이라는 것을 인정하는 양면적인 이해가 그것이다. 남편의 무능과 그 무능이 자기변명만일 수는 없다는 인식이 갈등을 초래한다. 그러한 인물의 행동이라는 것은 본능적인 인종(忍從)일 따름이다. 아침을 겨우 해결하고 저녁거리가 없는 상황에서 "그러니 하루 앞선 내일 일도 염두에 없을 테거늘 인제 가을에 가서 아이들을 입힐 옷을 시장한 허리를 꼬부려가며 만지고 있는 안해를 보며 범수는 인간이란 것은 '생활(生活)의 명일(明日)'에 동화 같은 본능을 가지는 것"(7-145)이라는 생각을 하게 된다. 그러나 아내의 의식이 그렇기 때문에 주인공의 의식은 더 진전되지 못한다. 그리고 현실에 대한 비판의 시각이 서지 않는다. 이는 남편과 아내가 자식의 교육에 대해 상반된 태도를 유지하는 데서 잘 드러난다.

> 영주는 아이들을 생각하면 가슴을 찢고 싶게 보풀증이 나는 것이다. 범수와 영주 사이에 제일 큰 갈등은 아이들의 교육문제인 것이다. 영주는 아이들을 공부를 시켜서 장래의 희망을 거기다 붙이자는 것이다. 그는 하다 못하면 자기가 몸뚱이를 팔아서라도 아이들의 뒤는 댄다고 하고 또 그의 악지로 그만 짓을 못할 것도 아니었었다.
> 그러나 범수는 듣지 아니했다. 섣불리 공부를 시켰자 허리 부러진 말처럼 아무짝에도 쓸데없는 반거충이가 될 것이요, 그러니 그것이 아이들 자신 장래에 불행하게 할 뿐 아니라, 따라서 부모의 기쁨도 되지 아니한다고 내내 우겨왔던 것이다. 그러면서 그는 자기가 보통학교의 교과서 같은 것을 참고해가며 산술이니 일어니 또 간단한 지리 역사니를 우선 가르치고 있었다.
>
> (7-148)

두 작중인물의 교육에 대한 갈등은 서술자의 서술을 통해 나타난다. 그것은 다른 방향을 택하는 두 작중인물의 담론이 서로 용납될 수 있는 통로를 마련하지 못한 데에 대한 담론적인 대응방식이라고도 할 수 있다. 그러나 아내가 본능적이라면 남편은 논리적이다. 그 논리적인 특성 때문에 다음과 같은 비유적 담론이 가능해진다.

> "하따 그러지 말구 들어보아요……자, 시방 내가 돈이 일 원이 있다구 헙시다. 그런데 그놈 돈을 어떻게 건사하기가 만만찮거든……돈을 넣을 것이

없단말이야. 알겠수?"

"말해요."

"그래 척 상점에 가서 일원짜리 돈지갑을 사잖았수?"

"일원밖에 없는데 일원짜리 지갑을 사?"

영주는 유도를 받아 무심코 이렇게 대꾸를 한다.

"거 봐! 글쎄……"

하고 범수는 싱글벙글 웃는다.

"우리가 시방 공부를 한다는 것이 그렇게 일원 가진 늠이 일원을 넣어두려고 일원을 다 주구 지갑을 사는 셈이야."

"어째서?"

"지갑을 쓸데가 있어야지?"

"두었다가 돈 생기면 넣지?"

"그 두었다가가 문제여든…… 그 지갑에 돈이 또 생겨서 넣게 될 세상은 우리는 구경도 못 해……알겠수?"

"난 모를 소리요"

"못 알어듣기도 괴이찮지……그렇지만 세상은 부자 사람허구 노동자의 세상이지, 그 중간에 있는 인간들은 모다 허깨비야." (7-150)

이처럼 현실을 아이러니적으로 파악하는 데서 풍자가 가능해진다는 것은 앞의 <레디 메이드 인생>을 논하는 자리에서 언급했다. 여기서도 남편의 현실인식이 아이러니적으로 되어 있다는 것을 알 수 있다. 그러나 남편은 남편의 시각이 있고 아내는 아내의 시각이 있을 따름이라는 점에서는 두 인물의 관계는 대화적이라 할 수 없다. 그러나 서로 성격이 다른 두 인물의 對比를 통해 담론의 단일성을 벗어날 수 있는 소지를 마련한다. 그러나 남편의 행동이 자기기만(自己欺瞞)에 빠지는 것은 당시 세계가 정당성을 띨 수 없는 세계라는 것, 개인과 환경 사이의 상호작용이 불가능한 세계라는 것을 보여주는 예이다. 기호론적인 의미소통의 구조가 마련되지 않은 것이다. 이는 달리 현실텍스트와 담론텍스트의 차원에 혼란이 빚어진 결과라 할 수 있다. 이처럼 기호론적인 체계가 파탄된 것은 비단 지식인들의 경우만이 아니라 사회전반(社會全般)의 구조(構造)와도 상관성이 있는 것이다. 작중인물이 답답하여 "도서관의 무료 열람실에 가서 궁금하던 신문도 뒤적거리고, 그리고 길로 훨훨 돌아다녀 울적한 기분도 (씻을 수 있다면) 씻어버리고 한다고" 나와서는 그것을 "자기기만(自己欺瞞)"으로 느끼고는 본래 외출의 목적과 상반되는 행동을 한다.

> 미상불 그는 불란서에서 불룸을 수반으로 조직된 인민전선 내각의 그 뒷소식――가운데도 파업단에 대한 태도 같은 것――은 십여 일이나 신문을 보지 못한지라 퍽 궁금하기도 했다.
> 그러나 그는 도화동에서 들어와 총독부 도서관 앞을 지나면서도 그리로 들어가려고 아니했다. 몸이 대견한 탓이겠지만 마음이 내키지를 아니했던 것이다. (7-155)

이 인용문에서 본래 외출의 목적을 포기하는 것은 그것이 자기기만이라는 의식 때문이다. 식민치하에서 불란서의 '인민전선내각'이라든지 '파업단'의 뒷소식 같은 항목은 자신의 소관사일 수 없다는 것, 그것에 관심을 갖는 것은 결국 안 되는 일을 되는 것으로 믿는 자기기만이라는 의식인 것이다. 신문에 발표되는 세계정세(世界情勢)를[24] 아는 것이 자신의 삶을 위해 하등 소용이 없다는 인식과 거기로부터 도피하는 것이 오히려 자기기만을 벗어나는 방법이라는 아이러니를 보여준다. 자기기만이 드러나는 방식은 다음과 같은 데서도 확인된다.

> 처음 이사올 때에 석 달 치를 미리 주고는 지금 여섯 달이 되어 오되 한 달치도 내지 못했으니 석 달 치가 밀린 셈이다.
> 그러나 범수네로는 행여 무슨 도리가 생겨 돈이 들어오더라도 밀린 석 달 치를 주느니 그 놈으로 딴 집을 세 얻어갈 요량이었던 것이다.

---

24 불룸(Léon Blum, 1872-1950)을 수상으로 하는 인민전선(front populaire)은 1936, 37년 사이의 반파시즘정권이었다는 점에서 지식층의 논의 대상이 될 수는 있다. 그런데 작중 현실과는 아무런 연관이 서지 않으며, 분편화된 관심이 자기속임의 한 행동으로 전환되어 버린다는 점에서 그 역설적인 의미를 읽을 수 있다.

－－졸리는 것도 소극적으로는 일종의 돈벌이야.

범수는 안해가 혼자서 졸리고는 그 화풀이를 하느라고 쫑알대면 번들거리면서 곧잘 하는 말이었었다.

졸리다 못해 내게 되면 졸린 것이 허사가 되지만 영 아니 낸다면 졸린 값을 찾게 되니까 버젓하게 가난뱅이 직업이요 따라서 수입이라는 것이다.

범수는 궁한 몇 해 살림에 그러한 철학(?)을 많이 터득했었다. (7-177)

<명일>에서 아이러니의 압권은 '도둑질의 유혹'에 나타난다. 도서관에 가는 것이 자기기만이라는 판단을 한 작중인물은 백화점에를 가서 금방(金房)을 돌아보는 가운데 도둑질을 하고 싶은 충동을 느낀다. 그러나 그것은 충동으로 끝나고 실행에 옮기지 못한다. 그렇게 충동에 머물고 마는 도둑질은 또 다른 소설적인 텍스트와 연관성을 가짐으로써 더욱 강화된다. <죄와 벌>을 연상하는 것이 그것이다. 이는 작중인물을 통해 드러나는 내적인 텍스트연관성이다.

보통학교부터 여서 대학까지 16년이나 공부를 한 것이 조그마한 금비녀한 개 감쪽같이 숨기는 기술을 배우니만도 못하다고

그렇다면…… 그렇다면…… 하고 그는 그 뒤를 생각하다가 도스토엡스키의 『죄와 벌』의 라스코리니꼬프가 도끼를 높이 들어 전당쟁이 노파를 내리찍는 장면을 생각하고 오싹 등어리가 추워 눈을 감았다.

그는 허위대가 이만이나 하고 명색이 대학까지 마쳐 소위 교양이 있다는 사람으로 도적질을 하려고 한 자기를 나무라 보았다. 그러나 그는 바로 자기 자신에게 항거를 한다. 도적질을 하는 것이 왜 나쁘냐고, 이 말에는 자기로서도 자기에게 대답할 말이 나오지 아니한다. 아니 도적질을 하는 것이 나쁘고 악하고 하다는 것보다도 무엇보다도 더럽다. 치사스럽다. 이 해석이 마침 자기의 비위에 맞았다. 그래 그는 싱그레 혼자 웃었다. 그러면서 마침내 "뺏기지 않는 놈은 도적질할 권리도 없다."고 고개를 끄덕거렸다. (7-158)

이 도둑질의 논리는 작품의 끝까지 지속되는 모티프 역할을 한다. 도적질마저 할 수 없는 지식인의 나약(懦弱)함과 자기변명은 허생의 아내가 남

편을 질타하던 내용이기도 하다. 이는 작가가 현재 작업하고 있는 하나의 담론에 독자들의 인식공간에 유의미하게 자리 잡은 다른 담론, 즉 고전텍스트를 삽입함으로써 패러디를 만들어가는 방법이다. <허생전>의 모티프와 맞물려 있는 담론을 보여주는 한편 <죄와 벌>을 연상하게 함으로써 동서의 고전을 함께 패러디화 하는 방법을 활용하고 있다.25 작품의 후반에 가서 자기의 아들이 두부를 훔쳐 먹다가 들켜 꾸중을 듣는 장면은 아이러니의 한 전형을 보여준다. 그 아이러니는 아내와 시각을 달리함으로써 강화된다. 하나의 사상(事象)을 두 가지 시각으로 바라보게 하는 데서 담론이 대화적인 관계가 형성되도록 한 것이다. 아내와 남편의 시각은 다음과 같이 대조되어 있다. 아내의 시각은 자기연민인 데 비하여 남편의 시각은 자기조소에 가까운 것이다.

오직 부모 된 것들이 못 났으면 자식이 도적질을 하랴. 도적질도 다른 도적질이 아니요. 배가 고파 남의 두부목판에서 두부 한 모를 훔쳐먹으랴− 하는 부끄럼과 노염이 영주로 하여금 죽고 싶은 마음까지 나게 한 것이다.
(7-187)

"도적질" "그렇다우 배가 고파서 두부장수 두부를 훔쳐먹다가 들켰다우. 자, 시언허우." 범수는 피가 한꺼번에 머리로 치밀어올랐다.
그는 무어라고 아이를 나무래려다가 문득 오늘 낮게 겪던 일이 선연히 눈앞에 나타나 그만 두 어깨가 축 처져버렸다.
그는 종석이를 흘겨보며 "흥! 이놈의 자식이 승어부(勝於父)는 했구나." 하고 두런거렸다. 영주도 남편이 무슨 말을 했는지 알아듣지 못했다. (7-188)

---

25 채만식의 고전 패러디화는 <심청전>의 경우에는 희곡 <심봉사> 두 편과 연재가 완료되지 않은 소설로 쓰여졌고, <허생전>은 중편 <허생전>과 <명일>에 그 모티프가 나타나며, <홍부전>은 단편 <홍보씨>로, <배비장전>은 <배비장>으로 <인형의 집>은 <인형의 집을 나와서>로 각각 패러디화된 것을 볼 수 있다. 또한 신소설 <추월색>에 대한 언급은 도처에 나온다. <추월색>의 패러디는 <태평천하>를 언급하는 데에서 상세히 살펴 보았다. 고전소설의 패러디라든지 신소설과의 텍스트연관성은 집중적인 연구가 필요할 것으로 보인다.

<레디 메이드 인생>과 <명일>이 밀착된 텍스트연관성을 갖는다는 점은 인물의 배치에서도 드러난다. 직업이 없는 인텔리와 가난한 가정, 자식을 교육시키지 않고 일직 육체노동을 시키려는 결단과 그 일을 주선하는 이의 의식의 동질성 등에서 거의 변화가 없는 구조를 이루고 있다는 점이 확인된다.

5 진보와 과학에 대한 허위적 신념

채만식 소설 전반에서 주목되는 점은 진보에 대한 신념이다. <레디 메이드 인생>의 인쇄공장 과장이나 <명일>의 써비스공장 최씨나 '자연과학(自然科學)을 믿는' 진보적 신념을 가지고 있다는 점에서 검토의 항목이 된다. 작중인물 범수는 "월급이나 일급 같은 것을 바라는 것이 아니니 그저 한 십년하고 데리고 있어 한 사람 몫을 할 수 있는 직공만 만들어 달라고 그는 최씨더러 부탁을 했었다."(7-167) 최씨는 무식한 이와 인텔리를 동시에 비판하는 이야기를 한다. "머리속까지 학문만 처쟁여도 병신이지만, 그 반대로 머리는 텅 빈 데다가 기술만 익혀 손끝 놀리는 재주만 지니는 것도 마찬가지로 병신이 아닙니까?"(7-168) 하는 것이 그 비판의 내용이다. 범수가 상식은 가르치려 한다는 이야기를 듣고 최씨가 나타내는 반응은 다음과 같다.

> 최씨는 퍽 유쾌해 하며 멀리까지 따라나와 작별을 한다.
> "나는 과학의 승리를 절대로 믿는 사람이니까 그 방면의 일꾼이라면 즉접이든 간접이든 웬만한 희생이 있더라도 양성해 내고 싶으니까요. 나는 인류가…… 하기 전에 과학이 그것을 해결해 줄 줄 믿고 있습니다."
> 최씨의 이 말에 범수는 다시 한 번 그를 치어다보았다.
> 범수가 지칭하는 'xx의 중개자'만은 아니요, 상당히 머리를 써서 세상일을 관찰해 보려는 한 특수한 사람으로서의 최씨를 본 때문이다. (7-168-69)

작가의 시각이 최씨라는 인물을 꽤 옹호하는 것으로 되어 있다. "범수가 지칭하는 'xx의 중개자'만은 아니요, 상당히 머리를 써서 세상일을 관찰해 보려는 한 특수한 사람으로서의 최씨를 본 때문이다." 'xx의 중개자'라는 것은 기술의 중개자 정도의 의미로 추정된다. 또한 '인류가……하기'에 숨어 있는 뜻은 '멸망하기' 전에는 정도로 추측할 수 있다. 그렇다면 자연과학에 대한 신념이 매우 확고한 것이라 할 수 있다.

그러나 이는 그렇게 단순한 구조로 조직된 담론이 아니다. 작중인물들이 논의하는 '지식'이라는 것이 <레디 메이드 人生>에서 비판하고 있는 식민지교육(植民地敎育)의 결과로 생겨난 '실용적지식'의 범위를 벗어나는 것이 아니기 때문이다. 이러한 면모는 <탁류>의 남승재 같은 경우에도 해당되는 것이다. 자연과학을 믿는 것은 그 사회의 허위적(虛僞的)인 체계(體系)가 만들어 놓은 도구적 지성을 비판하지 못하고, 일단 신념으로 확정한 결과라 할 수 있다. 다시 말하자면 막연히 배워야 산다는 식의 지식 보급이 어떤 의미를 지닐 것인가 하는 데 대한 회의가 깔려 있는 것이다. 이는 채만식의 창작방법이라 할 수도 있다. 학교를 보내는 대신 공장에 아이를 맡기는 인텔리 자신의 모습과 자신의 도구적 이성이나 기술을 전수받아 식민지 체제를 위해 봉사하는 줄을 깨닫지 못하는 인물을 동시에 조롱하고 야유하는 것이라 해야 할 것이다. 그런 의미에서 남승재 같은 경우도 다른 의미부여가 가능할 것이다.[26] 선의의 자기희생이 자신을 구속하는 체제를 도와주는 방식으로 역전되는 경우이기 때문이다. 남승재의 경우는 자신의 헌신적인 노력이 소설적 진실에 도달하지 못하고 낭만적인 허위라는 것을 깨닫지 못하는 것이다.[27]

<명일>의 마지막 장인 제7장은 다음과 같이 짤막하게 되어 있다. 짤막하게 되어 있는 것에 비하면 의미비중은 높은 편이다. 단편소설에서 전체상을 드러내는 시도를 볼 수 있기 때문이다. 이는 <레디 메이드 인생>의

---

26 김현, 『문학사회학』, 민음사, 1983, pp. 168-74.
27 R. Girard, 김윤식 역, 『소설의 이론』, 삼영사, 앞의 책 참조

작법과 유사성을 지닌다는 점에서도 주목되는 것이다.

> 범수는 무거운 짐 하나를 벗어놓은 듯이 가슴이 홀가분해 집을 향했다.
> 그러나 한 발 두 발 집에 가까워 가며 '명일'보다는 오늘의 양식이 아득해서 도로 침울해졌다.
> 언덕비탈을 올라가느라니까 서편을 등진 일본 집들이 문에다가 발을 쳐놓았고 문앞에는 날아갈 듯이 유까다를 걸치고 아이데린 일본 아낙네들이 이쑤시개를 문 채 집집이 나와서 서 있다.
> 초조 없이 안정된 생활에서 오는 침착과 단란을 족히 엿볼 수가 있는 한 폭의 그림이다.
> 그와 반대로 자기의 집구석은 시방 어떠할까? 생각하매 마음은 급하면서 그러나 걸음은 내키지 아니했다.
> 겨우 언덕바지를 넘어 다시 비탈을 내려가느라니 왼손쪽 자기집에서 안해의 높은 목소리가 들려왔다. (7-169-70)

이 인요에서는 대조를 통해 '대상의 전체성'을 그리고자 하는 시도를 볼 수 있는 것이다. 즉 "명일보다는 오늘의 양식이 아득"한 현실에서 오는 침울함이 문제 하나를 해결하였다는 안도감과 대조되어 있고, 자신의 구차한 형편이 안정에서 오는 "침착과 단란", 그것도 식민지 본국인들의 것과 대비됨으로써 시각의 다양성이 확보된다. 이는 주관적인 자기한정보다는 시각을 외부와 내부를 연결하도록 하는 데서 가능해지는 대상의 전체상 포착이라는 의미를 지니는 것이라 할 수 있다. 이는 장편을 준비하는 과정의 창작방법이라는 뜻에서 의미가 있다. 이러한 대조의 기법은 작중인물 범수의 아내 영주가 바느질로 생계를 유지하면서 벌이는 이야기에서도 지속적으로 드러난다. 재봉틀을 빌려 쓰기 위해 찾아간 과부댁과 수작을 벌이는 장면이다.

영주는 그대로 휙 돌아서서 나오고 싶은 것을 참았다. 그러면서 이러한 때에 어떻게 대응을 해야 저편이 해해하는지 속을 알고 있는 지라 재봉틀 이야기는 쑥 잡아 젖히고 얼마나 더우냐는 등 신문은 보지도 못하고도 시골은 가물로 법석이 났다는 둥 한바탕 이야기를 떠벌려 놓았다. 과연 효과여신(效果如神)이다.

정말이건 거짓말이건 이 과부댁에게는 이야기라면 세끼 밥을 두끼로 줄이고라도 홈 파듯 파는 성미이다.

그래서 이야기가 오고가고 하는 동안에 어찌하다가 영주네 어려운 살림살이로까지 미끄러졌다. 그러는 동안에 바느질은 벌써 시작이 되었고 (7-179)

이는 단지 인물의 행동이나 성격을 묘사하기 위한 서술이 아니다. 당대적인 삶의 방식을 보여주는 것이면서 동시에 사람들이 어떠한 힘에 자신의 삶을 의존하는가 하는 점을 보여주는 예이다. 그것은 한마디로 '이야기의 힘'이다. 과부댁이라는 인물 설정이 그러한 힘을 발휘할 수 있도록 하는 장치이기도 하지만 이야기로 시간을 죽이는 삶, 그 과정에서 슬그머니 남의 힘[재봉틀]을 이용하는 인물의 심리 등이 잘 드러나 있다. 현실적으로 영악하기 짝이 없는 인물이 현실에 대한 논리적인 반응을 하기보다는 이야기에 대한 심리적인 반응을 통해 차원이 다른 대응을 하는 것이다. 이는 현실에 대한 언어적인 반응이라는 점에서 간접화(間接化)된 삶의 양상이라 할 수 있다. 다시 말하자면 현실원칙에 대해 반응하는 양상이 또 다른 기호체계를 이용함으로써 현실의 모순을 기호론적인 구조로 보여주는 것이라 할 수 있다.

<명일>은 <레디 메이드 인생>과 밀착된 텍스트연관성을 지니면서 당시 삶이 어떻게 폐쇄적인 상황으로 되어 있는가 하는 점을 구조로 드러내 보여준다. 그것은 아이러니의 인식과 풍자의 획득이라 할 수 있다. 풍자성이 드러난다는 사실 자체보다는 그러한 세계인식이 아이러니적인 담론의 양상으로 드러난다는 점을 확인하게 된다. 이는 다음과 같은 작품의 결말에 잘 나타나는 특성이다.

> 이튿날 아침 일찍이.
>
> 영주는 종태만이라도 근처의 사립학교에나마 보낸다고 데리고 나섰다. 종석이까지 데리고 간다고 밤 늦게까지 우기며 다투었으나 범수는 듣지 아니하고 정 그러려든 작은 아이 종태나 마음대로 하라고. 그래 말하자면 두 사람의 소산을 둘에서 반분한 셈이다.
>
> 종태를 데리고 나가는 안해의 뒷모습을 바라보며 범수는 혼자 중얼거렸다.
>
> "두구 보자 ─ 네 방침이 옳은지 내 방침이 옳은지 ─ "
>
> 뒤미처 범수는 종석이를 데리고 써비스공장으로 최씨를 찾아갔다. (7-188)

이상에서 두 인물의 의식이 어떠한 상태인가를 볼 수 있다. 즉 자연과학을 믿는다는 써비스공장의 최씨의 경우, 그가 믿는 자연과학이라는 것이 정당한 의미의 자연과학이 되지 못한다는 것은 분명하다. 그렇다면 자연과학을 믿는 그에게 자식을 맡기는 것 또한 자연과학으로 접근된 행동방식이라 할 수 없다. 따라서 자연과학이라는 것은 결국 언어적인 허위에 불과한 것이 된다. 그렇기 때문에 인물들의 발언으로 드러나는 담론과 인물의 행동 사이에 정합적인 관계가 성립되지 않는다. 이는 작중인물이 말하는 누구의 '방침'이 옳고 그르다는 판단이 서지 않는 그러한 상황이 된다. 여기서 '명일이 없는' 시대상을 담론의 차원에서 드러내고 있다는 것을 확인하게 된다.

<레디 메이드 인생>이나 <명일>은 구조적 폐쇄성과 단일성을 드러내는 속성과 대상의 전체상을 파악하려는 장편소설의 지향점이 어느 정도 통일된 양상을 보여준다. 소설외적인 텍스트의 압력을 아이러니적인 시각을 도입함으로써, 그리고 현실의 두 차원을 대비함으로써 소설의 기본조건을 충족시키는 점을 확인하게 된다.

III
담론주체의 자기반성과 역사의식

채만식이 장편소설 <탁류>와 <태평천하>를 쓴 이후 해방공간에 이르는 기간의 작품으로는 단편소설이나 중편소설이 주류를 이룬다. 이 시기에 장편소설이 쓰여지지 않았다는 것은 장르선택의 역사적 조건과 연관되는 점일 터이다. 장편소설이 쓰여지기 어려운 시기에 발표한 중단편소설에서 주목되는 점은 대일협력에 대한 자기반성이 드러난다는 것이다. 그러한 작품 가운데 자기반성이 직접적으로 드러나는 경우는 <民族의 罪人>, <歷路> 등을 들 수 있고, 현실에 대한 풍자를 통해 자기반성을 대신하는 경우는 <孟巡査>, <미스터 方>, <논 이야기> 등이다.

지식인으로서 작가가 자신의 전력에 대한 반성을 한다는 것은 담론 주체의 시각이 작가 자신의 내부를 향하게 된다는 점에서 기호론적인 구조로는 '고백형'이 된다. 담론주체의 시각이 분열을 일으킬 소지가 거기서 주어진다. 자기 자신에 대한 시각이 절대성을 띨 경우, 윤리의 측면에서는 소설내적인 텍스트로 한정할 수 없고 외부를 향하지 않을 수 없게 된다. <민족의 죄인>의 담론 특성은 담론주체의 시각이 어떻게 분열되는가 하는 측면에서 검토할 것이다.

세계와 상호작용을 하는 가운데 성립되는 자아는 세계상의 윤리성 여하에 따라 자리가 결정된다. 자기반성을 절대화하지 않고 세계상의 혼란과 대질함으로써 풍자성은 획득되지만 반성은 차단되는 양상을 <맹순사>와 <논 이야기>를 통해 검토하려 한다. 아울러 자기풍자가 세태풍자와 다른 양상을 담론의 특성과 연관지어 보는 방법이 원용될 것이다.

▌1▌ 담론주체의 해방공간 수용방식

소설의 담론이 시대와 어떻게 연관되는가 하는 점을 검토하는 데는 시간개념이 매우 중요한 의미를 띤다. 이때의 시간은 시간의 역전(逆轉)으로 논의되는 구성적 기법(構成的 技法)으로서의 시간을 뜻하는 것은 아니다. 또한 소설에 나타나는 시간의식을 뜻하는 것도 아니다. 기법이나 의식으로서의 시간이라기보다는 역사와 철학을 뜻하는 시간의 개념이다. 이러한 시간개념은 공간적인 비유로 의미가 복합적이 된다. 이는 바흐찐의 용어로는 크로노토프에 근접하는 것이다.28

소설에서 시간을 문제 삼는 것은 그것이 현실의 변화를 구조로서 드러내야 하는 장르상의 규칙 때문이다. 소설외적인 텍스트의 급격한 변화와 거기 상응하는 소설내적인 텍스트를 검토함에 있어서 시간개념은 전혀 도외시할 수 없는 본질적인 요건이다. 그러나 소설에서 시간이 본질적인 요건이 되는 것은 장편소설의 경우이다. 즉 단편소설은 인물과 사건과 시간의 역동적 구조 연관으로 대상의 전체상을 그리는 장편소설과는 달리 시적양식(詩的樣式)에 기울어지는 것이다. 이는 단편소설의 양식적 제약성이다. 단편소설의 담론을 살피는 데서 이러한 제약성을 미리 검토하는 것은

---

28 M. M. Bakhtin, *The Dialogic Imagination,* 앞의 책, p. 84.

서사양식의 변종으로서 단편소설이 갖는 특수성을 전제하지 않은 상태에서 역사변화[시간]를 논하기 어렵기 때문이다.

해방공간을 시적인 공간으로 파악하는 논지가 타당성을 갖는 것은, 그 시기가 시간의 흐름을 따라 형성되는 역사의미, 즉 시숙(時熟:sich zeitigen)이 용납되지 않은 공간이기 때문이다. "해방공간은 대범하게 보아 역사 안에서의 목소리와 역사 너머에서의 목소리의 마주침에서 오는 이상한 울림으로 가득 차 있었다."29 순간적인 섬광의 번쩍임으로 파악되는 이 속성은 서정으로 표출될 수밖에 없는 것이다. 인간 삶을 규율하는 경제적(經濟的)인 이해관계와 사상적(思想的)인 이해관계가 유기적으로 연관되지 못하여 "모든 것이 가능했지만 또한 아무런 가능성도 없던-순수공간 또는 실험공간"(478-79)으로 규정되는 해방공간의 소설이 장편소설로 되지 못하는 것은 시간개념이 개입될 수 없기 때문이다. 이러한 상황에서 가능한 것은 단편소설을 통해 역사의 부침을 점검하거나 시대상을 풍자하여 비웃는 정도의 것이다.

해방기 작가의 측면에서 채만식의 소설작업으로는, 해방이 됨으로써 달라진 역사적 조건에서 식민지 기간의 친일행각을 소설로 반성하는 것이 우선 거론되어야 한다. 그러한 반성의 결과로 나온 것이 <歷路>와 <民族의 罪人>이다. 한편 해방으로 인해 역사의 방향성이 달라진 시점에서 자신의 위치를 점검하는 방법으로는 시대상을 비판하는 작품이 있는데 이는 풍자의 양식을 띤다. <맹순사>, <논 이야기>, <歷路> 등이 후자에 속하는 것이다. 이들 작품이 단편소설로 되어 있다는 것은 담론의 측면에서 양식과 역사, 그리고 담론의 상관성을 드러내 줄 수 있다는 점에서 의미를 지닌다.

---

29 김윤식, "해방공간의 문학", 『해방전후사의 인식』 2, 한길사, 1985, pp. 449-92.

2 담론주체의 자신에 대한 시각

<民族의 罪人>은 대일협력의 행적에 대한 소설적인 자기비판을 다루고 있는 작품이다. 일제의 강점과 '대동아공영권'의 실현을, 막연하게나마 역사의 방향으로 설정했던 <냉동어>의 전망이 착오였다는 것은 해방을 통해 드러난다. 대륙 경륜의 장도가 좌절된 것임은 물론 자연과학과 역사의 진보를 믿는 그러한 신념이 허위적이었다는 점이 명백해진 것이다. 그러한 역사의 흐름 속에선 개인이 보였던 행동의 반성을 작품으로 수행한다는 것은 예외적 개인의 자기반성이라는 점에서 공적인 의미를 띨 수 있다.[30] 지식인 작가의 작품을 통한 자기반성의 공적인 의미가 담론의 차원에서는 어떠한 규칙성을 보여줄 것인가 하는 항목이 <民族의 罪人>에서 검토될 수 있을 것이다.

자신의 과거를 반성하는 내용을 소설로 쓴다는 것은 한 작가에게 특별한 의미를 지닌다. 자기반성이 소설의 형식으로 드러날 때 일인칭서술 혹은 고백형식(告白形式)을 취하게 된다. 그리고 고백을 하는 경우 소설의 허구성이 본질적인 것일 수 없다는 원론적인 문제에 봉착하게 된다. 이는 고백형식을 빌어 만든 허구의 경우와는 사정이 다르다. 허구이면서 내용은 사실을 기록하는 것이 고백형 자기반성의 소설이기 때문이다. 그런 뜻에서 소설의 작중인물(作中人物)과 작가(作家)는 분리되지 않는 것이 원칙이다. 소설담론의 주체가 허구성을 띠지 않는 경우, 그것은 소설 일반과는 다른 기호론적인 구조를 이루게 된다는 점은 쉽게 예상할 수 있다.

작중인물이 곧 작가이면서 자기풍자로 나아가는 소설에서, 풍자는 작가 자신에게 치명적이 아닌 한도까지만 나가게 된다. 더 나아간다면 그것은 '유서'의 형태를 띨 것이다. 자신을 윤리적인 가치의 실험대상으로 하는

---

30 김윤식, "채만식론-민족의 죄인과 죄인의 민족", 『한국현대문학사』, 일지사, 1983, pp. 204-16. 임종국, 『친일문학론』, 평화출판사, 1966, pp. 369-402.

자기풍자는 생을 결단하는 모험에 속한다. 소설텍스트를 만드는 주체와 소설내적인 담론의 주체 사이에 레벨이 분화되지 않는 경우, 주체의 도덕적 정당성을 보장받을 수 있거나 자기합리화가 가능한 한에서만 허구와 사실이 통합된 '소설'이 씌어질 수 있다. 그러니까 자기반성을 소설로 하되 그것이 자전적인 요소를 가지는 경우는 그러한 글을 쓰는 그 자체가 모험이라 해야 한다. 정도에 있어서는 약하지만 그러한 모험을 감행한, 희귀한 작품 가운데 하나가 <민족의 죄인>이다.

소설가가 자신의 과거를 소설로 반성하는 데는 작가(作家)와 작품(作品)의 비분리원칙(非分離原則)이 고려되어야 한다는 점은 앞에서 언급한 바와 같다. 그리고 그것이 고백의 형식으로 나타나고, 서술상으로는 일인칭(一人稱)을 택하게 된다는 것도 당연한 일이다. 그러나 문제가 간단치 않은 것은 그것이 작가의 윤리와 관련되는 논의가 되기 때문이다. 이차적으로는 소설 일반과는 기호론적인 구조가 다른 소설에, 소설 일반론의 원칙을 적용할 수 있는가 하는 점이 문제된다. 그러나 담론의 차원에서 출발하는 논의는 작가(作家)의 행적과 작품(作品)을 일대일로 대응시키는 방법을 벗어나고자 하는 것이고, 따라서 작가와 작품 사이를 담론이 어떻게 매개하는가 하는 점이 검토되어야 하는 것이다. 소설 일반론으로 작품을 분석하는 경우, 의식은 드러날지 몰라도 소설이라는 조건에서는 제한적이기 때문이다. 매개항을 설정할 때라야 기능적인 분석의 효용이 확인된다.

<민족의 罪人> 서장에 해당하는 부분은 다음과 같이 되어 있다.

> 그동안까지는 단순히 나는 하여커나 죄인이거니 하여 면목 없는 마음, 반성하는 마음이 골똘할 뿐이더니 그날 김(金)군의 P사에서 비로소 그 일을 당하고 나서부터는 일종의 자포적인 울분과 그리고 이 구차스런 내 몸뚱이를 도무지 어떻게 주체할 바를 모르겠는 불쾌감이 전면적으로 생각을 덮었다. 그러면서 보름 동안을 싸고 누워 병 아닌 병을 앓았다. (8-414)

　위 인용에서 우선 주목되는 것은 담론주체의 자신(自身)에 대한 태도(態度)의 전환(轉換)이 드러나 있다는 점이다. '죄인으로서 면목 없음과 반성'이 '자포적 울분과 불쾌감'으로 전환되는 것이다. 담론 주체의 자신에 대한 태도의 전환은 결국 이 작품의 주제를 그대로 드러내 주는 것이란 점에서 주목에 값한다.

　그러한 태도 전환의 계기는 김군의 P사에 당한 '그 일'이다. 그 일이란 김군이 일하는 잡지사에 들었다가 윤이라는 사람을 만나 대일협력을 했다는 전력(前歷)에 대해 공박을 당하는 내용이다. 김군과는 잘 아는 사이이고 윤이라는 사람과는 그저 인사나 나누는 소원한 사이이다. 이들 세 작중인물의 관계 속에서 엇갈리는 시각의 대비를 통해 '사태'에 의미를 다면적으로 추출하고 있는 점에 주목할 필요가 있다. 윤을 만나 인사를 했을 때, 윤의 '나'에 대한 반응은 다음과 같다.

　　　尹이 그러나 인사상으로만 오래간만이라는 말을 한 것이 아닌 것은 그 다음 수작으로서 바로 드러났다.
　　　"시굴로 소개 가셨더라구."
　　　"네."
　　　"호박이랑 옥수수랑 많이 수확하셨읍니까?"
　　　그의 독특한 시니컬한 입초리로 빙긋 웃기까지 하면서 하는 아주 노골한 경멸과 조롱이었다. 생각하면 윤으로는 충분한 근거가 있는 경멸과 조롱이었다. (8-417)

　여기서 나, 윤, 김군 이 세 인물(人物)의 전력과 관계(關係)를 좀 더 세밀하게 살펴볼 필요가 있다. 식민지 정세가 악화되자, 윤은 신문기자를 하다가 그만두고 고향에 내려가 묻혀 있었고, 김은 신문기자일을 계속했고, 나는 소설가로 몇 가지 대일협력을 한 것으로 되어 있다. 그러니까 대일협력의 농도로 따진다면 나의 경우가 가장 적극적이고 윤이 가장 약한 경우이며, 김은 그 중간에 해당한다. 이러한 세 인물 사이에서 비판은 자연 윤이 나를 공격하는 것으로 되고, 김은 중간에서 중재를 하는 그러한 입장이 된다. 이들의 시각이 교차하는 가운데 작품이 진행되면서 대일협력의 의미가 부조된다.

<민족의 罪人>은 의문을 제기해 놓고 그 해결을 뒤로 계속 지연시켜 나가는 추리소설적인 방식을 원용하고 있다. 제1장에서 '김군의 P사에서 당한 그 일'이 무엇인지 숨은 코드가 되어 있다. 그리고 위에서 인용한 데서도 '호박이랑 옥수수'가 돌발적으로 언급되는 내면을 독자는 아직 알 수가 없는 단계인데 소설은 계속 진행된다. 이는 사건을 거꾸로 추적하는 방식으로, 자신의 과거를 반성하는 반성의 시점이 현재이면서 과거를 반성한다는 그러한 구조와 상응되는 것이다.

우선 '호박이랑 옥수수랑 많이 수확'했느냐는 조롱의 내막을 알아볼 필요가 있다. 시골로 소개(疏開)를 갔던 작중인물이 서울에 볼일이 있어 왔다가 '매일신보'에 들러, 소개를 가서 지내는 형편을 말해 달라는 사회부 기자의 청을 들어 준 것이 사단(事端)이다.

> 그 다음날 지면엔 '소개의 변(疏開의 辯)' 제2회 째든가로 나의 사진과 함께 내가 소개를 가, 붓을 드는 여가에 괭이를 들고 땅을 파며 강냉이를 3,4백 포기나, 호박을 5,6십 포기나 심고 하여, 시국하 식량증산에 크게 이바지를 하는 동시에, 농민들에게도 모범을 보이고 있다는 기사가 잘 씌었다. 고마웠다. 그것으로 징용도 면하고, 주재소의 주목 대신 존경도 받고 하였었다. 윤의 그, "호박이랑 옥수수랑 많이 수확하셨읍니까?" 하고, 빙긋 웃기까지 하면서 하던 노골한 경멸과 조롱은, 이 매일신보의 기사 '소개의 변'에다 두고 한 것이었다.
> 그러므로 그것은 "이놈아, 이 민족 반역자야." 타매(唾罵)와도 다름이 없는 것이었다. (8-443-44)

담론의 주체가 '민족의 반역자'로 질타를 당하는 그 내용은 대일협력을 했다는 것이다. 그 대일협력이라는 것은 황국위문대에 가서 연설을 한 것,

미영격멸 국민 총궐기대회에 강연을 나갔던 것, 총력연맹에서 개최하는 증산소설(增産小說) 집필을 위한 답사에 참여한 것 등이다. 대일협력 자체가 문제가 아니라 지방으로 소개를 가서까지 대일협력을 계속했다는 것이 질타의 핵심이다. 여기서 담론 주체의 자기 입장옹호가 시작된다.

윤이 질타를 하는 대일협력의 계기와 과정이 상세히 서술된다. 대일협력에 직접 참섭(參涉)을 하게 되는 것은 개성에 가 있을 때 '문인협회'의 덕을 봄으로써 자신의 입지가 살아날 수 있었다는 것이다. 독서회사건(讀書會事件)에 연루되었다가 풀려나오는 데에, 문인협회에서 온 엽서 덕을 본 것이 그 계기이다. 그 엽서의 내용은 다음과 같다.

> 문인협회로부터 북지 방면으로 황군위문대를 회원 중에서 파견하고자 하는데 그 구체적 협의회를 아무날 아무곳에서 열겠으니 참석하라는 엽서가 지난번 서울을 가기 조금 전에 온 것이 있었다. 바로 그 엽서였었다. 나중 놓여 나가서 알았지만 내가 놓여 나가던 10여일 전에 두번째 와서 수색을 하였고, 그때에 잡지 틈사귀에 가 끼었다 떨어지는 이 엽서를 가져가더라고 집안 사람이 말하였다.
> "거기 보면 3월 28일인가 위문대 파견하는 협의회를 열겠다고 했는데 참석했는가?"
> "했읍니다. 실상 지난번 서울 간 것도 그 때문이었읍니다." [……]
> 나는 실상 서울에 가 있었으면서도 그 협회에는 참석을 아니하였었다. 회의 경과도 그래서 노상에서 우연히 XXX를 만나서 이야기로 들었을 따름이었었다. [……] 소위 미영격멸 국민총궐기대회의 강연을 피하려 않고서 내 발로 걸어나갔던 것은 그처럼 대일 협력의 이윤이 어떻다는 것을 안것이 있었기 때문이었었다. (8-433-34)

이러한 사건을 계기로 작중인물의 의식(意識)이 전환(轉換)된다. 거기서 깨달은 것은 '대일협력이라는 주권(株券)의 이윤(利潤)이 어떠하다는 것'이다. 감옥에 가두고 언제 내놓아 줄지도 모르는 그러한 절박한 상황에서 자신을 구해 준 것은 대일협력의 길에 동조할 것을 권유하는 기관의 '엽서 한 장'이었던 것이다. 소설 서술의 기술적인 측면에서 본다면 이러한 계기는 큰 의미를 띠지 못할 수도 있다. 소설의 담론을 검토하는 데서는 담론의 주체가 자신의 대일협력을 반추하는, '나'의 태도가 문제된다는 점에서 중요성이 두드러진다. 그것은 담론주체의 태도(態度)가 곧 작품의 의미(意味)에 해당하는 것이기 때문이다.

> 많은 수효의 영리한 사람들이 저의 이익과 안전을 도모하기 위하여 진심으로 일본사람을 따랐다.
> 역시 적지 아니한 수효의 사람이 핍박을 받을 용기가 없어 일본 사람에게 복종을 하였다.
> 복종이 싫고 용기가 있는 사람은 외국으로 달리어 민족해방의 투쟁을 하였다. 더 용맹한 사람들은 외국으로 망명도 않고 지하로 숨어 다니면서 꾸준히 투쟁을 하였다.
> 용맹하지도 못한 동시에 영리하지도 못한 나는 결국 본심도 아니면서 겉으로 복종이나 하는 용렬하고 나약한 지아비의 부류에 들고 만 것이었다.
>
> (8-434)

여기서 주체가 자신을 다른 대상에 위임하는 태도를 볼 수 있다. 이는 결국 대일협력에 대한 역사의 반성이 자기변명으로 전환되는 구조이다. <민족의 罪人>을 이루고 있는 담론의 상황 전체가 그러한 구조로 되어 있다. 이는 담론의 당사자가 어이가 없어 논쟁에 뛰어들지 못하는 것이라기보다는 다른 인물로 하여금 논쟁을 하도록 한 다음, 그것을 구경하는 구조로 되어 있는 것이다. 일종의 극적인 방식의 담론상황이라 할 수 있는데, 소설 전체의 담론을 이루는 담론 주체의 자리를 소설텍스트에서 거리를 유지하도록 하는 방식이다. 어떤 문제를 제기하고 그 문제를 해결하는 과정을 통해 주제를 형상화하는 소설에서는 논전(論戰:argument)은 중요한 의미를 띤다.[31] 결국 소설이라는 것은 작중인물들의 논전을 통해 의미

---

31 Zahava Karl McKean, *Novels and Arguments ∶ Inventing Rhetorical*

를 조정하고 교섭하면서 의미작용을 하는 장이기 때문이다. 이러한 논전의 구조에서 주체가 자신은 거리를 유지하면서 빠지게 하는 구조는, 자기반성이 아니라 자기변명으로 기울게 된다. 그 변명의 근거가 '생활'이라는 것으로 돌려짐으로써 정신적 결단을 요하는 장을 일상인의 삶의 차원으로 끌어내리는 것이다. 여기서 우리는 의식의 후퇴로 인해 자기고백이 투철하지 못함을 읽게 된다.

　　이보다 조금 앞서 매일신보에다 연재소설을 쓰기 시작한 것이 있었다. 검열이, 신문사의 편집자를 시켜 작자에게 다짐을 요구하였다. 반드시 시국적인 소설이어야 할 것과, 소설의 경개를 미리 제출할 것과, 그 경개대로 충실히 써나갈 것 등의 다짐이었다.
　　유일한 생화(生貨)가 그 때나 지금이나 매문(賣文)이요, 매문을 아니하고는 2홉2작의 배급 쌀조차 팔 길이 없는 철빈 요구대로 다짐을 두고 쓰기를 시작하였다.
　　쓰면서 가끔 배신(背信)을 하다가, 두어 차례나 불려 들어가, 검열관─퇴직 순검한테 꾸지람도 듣고, 문학 강의도 듣고 하였다. 잘하나 못하나 20년 소설을 썼다는 자가 늙마에 와서 순검한테 문학 강의의 일석을 듣고…[……]
　　나는 하루 아침 수렁(無底沼) 가운데에 들어서는 나 자신을 발견하였다. 한정 없이 술술 자꾸만 미끌어져 들어가는 대일협력자라는 수렁. (8-440)

　작가는 '검열하에서 글쓰기'라는 매우 꾀까다로운 문제를 제기해 놓고 있음에도 그에 대한 논의는 충분치 못하다. '매문'의 행동근거(行動根據)를 생활이라는 데로 하향조정한 데서 논의는 차단된다. 글쓰기가 작가의 존재근거를 마련하는 그러한 투구임을 포기한 상태로 돌아가기 때문이다. 그러나 여기까지는 작가의 자기입지가 어느 정도 확고한 것을 볼 수 있다. 이는 작가가 주체의 강요된 전환에 대해 비판적인 시각을 가지고 있기 때문이다. 순검과 작가의 위치가 전도되도록 하는 매개의 동기는 '생화'에 있다. 그리고 자신의 그러한 행동이 '수렁'에 빠지는 것이라는 자각이 아

Criticism, Chicago U. P., 1982, 참조.

직은 분명히 자리 잡고 있다. 그러나 그 뒤에 이어지는 행동은 시골로 소개를 가는 것 말고 달리 치열한 반성(反省)이 뒤따르지 않는다. 이는 작가의 자기변명적인 타협적 태도로 인한 것이라고 볼 수 있다.

이러한 상황을 벗어나는 방법으로는 시골로 소개를 가는 길이 있었다. 그것은 "창녀 못지 아니한 그 매문질을 아니할 수" 있는 유일한 길이라고 작가는 밝히고 있다. "일본의 패전, 그 다음에 오는 불안과 공포랄지, 눈에 살기를 머금은 일본 병정들의 등덜미를 겨누는 기관총부리의 위협이랄지, 이런 것 외에도 멀찍이 궁벽한 시골로 낙향을 하여야만 할 또 한 가지의 다른 사정이란, 곧 이 대일협력의 수렁으로부터의 도피행 그것이었다."(8-441) 시골로 소개 간 것이 자신의 정신적 상황과 연관된다는 것이다.

이러한 자기분석을 거쳐 시골로 소개 갔던 일을 나열하는 까닭은 자신의 입지를 변명하기 위한 것이다. 그 변명의 방식은 앞에서 보았듯이 자신은 끼어들지 않고 거리를 유지하면서 대리자를 내세운 대질(對質)의 담론이다. 풍자를 동원하던 이전의 소설에서처럼 작가가 우월한 입장에서 서술내용에 대해 강력한 통제를 하던 것과는 현저히 다른 방식이다. 이는 허구적 자아와 현실적 자아 사이의 일치를 요구하는 내용이 그러한 형식을 불러온 것이라 할 수도 있다.

▌3▌ 자기반성 담론의 이중적 성격

<民族의 罪人>은 대일협력에 대한 자기반성(自己反省)을 동반하고 있느니만큼, 정신사(精神史)에 연관되는 소설이라 할 수 있다. 여기서 말하는 정신사적 연관이란 개인이 한 시대를 살아감에 있어서 그 시대가 요구하는 사항을 어떻게 처리할 것인가 하는 대응방식의 문제이다. 일제강점기의 시대적인 요청은 두 가지 방향의 행동을 개인에게 강요한다. 하나는 윤리적인 정당성을 띠는 식민지 극복 투쟁이고 다른 하나는 윤리적인 정

당성을 띠지 못하는 개인의 보신행위이다. 이 둘은 어느 편을 택하더라도 모순의 상황에 직면하게 된다. 윤리적인 정당성을 띠는 경우는 현실의 압력을 견뎌야 하거나 그 압력에 압도당하게 된다. 윤리적인 정당성을 띠지 못하는 행동을 택했을 때는 윤리편의 비판을 견딜 수 없게 된다.

대일협력이 후자의 범주에 드는 것임은 말할 나위가 없다. 정당성을 띠지 못하는 행동이기 때문에 그에 대한 반성은 생을 결단하는 그러한 용기가 필요한 것이다. 그런데 소설이라는 장치를 이용하여 자기반성을 드러내는 경우에도 앞에서 본 것처럼, 소설 본래의 장르적인 규칙이 지켜지지 않는 상태에서 읽혀진다는 점에서, 소설형식을 비는 경우라 하더라도 그것이 허구로 읽혀지지 않는 한은 도덕적인 용기가 필요한 것은 마찬가지이다.

그런데 주목되는 점은 대일협력이라는 것이 변명의 여지가 없다는 절대성을 드러내면서, 한편으로는 그 죄(罪)의 절대성(絶對性) 자체를 다시 부정하는 이중부정의 담론으로 되어 있다는 점이다. 자기반성이 반성이면서 동시에 변명이 되는 이중적(二重的)인 성격을 띠는 것이다.

> 아무리 정강이께서 도피하여 나왔다고 하더래도 한 번 살에 묻은 대일 협력의 불결한 진흙은 나의 두 다리에 신겨진 불멸의 고무 장화였다. 씻어도 깎아도 지워지지 않는 영원한 '죄의 표지(罪의 標識)'이었다. 창녀가 가정으로 돌아왔다고 그의 생리(生理)가 숫처녀로 환원되어지는 법은 절대로 없듯이.
>
> (8-441-42)

처녀성의 상실로 표상되는 대일협력의 "영원한 죄"는 의미(意味)의 절대성(絶對性)을 띠는 것이다. 그렇기 때문에 그 반성은 모험을 동반하게 된다. 그런데 그러한 반성과 속죄를 스스로 결행하는 것이 아니라 다른 인물의 시각을 빌리고 있다는 점이 이 작품의 형식적 특성이다. 그 시각을 맡은 인물이 윤으로 되어 있다. 윤은 대일협력을 하지 않기 위해 기자를 그만두고 묻혀 지낸 사람이다. 그런 점에서는 죄가 없는 인물이다. 그러나 윤이 '나'와 대비되는 자리에 있을 때는 나의 절대성에 대비되는 것이어서

나의 태도 여하가 그 인물의 죄 여부를 가늠하게 된다. "정강이까지 들어 갔으나 발목까지만 들어갔으나 훨씬 가슴패기까지 들어갔으나 죄상의 양 에 다소는 있을지언정 죄의 표지에 농담(濃淡)이 유난히 두드러질 것은 없는 것이었다."(8-442) 속죄를 함에 있어서 죄의 양과 '농담'을 따지는 것은 죄를 절대화하지 않겠다는 것이고, 결국은 자기변명(自己辨明)의 통로를 만드는 것이라 해야 할 것이다. 김군의 P사에서 만난 윤이라는 사람은 외형상으로는 대일협력을 하지 않은 인물이다. 양으로는 죄가 없는 셈이다. 그러니만큼 그의 상대방에 대한 단죄의 목소리는 고압적이 될 수 있다. 그러나 죄의 농담을 따지지 말아야 한다는 데서는 그 양적인 무구(無垢)함이 문제가 되질 않는 것으로 된다. 기호론적인 체계가 그렇게 조정된 다음에야 아래에서 볼 수 있는 바와 같은 고압적인 단죄(斷罪)의 담론이 그 효력을 발휘할 수 없게 된다.

> 잘하나 못하나 소설이니 시니해서 예술일 것 같으면 양심의 활동이요, 진리(眞理)의 탐구와 그 표현이 아니냐 말야. 물론 소설가나 시인두 사람인 이상 입으로는 거짓말을 한다구 하겠지만, 붓으룬 거짓말을 하길 싫어하는 법인데, 또 하필 아니 되는 법인데, 그래, 멀쩡한 거짓말루다 황국신민 소설, 내선일체 소설을 쓰구, 조선청년이 강제모병에 끌려 나가 우리 해방에 방해되는 희생을 하구 한 걸 감격하구 영웅화하는 걸 쓰구 했으니 그게 예술가야? 예술과 예술가의 이름을 똥칠한 놈들이요, 뱃속에가 진실과 선과 미를 찾아 마지않는 양심 대신, 구더기만 움덕거리는 놈들이 아니구 무어야?"
>
> (8-446)

일제강점기의 대일협력(對日協力)이 반역적인 행동이란 의미로 강화된다. 그에 대한 반성이 없다는 것을 질타하면서 논조는 과시 강화된다. 한마디로 "개도야지만도 못한 것들"이라는 평가이다. 그러니까 "그런 개도야지만도 못한 것들이 숙청이 되기 전엔 건국사업이구 무엇이구 나서구 싶질 않겠다"는 결백성을 강조하는 어조가 드러난다. "웬만한 놈은 죄다 쓸어

숙청을 해야지, 관대했다간 건국에 큰 방해"라는 역사적인 안목이 동원되기도 하고, 결론적으로 "38 이북에서 하듯기" 대일협력자를 숙청해야 한다는 것이다. 그러한 도도한 논지를 펴는 데 대해 김군의 다음과 같은 發明을 통해 '죄의 농담이 없다.'는 나의 주장이 서게 된다.

> "자네와 나와 한 신문사의 같은 자리에 있다가 자넨 사직을 하구 나가는
> 데 난 머물러 있지 않었던가?"
> "그래서?"
> "그것이 난 신문 기자의 직업을 버리구 나면 이튿날부텀 목구멍을 보전치
> 못할 테니간 그대루 머물러 있으면서 신문을 만들어 냈구, 그 신문을 맨드는
> 데에 종사한 것이 자네의 이른바 나의 대일협력이 아닌가?"
> "그렇지."
> "그런데 자넨 월급봉투에다 목구멍을 틀었지 않드래두 자네 어룬이 부자
> 니간, 먹구 사는 걱정은 없는 사람이라 선뜻 신문기자의 직업을 버리구 말았
> 기 때문에 자넨 신문을 맨든다는 대일협력을 아니한 사람, 그렇지 않은가?"
> "그래서?"
> "그렇다면 걸 재산적 운명이라구나 할는지, 내가 결백할 수가 없다는 건
> 가난했기 때문이요, 자네가 결백할 수가 있었다는 건 부잣집 아들이었기 때
> 문이요 그것밖엔 더 있나? 물론 가난하다구서 절개를 팔아먹었다는 것이 부
> 끄런 노릇이야 부끄런 노릇이지. 또 오늘이라두 민족의 심판을 받는다면 지
> 은 죄만치 복죄(伏罪)할 각오가 없는 배두 아니구. 그렇지만 자네같이 단지
> 부자 아버질 둔 덕분에 팔아먹지 아니할 수가 있었다는 절개두 외라 자랑거
> 린 아닐상 부르이." (8-449-50)

이러한 질문과 결과는 "신문기자가 신문을 맨드는 건 대일 협력이구 농민이 농사해서 별 공출해서 왜놈과 왜놈의 병정이 배불리 먹구 전쟁을 하게 한 건 대일 협력이 아닌가?"(450-51) 하는 논리(論理)의 전환(轉換)을 가져오는 질문형태가 된다.

담론의 상황을 바꾸어 놓음으로써 단죄의 기준이 절대화하는 것을 막아놓고 상대방을 역공격할 수 있도록 담론상황을 역전시키는 방식이다.

정당한 의미에서 속죄나 참회는 그 기준이 절대적인 경우에만 가능하다. 상황에 따라 기준이 결정된다면 누구의 표준으로 보느냐에 따라 죄가 되기도 하고 죄가 성립되지 않을 수도 있다. 누구의 시각으로도 죄가 될 수밖에 없는 그러한 절대성을 띠는 죄는 성립되지 않는다. 따라서 어느 개인이 전존재(全存在)를 걸고 반성을 해야 하는 그러한 죄는 성립될 수가 없다. 그리고 담론의 주체측에서 본다면 속죄가 아니라 용서를 구하는 것이 되고, 미리 용서를 상정한 나머지 이루어지는 속죄는 일종의 '속죄놀이'에 해당하는 자기기만에 빠지게 된다.

목숨을 살기 위해 어쩔 수 없이, 본의 아니게 행한 대일협력이 죄가 되지 않는 것은 아니나 상황에 의존하여 용서를 받을 수도 있다는 논리를 펴는 한은 속죄의 진실성이 성립되지 않는다. "민족의 죄인"이 누구나 죄인 아닌 사람이 없는 "죄인의 민족"일 따름이라는 것이고 따라서 반성은 철저할 수가 없다. 담론의 주체와 상대가 동일한 레벨로 일원화되기 때문이다. 따라서 용서할 자격을 갖춘 이가 따로 없는 결과가 된다. 부득이한 사정이 있었다는 자기변명이 비집고 드는 예를 다음과 같은 데서 볼 수 있다.

> 우환 중에 보리가 흉년이었다. 백성들은 장차 10월까지 이 봄과 여름을 살아나갈 방도가 막연했다. 나의 고향집에는 80넘은 노모와 60의 장형 내외가 있었다. 거기에다 나에게 딸린 가솔이 넷. (8-442)

그러한 정황에 처한 이가 대일협력을 했다고 해서 누가 단죄를 할 수 있느냐는 것이다. 이는 물론 논리 저편의 일이다. 文學이 生活과 동일한 차원에 놓인다면 그것은 이미 문학의 반열을 벗어나는 것이기 때문이다. 죄인을 단죄할 표준이 서 있지 않은 것 자체가 일제강점 기간 동안에 훼손된 정신의 국면이라는 편으로 시각을 돌리는 것이 정직함일 것이다. 그러나 작품은 그렇게 나가지를 않는다. 오히려 담론의 주체를 남에게 양도하는 그러한 형태로 나아감으로써 의미(意味)를 이중화(二重化)시키고, 그 결과 속죄의 의미를 상대화하는 자기변명으로 나가는 것이다.

> "당신야 존재가 미미하니깐 이 댐에 민족의 심판을 받지두 못하실는진 몰라두 가사 받아서 벌을 당한다구 하더래두 형벌이 죌 속량해 주는 건 아니잖아요?"
>
> "……"
>
> "이를 악물구, 다른 것 다 돌아볼랴 말구서, 저것들 남매 잘 길러, 잘 교육시키구, 잘 지도하구 해서 바른 사람 노릇 하두룩, 남의 앞에 떳떳한 사람 노릇 하두룩 해줍시다. 아버지루서 자식한테 대한 애정으루나, 죄인으루서 민족의 다음 세대에 다 속죄하는 정성으루나,"
>
> "……"
>
> "어미 애비의 허물루, 그 어린 자식한테까지 미쳐가서야 어린것들을 위해 너무두 슬픈 일이 아녜요?" (8-455-56)

위 인용은 남편의 죄를 단죄하는 주체를 아내로 전환하여 자신의 죄를 용서받는 그러한 보상작용이 드러난다. 속죄를 함에 있어서, 단죄하는 주체를 상대화한 담론상황의 전환 이후에는 단죄를 행하는 주체를 다른 대상으로 대체할 수 있는 통로가 생긴다. 아내가 단죄를 하는 방식은 위에서 볼 수 있는 바처럼 생활이라는 것에 들려[憑] 있다. 그리고 단죄의 시간을 현재(現在)로 설정하는 것이 아니라 未來로 설정함으로써, 자신이 담지할 수 있는 능력 저편으로 단죄를 유예시키는 것이다. 이렇게 될 경우, 논리의 영역이 아니라 생활의 현실로 돌아오는 것이기 때문에, 대일협력자라면 누구나 가질 수 있는 약간의 부담을 가지고 그대로 생활에 몰두하면 그만인 데로 나간다. 그러니까 아내는 '나'에게 "원고 쓰려고 말아라, 자신이 박물장수라도 하겠다" 하는 결심을 보이는 것이다. 이는 단지 남편의 죄가 글을 썼다는 것, 문인이라는 것이 죄지 누구나 그만한 죄는 짓지 않았느냐는 논리이고 보면, 남편인 '나'가 속죄를 하는 방식과 동일한 차원의 논리라 해야 할 것이다. 이러한 순환논리(循環論理)는 소설의 구조를 받치고 있는 것이라서 의미있는 항목이 된다.

천일전력을 가진 교사를 축출하기 위해 동맹휴학을 하는데 함께 참여하지 않고 서울로 올라온 조카와 대화를 하는 데서 담론의 방향은 역전되는데, 그러한 역전의 구조는 주인공의 속죄 방식을 뒤집어놓은 구조와 다름이 없다. 다른 친구들이 동맹휴학을 하는 동안, 조신에도 지장이 있을 것이고 해서, 상급학교 진학 준비나 하겠다고 삼촌을 찾아온 조카를 나무라는 데서 주인공의 태도는 잘 나타난다.

> "아이들이 널 어려워하구, 네가 하는 말을 믿구 잘 듣구 그랬드라면서?"
> "네,"
> "그래 더구나 그런 놈이, 네가 나서서 주동을 해야 옳지, 뒤루 실며시 빠져? 넌 그러니간 반역행윌 한 놈야. 그 따위루 못날 테거든 진작 죽어 이놈아." (8-458)

이러한 논리대로 한다면 주인공은 '진작 죽어야 할 놈'이 된다. 주인공은 조카의 현재 위치와 동일한 위치에서 대일협력을 한 것이기 때문이다. 여기서도 주체(主體)를 다른 대상에 전이(轉移)시키는 방식을 읽을 수 있다. "어델 가 무슨 일이든지 용렬히 굴진 마라"하는 훈계를 하고 돌려보내는 담론주체의 심정은 다음과 같이 되어 있다.

> 기회가 다른 기회요, 단순히 훈계를 하기 위한 훈계였다면 형식과 방법이 매양 이렇지도 않았을 것이었다.
> 내가 생각을 하여도 중뿔난 것이었고, 빠안히 속을 아는 안해를 보기가 쑥스럽다.
> 그러나 그러면서도 한편으로 무엇인지 모를 속 후련하고, 겸하여 안심되는 것 같은 것이 문득 느껴지고 있음을 나는 스스로 거역할 수가 없었다.
> (8-458)

여기까지 독서와 진행된 다음에라야 소설의 모두(冒頭)에 압축적으로 제시된 울분과 불쾌감이 '병아닌 병'으로 전환되어 문제가 심정적인 차원에서 그대로 해소되었다는 것을 알게 된다. 이는 자기반성의 계기를 오히려 자기변명 혹은 정당화의 논리로 몰고간 것이어서, 정신의 치열성에서는 의문을 갖지 않을 수 없게 한다. 그것은 개인의 생활이라든지 생계의 문제가 아니라 민족의 문제이기 때문이다. "식민지시대의 비극적 역사체험은 개인적인 자기비판으로 그 상처가 치유될 수 있는 성질의 것은 아니다. 이 문제는 개인의 윤리문제의 영역을 벗어나, 역사에 대한 객관적 인식에 근거한 민족 전체의 자기비판을 필요로 하는 일이다."[32]

대일협력을 했던 작가의 죄의식을 자각적으로 소설화한, 희귀한 작가의 자기비판임에도 불구하고 그러한 논리를 수용할 수 없는 것이다. 논리에 끝까지 충실하지 않은 데에 자기반성의 이중적 성격이 드러난다. 담론의 차원에서는 이중적(二重的)인 의미(意味)의 담론(談論)을 만들어 가는 기호론적인 조직 방식이 그러한 결과를 유도한 것이라 할 수 있다. 이는 담론의 단일논리성이라고도 할 수 있다. 애초에 죄인이라는 생각을 가졌던 것이 결국은 죄인이 아닐 수도 있다는 논리로 돌아오는 것은 다른 대상과의 의미의 투쟁을 벌인 결과 얻어진 것이라 할 수 없다. 원점으로 돌아온 것이기 때문이다. 이는 소설외적인 텍스트와 소설내적인 텍스트가 대화적(對話的)인 상황(狀況)이 아니라는 점, 즉 주관성에 빠지고 있다는 점을 반영하는 것이라는 해석도 가능하다.

이러한 논리상의 미달상태는 세계에 대한 전망을 할 수 없는 시대에 작가가 주관적인 전망을 제시하는 데서 소설이 멈추는 것으로 귀결된다. 그러한 점에서 <民族의 罪人>에 드러나는 반성의 주관성과 <少年은 자란다>에 제시되는 주관적인 역사전망은 동일한 차원에서 빚어지는 담론의 변형이라는 설명이 가능해진다.

---

32 권영민, "소설의 세계와 리얼리즘", 『한국근대문학과 시대정신』, 문예출판사, 1983, p. 95.

|4| 냉소적 담론의 텍스트연관성

해방공간의 시대적인 혼란을 풍자적인 방식으로 드러낸 작품으로는
<孟巡査>, <논 이야기>, <歷路> 등을 들 수 있다. 이들 단편소설 담론
의 주조를 이루는 것은 냉소주의다.33 <맹순사>는 일제시대에 순사를 하
다가 해방이 되자 신변의 위협을 느끼고 사직했다가 생활고로 다시 순사
에 취직한 주인공이, 해방 이후나 이전이나 상황의 변화가 없는 것을 알
고 퇴직하고 만다는 내용이다. 이 작품은 해방이 되고 나서 채만식이 처
음 쓴 작품으로 되어 있어 해방에 대한 기본적인 시각이 어떠한 것인지를
추정하는 근거가 될 만하다.34

> 맹순사가 동양의 대현이라는 맹자님과 어떤 혈통의 관계가 있는지 없는지,
> 또 우리 나라 맹재상 맹고불이 매엉승과는 제 몇 대손이나 되는지, 혹은 아
> 무것도 안되는지, 그런 것은 상고하여 보지 못하였다.
> "칼자루 십 년에, 집안 여편네 유똥치마 하나 못해 준 주변에, 헐 말이 무
> 슨 헐 말이우?"
> 증왕에 순사 아낙에 세 가지 특색이 있으니, 가로되 언변 좋은 것, 가로되
> 건방진 것, 가로되 옷 호사 잘 하는 것이라고, 실로 이 계집의 허영으로 인하
> 여, 수사들이 얼마나 더 악착히 '순사질'을 하였음인고, 맹순사의 아낙 서분
> 이도 미상불 언변 좋고, 똑똑하고(즉 객관적으로 바꾸어 치면 건방지고) 하
> 기로는 좀처럼 남에게 질 생각이 없으나 오직 옷 호사 한 가지만은 어엿이
> 고개들 자신이 와락 없었다. 천하에 순사의 아낙이 되어 옷 호사 못하다니,
> 유감이 깊을지매, 자못 동정스런 노릇이었다. (8-259)

이는 작품의 서두인데, 담론상의 특성 몇 가지를 찾아볼 수 있다. 첫째
는 소설텍스트와 소설외적인 담론텍스트 사이를 과감하게 연결하는 텍스
트연관성이다. 일개 순사를 작중인물로 설정하면서 그 인물에 대한 참조

---

33 김윤식, "해방공간의 문학", 앞의 글, pp. 486-89.
34 『전집』 8, p. 256.

항을 동양의 대현 맹자(孟子)와 명재상 맹고불(孟古佛)로 삼는 것은 두 주체의 속성적 차이가 현격함으로 인해 작중인물이 희화화된다. 이는 풍자적 톤을 마련하는 장치로 의미가 있는 것이다. 둘째는 시대에 관용적으로 통용되는 담론을 근거로 하고 있다는 점이다. 고문투로 인용되는 사회적 담론의 양상이 그것이다. 언변과 건방과 호사를 순사의 아낙으로서 갖춘 특색으로 인용하여 관습적인 의미를 배경으로 서술해 나가는 것이다. 셋째는 담론주체의 행동이 개인적인 심리에 동기화(動機化)되어 있다는 점이다. 옷에 대한 호사 의욕이 맹순사의 앞날을 좌우하게 한다는 점이 그것이다. 또한 여기서 주목되는 것은 전거를 활용하는 가운데 '한판의 이야기'를 전개하겠다는 작가의 서술태도가 드러나는 점이다.

일제하에서 순사직으로 있다가 그만둔 사십을 바라보는 남편이, 스물다섯의 재취인 아내의 포탈을 이기지 못하고 다시 순경으로 복귀하는 데서 사건은 동기화된다. 여기서 두 인물의 담론이 선명한 대조를 이룸으로써 희화적인 분위기가 형성된다. "내가 그만큼이나 청백했기 망정이지, 다른 동간들 당했단 소리 들었지? 누구는 맞아 죽구, 누구는 집에다 불을 지루구, 누구는 팔대리가 부러지구."(261) 맹순사가 혼란의 외중에서도 목숨을 보존하는 것은 청백 덕분이라는 것이다. 거기 비해 아내는 "불한당질" 못한 남편의 청백함을 질타한다. 여기서 두 인물의 대척적인 언어가 동일한 의미를 지니는 것을 볼 수 있는데, 그것은 작품의 끝에 가서 확인된다.

전날 행랑 아들이던 자가 순사가 되고, 살인범으로 감방살이를 하던 인물이 순사가 된 혼란상은, 사상범이나 정치범과 살인범이 동등한 취급을 받는 데서 의미의 역설성이 비롯된다.

"절 으쩌우? 그럼 인전 순사한테두 맘 못 놓겠구료?" 하는 아내의 질문에 "허기야 예전 순사라는 게 살인강도허구 다를 게 있었나! 남의 재물 강제루 뺏어먹구, 생사람 죽이구 하긴 매일반였지."(8-268) 하는 대답에서 의미(意味)의 양가성(兩價性)이 드러난다.

순사가 살인강도하고 등가하는 점을 지적하는 가운데 해방이전이나 해방 이후나 달라진 게 없다는 인식이다. 그러나 이는 담론 주체의 자기 자신에 대한 반성이 없다는 점에서 인식의 미달이라 할 수 있다. 여기서 허무주의적인 성향이 발아되는 것을 읽을 수 있다. 해방에 대한 이런 인식은 <論 이야기>에도 지속적으로 나타난다. 이러한 인식이 <少年은 자란다>에서처럼 주관적 역사전망(主觀的 歷史展望)으로 나아가는 것의 근거가 된다는 점은 음미를 요하는 사항이다. 그러나 주관성이 작가의식의 위기로 연결된다는 점은 작가론의 측면에서 중요성이 고려되어야 한다.35

<論 이야기>는 토지를 중심으로 하여 시대의 변천을 그렸다는 점에서 소설에서 時間性을 문제 삼은 특이한 예이다. 작중인물 한생원의 논 스무 마지기 가운데 부친이 "부지런으로 장만한 열서 마지기" 논을 동학과 연루되었다고 하여 군구에게 빼앗긴다. 남은 일곱마지기마저 일본인 길천에게 시세의 갑절을 받고 팔아버린다. "허황하고 헤픈 값을 하느라고, 술과 노름을 쑬쑬히 좋아하여 빚을 진 결과였다." 그리고는 소작농으로 가계를 꾸려간다. 개인의 성격적인 결함과 외적인 정세의 변화에 현명하게 대처하지 못한 한생원은 나라를 빼앗겼다고 해도 "그깐 놈의 나라, 시언히 잘 망했지."하는 태도를 보인다. 나라가 해방이 되었다고 해서 즐거울 것이 없는 것은 당연한 귀결이다. 해방이 되었다는 것이 그에게는 일본인에게 팔았던 땅을 돌려받을 수 있다는 것으로 인식된다. 그러나 그가 일본인 길천에게 판 땅은 이미 다른 사람에게 팔린 후에 해방이 된 것이다. 땅을 다시 찾을 수가 없게 된 형편에서 "나라가 다 무어 말라 비틀어진 거야? 나라 명색이 내게 무얼 해 준 게 있길래, 이번엔 일인이 내놓구 가는 땅을 저이가 팔아먹으려구 들어? 그게 나라야?"(8-324)하는 분노를 터트린다.

 "좌우간, 아직 그렇게 지레 염려를 하실 게 아니라, 기대리구 있느라면 나라에서 다 억울치 않도록 처단을 하겠죠"
 "일 없네. 난 오늘버틈 도루 나라 없는 백성이네. 제길 삼십육년두 나라 없

---

35 김윤식, "해방공간의 문학", 앞의 책, p. 489

이 살아 왔을 려드냐. 아니 글쎄, 나라가 있으면 백성한테 무얼 좀 고마운 노
릇을 해 주어야 백성두 나라를 믿구, 나라에다 마음을 붙이구 살지. 독립이
됐다면서 고작 그래, 백성이 차지할 땅 뺏어서 팔아먹는 게 나라 명색야?"
　　그러고는 털고 일어서면서 혼잣말로
　"독립됐다구 했을 제, 만세 안 부르기 잘했지." (8-325)

　이상에서 해방이라는 것이 개인의 삶과 어떻게 의미있는 연관을 가지
는가 하는 데에 대한 작중인물의 시각을 확인하게 된다. "아주 무식하고
성격적 결함을 가진 한생원을 보여줌으로써 '친일파'란 당초 없는 것, 오
직 통치부에 개인이 얼마나 합리적으로 작용했는가만 있다는 점을 지적"
함으로써 풍자(諷刺)를 가능하게 했다는 것이다. 이런 풍자의 세계에서는
"해방공간의 '민족정기'라는 성스러운 지표 설정은 실로 가소로운 장난"
(488)에 불과한 것이 된다는 점을 들어 풍자가 단지 기법의 차원에 머물
지 않고 창작방법론의 의미를 지닌다고 보는 근거가 마련된다.
　이러한 창작방법론은 담론 주체의 의식과 그것을 매개해 주는 소설의
담론 조직방식과 연관되어야 구체적인 설명을 얻게 된다. 그러한 면에서
이 소설이 액자유형(額子類型)을 변형하고 있다는 것은 의미있는 점이다.
다섯 단락으로 된 작품의 첫 단락과 네 번째 단락의 모두(冒頭)는 다음과
같이 되어 있다.

　　[1] "일인들이 토지와 그 밖에 재산을 죄다 그대로 내어놓고 보따리 하나
에 몸만 쫓기어 가게 되었다는 이야기를 듣는 한생원은 어깨가 우쭐하였다.
"거보슈 송생원, 인전 들, 내 생각 나시지?" (8-304)
　　[4] "여보슈 송생원?" 한생원이 허연 탑삭부리에 묻힌 쪼글쪼글한 얼굴이
위아래 다섯 대밖에 안 남은 누런 이빨과 함께 흐물흐물 자꾸만 웃어지는 웃
음을 언제까지고 거두지 못하면서. (8-319)

　이렇게 시작된 서두는 한생원과 송생원의 대화를 이루는 것이 아니라
한생원이 어떻게 땅을 빼앗기고, 팔고 하는 가운데 나라에 대한 기대가

증대되고 또 좌절되고 하는 과거가 서술된다. 액자소설의 외화를 이루는 이야기는 한생원의 현재 상황이고 내화(內話)에는 과거가 요약된다. 이러한 액자형의 외화가 다시 연결되는 것은 제4장에 가서이다.

4장에서는 한생원의 희극적인 행동이 드러난다. "가령 어떤 엉뚱한 계획을 세운다든지 허랑한 일을 시작하여 놓고서는, 천연스럽게 성공을 자신한다든지, 결과를 기다린다든지 하는 사람이 있은다치면 '흥, 한덕문이 길천이게다 논 팔아먹던 대 났구나.' 하고 비웃곤 하는"(8-318) 속담을 부정하는 것이다. 그러한 속담이 부정될 수 없는 한생원의 행동에서 풍자가 이루어진다. 논을 찾을 수 있게 되었다고, 해방이 되었을 때도 "그저 덤덤할 뿐이었던" 한생원이, 만세를 부르자며 술주정을 하는 가운데, "논 찾았은깐 또 팔아서 술값 갚으면 고만이지. 그럼 한 서른 다섯 해만에 내 것 되겠지. 흐흐흐"(8-321)하는 데서 풍자의 대상이 이전의 우행(愚行)을 반복하는 것이다. 이처럼 속담으로 굳은 우행이 상황의 변화를 따라 새로운 인식으로 연결되지 않고 반복되는 데서 풍자가 성립되고, 역사에 대한 허무감이 드러난다는 것을 보게 된다.

<歷路>는 대일협력에 대한 자기반성과 현실의 혼란과 무질서에 대한 냉소적인 시각이 동시에 드러나는 작품이다. 기차타기를 중심으로 하여 공간을 제한하는 장면화(場面化)의 담론조직 방식이 특징적이다. '역로'라는 제목 자체가 이중적인 의미를 지니는데 하나는 단지 기차를 타고 가는 역정 자체이며, 역사의 노정에서 개인이 취하는 태도를 문제 삼는 것이 다른 하나이다.

담론주체가 작가와 분리되지 않는다는 점에서 현실에 대한 작가의 시각을 알 수 있는 작품이다. 차표를 사기 위해 기다리는 중에 친구를 만나 친구가 소위 야미표를 사는 바람에 "편성이요 무단한 결벽"인 작중인물은 심정의 갈등(葛藤)을 느낀다. 거스름돈을 돌려받으려다가는 차표를 살 수 없다는 현실을 알고 실망하는 소년을 두고 친구와 나누는 대화는 다음과 같이 되어 있다.

"그 소위 망한 나랄 가지구 그 다음 또 민족까지 팔아먹은 부형들 가운데
자네두 역적놈의 한몫을 했겠다?"

"했지"

"강연 몇 번 갔었지?"

"몇 번을 따질 필욘 없어. 세 번 해먹었다구 목 자를 데 한 번 해먹었다구
목 아니 자르랄 법은 없으니깐."

"그럼 자네 목두 자네 몸땡이에 붙었을 날이 많이 못허니그려?"

"요행 그랬으며 고맙겠는데 그렇지가 못할 모양이니 슬프이."

"어째서? 죄가 경하다구 용설 받을까바서? 어림없다."

"죄가 경하대서가 아니라 존재가 하두 미미하니깐 죄인값에두 쳐주지 않
는단 말일세."

"인간이 성명 없는 인간이라구 진 죄까지 가벼워지란 법두 있나?"

"그러게 말야."

"그럼 자살을 하지."

"한 방도는 방도겠지."

"하여간 철두철미 귀족취미야! 도저히 구제할 길이 없는 인간야." (8-274)

이는 <민족의 죄인>에 드러나는 속죄모티프의 반복이다. 작가 자신의
대일협력이라는 점에 있어서도 그러하고, 자신의 죄에 대한 남의 시각을
동원하는 것도 그렇다. 죄에 대한 자기반성을 다른 시각으로 바라봄으로
해서 죄의 의미를 상쇄하게 하는 것이다. 이는 다른 시각을 빌리는 것일
뿐 속죄의 행동으로 연결되지 않는다. 그리고 결론을 내릴 수 없는 국면
으로 몰고 간다. 진정한 의미의 속죄라 할 수 없다. 이는 현실(現實)의 혼
란상을 자신의 죄상(罪狀)과 대조함으로써 자책 대신에 자기변명(自己辨明)
으로 상황을 전환시키는 양상이 된다. "부지런허구 게으름허구 맞먹는"
현실이며, 현실의 혼란이 "백성이 아직 어리구 철이 아니 나서" 그런 것
인 동시에 "나이 너무 많아서 노망기운으루다 그런 거"라는 양가성(兩價
性)을 드러낸다. 거기다가 외세에 의한 해방이 우리 민족에 대해 갖는 의
미가 아직 정착되지 않은 결과 민주주의와 공산주의의 노선 대립이 현실

로 드러나 있는 것이다. 차안에서 만나 이야기를 나누는 이들이 서로 행동을 규제할 수 없는 타인(他人)들로 설정되어 있다는 점은 의미 있는 일이다. 거기서는 개인만이 있을 따름이지 대화관계는 성립되지 않는다.

그런데 이러한 현실의 와중에서 대일협력에 대한 속죄가 어떤 의미를 지니는 것인가 하는 회의는 다음과 같은 자기변명으로 드러난다. 대전에서 이리를 가는 열차의 혼잡한 와중에 한 칸에 미군 서넛이 탄 '미군전용차' 몇 량이 연결된다.

> 사람들은 그대로 행여 하는 생각으로 이리 닫고 저리 닫고 앞뒤로 끼웃거리면서 그 옆을 분주히 맴돌이하기를 마지않는다.
> 아마 구경이 하염직하여서리라. 미국병정 하나가 닫긴 승강대의 문을 열고 서서 고요히 오나상을 하고 있다.
> 그러나 촌 반늙은이 하나가 그 앞을 징거거리고 가더니 예전 같으면 '여보 영감상 우리 좀 탑시다.'하는 쩨렸다.
> 손으로 자기를 가리키고 다시 찻간을 가리키고 하면서 근천스런 미소와 굽실거리를 거듭한다.
> 그에 대하여 미국 병정의 대답은 털 숭얼숭얼한 손가락을 들어 차 꼭대기를 가리키는 것이었다.
> 김군과 나는 무심코 발길을 멈추고 서서 보다 문득 아니 볼 것을 본 것 같은 회오에 얼른 얼굴을 돌렸다.
> "옛날 상해의 공동 조계의 공원 문 앞에다 '지나인과 개는 들어오지 마라' 쓴 푯말을 세운 것허구 상거가 어떨구?"
> 김군의 중얼거리는 말이고 나는 나대로 중얼거렸다.
> "마마손님은 떡시루나 쪄놓구 배송을 한다지만 이 프랜드나 저쪽 따와라시 치들은 어떡허면 배송을 시키누?" (8-290)

이는 현실의 혼란상을 부각시킴으로써 앞에서 논의되던 속죄(贖罪)의 문제를 무의미(無意味)하게 하는 것이다. 여기 따르는 성급한 결론은 싸늘한 냉소(冷笑)로 돌아간다. 작가의 현실이 작가의 삶과 별도로 동떨어진 다른 세계가 아니라 작가 자신이 그러한 환경 가운데 처해 있다는 것을 인식하지 않는 데서 속죄는 자기변명의 색깔을 띠게 된다. 이는 작가가 현실에 대해 우월한 위치에 있을 때라야 풍자가 가능하게 된다는 점을 감안한다면 쉽게 이해되는 것이다. 그러나 작가가 자기속죄(自己贖罪)라는 문제를 제기해 놓고 작가는 그 환경을 벗어나 우월한 위치를 점하게 되는 데서 풍자는 약화된다. 이 소설의 결말이 다음처럼 속죄의 의미가 약화되는 것은 그러한 양식상의 원리를 파괴하는 데서 비롯된다.

> "사회진화의 노선이 적실히 유물변증법적 방향인 바엔 협조가 헤게모니의 영원한 상실을 의미하는 건 아닐 텐데. 독일의 나찌즘이 영원한 승리가 아닌 것처럼. 결국 문제는 협조하는 기간 동안 임금을 조금 덜 받아야 하구 소작료를 조금 더 무어야 하구 한다는 문제루 귀착하는 것이니깐. 사세가 차차 더 절박해가니 돈 몇 천원이나 벼 몇 섬씩을 애끼다간 민족 천년의 대계를 그르칠 염려가 있다는 걸 깨달아야 할 텐데. 새로운 역사의 주인 노릇할 긍지와 도량으루다 말이지."
> "사람이 없나 봐. 한 정당 한 정당의 두령 재목은 있어두 민족의 두령 재목은 안직 업는 모양야."
> "낙심 말게. 이 기주사 어른이 가실질 않은가."
> 비는 오고
> 다음 차가 언제 있을지 모르는 차를 우리는 음산한 정거장에서 민망히 기다려야 하였다. (8-290)

이 작품이 나온 다음 한 달 후에 <민족의 죄인>이 씌어졌다는 점은 두 작품 사이에 시각의 차이를 발견하기 어렵게 하는 외적 조건이 될 수 있다. 그러나 문제는 대일협력이라는 죄를 속죄하는 시각(視角)에 변화(變化)가 없다는 데에 있다. 담론의 주체가 자신의 행동을 스스로 절대의 표준으로 반성하는 것이 아니라 자신의 죄에 대한 시각을 현실의 혼란과 대비한다든지, 자신의 죄상에 대한 다른 인물의 너그러운 시각에 의지하여 의미를 무화시키는 작법을 이용하고 있다. 그 결과 시각의 차이를 드러내지 못하게 되고 작가의식의 진전이 이루어지지 않음을 확인하게 된다. 거기서 냉소적인 시각만이 두드러진다.

일상적인 삶의 본질로서 합리성을 추구하는 삶의 모습을 그린 데서라면 담론주체의 윤리성은 문제가 되지 않을 수도 있다. 그러나 그것이 대일협력에 대한 변명이라면 비난의 소지가 있는 것이다. <논 이야기>를 허무의식에서 빼내기 위해서는 작가의 자기변명을 걷어낸 자리에 서야 했을 것이며 <역로>의 냉소주의는 이른바 제3세계의 시각을 갖지 않고는 벗어날 수 없는 일이다.36 자기변명과 냉소주의가 지속된 결과 <소년은 자란다>에서처럼 주관적인 역사전망을 제시하는 데에 머물고 말았다는 점은 채만식소설의 한계라 할 수 있다. 이것이 담론의 주체가 작중현실의 우위에 서는 풍자적 담론이 와해된 결과에서 유도되는 소설적 한계인 셈이다.

---

36 김윤식, "해방공간의 문학", 앞의 책, p. 489.

채만식소설의 언어미학

채만식소설 담론의 소설사적 의미

채옹 **채만식 선생** <소설가 이무영이 쓴 묘비문,
사진출처 : 채만식 문학관>

1950년 49세를 일기로 여기에 묻히시다. 30년
간의 작가생활에 「탁류」 외 백여의 쾌작에 강
직 총고의 선생의 면 약연하시다. 풍자 또한 선
생의 성격의 일면이셨다.

채만식소설의
언어미학

I
이야기전통과 담론의 설화성

　서사문학의 근대적인 형태로서의 소설은 장르적인 유연성으로 말미암
아 대단한 가소화성을 지닌다. 어느 계층이나 어느 수준의 담론이라도 소
설 안에 수용하지 못할 것이 없다. 소설장르의 이러한 개방성은 소설(小說)
의 시학(詩學)이 성립되기 어렵게 하는 조건이다. 반면에 소설장르 안에서
는 자유로운 언어적 실험이 가능하게 되는 것도 이러한 가소화성의 힘이
다. 소설장르의 이러한 특성이 어느 시대 어느 지역의 소설에도 일반적으
로 적용된다고 하기는 어렵다. 우리는 채만식 소설을 검토하는 가운데 장
르이론의 규칙이 제한적으로 작용한다는 점을 확인할 수 있었다.

　기존의 연구들이 현실에 대한 비판의식을 중시하여 리얼리즘의 시각에
서 채만식소설의 가치평가를 주로 해왔던 것은 일면적임을 면키 어렵다.
여기서 방법론을 새로이 할 필요가 부각되었다. 이 연구에서 채만식소설
의 담론특성을 드러내기 위한 방법론적인 재검토를 했던 것도 그러한 까
닭이다. 이 연구에서 추구한 방법론은 소설기호론에 바탕을 두고 담론을
통해 소설의 언어적인 조건을 검토함으로써 소설사회학적 방법의 한계를

극복해 보려는 것이었는데, 그러한 방법론이 대상과 정합성을 띨 수 있을 것이라는 판단이었다.

채만식소설에 대한 기왕의 연구는 주로 소설사회학적(小說社會學的)인 방향에서 진행되어 왔다. 그리고 채만식소설의 리얼리즘논의에서는 이러한 방법론의 유용성이 드러나기도 하였다. 그 결과 소설을 이데올로기적인 등가물로 보는 환원주의로 기울어지는 한계를 드러내었다는 점도 사실이다. 구조론적인 방법도 소설시학(小說詩學)을 위해 공헌을 했으나, 형식주의적인 추상성에 머무는 한계를 지닌다. 즉 문학을 과학화하는 데는 공헌을 했지만 문학을 문학현상으로 보고 그 역동성을 포착하는 데에는 장애가 된 것이다. 그러나 둘을 종합하는 방식은 방법론상 절충주의에 이르게 된다. 두 방법론을 지양하여 새로운 단계를 모색할 필요가 있다. 여기서 소설을 담론(談論)의 역동적인 체계(體系)로 보는 관점의 도입이 불가피해졌던 것이다. 담론의 역동적인 체계 가운데 통시적인 국면이 소설사적인 시각인데, 채만식소설의 경우는 이야기의 설화성과 극의식을 동반한 판소리 서술방식을 원용하여 성과를 얻고 있다는 것이 큰 특징으로 부각된다.

담론이란 그 언어를 사용하는 주체들이 벌이는 의미의 교환과 조정을 통해 새로운 의미를 만들어내는 구조와 실천, 그리고 그 결과를 포괄하는 개념이다. 따라서 거기에는 담론주체(談論主體)의 의식과 세계관이 반영됨은 물론이다. 담론의 주체는 언어활동에 관여함으로써 언어의 기존의미를 확인하고 사회적인 의미공유를 확보하며 기호론적인 체계를 새롭게 만들어간다. 소설에서, 이러한 담론은 작가의 의식을 발현시키는 방식이며 소설이 대상으로 하고 있는 세계상(世界相)을 드러내는 것은 물론 세계관의 표출행위가 된다. 또한 소설내적인 법칙성에 따라 '예술적인 의미형성'을 주도하는 역할을 한다. 소설 담론의 이러한 특성 때문에 소설의 언어를 물적대상(物的對象)으로 취급하여 분석위주로 나가는 것은 방법론상 스스로 한계를 드러낸다.

이 책에서는 바흐찐이나 크리스테바류의 기호론적 실천(記號論的 實踐)으

로서 담론을 검토하는 방법을 원용하였다. 담론(談論)을 중심으로 구조주
의적(構造主義的)인 관점에서 출발하여 소설사회학을 수용하는 방향으로
논의를 진행시켰다. 이는 두 방법론의 종합과 지양을 목표로 하는 시도였
다. 언어활동이 그 언어를 사용하는 주체(主體)의 기호론적(記號論的)인 실
천(實踐)이라는 점을 부각시키는 방향을 택한 결과이다.

  소설의 담론을 검토하는 데는 담론의 주체(主體)가 어떤 위치에서 말을
주고받으며 의미작용을 벌이는가, 또 그 담론에 함께 참여하는 상호전환
이 가능한 주체의 속성은 어떠한가 하는 점의 검토가 먼저 수행되어야 한
다. 의미 전달이나 설득과 같은 일방통행적(一方通行的)인 언어수행이나 전
달의 구조는 소설의 담론특성이라 보기 어렵다. 여기에서 언어학 일반의
방법론이 문학으로서의 소설 담론을 다루는 방법론으로 전용되기 어려운
한계가 드러난다. 소설의 언어를 담론의 차원에서 파악할 경우, 그것은 바
흐찐의 용어로는 초월언어학(超越言語學)의 관점에 서는 것이 된다.

  담론의 주체는 담론의 인간적인 요소들인데 작가, 서술자, 작중인물 등
으로 그 위상이 분화된다. 작중인물의 경우에는 심리 내면과 의식이 담론
과 함께 고려되어야 한다. 담론의 주체(主體)와 연관되는 문제들 가운데
서술자로 드러나는 담론 주체의 층위는 서술시각(敍述視角)의 측면에서 검
토될 수 있다. 서술시각은 소설에서 서술자가 담론을 조직하는 방법과 연
관된다. 그것은 서술자의 담론 조직과 함께 작중인물의 화법이 객관화된
언어 차원에서 문제되는 것으로 전이된다. 담론의 차원에서 볼 때 소설의
인물은 담론의 주체가 된다. 담론의 주체는 어떤 형태의 것이든지 욕망을
가지게 마련인데 그 욕망이 추상화된 것을 지향성이라 할 수 있다. 작중
인물의 욕망구조는 담론의 담론주체의 지향성으로 환원되는 것이다.

  작중인물의 의식은 다시 자신의 의식과 함께 다른 인물이 자신에 대해
갖는 의식에 의해 상호적으로 규제된다. 이러한 양상은 작가의 인물에 대
한 태도인 시각(視角)의 측면에서 검토하였다. 또한 소설의 총체상인 소설
의 양식을 담론의 차원에서 검토할 필요도 있었다. 문학의 양식에 따라

담론의 양상이 달라지기 때문이다. 채만식 소설의 경우, 이는 극의식(劇意識)이 중요한 검토의 항목이 되어야 한다는 것이 드러났다. 소설을 담론 차원에서 연구하는 방법론은 소설을 기호론적 구조로 보고 소설사회학과 구조주의를 통합 지양할 수 있는 가능성이 주어진다는 점에 의의가 있다.

담론을 통해 드러나는 작가의 세계파악 방식, 즉 작가의식(作家意識)이 담론의 구조와 어떤 연관을 갖는가 하는 점을 검토하였다. 이는 작가론적인 관점이 담론의 층위와 연관되는 면모인데, 작품을 대상적인 존재로 보지 않고 역동적인 구조로 보는 문학현상의 관점에서는 작가의 의식과 담론의 연관성이 짚어져야만 한다. 이는 담론 주체로서의 작가가 세계에 대응해 나가는 방식이기 때문에 세계관(世界觀)의 차원으로까지 논의가 전개될 수 있다.

소설의 언어적인 조건에 대한 연구는 여러 방향으로 진행되어 왔다. 그러나 기왕의 연구들은 텍스트 자체를 고정적이고 대상적인 관점에서 분석한 것이어서 소설언어의 역동적인 실상을 파악하는 데는 한계가 있었다. 소설의 언어는 기호론적인 실천이라는 관점에서 그 역동상이 검토되어야 한다. 그리고 그것은 담론의 차원에서, 담론의 내적인 법칙성에 따라 검토할 필요가 있는 것이다. 그래야 문학언어로서 언어적인 구조와 함께 의식이라든지 세계관이 함께 논의될 수 있다.

채만식소설은 현실에 대한 비판의식을 전통적인 이야기방식을 통해 드러낸다는 데에 특성이 있다. 이야기전통은 담론의 설화성과 판소리의 서술방식을 수용하는 가운데 이루어지는데, 극의식을 바탕으로 하여 극양식에 접근하는 소설기법으로 드러나기도 한다. 이야기의 설화성은 <濁流>에서, 극의식에 의한 소설담론 조직 방식은 <太平天下>에서 그 오롯한 양상을 볼 수 있다. 현실에 대한 강한 비판의식은 서술주체의 강력한 담론 통제로 구체화된다.

풍자소설로 평가되는 장편소설 <태평천하>는 이야기전통을 현대소설로 변용하면서 패러디적인 양식을 형성시킨 예이다. <탁류>가 대상의 전체성을 포착하려는 데에 초점이 가 있다면 <태평천하>는 성격이 판이하게 다르다는 것이 드러난다. 이 소설에 대한 기존 논의의 중점은 풍자성(諷刺性)에 집중되었다. 풍자성은 스토리에 대한 서술자의 통제력이 강력히 발휘될 때라야 가능한데, 비판적인 의식이 그러한 방식으로 표현되기 때문이다. 이는 미메시스보다는 디에제시스 편으로 수사원리가 작용하는 것이라 할 수 있다. 대상에 대한 자세한 묘사보다는 서술자의 자기 톤으로 수행되는 요약과 의미부여가 지배적인 특성을 이룬다. <태평천하>는 극적 구성방식을 구성원리로 하는 작품이며 풍자성은 희극과 비극의 두 양식이 혼용되는 데서 비롯된다. 극의식은 판소리의 연행적인 전통을 수용한 결과라는 점이 밝혀졌다. 이처럼 판소리와 접근되는 것이 <태평천하>의 양식의 특성이며, 구체적으로는 <興夫傳>의 패러디라는 점에서 이야기전통의 소설적 변용이라 할 수 있다. 서술자의 서술을 통해서, 작중인물의 대화를 통해서 판소리 연행 방식이 소설에 수용된 것으로 보았다. 서양식의 극형식보다는 판소리식의 극형식이 지배적임으로 해서 이야기 전통을 현대적으로 변용하고 있다는 점이 드러난다.

이러한 담론 특성은 소설의 양식과도 연관된다. 인물의 설정이라든지 인물들의 행위라는 측면에서 희극적인 특성을 보여주지만, 소설의 결말에서는 비극적인 무너짐을 드러낸다. 이 작품의 유기적 구성을 가능하게 해주는 것은 작중인물의 속물적(俗物的)인 욕망(慾望)이다. 그 욕망이 성취되는 것보다는 욕망의 무너짐을 보여준다는 데서 비극적인 양식에 접근한다고 할 수 있다. 여기서 서사성(敍事性)이 약화되고 작중인물의 희극적인 요설이 담론의 특성으로 두드러진다. 이는 <태평천하>의 담론이 <탁류>의 담론과 현격히 다른 점이다.

윤리적으로 파탄된 시대상을 보여주는 것이 <태평천하>의 한 특색인데, 그러한 윤리의 파탄은 담론의 차원에서 '고자질의 어법'으로 드러난다. 또한 작중인물들의 신분이 허상적인 것으로 되어 있는데 이는 정당한 의미의 대화적인 상황을 파괴하는 담론특성으로 전환된다. 윤직원영감의 연애라든지, 판소리에 대한 몰두, 불건전한 건강비법 등에서 대화적인 담론 상황은 와해되고, 그 결과 의미의 전도현상이 드러난다. 담론상황의 왜곡은 사회적인 분위기의 알레고리로 해석된다.

<태평천하>에서 작중인물의 세계상에 대한 혐오감은 담론의 측면에서 독백적 '절규'로 나타난다. 대화상황이 전혀 막혀 있을 때 담론은 일방적인 외침이나 독백이 이루어지는 것은 물론, 절규가 끝내 받아들여지지 않는 상황이 결국 자신의 상황이라는 그러한 깨달음이 독자들에게 환원됨으로써 풍자는 성립한다.

채만식소설 담론의 텍스트연관성은 판소리와 함께 신소설(新小說) 체험과 연관되는 것으로 보인다. 채만식소설 전반에 걸쳐 <長恨夢>, <秋月色> 등에 관한 언급이 자주 나온다. 이는 채만식이 신소설에 모델을 설정했던 결과로 판단된다. <탁류>에 나타나는 원한이라든지 극단적인 감상적 담론이 이들과 연관이 있는 것으로 드러났다. 이 작품의 통속성은 비극적인 세계인식에 한계를 지워주는 것이다. 이는 작가의 의식이 현실내적으로 한정되거나 현실을 초월하기 위한 지향성을 지니기 어려운 데서 생겨나는 특징이라고 보았다.

소설은 소설외적인 텍스트를 소설내적으로 문체화하는 데서 이루어진다. 채만식은 소설외적인 텍스트, 즉 현실에 대한 대응적 시각을 견지하면서 소설내적으로 텍스트연관성을 추구한 경우라 할 수 있다. 자신이 작업하는 텍스트 그 이전의 텍스트[談論體]를 부단히 참조하는 데서 텍스트연관성을 높이고 있는 것이다. 현실에 대한 인식이 투철했다는 것은 일단 인정되면서도 담론의 텍스트연관성을 보다 중시한 작가라는 점 또한 강조될 필요가 있다. 이는 채만식이 이야기의 전통적 방식인 설화성을 소설에 계승하고 있다는 의미이다.

II
다성적 담론의 의미와 한계

소설의 담론에 주목하여 담론의 다층성과 거기서 드러나는 다성악적(多聲樂的)울림에 주목한 것은 바흐찐이다. 이는 소설의 담론이 당위적으로 그렇게 조직되어야 한다는 것이라기보다는 특정 시대 특정 작가의 경우 그러한 경향을 보인다는 점, 그것이 어느 작가의 소설적인 방법론으로 작용한다는 점을 지적한 것이다. 그러나 중요한 것은 소설의 다성악적 특성 혹은 다원논리성(多元論理性)은 소설담론의 특성일 뿐만 아니라 언어적인 관계 일반에서 가장 바람직한 양상으로 상정되는 것이어서 지향성(志向性)을 지닌다는 점이다. 그러한 지향성은 당위적인 것일 수 없다. 어떤 소설이 탄생된 시대 지리적인 삶의 구체성에서 영향을 받고, 그러한 역사적 제약을 극복하려는 시도로서 의미를 띠는 것이다.

채만식소설은 장편이나 단편 등 양식에 따라 변별되지 않고 단일논리적인 담론으로 되어 있다는 것이 특징이다. 부분부분 대화적인 담론을 구사하지 않는 것은 아니지만 전반적인 특성은 역시 독백적인 담론이라는 것이다. 이는 극양식을 수용하는 데서, 작가의 역사에 대한 의식의 주관성에서, 새로운 소설양식의 실험적 시도에서 연유하는 것이라 할 수 있다.

극양식의 수용으로 인한 담론의 단일논리적 특성은 <태평천하>에 잘 드러난다. <태평천하> 전체를 주도하는 담론의 특성은 독백적(獨白的)이라는 점이다. <태평천하>가 전도된 세계상을 드러내 보여주기는 하지만 그 전도된 세계상은 카니발적인 것은 아니다. 담론 주체들의 상호교환을 통해 드러나는 카니발적인 구조라든지

관점의 교환을 통한 담론의 대화화의 방식을 택한 것은 아니었다. 서술자의 강력한 통제를 바탕으로 하여 부정적인 인물의 긍정적인 삶의 비판에서 부각되는 풍자를 이루었는데 담론의 성격은 역시 단일논리적이다. 이는 시대상의 양가성(兩價性)이 드러나는 방식이라는 점에서 타락한 시대상에 대한 선취라는 의미를 지니는 것이라 할 수 있다.

역사의식의 주관성으로 인한 담론의 단일논리성은 중편소설에서도 일관되게 유지되는 특징이다. 처녀작 <過渡期>와 중기의 <冷凍魚>, 그리고 최후작으로 알려진 <少年은 자란다> 등 일련의 중편소설의 담론 특성은 현실에 대한 비판의식과 함께 작가의 주관적인 역사전망을 드러낸다는 것이다. 이는 과도기의식의 변주라 하겠는데, '과도기의식'은 채만식소설 전체를 통해 일관되게 유지 변형되는 회귀단위(回歸單位)이다. 과도기의식은 현실에 대한 비판적 시각의 일종으로, 현실을 극복되어야 할 대상으로 보는 의식이다. 그러한 바탕에서 출발하는 <過渡期>는 양식의 측면, 작가의식의 측면, 작중인물의 삶의 형태 등 몇 가지 점에서 복합적으로 과도기적인 성격을 띤다.

과도기의식이 담론의 양상으로 드러날 때는 매개적인 방식을 취하지 않고 직설적 비판의 형식을 띤다. 담론의 직설성은 작중인물의 대화화(對話化)되지 않은 말의 형태로 나타나고, 다른 하나는 서술자의 단일한 시각으로 드러난다. 작중인물의 말을 통한 현실 비판은 직설성을 띰으로써 소설을 주제적인 양식으로 접근하게 하는 요인이 된다. 소설내에서 작중인물 한 사람의 말이 과도하게 길어져 주제를 전달할 경우에는 타인의 시각

이 끼어들 수 없게 되어 담론의 시각분화(視角分化)가 이루어지지 않는다. 따라서 담론은 단일논리적인 것이 된다.

작중인물들의 담론 상황(狀況)에서 어느 정도 대화성이 나타나기도 한다. 한 인물에 대해 다른 인물의 시각을 빌어 대비하는 방식을 통해서 담론을 조직하는 양상을 보여주었다. <과도기>에서는 조혼(早婚)과 그로 인한 정신의 피폐화 등이 한 인물의 긴 대사(臺詞;말)를 통해 비판되는 데서는 단일시각이 지속된다. <과도기>에서는 풍자의 싹이 보이기는 하지만 정당한 의미의 풍자가 되지 못한다. 이는 시각의 단일성으로 말미암아 풍자 대상에 대한 비난에 그치기 때문이다.

서술자와 작가의 거리가 너무 가까워짐으로써 아이러니적인 효과가 감쇄되고 객관적 제시 기능이 약화된 면도 볼 수 있었다. 이러한 거리의 소멸은 상투어의 개입으로 더욱 강화된다. 작가의 개입이 효과적으로 활용되기 위해서는 철저한 지적 통제(知的 統制)가 이루어져야 한다. 소설은 작가가 직접 이야기를 하는 것이 아니라 서술자(敍述者)를 개입시킴으로써 의미를 발굴해내는 양식이기 때문이다. 그러한 점에서 <과도기>는 소설적인 담론의 전형을 보여주는 데에는 미흡한 것이라 할 수 있다.

<過渡期>는 이질적인 레벨의 담론을 한 작품 안에 통합하려는 의지를 보여주기도 한다. 이는 소설 안에 '시'와 '동화'를 삽입시키는 방법을 통해 이루어지고 있다. 그러나 그것이 소설 담론 전체에 통합되지 못하여 실험에 머문 결과가 되었다.

채만식의 처녀작인 <過渡期>는 작가 자신의 문학적인 역정의 과도기성, 양식의 과도기적 특성, 담론의 과도기적 특성이 함께 맞물려 있는 작품이다. '과도기의식'으로 규정되는 의식과 담론의 교착상태 사이에 일정한 대응관계가 있다는 것이 밝혀졌다.

1940년대 이후 해방기까지 채만식소설 가운데 의식의 특성을 잘 드러내는 중편소설이 <冷凍魚>이다. 이 작품은 개인이 외부세계와 상호작용을 할 수 없는 의식의 냉동상태를 다루고 있는데, 의식의 그러한 특성은 소설의 구조적 이완을 초래한다는 것이 확인되었다.

작가의식의 이완은 이전까지 풍자와 비판의 대상이 되었던 일본(인)이 오히려 지향 대상으로 전환되는 데서 확인된다. 이는 조선인과의 애정행각 속에서 인생의 패배를 맛보고 삶의 의욕을 되살리기 위해 조선에 온 일본인 스미꼬(澄子)를 대하는 작중인물 대영의 의식을 통해 드러난다. 이는 세계와 대결하려는 의식을 포기한 허무주의적인 의식이 감각의 차원으로 전환된 예를 보여주는 것이다.

작중인물이 일본여자 스미꼬와 애정행각을 벌이다가 실패로 돌아간 후에, 그의 처가 낳은 딸에게 일본여자를 환기시키는 이름을 붙여주는 데서 작중인물의 의식이 지향하는 바가 드러난다. 그것은 일본의 대동아공영권에 대한 지향성인 바, 역사적 전망을 잘못 세운 결과이다. 즉 스미꼬의 이름자인 맑을 징자[澄]를 자기 딸의 이름자로 택함으로써 현실원칙의 세계가 상징차원으로 전이된다. 이는 작중인물의 의식이 일본의 '대륙경륜'을 승인하는 태도를 암시한다는 점에서 작가의식의 훼손을 읽을 수 있게 한다.

이 작품에 이르러서는 풍자가 사라지고 허무적인 자조를 드러낸다. 여기 나타나는 자조(自嘲)는 자기풍자(自己諷刺)와는 거리가 먼 것이다. 이는 시각의 단일성에서 연유하는 것인 바, 대상을 바라보는 거리가 소멸된 데에 그 원인이 있다. 의식의 냉동상태를 드러내는 담론의 시각이 단일화되어 있다는 것은 담론과 의식 사이의 상관성을 간접적으로 증명해 준다고 하겠다.

작가가 역사(歷史)의 반성(反省)과 미래전망을 보여주는 중편소설 <少年은 자란다>는 담론의 측면에서 보았을 때 주관적인 전망을 드러낸다는 것이 특징이다. 역사전망(歷史展望)의 주관성이나 작가의 주관적 의욕은 최후의 작품 <少年은 자란다>에서 더욱 강화되어 반복된다. 식민지 현실의 간고함 때문에 만주에 가서 살다가 귀국하는 한 집안의 이야기를 통해 해방기의 혼란과 그 혼란의 와중에 아버지를 잃은 영호라는 작중인물이 미래에 대한 의욕을 보여주는 것인데, 이는 역사의 방향성과 연관되는 것이 아니라는 데서 그 전망이 주관적이라 할 수 있다.

역사적 전망이 서지 않는다든지, 의식이 망설임을 드러내는 단계에서 반복적으로 나오는 어린이[少年] 모티프는 채만식 소설의 원형과 같은 역할을 하는 것이라 할 수 있다. 대상에 대한 분화되지 못한 시각의 담론은 문학적인 실패가 작가(作家)의 윤리(倫理)와 관계된다는 점을 방증하는 것으로 드러났다.

소설양식의 새로운 실험을 하는 데서는 담론의 단일논리성이 외형적으로 부각된다. 채만식의 단편소설 가운데 <痴叔>, <少妄>, <이런 處地> 등은 실험의식이 두드러지는 예이다.

대화상황에서 청자가 감추어진 대화를 그대로 전달하면 독백형식(獨白形式)으로 된다. 그리고 그것은 다시 판소리적인 전달의 양태를 띠도록 담론이 조직되어 있는데, 그러한 예를 <痴叔>, <少妄> 등에서 확인할 수 있었다. <치숙>은 작가가 강력한 통제를 함으로써 풍자 효과를 거두고 있으며, <소망>은 탈출구 없는 상황을 담론의 양상을 통해 알레고리적으로 보여준다. 독백적인 담론형식은 극적인 전달양상으로 시대상의 알레고리로 읽을 수 있었다.

아이러니적인 상황인식과 그에 대한 풍자적 비판은 <레디 메이드 人生>에서 틀이 잡히고 <明日>에서 심화되는 양상을 보여주었다. 이 두 작품은 폐쇄적인 상황을 아이러니적으로 인식하고 풍자로 비판하고 있다는 점이 특징이다. 그리고 상황인식과 소설의 담론구조 사이의 상호관계를 일치시킨 경우는 <痴叔>과 <少妄>이다. 이들 작품은 폐쇄적인 상황을 풍자하면서 상황의 폐쇄성이 기호론적인 체계를 와해시키는 양상을 보여준다. 의식의 폐쇄성이 독백적인 담론으로 드러난다는 점이 확인되었다.

구직을 위한 투구 가운데 드러나는 식민지 인텔리의 의식은 <레디 메이드 人生>이나 <명일> 등에 잘 나타나는데, 소설외적 텍스트 상황의 아이러니적인 성격이 드러난다. 이들 작품은 일상적인 의미가 통용되지 않는 상황의 폐쇄성과 가치전도의 체험을 보여주는데, 담론 주체들의 레퍼런스가 동일하지 않은 데서 의미의 혼란이 초래된다. 상황의 폐쇄성과 의미 소통의 폐쇄성이 동일한 구조를 이룬다는 점에서 상황과 담론의 구조적 상관성을 보여주었다.

　담론의 담당자 사이에 말의 의미가 달라 소통이 막히거나 소통이 장애되는 면은 식민지 교육의 모순을 지적하는 데서도 드러난다. '교육열'이라는 것이 온갖 문화매체(文化媒體)가 강조하는 것과 총독(總督)이 강조하는 것 사이에는 의미가 사뭇 다르다. 시대의 요청이라는 점에서는 공동의 의미를 지니는 것이지만, 그 담론 주체의 위치에 따라 의미는 달라진다. 담론 주체의 자리가 모순적인 관계에 있을 때 담론은 대화관계(對話關係)가 이루어지지 않는다는 점이 확실해졌다.

　외적인 상황의 이질성으로 말미암아 생기는 의미의 단절을 극복하는 방법은 기호론적인 구조를 변형시키는 것인데 외적세계의 포기로 인해 아이러니적인 구조가 된다. 의사소통의 의욕과 사회를 향해 발동하는 의식을 기호내적으로 자기한정(自己限定)하는 인물들이 이 시기 소설의 특징으로 드러났다. 이는 의미의 전도현상을 나타내게 된다.

　근대소설사의 성과로 평가되는 <탁류>의 경우, 담론의 대화적인 성격을 어느정도 추구하는 면이 보이기는 하지만 전체적으로는 단일논리성으로 일관된다 할 수 있다. 이는 서술자의 강한 담론 통제력이 발휘된 결과라 볼 수 있다.

　<탁류>에서 주목되는 것은 비극적(悲劇的)인 세계인식(世界認識)이 담론의 양상으로 나타난다는 점이다. 비극적인 세계인식이 드러나 있기는 하지만 비극적인 세계관에까지 나아가지는 못한 것으로 판단된다. '비극적 비전'이 결여되어 있기 때문이다. 긍정적인 인물이 설정되어 있지만 그 인물이 사회와 대응해 나가는 방식이 비극적 비전을 보여주지는 않았다. 초봉의 운명론과 연결되는 언어의 단순성이라든지 계봉의 단선적인 언어, 남승재의 주관적인 세계인식의 언어 등이 비극적인 구조를 이루는 데 장애가 된다.

담론이 전반적으로 작가의 강력한 통제를 바탕으로 하고 있다는 점은 채만식 소설전반에서 일관성을 띤다. 그러나 서술의 단일성을 벗어나 담론이 시각의 다양성을 확보하기 위한 여러 가지 장치를 활용하였다는 점이 확인되었다. 일반적인 서사골격 속에 레벨이 다른 담론을 삽입하는 형식을 이용하여 시각의 다중화를 기하는 방법이 그것이다.

상이한 차원의 담론이 서로 대비되는 구조 속에서 다원논리성을 드러내고자 한 것이 <탁류>의 담론특성이다. 담론의 주체가 역할을 교환한다든지 시각을 조정하는 데서 이루어지는 다원논리(多元論理)는 아니라는 점에서 장편소설 담론의 지향점인 시각의 다양화에는 한계를 보여준다. 작중인물의 타락 과정과 그 결과가 역설성을 띠도록 되어 있는 구조 속에서 담론의 다원논리화를 시도했던 것이라 할 수 있다.

남승재를 축으로 하여 소설의 전개를 살필 경우, <탁류>는 '교육소설적인 특성'을 나타내 준다는 점이 주목된다. 남승재가 남의 도움으로 자신의 성장을 도모하는 과정의 담론과 그가 가르치는 자리에 있을 경우의 담론이 양상을 달리한다는 점이 주목된다. 남승재가 남의 도움으로 고학을 하는 과정에서 나타나는 담론은 순종적이고, '자연과학의 힘을 믿는' 그러한 논리의 연장선상에 있다. 그러나 빈곤의 세계상을 깨닫는 과정에서는 '과학에 대한 믿음'이 허위의식으로 드러난다.

모든 소설이 다원논리를 추구하는 데서만 소설로서 가치를 발휘하는 것은 아니다. 다만 다원논리는 소설을 평가하는 데에 하나의 기준이 될 수 있을 뿐이다. 담론 자체는 단일논리적으로 되어 있더라도 다원적인 시각을 확보하기 위한 추구가 이루어지는 양상은 정당히 밝혀져야 할 것이고, 그것이 어떻게 시대적인 제약을 받고 있는가 하는 점이 드러나야 소설의 규칙성이 추구될 수 있는 것이다. 담론의 다원논리는 소설문학의 한 이상으로 설정될 수 있을 것이나, 그러한 방법론의 적용은 그것이 현실로 드러나는 실현태에서 출발되어야 한다.

채만식소설의
언어미학

III
채만식소설 담론의 의미연관

　기왕에 이루어진 채만식소설의 연구 방향은 리얼리즘에 입각한 현실인식이라든지 비극적인 세계관, 아이러니적인 현실의 풍자 등을 검토하는 것이었다. 그러나 채만식은 현실에 대한 관심 못지않게 소설의 형식요건과 언어에 대한 다양한 관심을 보여주었다. 그러한 관심은 소설담론을 조직하는 채만식 특유의 창작방법으로 작용하였다고 할 수 있다.

　채만식소설의 담론 특성 몇 가지를 앞 절에서 정리해 보았지만, 어느 작가의 담론특성이 단지 한 작가의 기법이라든지 의욕을 드러내는 것만은 아니라는 점에 주목할 필요가 있다. 작게는 작가의 의식과 문화체험에서, 크게는 당대의 시대정신이라든지 문학사적인 맥락 안에서 텍스트연관성을 형성하는 가운데 의미화 되는 것이다. 작품에 드러나는 담론 특성이 소설사적으로 어떤 의의를 지니는가 하는 점을 검토할 필요가 여기서 부각된다.

　첫째로, 채만식은 세계관(世界觀)이나 현실에 대한 의식(意識) 못지않게 언어적인 텍스트연관성과 담론(談論)의 조직방식에 깊은 관심을 가졌으며,

담론에 대한 관심이 창작방법론으로 정착되었던 작가라 할 수 있다. 작가 의식이 현실적인 삶의 맥락에서 실천을 요하는 세계관의 차원으로 나아가 지 못하고 의식의 차원에 머물게 되는 이유도 담론에 대한 경도 때문으로 보인다. 채만식의 소설이 담론의 차원에 관심을 깊게 가진 것은 당시의 문학적 조류가 리얼리즘과 모더니즘의 두 방향으로 나름대로 성과를 이루 면서 서로 방향 모색을 하던 시기라는 점과 관련되는 것으로 보인다. 그 두 경향을 함께 통합해 보자는 작가의 의도가 소설의 담론을 통해 확인된 다. 그리고 개인적인 체험으로는 판소리에 대한 관심과 체험이 채만식소 설 담론의 특성을 결정지어주는 주된 역할을 한 것으로 판단된다.

둘째, 채만식소설은 많은 작품이 극의식(劇意識)과 결부되어 있다는 것 이 특징이다. 극의식은 작가 채만식의 창작체험과 관계되는 것인 바, 소설 에 극적인 담론의 특성을 도입함으로써 소설담론의 다성적 성격(多聲的 性 格)을 제약하고 있는 점이 확인된다. 이는 장르 사이의 언어적인 조건이 다르다는 점에서 극의식이 소설의 담론을 어떻게 규제하는가 하는 점을 보여주는 일종의 규칙이라 할 수 있다. 희곡 텍스트나 무대상황에서 수행 되는 극적 담론은 외형상으로는 대화의 형태를 띤다. 그러나 극(장)의 상 황에서는 배우들의 대화를 청중이 관람하는 방식이 되기 때문에 극적 대 화는 단일논리적인 절대성을 띠게 된다. 따라서 극의식이 지배적인 소설 의 담론은 작가의 강력한 통제(統制)로 인해 단일논리적인 것이 된다. 채 만식소설에 극의식이 투영되어 담론의 특성을 규제하는 것은 1930년대 연극운동과 희곡작품의 담론 사이에 텍스트연관성을 지니는 것이라 해야 할 것이다. 이에 대한 고구는 다른 자리를 마련하지 않으면 안되는 커다 란 과제라 생각된다.

셋째, 채만식은 전통적인 이야기방식을 가지고 담론을 조직하는 방법론 을 유지해 왔다. 따라서 채만식소설의 담론에서 담론내적인 대화관계를 찾기는 어렵다. 그러나 채만식은 다른 장치를 통해 담론의 대화관계를 성 취시킨다. 즉 시각의 분화를 통해서 대화성을 확보하는 것이 아니라 한

유형의 담론과 다른 유형의 담론을 대비시키는 방식을 활용하고 있다. 그 가운데 매우 두드러지는 장치의 하나가 고전의 패러디이다. 특히 판소리 와 연관되는 고전소설(古典小說)과 채만식 당대 이전에 산출되어 당대에 영향력을 행사하던 신소설(新小說)에 대한 관심이 텍스트연관성을 유지하 는 가운데 소설의 다의미성을 추구한 것이라고 할 수 있다. 채만식소설의 이러한 면모는 그의 소설이 미두(米豆)를 통한 식민지 경제체제의 비판이 라든지 지식인의 실업 문제, 식민지교육에 대한 비판, 역사의 미래에 대한 전망으로서의 사회주의 등이 문제제기 단계에 머물고 말게 하는 요인으로 판단된다.

채만식이 소설을 통해 보여준 담론의 조직방식(組織方式)과 담론을 통해 드러나는 의식(意識)은 우리 소설사의 한 산맥을 이루면서, 당대 소설 경 향의 통합이라는 의미를 지닌다고 볼 수 있다. 또한 채만식소설의 텍스트 연관성을 검토해 볼 때, 어느 작가의 의식이 담론을 통해 드러나는 것만 이 아니라 담론이 곧 의식을 결정한다는 점을 알 수 있다. 단편소설에서 현실의 열악성이 담론의 기호론적인 구조를 독백적인 것으로 만든다는 점 이 규칙성을 띤다는 점에서 이는 확인된다. 한편 그러한 독백적 담론은 현실의 구체상을 형상화하는 데에 한계가 있다는 점도 확인할 수 있었다. 그러한 한계는 장편소설의 경우에도 마찬가지 양상을 보여준다.

<탁류>와 같은 장편소설은 극의식과 고전소설의 패러디 가운데 문제 제기를 하는 단계에 머물게 된다. 결말이 전망을 떠올릴 수 있게 하는 것 이 아니라 통속소설로 향하게 한 것은 신소설에 덜미가 잡힌 작가의식의 소설적 상관물이라는 의미를 지닌다. <태평천하>의 경우도 마찬가지이 다. 윤직원 영감의 가계와 그가 누리는 부의 내력이 명확히 밝혀지지 않 은 채, 한 장면의 극을 만다는 것 같은 방식으로 소설담론이 조직되어 있 다. 이는 소설외적인 텍스트와 소설내적인 텍스트의 상호작용이 차단된 담론의 양태이다. 양식상의 특성이 훼손된, 대화상황이 보장되지 않는 사 회상에 대한 담론적인 매개라는 점은 큰 의미를 지니는 것으로 보인다.

소설은 당대의 기호론적인 체계 안에서 작업을 하면서, 자체의 기호론적인 체계를 개혁해 나간다. 이러한 작업이 작가의 의식과 관계된다는 점은 의문의 여지가 없다. 그러나 그 작가는 자의적으로 기호론적인 체계를 만들어내지는 못한다. 당대에 들어와 있는 전대의 담론에 의해 영향을 받게 되어 있다. 이 영향이 압도적인 것일 때 작가는 현실에 대한 뚜렷한 인식을 가질 수 없게 된다. 채만식소설은 담론과 작가의 의식 사이의 관계를 구조적으로 보여주고 있다는 점에서 소설사적인 맥락에 자리 잡는다.

■ 국내 논문 및 저서

강금숙, <한국풍자소설의 연구>, 이화여대 석사논문, 1974.
강봉기, <채만식연구>, 『국어국문학논문집』, 서울대, 1978.
구인환 외, 『한국현대장편소설연구』, 삼지원, 1989.
구인환, <역사의식과 풍자>, 『한국근대소설연구』, 삼영사, 1977.
_____, <문체론의 방향>, 『한국문학 그 양상과 지표』, 삼영사, 1978.
권영민 편, 『한국 현대 문예비평사 자료』, 단국대 출판부, 1982.
_____, <소설의 세계와 리얼리즘>, 『한국근대문학과 시대정신』, 문예출판사, 1983.
_____, <한국근대소설론연구>, 서울대 박사논문, 1984.
김남천, <소화14년도 개관-창작계>, 『조선문예연감』, 1939.
_____, <탁류의 매력>, 『조선일보』, 1940. 1. 15.
김대행, <「심청전」 서술자의 어조 불통일성 문제>, 『한국소설문학의 탐구』, 일조각,
       1981.
김동욱, 『춘향전연구』, 연대출판부, 1976.
김미현, <김유정소설의 카니발적 구조 연구>, 이화여대 석사논문, 1990.
김병욱 편, 최상규 역, 『현대소설의 이론』, 대방출판사, 1986.
김병익, <풍자정신의 채만식>, 『한국문단사』, 일지사, 1973.
김상태, 『문체의 이론과 해석』, 새문사, 1982.
김성곤 편, 『탈구조주의의 이해』, 민음사, 1988.
_____, 『미로속의 언어』, 민음사, 1986.
김성수, <이야기의 전통과 채만식소설의 짜임새>, 한국학대학원, 1983.
김숙현, <채만식 회곡 연구>, 경남대 박사논문, 1990.
_____, <「제향날」과 「태평천하」의 대비적 고찰>, 『경남어문논집』 2권, 1989.
김영택, <한국 근대소설의 풍자성 연구>, 인하대 박사논문, 1989.
김용성, <아저씨의 총체성-채만식-'치숙'>, 『한국근대소설인물연구』, 인동, 1986.
김우종, 『한국현대소설사』, 선명문화사, 1977.

김우창, <주체형식으로서의 문학>, <한국현대소설의 형성>, 『궁핍한 시대의 시인』, 민음사, 1977.

김우철, <채만식론>, 『풍림』, 1937.

김욱동 편, 『바흐친과 대화주의』, 나남, 1990.

_____, 『대화적 상상력-바흐친의 문학이론』, 문학과지성사, 1988.

김윤식, <민족의 죄인과 죄인의 민족>, 『(속) 한국근대 작가론고』, 일지사, 1981.

_____, <소설의 세계와 희곡의 세계>, <소설의 이론과 창작방법논의> 『한국현대소설비판』, 일지사, 1981.

_____, <소설의양식과 극양식>, 『한국근대소설사연구』, 을유문화사, 1986.

_____, <채만식론-민족의 죄인과 죄인의 민족>, 『한국현대문학사』, 일지사, 1983.

_____, <풍자와 그 소멸의 관계>, 『한국현대문학사』, 일지사, 1976.

_____, <풍자의 방법과 리얼리즘>, 『한국문학의 논리』, 일지사, 1974.

_____, <해방공간의 문학>, 『해방전후사의 인식』, 한길사, 1985.

_____, 『우리소설과의 만남』, 민음사, 1986.

_____, 『한국근대문예비평사연구』, 일지사, 1976.

_____, 『한국문학사논고』, 법문사, 1973.

_____, 편, 『채만식』, 문학과지성사, 1984.

_____, <한국근대소설사 연구 서설>, 『한국근대문학양식논고』, 아세아문화사, 1980.

김윤식 · 김현, 『한국문학사』, 민음사, 1973.

김인환, <희극적 소설의 구조원리>, 고려대 박사논문, 1982.

_____, 『한국문학이론의 연구』, 을유문화사, 1986.

김재석, <채만식 희곡의 연구>, 경북대 대학원, 1986.

김정자, 『한국 근대소설의 문체론적 연구』, 삼지원, 1985.

김주연, <문학사와 문학비평>, 『문학비평론』, 열화당, 1974.

김진석, <반어와 풍자의 세계>, 『한국현대소설연구』, 새문사, 1990.

김치수, <역사적 탁류의 인식>, 『한국현대문학의 이론』, 민음사, 1972.

_____, <채만식의 유고>, 『문학과지성』 9호, 1972.

김태자, 『발화분석의 화행의미론적 연구』, 탑출판사, 1987.

김 현, 『르네지라르 혹은 폭력의 구조』, 나남, 1987.

_____, 『문학사회학』, 민음사, 1983.

_____편, 『미셸푸코의 문학비평』, 문학과지성사, 1989.

김화영, 『프랑스 현대비평의 이해』, 민음사, 1984.

김홍규, <판소리의 비장>, 최동현 편, 『판소리의 지평』, 신아출판사, 1990.

_____, <판소리의 서사적 구조>, 조동일 · 김홍규 편, 『판소리의 이해』, 창작과비평사, 1984.

김홍수, <소설의 방언에 대하여>, 『一山 김준영선생정년기념논총』, 형설출판사, 1985.

나병철, <1930년대 후반기 도시소설 연구>, 연세대 박사논문, 1989.

민현기, <채만식연구-풍자소설을 중심으로>, 서울대 석사논문, 1977.

_____, <태평천하와 작가정신>, 『한국 근대소설과 민족현실』, 문학과지성사, 1989.

박갑수, 『문체론의 이론과 실제』, 세운문화사, 1977.

박계주, <채만식과 신소설>, 『여원』, 1963.

박대호, <소설의 세계관 이해와 그 문학교육적 적용 연구>, 서울대 박사논문, 1990.

박덕은, <한국현대 장편소설의 문학적리얼리티 연구>, 전북대 박사논문, 1985.

박동규, 『한국현대소설의 성격 연구』, 문학예술사, 1981.

박병윤, <「태평천하」의 판소리 수용양상에 관한 연구>, 전북대 석사논문, 1987.

박인기, <소설텍스트의 수용구조>, 청주교육대학논문집, 1992.

박종철 편역, 『문학과 기호학』, 대방출판사, 1983.

박태원, <1934년의 작단 총평>, 『중앙』, 1934.

백 철, <신춘지창작개평>, 『조광』, 1937.

변정화, <1930년대 한국단편소설 연구>, 숙명여대 박사논문, 1987.

서인석, <고전소설의 결말구조와 그 세계관>, 서울대 석사논문, 1984.

서인석, 『성서와 언어과학』, 성바오로출판사, 1986.

서종택, <세속화와 자기풍자>, 『한국 근대소설의 구조』, 시문학사, 1982.

서종택·정덕준 편, 『한국현대소설연구』, 새문사, 1990.

서준섭, 『한국근대 모더니즘문학의 연구』, 일지사, 1988.

설성경, <판소리사설의 굴절과 근대로의 이행>, 『근대문학의 형성과정』, 문학과지성사, 1983.

소두영, 『구조주의』, 민음사, 1984.

송백헌, 『한국근대역사소설연구』, 삼영사, 1984.

송하춘, <1930년대 소설에 나타난 무산운동의 추이>, 『石影홍대표교수화갑기념논총』, 원광대, 1990.

_____, <채만식연구>, 고려대 석사논문, 1974.

송현호, 『문학사기술방법론』, 새문사, 1985.

신동욱, <채만식의 '레디 메이드 인생'>, 『한국현대문학론』, 박영사, 1974.

_____, <채만식의 소설연구>, 『우리시대의 작가와 모순의 미학』, 개문사, 1982.

신동한, <채만식론>, 『창조』, 1972. 7.

신상철, <채만식의 전통성>, 『해암김형규선생고희기념논총』, 서울대사대국어과, 1981.

안회남, <채만식 논변>, 조선일보, 1933. 6. 28.

염무웅, <채만식 평전>, 『채만식』, 지학사, 1985.

오세영, <역사주의비평과 문학사>, 『문학연구방법론』, 이우출판사, 1988.

우명미, <채만식론>, 서울대 석사논문, 1977.

우한용, <소설구조의 기호학적 특성고>, 『국어국문학』 제93호, 국어국문학회, 1985.

_____, <소설언어의 연구방법론고>, 『국어국문학』, 제87호, 국어국문학회, 1982.

_____, <채만식 소설의 언어적 기법>, 『국어교육』, 한국국어교육연구회, 1985.

_____, <한국근대소설의 기호론적 연구>, 『교육논총』 8집. 전북대 교육대학원, 1988.

_____, 『한국현대소설구조연구』, 삼지원, 1990.

유민영, 『한국현대희곡사』, 홍성사, 1984.

_____, <극으로 본 채만식>, 『문학사상』, 15호, 1973. 12.

_____, <채만식의 희곡>, 『연극평론』, 1976, 가을호.

유인순, <채만식의 희곡과 최인훈의 희곡에 나타난 심청전의 변용>, 『비교문학』 11집, 1986. 12.

이광래, 『미셸푸코』, 민음사, 1989.

이동하, 『현대소설의 정신사적 연구』, 일지사, 1989.

이동희, <한국근대소설의 문체에 대한 연구>, 단국대 박사논문, 1985.

이득재 옮김, 『바흐찐의 소설미학』, 열린책들, 1988.

이래수, 『채만식소설연구』, 이우출판사, 1986.

이무영, <결백했던 채만식>, 『경향신문』, 1956. 3. 23.

이병혁 편저, 『언어사회학서설-이데올로기와 언어』, 까치, 1986.

이보영, <출구 없는 종말의식>, 『식민지시대문학론』, 필그림, 1984.

이사라, 『시의 기호론적 연구』, 도서출판 중앙, 1987.

이상섭, 『언어와 사상』, 문학과지성사, 1981.

이상신, <이효석 문체의 기호론적 연구>, 이화여대 박사논문, 1989.

이선영 편, 『문학비평의 방법과 실제』, 삼지원, 1990.

_____, <혼탁한 사회와 반어적 비판>, 『문학이론과 비평의식』, 삼영사, 1983.

이승훈 엮음, 『한국문학과 구조주의』, 문학과비평사, 1988.

이유식, <한국소설의 모두 종지부론>, 『한국소설의 위상』, 이우출판사, 1982.

이재선, 『한국현대소설사』, 홍성사, 1980.

_____, 『현대한국소설사;1945-1990』, 민음사, 1991.

이정숙, 『실향소설연구』, 도서출판 한샘, 1990.

이주형, <1930년대 한국 장편소설연구>, 서울대 박사논문, 1984.

_____, <채만식 문학과 부정의 논리>, 『한국현대소설사연구』, 민음사, 1984.

_____, <채만식연구>, 서울대 석사논문, 1973.

_____, <채만식의 태평천하>, 『한국현대소설작품론』, 문장, 1981.

이태준, 『문장강화』, 박문서관, (增補版)

이 훈, <채만식소설연구>, 서울대 석사논문, 1981.

임종국, 『친일문학론』, 평화출판사, 1966.

임철규, <비극적 비전>, 『현상과인식』, 1983, 봄.

임형택, <18·9세기의 '이야기꾼'과 소설의 발달>, 『고전문학을 찾아서』, 문학과지성사, 1976.

임 화, <세태소설론>, 『문학의 논리』, 학예사, 1940.

장량수, <채만식의 민족주의 문학연구>, 동아대 박사논문, 1987.

장성수, <진보에의 신념과 미래의 전망>, 『한국근대작가연구』, 삼지원, 1986.

_____, <채만식소설연구>, 고려대 석사논문, 1980.

장영창, <작가 채만식선생을 회고한다>, 『신여원』, 1972. 7.

전광용, 『신소설연구』, 새문사, 1986.

전영태, <대중문학논고>, 서울대 석사논문, 1981.

_____, <브나로드 운동의 문학사회적 의미>, 『국어교육』 제38호, 1981.

전혜자, 『한국현대소설사연구』, 새문사, 1987.

정문길, 『소외론연구』, 문학과지성사, 1979.

정병헌, <신재효 판소리사설의 형성배경과 작품세계>, 서울대 박사논문, 1986.

정하영, <심청전의 제재적 근원에 관한 연구>, 서울대 박사논문, 1983.

정한숙, <붕괴와 생성의 미학>, 『민족문화연구』 제5집, 고려대, 1973.

_____, <상황과 예술의 일체성>, 『문학사상』 제15호, 1973. 12.

_____, 『소설문장론』, 고려대학교출판부, 1973.

정현기, <'탁류'와 '태평천하'의 인물>, 『한국현대소설연구』, 새문사, 1990.

_____, <「삼대」, 「탁류」, 「태평천하」에 나타난 인물연구>, 연세대 박사논문, 1982.

_____, 『한국근대소설의 인물유형』, 인문당, 1983.

조건상, 『한국현대골계소설연구』, 문학예술사, 1985.

조남현, <채만식문학의 주요 모티프>, 『한국현대소설연구』, 민음사, 1987.

_____, 『소설원론』, 고려원, 1982.

_____, 『한국지식인소설연구』, 일지사, 1984.

조동일, 『한국소설의 이론』, 지식산업사, 1977.

_____ · 조동일 편, 『한국현대소설작품론』, 문장, 1981.

차범석, <현실투시의 또 다른 얼굴>, 『문학사상』 제15호, 1973. 12.

채규열, <아버지 채만식>, 『문학사상』 제15호, 1973. 12.

천이두, 『종합에의 의지』, 일지사, 1974.

_____, <프로메테우스의 언어들>, 『문학사상』 제15호, 1973. 12.

최병우, <김동인의 소설작법연구>, 『국어교육』 46-47합집, 1983.

최시한, <채만식 희곡의 '가족'>, 『배달말』 15집, 배달말학회, 1990.

최원식, <채만식의 고전소설 패러디에 대하여>, 『민족문학의 논리』, 창작과비평사, 1982.

_____, <채만식의 역사소설에 대하여>, 『국어국문학』, 1976. 10.

최재서, <성격에의 의욕>, <풍자문학론>, 『최재서 평론집』, 청운출판사, 1961.

최하림, <채만식과 그의 30년대>, 『현대문학』, 1973. 10.

최현무 편, 『한국문학과 기호학』, 문학비평사, 1988.

최현섭, 『한국소설교육사 연구』, 대한교과서주식회사, 1989.

최혜실, <1930년대 한국 모더니즘소설의 연구>, 서울대 박사논문, 1991.

_____, <채만식 풍자소설 연구>, 『관악어문연구』 제11집, 1986.

한상무, <식민지의 비극적축도와 시대정신>, 『한국현대장편소설연구』, 삼지원, 1989.

한점돌, <총체적 식민지현실의 형상화>, 『한국근대작가연구』, 삼지원, 1985.

_____, <1910년 한국소설의 정신사적 연구>, 서울대 박사논문, 1992.

한지현, <리얼리즘관점에서 본 「탁류」연구>, 연세대 박사논문, 1987.

한형구, <채만식론>, 김윤식 · 정호웅 편, 『한국문학의 리얼리즘과 모더니즘』, 민음사, 1989.

_____, <채만식의 세계관과 창작방법 연구>, 서울대 석사논문, 1987.

허창운, 『현대문예학개론』, 서울대출판부, 1986.

홍기삼, <채만식연구>, 『이병주선생주갑기념논총』, 이우출판사, 1981.
_____, <풍자와 간접화법>, 『문학사상』 15호, 1973. 12.
홍이섭, <채만식의 탁류>, 『창작과비평』, 1973. 봄.
황국명, <채만식소설의 현실주의적 전략 연구>, 부산대 박사논문, 1990.
황석자, 『소설의 다성성 현상, 함의와 해석』, 한신문화사, 1989.

■ 외국서적 및 번역서

Austin, J. L., *How to Do Things with Words,* 장석진 편역, 『화행론』, 서울대 출판부, 1987.

Bakhtin, M. M. (1929), ed. & tr., Caryl Emerson, *Problems of Dostoevsky's Poetics,* Minnesota University Press, 1984.

_____, (1927), trans. Ladislav Matejka and I. R. Titunik, *Marxism and the Philosophy of Language,* Harvard University Press, 1986.

_____, *The Dialogic Imagination : Four Essays,* Texas University Press, 1981.

_____, *Rabelais and His World,* MIT Press, 1968.

Barthes, Roland(1964)., trans. A. Lavers and C. Smith, *Elements of Semiology,* Hill and Wang, 1964.

Bennett, Tony, *Fomalism and Marxism,* 임철규 역, 『형식주의와 마르크시즘』, 현상과인식, 1979.

Booth, W. C. (1961)., *The Rhetoric of Fiction,* 『소설의 수사학』, 최상규 역, 새문사, 1985.

Borbé, Tasso., *Semiotic Unfolding,* Mouton, 1979.

Bourneuf, R. and Ouellet. R., (1975). *L'Univers du roman,* 『소설이란 무엇인가』, 김화영 편역, 문학사상사, 1988.

Brook-Rose, Christine., *A Rhetoric of the Unreal,* Cambridge University Press, 1983.

Caserio, *Plot, Story and the Novel,* Princeton University Press, 1979.

Chabrol, Claude, *Sémiotique narrative et textuelle,* Larousse, 1973.

Chapman, R., *Linguistics and Literature : An Introduction to Literary Stylistics,* Edward Anold, 1973.

Chatman, Seymour., *Story and Discourse,* Cornell University Press, 1978.

_____, ed, *Literary Style : A Symposium,* Oxford University Press, 1971.

Cohn, D. (1966). "Narrated Monologue : Definition of a Fictional Style", *Comparative Literature,* Vol. 18. No. 2. Spring, 1966.

Corrigan, Robert W., *Tragedy : Vision and Form,* Harper & Row, 1981.

Courtés, J., (1980). 『담화분석을 위한 기호학 입문』, 오원교 역, 신아사, 1986.

Culler, Jonathan., "Literature and Linguistics" ed. J. P. Barricelli and J.Gibaldi, *Interrelations of Literature,* The Modren Language Association of America, 1982.

_____, *On Deconstruction : Theory and Critisism after Structuralism,* Cornell University Press, 1981.

_____, *Structuralist Poetics,* Cornell University Press, 1978.

Dijk, T. A. Van., "Semantic Discourse Analysis", *Handbook of Encyclopedic Dictionary of the Sciences of Language,* The Johns Hopkins University Press, 1985.

___, *Text and Context,* Longman, 1976.

Eco, Umberto., *Semiotics and the Philosophy of Language,* Macmillan, 1984.

Enkvist, N. E., *Linguistics and Style,* Oxford University Press, 1964.

Evans, Mary, *Lucien Goldmann : An Introduction,* 김억환 편역, 『뤼시앙 골드만』, 세계사, 1991.

Fillmore, C. J., "Linguistics as a Tool for Discourse Analysis" T. A. Van Dijk. *Handbook of Discourse Analysis.* Vol. 1. Acadamic Press, 1985.

Foucault, Michel., *L'Ordre du discours,* 김화영 역, <담화의 질서>, 『세계의 문학』, 1982년 봄 여름호

_____, *Les mots et les choses : une archeologie des sciences humaines,* 이광래 역, 『말과 사물』, 민음사, 1987.

Fowler, Roger., *The Language of Literature,* RKP, 1971.

_____, *Linguistic Criticism,* Oxford University Press, 1986.

_____, *Linguistics and the Novel,* Methuen and Co. Ltd., 1977.

_____, *Literature as Social Discourse,* Batsford Academic and Educational LTD., London, 1981.

Friedman, Norman., *Form and Meaning in Fiction,* Georgia University Press, 1975.

Frow, John., *Marxism and Literary History,* Harvard University Press, 1986.

Frye, Nothrop., *Anatomy of Criticism,* Princeton University Press, 1957.

_____, *Developing Imagination,* Harvard University Press, 1963.

Genette, Gérard., *Figures III,* Seuil, 1972.

_____, trs., J. E. Lewin, *Narrative Discourse : An Essay in Method,* Cornell University Press, 1980.

George, Richard T. De., *Semiotic Themes,* University of Kansas, 1981.

Ginsburg, M. P., "Free Indirect Discourse : A Reconsideration", *Language and Style,* Vol. 15. No. 2. 1982.

Giora, R., "Notes Toward a Theory of Text Coherence", *Poetics Today,* Vol. 6. No. 4. 1985.

Girad, Rene., *Mensonge romantique et vérité romanesque,* 김윤식 역, 『소설의

이론』, 삼영사, 1977.

Goldmann, Lucien., *Pour une sociologie du roman*, tr. A Sheridan, *Towards a Sociology of the Novel,* Tavistock Publication, 1975.

_____, *Method in the Sociology of Literature*, 박영신 외 역, 『문학사회학 방법론』, 현상과인식, 1984.

Greimas and Courtés, 천기석, 김두한 옮김, 『기호학 용어사전』, 민성사, 1988.

Greimas, A. J. (1966), trs. D. McDowell, R. Schliefer and A. Velie, *Structural Semantics : An Attempt at a Method,* Nebraska University Press, 1983.

_____, *Sémiotique poétique*, Librairie Larousse, 1972.

Groupeμ(1970), trans. P. B. Burrell and E. M. Slotkin, *A General Rhetoric*, The Johns Hopkins University Press, 1981.

Halliday, M. A. K., *An Introduction to Fuctional Grammar*, Edward Arnold, 1985.

Halliday, M. A. K. and R. Hasen, "Dimensions of Discourse Analysis : Grammar", ed. T. A. Van Dijk. *Handbook of Discourse Analysis.* Vol. 2. Acadamic Press, 1986.

Hamon, Phlippe., *Texte et idéologie*, PUF, 1984.

Hernadi, Paul., *Beyond Genre*, Cornell University Press, 1972.

Hervey, Sándor., *Semiotic Perspective*, London : George Allen & Unwin, 1982.

Hodge, Robert., *Literature as Discourse*, Polity Press(Basil Blackwell), 1990.

Holquist, M., *Michail Bakhtin*, Harvard University Press, 1984.

Humphrey, R., 『현대소설과 의식의 흐름』, 이우건·유기룡 공역, 형설출판사, 1984.

Ingarden, Roman., *Das Literalischekunstwerk,* 이동승 역, 『문학예술작품』, 민음사, 1985.

Iser, Wolfgang., *The Implied Reader : Patterns of Communication in Prose Fiction from Bunyon to Beckett,* The Johns Hopkins University Press, 1974.

Jakobson, Roman., "Lingustics and Poetics", 신문수 역, 『문학속의 언어학』, 문학과지성사, 1989.

Jameson, Frederic., *The Prison-House of Language,* Princeton University Press, 1972.

Kenan, S. Rimmon., *Narrative Fiction : Contemporary Poetics,* Methuen, 1983.

Kristeva, J., "텍스트와 그 과학", 최현무 역, 『문학사상』 통권 147호, 1985.

Kristeva, Julia, tr., Margret Waller, *Revolution in Poetic Language*, Colombia University Press, 1984.

_____, *Desire in Language,* Basil Blackwell, 1980.

_____, *Le texte du roman,* Mouton, 1976.

Lanser, S. S., *The Narrative Act : Point of View in Prose Fiction,* Princeton

University Press, 1981.

Lanson, Gustave., 김화영 역, <문학사의 방법론>, 『문학이란 무엇인가』, 문학과지성사, 1976.

Leech, G. N. and N. H. Short., *Style in Fiction,* Longman Group, 1981.

Leitch, Thomas M., *What Stories Are,* University Park and London, 1986.

Lerner, Laurence., *The Frontiers of Literature,* Basil Blackwell, 1988.

Lodge, David., *The Modes of Modern Writings,* Edward Arnord, 1977.

＿＿＿, *After Bakhtin : Essays on Fiction and Criticism,* Routledge, 1990.

Lord, A. B., *The Singer of Tales,* Atheneum, 1974.

Lotman, Iu. (1972), 『시텍스트 분석』, 유재천 역, 도서출판 가나, 1987.

Lukács, G., *Solzhenitsyn,* tr. William David Graf, MIT Press, 1971.

＿＿＿, *Die Theorie des Romans,* 반성완 역, 『소설의 이론』, 심설당, 1985.

＿＿＿, *The Historical Novel,* tr. Hannah and Stanley Mirchell, Merlin Press 1976.

Lunn, Eugene., *Marxism and Modernism,* 김병익 역, 『마르크시즘과 모더니즘』, 문학과지성사, 1986.

MacCabe, Colin., *Theoretical Essays : film, linguistics, literature,* Manchester University Press, 1985.

Macdonell, Diane., *Theories of Discourse : An Introduction,* Basil Blackwell, 1986.

Magee, Bryan, 이명현 역, 『칼 포퍼』, 문학과지성사, 1980.

Mann, Thomas, <예술로서의 소설>, 송동준 역, 『현대인의 사상』, 태극출판사, 1974.

Mannheim, Karl., *Ideologie und Utopie,* 배성동 역, 『이데올로기와 유토피아』, 휘문출판사, 1976.

Martin, Wallace., *Recent Theories of Narrative,* Cornell University Press, 1986.

May, Charles E., *Short Story Theories,* 최상규 역, 『단편소설의 이론』, 정음사, 1983.

McKean, Zahava Karl., *Novels and Arguments : Inventing Rhetorical Criticism,* Chicago University Press, 1982.

Mcknight, E. V., *Meaning in Text : The Historical Shaping of a Narrative Hermeneutics,* Fortress Press, 1978.

O'Toole, L. M., *Structure Style and Interpretation in the Russian Short Story,* Yale University Press, 1982.

Pollard, A., *Satire,* 송낙헌 역, 『풍자』, 서울대출판부, 1979.

Pratt, M. L., *Toward a Speech Act Theory of Literary Discourse,* Indiana University Press, 1977.

Ray, William., *Literary Meaning,* Basil Blackwell, 1984.

Reid, Ian., *The Short Story,* 김종운 역, 『단편소설』, 서울대출판부, 1980.

Ricoeur, Paul., *The Rule of Metaphor,* Toronto University Press, 1979.

Riffaterre, M., "Criteria for Style Analysis."eds. S. Chatman and S. R. Levin, *Essays on the Language of Literature,* Houghton Mifflin Co. Ltd., 1967.

Sartre, Jean Paul., *Situation Ⅰ*, 임갑 역, 『작가론』, 양문사, 1960.

Scholes, R., *Structuralism in Literature,* 『문학과 구조주의』, 위미숙 역, 새문사, 1989.

Searle, John., *Expression and Meaning*, Cambridge University Press, 1979.

Sebeok, Thomas A., *Encyclopedic Dictionary of Semiotics,* Mouton de gruyter, 1986.

_____, *The Tell-Tale Sign,* The Peterde Ridder Press, 1975.

Smith, B. H., *On the Margins of Discourse,* Chicago University Press, 1978.

Staiger, E., *Grundbegriffe der Poetik,* 이유영·오현일 역, 『시학의 근본개념』, 삼중당, 1978.

Stanzel, F. K., tr., C. Goedsche, *A Theory of Narrative,* Cambridge University Press, 1984.

_____, "Teller-Character and Reflector-Character in Narrative Theory." *Poetics Today,* vol. 2. No. 2, 1982.

Szondi, Peter., *Theorie des Modernen Dramas*, 송동준 역, 『현대드라마의 이론』, 탐구당, 1983.

Todorov, Tzvetan., *Introduction à la littérature fantastique*, tr. Richard, *The Fantastic,* Conell University Press, 1978.

_____, *Poétique,* 곽광수 역, 『구조시학』, 문학과지성사, 1981.

_____, *Mihail Bakhtine : le principe dialogique,* 최무현 옮김, 『바흐찐:문학사회학과 대화이론』, 까치, 1987.

Ubersfeld, Anne., *Lire le théâtre,* 신현숙 역, 『연극기호학』, 문학과지성사, 1989.

Uspensky, U., tr., V. Zavarin and S. Wittig, *A Poetics of Composition,* California University Press, 1983.

Voloshinov/Medvedev., *Formal Method in the Literary Scholarship*, Oxford, 1982.

Watt, Ian, *The Rise of the Novel,* Penguin Books, 1957.

Wellek R. & Warren A., *Theory of Literature*, Penguin Books, 1967.

Widdowson, H. G., "Stylistic Analysis and Literary Interpertation", ed. M. K. L. Ching, H. G. Haley & R. F. Lunsford, *Linguistic Perspectives in Literature,* RKP. 1980.

Zéraffa, Michel., *Roman et société,* 이동열 역, 『소설과 사회』, 문학과지성사, 1977.

Zima, Peter V., *Textsoziologie ; Eine kritische Einführung*, 허창운 역, 『텍스트 사회학 –비판적 개론』, 민음사, 1991.

Zima, Pierre, *Pour une sociologie du texte littéraire,* 이건우 역, 『문학텍스트의 사회학을 위하여』, 문학과지성사, 1983.

|찾|아|보|기|

채만식소설의
언어미학

작품

인명

용어

저자
우한용禹漢鎔, 아호 우공于空

서울대학교 사범대학 국어교육과 학사, 석사를 마치고,
서울대학교 인문대 국어국문학과에서 박사학위를 받았다.
전북대학교 사범대학 교수를 거쳐, 서울대학교 사범대학
국어교육과 교수로 재직하고 있다.

다음과 같은 저서가 있다.
『한국 현대소설구조연구』, 『채만식소설 담론의 시학』,
『한국 현대소설담론연구』, 『문학교육과 문화론』,
『한국근대문학교육사연구』, 『한국근대작가연구』(공저),
『소설교육론』(공저), 『문학교육론』(공저), 『서사교육론』(공저)

장편소설 『생명의 노래』, 『시칠리아의 도마뱀』과 소설집 『불바람』,
『귀무덤』, 『양들은 걸어서 하늘로 간다』 등을 출간하였다.

현재 서울대학교 사범대학 국어교육과에서
'문학교육론', '서사교육론' 등을 강의하고 있다.

채만식소설의 언어미학

초판인쇄 2009년 5월 11일
초판발행 2009년 5월 18일

저자 우한용
발행 제이앤씨
등록 제7-220호

주소 서울시 도봉구 창동 624-1 현대홈시티 102-1206
전화 (02)992-3253(대)
팩스 (02)991-1285
전자우편 jncbook@hanmail.net
홈페이지 http://www.jncbook.co.kr

책임편집 김연수

ISBN 978-89-5668-717-9 93810
정가 24,000원